호남의 시가문학

호남의 시가문학

김신중

역락

책머리에

호남은 시가문학이 크게 융성하였던 곳이다. 특히 시조와 가사문학의 기념비적인 작품들이 호남에서 많이 창작되었다. 그러한 작품을 남긴 작가를 들자면, 정극인 · 송순 · 정철 · 윤선도 · 위백규 등이 먼저 떠오른다. 이밖에도 많은 작가들이 활동하며, 저마다 시대정신과 삶의 애환을 담은 노래를 남겼다.

조선 중기를 지나며 호남은 비로소 한국문학사의 중심무대로 떠올랐다. 이른바 '호남가단'의 문인들이 창작한 시가문학이 그러한 변화를 선도하였다. 당시의 불안했던 정치적 현실과 호남인의 남달랐던 예술적 감성이 만나, 시조와 가사의 명편들을 빚어낸 결과였다. 이에 더하여 호남의 아름다운 산수와, 그곳을 배경으로 조영된 누정과 원림이 시가의 발달을 더욱 촉진시켰다. 특히 무등산권의 면앙정 · 식영정 · 소쇄원 · 고반원 등이 주역을 담당하였던 산실들이다.

이 책에서 중점을 두고 논의한 것은 호남시가의 전반적인 전개 양상과 개별적인 작품 형상이다. 그러한 내용을 모두 3부로 나누어 엮었다. 먼저 제1부에서는 '호남시가의 전개 양상'이라는 이름 아래, 지역문학적 관점에서 호남시가의 작품과 연구가 어떻게 펼쳐졌는지 개괄적으로 검토하였다. 이어 제2부와 제3부에서 호남의 시조와 가사 작품은 어떤 모습인지 구체적으로 살폈다. 송순 · 양산보 · 윤선도 · 이후백의 시조와, 남언기 · 정철 · 민주현 · 정해정 및 장흥의 가사문학이 그 대상이다.

국문학을 공부한답시고 박사학위를 받고 대학에서 일한지 어느덧 30년에 가까운 세월이 흘렀다. 그동안에 써온 글들을 정리하다 보니, 호남의 시가문학과 누정문학에 관한 것이 많았다. 그래서 시가문학에 관한 것만을 모아, 모자란 부분을 보완하고 겹치는 부분을 삭제하며, 다시 쓴 것이 이 책이다. 글에 따라서는 전면적으로 고쳐 쓴 것도 있고, 거의 그대로 전재한 것도 있다. 이러한 사정은 각 글의 서두 부분에 밝혀 놓았다.

이제 원고 정리를 마치며, 이 책에 미진한 점이 많음을 언급하지 않을 수 없다. 무엇보다도 제2부와 제3부에 실은 글이 호남 즉 전라도 전체를 적절히 아우르지 못하고, 남도 지역에 편중되어 있음이 아쉬움으로 남는다. 필자의 역량 부족 때문이다. 그런 한편 양산보·남언기·민주현·정해정의 작품에 대해서는 이 책에 보다 심도 있는 논의를 담았다는 것으로 위안을 삼는다.

'애일'이라는 말이 새삼스럽게 느껴지는 세모이다. 금년 말을 목표로 간행을 서두르다 보니, 일정에 쫓겨 조판과 인쇄를 위한 시간을 충분히 갖지 못하였다. 그럼에도 선뜻 출판을 허락하여 수고해 주신, 도서출판 역락의 이대현 대표님을 비롯한 여러분께 감사드린다.

2019년 12월

여산와실에서 김신중

차례

제1부

호남시가의 전개 양상

*

1. 지역문학과 호남시가

2000년대를 지나며 지역문화에 대한 관심이 크게 고조되었다. 1995년에 전면적으로 실시된 지방자치제가 정착되면서 지역의 정체성 확보 및 지역민의 삶의 질 향상에 대한 욕구가 높아졌기 때문이다. 각 지방자치단체가 지역의 축제나 브랜드 개발에 의욕적으로 나서게 된 것도 그러한 관심이 낳은 결과이다.

지역문화에 대한 관심은 지역문학에 대한 관심도 고조시켰다. 지역에 따라 자기 지역을 대표하는 작가나 작품을 테마로 한 문학관을 건립하거나 문학상을 제정하기도 하였고, 그 이미지를 지역 축제나 특산물의 명칭 또는 지명 등으로 활용하기도 하였다. 호남의 고전문학만 하더라도, 익산의 <서동요>, 정읍의 <정읍사>, 담양의 가사문학, 나주의 임제, 해남의 윤선도, 남원의 <춘향전>과 <흥부전>, 장성의 <홍길동전>, 곡성의 <심청전> 등이 지역을 상징하는 문화자원으로 잘 활용된 경우이다.

그런데 호남지역에서는 고전문학에서도 특히 시가문학이 융성하였다. 그 요인으로는 여러 가지가 있겠지만, 먼저 서정적인 미감을 자아내는 부드러운 자연환경과 더불어 서민적 질감의 세련된 소리문화를 들 수가 있다. 호남에서는 비교적 온난한 기후와 비옥한 토지를 바탕으로 일찍부터 농경문화가 발전하였고, 여기에서 싹튼 노동요를 비롯하여 다양한 소리들이 다시 시가의 발전을 견인하였기 때문이다. 그런 점에서 판소리는 호남의 소리와 시가의 여러 갈래가 교섭하며 생성시킨 최고의 산물이었다.

자연환경과 소리문화가 호남시가 융성의 먼 요인이라면, 보다 가깝게는 조선시대의 누정문화와 사림문화를 들 수 있다. 우리나라 누정의 기원이 삼국시대까지 소급되기는 하나, 호남에서 실질적인 누정의 조영 사실 및 관련 시문이 확인되는 것은 고려시대 중기 이후의 일이고, 특히 조선시대 초를 지나 중기에 접어들면서 민간에서의 누정 조영이 활발해졌다. 아울러 비슷한 시기에 시조와 가사가 근간이 된 호남시가의 발전도 크게 이루어졌으니, 그 산실로 주목된 것이 바로 누정이었다. 무등산권의 소쇄원, 면앙정, 환벽당, 식영정, 송강정 등이 일찍부터 시가의 산실로 관심을 촉발시키며, 많은 조명을 받았던 누정들이다. 또한 이 시기에는 사화와 당쟁으로 요약되는 불안한 정치현실이 많은 사림들을 초야로 내몰며 처사적 삶을 강요하였다. 특히 기묘사화와 을사사화를 겪으며 많은 사림들이 호남에 낙향하거나 연고를 두게 되었다. 시가문학은 그들이 수상한 시절과 자신의 삶을 돌아보며 처사적 심경을 토로하였던 매우 유용한 수단이었다.

이렇듯 호남시가는 깊은 연원을 가지고 융성하였다. 하지만 근래에 대두된 지역문학이라는 관점에서 본다면, 현재 심도 있는 연구의 축적이 괄목할만하게 이루어졌다고는 보이지 않는다. 대체로 지역문학 연구의 필요성을 인식하고, 지역성을 효과적으로 해명하기 위한 방안을 모색하는 단계를 크게 벗어나지 못하였기 때문이다. 그런 한편 지금처럼 특별히 지역문학이라는 개념을 의식하지는 않았지만, 호남시가의 작품을 정리하고 그 특성을 밝히려는 노력이 없었던 것은 아니다. 나름대로 지역성을 의식한 연구가 1930년대부터 지속적으로 이루어져 왔다.[1)]

따라서 여기서 먼저 지금까지 행해진 호남시가에 대한 지역문학적 탐색의 성과를 전반적으로 검토해보고자 한다. 논의하고자 하는 주요한 내용은 다음 두 가지이다. 먼저 지역문학으로서 호남시가의 범주에 드는 작품과 그것의 전개 양상을 일별해 보고, 이어 그에 대한 연구 동향을 작품 발굴과 소개 및 특별히 지역성을 의식한 연구로 나누어 살필 것이다. 이를 통해 호남시가에 대한 지금까지의 논의를 진단하고 앞으로의 연구 방향을 가늠할 수 있을 것이다.[2)]

그런데 기록 유산으로서 호남시가의 중심을 이루는 것은 조선시대의 시조와 가사문학이다. 이밖에 백제의 가요나 고려속요 및 경기체가에서 약간의 편린을 찾아 볼 수 있으나, 그 양은 매우 미미하다. 따라서 이 글의 기술 역시 시조와 가사문학을 중심으로 이루어질 것이다.

---

1) 초기의 예로 1930년대 중반에 나온 이병기의 「송강가사의 연구(1)·(2)·(3)」(『진단학보』 제4·6·7권, 진단학회, 1936·1936·1937)을 들 수 있다.

2) 필자는 수 년 전에 광주와 전남지역의 시가를 대상으로 이미 이러한 고찰을 시도한 바 있다(김신중, 「남도고시가의 작품과 연구 동향」, 『고시가연구』 제29집, 한국고시가문학회, 2012). 그것을 바탕으로 여기서는 논의의 범위를 전라도 전역으로 확장시켰다.

2. 호남시가 작품의 전개

지역문학이란 어떤 특정한 지역의 작가에 의해 이루어졌거나, 특정한 지역을 배경으로 성립하여, 그곳의 독특한 지역성을 함유한 문학이라 할 수 있다. 그렇다면 호남인에 의해 이루어졌거나, 호남을 배경으로 성립하여, 호남인의 정서나 호남의 색채를 담고 있는 시가가 곧 호남시가이다. 이렇게 정의하고 보면, 호남시가의 작품 범주는 다음 셋으로 구분된다.

(가) 호남인이 호남을 배경으로 창작한 작품
(나) 타지인이 호남을 배경으로 창작한 작품
(다) 호남인이 타지를 배경으로 창작한 작품

이 중 호남시가의 정수를 이루며 작품의 대다수를 차지하는 것은 물론 (가)일 것이다. 그렇지만 필요에 따라서는 (나)와 (다)의 경우도 호남의 중요한 지역문학 자산으로 삼을 수 있다. 여기에도 역시 호남의 색채나 호남인의 정서가 담겨 있기 때문이다.

그러면 이제 호남시가의 작품을 보기로 하자. 호남시가를 통시적으로 살피고자 할 때 으레 그 첫머리에 놓이는 것이 마한의 농공제의에서 행해진 집단가무이다. 그리고 『고려사』 악지 '삼국속악'조에 백제의 노래로 기록된 <정읍>·<선운산>·<무등산>·<방등산>·<지리산> 등이 거론된다. 또 비슷한 시기의 노래로 <완산요>와 <산유화가>가 『삼국유사』와 『증보문헌비고』에 언급되어 있고, 향가로는 <서동요>가 백제의 익산과 관련이 있다. 이 가운데 <정읍>과 <서동요>만이 가사가 전해지고, <완산요>는 짤막한 한역만이 남아있을 뿐이다. 이밖에 고려 속요인 <장생포>와 <동동>·<청산별곡>·<쌍화점>도 호남과의 연고를 두고 그 이름이 오르내리는 작품들이다. 경기체가로는 정극인의 <불우헌곡>과 박성건의 <금성별곡>이 호남의 노래이다. 이것이 시조와 가사문학 이전 호남시가의 대체적인 모습이다.

그런데 이런 소략한 모습과는 달리 조선시대에 시조와 가사문학이 발전하면서, 호남지역에서도 그 창작이 활발해지고, 주목할 만한 작가와 작품이 많이 배출되었다. 그럼 여기서 호남에 연고를 둔 작가와 작품 현황을 보기로 하자. 다음에 제시하는 <표1>이 시조문학이고, <표2>가 가사문학이다.3)

〈표1〉 호남의 시조 작가와 작품

번호	작자명	생몰년	연고	작품
1	최덕지	1384~1455	영암	시조 1수
2	이조원	1433~미상	광주	연화조 1수, 환향가 1수
3	송순	1493~1582	담양	면앙정단가 등 20수
4	양산보	1503~1557	담양	애일가 1수
5	김인후	1510~1560	장성	자연가 등 3수
6	유희춘	1513~1577	담양	헌근가 1수, 감상은가 1수
7	양응정	1519~1582	화순	시조 1수
8	이후백	1520~1578	강진	소상팔경 등 12수
9	김성원	1525~1597	담양	시조 1수
10	임진	1526~1587	나주	시조 1수
11	기대승	1527~1572	광주	시조 1수
12	김응정	1527~1620	강진	서산일락가 등 8수
13	고경명	1533~1592	광주	시조 3수
14	정철	1536~1593	담양	훈민가 등 80여수
15	백광훈	1537~1582	장흥	시조 1수
16	정경달	1542~1602	장흥	시조 1수

3) <표1>과 <표2>는 필자의 「남도고시가 약사」(『은둔의 노래 실존의 미학』, 다지리, 2001)에 수록된 내용을 보완하고, 여기에 전라북도 자료를 추가하여 이루어졌다.

17	임제	1549~1587	나주	시조 3수
18	곽기수	1549~1616	강진	만흥 3수
19	이덕일	1561~1622	함평	우국가 28수
20	윤제	1562~1645	함평	심덕성가 5수
21	정훈	1563~1640	남원	월곡답가 등 20수
22	김덕령	1568~1596	광주	춘산곡 1수
23	이매창	1573~1610	부안	시조 1수
24	정충신	1576~1636	광주	시조 3수
25	이진문	광해군 때	함평	경번당가 14수
26	나위소	1582~1666	나주	강호구가 9수
27	윤선도	1587~1671	해남	어부사시사 등 75수
28	윤정우	1603~1690	함평	기우가 9수
29	오이건	1609~1702	강진	시조 3수
30	침굉	1616~1684	나주	왕생가 1수
31	장복겸	1617~1703	임실	고산별곡 10수
32	윤이후	1636~1699	해남	시조 2수
33	윤두서	1668~1715	해남	시조 1수
34	민제장	1671~1729	화순	영남발선가 1수, 북관가 1수
35	김려	1681~미상	나주	용산가, 귀거래사, 지지가 각 1수
36	박순우	1686~1759	영암	사선정 등 6수
37	안창후	1687~1771	보성	한설당도덕가 24수
38	위백규	1727~1798	장흥	농가 9수
39	남극엽	1736~1804	담양	애경당십이월가 12수
40	유도관	1741~1813	담양	시조 4수
41	김이익	1743~1830	진도	시조 50수
42	김상직	1750~1815	장성	감성은가 1수, 입산가 2수
43	기정진	1798~1879	장성	동몽작가 1수
44	이세보	1832~1895	완도	시조 463수

〈표2〉 호남의 가사 작가와 작품

번호	작자명	생몰년	연고	작품
1	정극인	1401~1481	정읍	상춘곡
2	조위	1454~1503	순천	만분가
3	이서	1484~미상	담양	낙지가
4	송순	1493~1582	담양	면앙정가
5	홍섬	1504~1585	고흥	원분가[실전]
6	양사준	명종 때	영암	남정가
7	백광홍	1522~1556	장흥	관서별곡
8	남언기	1534~미상	화순	고반원가
9	정철	1536~1593	담양	성산별곡, 사미인곡, 속미인곡,

				관동별곡
10	정훈	1563~1640	남원	성주중흥가, 탄궁가, 우활가, 용추유영가, 수남방옹가
11	침굉	1616~1684	나주	귀산곡, 태평곡, 청학동가
12	박사형	1635~1706	보성	남초가
13	윤이후	1636~1699	해남	일민가
14	노명선	1647~1715	장흥	천풍가
15	위세직	1655~1721	장흥	금당별곡
16	이희징	숙·경종 때	강진	춘면곡
17	정식	1661~1731	담양	축산별곡
18	박순우	1686~1759	영암	금강별곡
19	안창후	1687~1771	보성	명분설가
20	김운	1694~1770	부안	초운사
21	위백규	1727~1798	장흥	자회가, 권학가
22	장현겸	1730~1805	장수	사미인가
23	남극엽	1736~1804	담양	향음주례가, 충효가
24	박이화	1739~1783	영암	낭호신사, 만고가
25	이방익	정조 때	강진	홍리가
26	유도관	1741~1813	담양	경술가, 사미인곡
27	김이익	1743~1830	진도	금강중용도가
28	윤효관	1745~1823	강진	소거가
29	김익	1746~1809	부안	권농가
30	김상직	1750~1815	장성	사향가, 계자사
31	천형복	미상	장성	선생입산후사은가
32	이상계	1758~1822	장흥	인일가, 초당곡
33	김상성	1768~1827	고창	서호별곡
34	남석하	1773~1853	담양	초당춘수곡, 사친곡, 원유가, 백발가
35	채구연	1803~미상	완도	채환재적가
36	민주현	1808~1882	화순	완산가
37	김경흠	1815~1882	정읍	삼재도가, 불효탄, 경심가
38	이중전	1825~1893	장흥	장한가
39	박정기	1846~미상	해남	박금강금강산유산록
40	정해정	1850~1923	담양	석촌별곡, 민농가
41	이도복	1862~1938	진안	이산구곡가
42	박규양	1920 무렵	부안	변산가
43	나철	1863~1916	보성	이세가, 중광가
44	학명	1867~1929	영광	원적가, 왕생가, 참선곡, 해탈곡, 신년가, 망월가
45	이홍구	1879~1944	고창	선운사풍경가
46	허욱	1887~1939	보성	아송가 등 32편
47	미상	영조27 이후	담양	효자가

48	미상	영조 때	장흥	임계탄
49	미상	정조 때	곡성	합강정가
50	미상	철종 때	장성	하서도통가
51	미상	1972 채록	부안	변산팔경가

위에 든 작가는 시조 44명, 가사 46명이다. 이밖에 호남에 연고를 둔 5편의 작자 미상 가사가 있어 <표2>의 말미에 기록하였다. 그 중 송순, 정철, 정훈, 침굉, 윤이후, 박순우, 안창후, 위백규, 남극엽, 유도관, 김이익, 김상직은 시조와 가사 두 장르에 걸쳐 작품을 남겼다.

앞에서 거론한 세 가지 작품 범주를 놓고 보면, 대부분 호남인이 호남을 배경으로 창작한 (가)의 범주에 든다. 하지만 (나)와 (다)에 속한 경우도 일부 찾아볼 수 있다.

(나) 타지인이 호남을 배경으로 창작한 작품
- 시조; 김이익과 이세보의 작품
- 가사; 조위의 <만분가>, 홍섬의 <원분가>, 양사준의 <남정가>, 이방익의 <홍리가>, 김이익의 <금강중용도가>, 채구연의 <채환재적가>

(다) 호남인이 타지를 배경으로 창작한 작품
- 시조; 박순우의 <사선정> 등
- 가사; 백광홍의 <관서별곡>, 정철의 <관동별곡>, 정식의 <축산별곡>, 박순우의 <금강별곡>, 박정기의 <박금강금강산유산록>

(나)의 타지인 중에서 양사준은 명종 10년(1555) 을묘왜변이 일어나자 우도방어사 김경석을 따라 영암에서 왜군과 싸웠다. 그 때 전승을 기념하여 지은 것이 <남정가>이다. 나머지는 모두 유배객의 몸으로 호남을

찾은 인물들이다. 조위는 연산군 때 순천에서, 홍섬은 중종 때 고흥에서, 이방익은 정조 때 강진에서, 김이익은 순조 때 진도의 금갑도에서, 이세보는 철종 때 완도의 신지도에서, 채구연은 고종 때 역시 완도의 신지도에서 유배생활을 하며 해당 작품들을 지었다.

(다)는 다시 호남인이 관리로서 부임한 임지의 산수를 그린 작품과 순수하게 명승을 유람한 작품으로 나뉜다. 전자로는 백광홍이 명종 때 평안도평사로 <관서별곡>을, 정철이 선조 때 강원도관찰사로 <관동별곡>을, 정식이 영조 때 경상도 용궁현감으로 <축산별곡>을 지었다. 박순우와 박정기는 후자의 경우로, 둘 다 개인적 동기에서 금강산을 유람하고 작품을 남겼다. 박순우의 <금강별곡>은 영조 때, 박정기의 <박금강금강산유산록>은 고종 때 이루어졌다.

그런데 (나)와 (다)의 경우는 작자가 타지인이거나, 작품 배경이 호남이 아니라는 점에서 이를 호남시가에 포함시키는 것이 과연 온당한가라는 의문이 있다. 특히 (나)보다는 지역 관련성이 낮은 (다)의 경우에 더욱 그렇다. 하지만 (다)는 단순히 호남 출신 작가가 지었다는 사실 외에도, 기행을 노래한 이 작품들의 노정이 호남에서 비롯되거나 호남으로 마무리되고, 작중의 객창감이 작자의 향토인 호남을 기반으로 성립한다는 점에서 호남시가의 범주에 속한다. 또 (나)는 그것이 비록 타지인에 의해 창작되었기는 하나, 작품이 호남을 배경으로 성립되었기에 자연스레 호남의 지역성을 반영하고 있다. 따라서 당연히 호남시가로 분류된다. 그러므로 결국 (나)와 (다) 역시 호남의 지역문학이면서, 다른 한편으론 해당 작자나 작품 배경이 속한 지역의 지역문학이기도 하다.

다시 위의 <표1>과 <표2>로 돌아가서, 호남시가의 통시적 모습을 보기로 하자. 문학사를 보면 대체로 호남의 가사문학 출발은 정극인의

<상춘곡>에서, 그리고 시조문학 출발은 송순의 작품에서 비롯되는 것으로 정리되어 있다. 특히 정극인의 <상춘곡>은 호남가사뿐만 아니라, 조선시대 한국가사의 서막을 연 기념비적인 작품으로 평가된다. 정극인은 <상춘곡> 외에도 경기체가인 <불우헌곡>과 단가체인 <불우헌가>를 남겼다. 그런데 이 <불우헌가>를 장시조의 하나로 보려는 견해도 있으나, 일반적인 시조 형식과는 거리가 있다. 따라서 호남시조에 대한 기술은 <면앙정단가> 등 송순의 작품에서부터 시작되는 것이 보통이었다. 하지만 그동안 간과하였던 기록의 검토를 통해 송순에 앞서 최덕지와 이조원이라는 시조 작가가 있다는 사실이 알려져 눈길을 끈다.[4)]

최덕지는 조선 초의 인물로, 태종5년(1405) 문과에 급제하여 남원부사·예문관직제학 등을 지냈고, 영암의 영보촌으로 물러나 영보정에서 만년을 보낸 인물이다. 작자가 분명하지 않은 다음 시조가 『대동풍아』 등 일부 가집에 그의 작품으로 기록되어 있다.

> 쳥산이 적료혼듸 미록이 벗시로다
> 약초에 맛듸리니 셰사를 이즐네다
> 벽파에 낙시대 메고나니 어흥겨워 ᄒᆞ노라

전승 과정에 의문이 있기는 하지만 『대동풍아』 등의 기록을 그대로 받아들인다면, 최덕지는 호남의 첫 번째 시조 작가로 자리매김된다. 작품의 강호한정 이미지와 영암의 영보촌에 퇴휴하였다는 최덕지의 삶이

---

4) 최덕지의 작품은 김성기의 『남도의 시가』(역락, 2002, 66~67쪽), 이조원의 작품은 '광주 남구 향토자료 모음집 I' 『인물과 문헌』(광주광역시 남구문화원, 2001, 35~36쪽)을 통해 처음으로 알려졌다. 그런데 『인물과 문헌』에는 이조원 시조의 전승 내력과 소개자 등이 밝혀져 있지 않아 아쉬움이 있다.

유사한 여운을 자아낸다.

이조원은 최덕지보다 한 세대 뒤의 인물로, 함평현감과 전라・경상 양도의 어사 등을 지냈으며, 연산군의 폭정을 보고 광주로 귀향하여 후학을 양성하였다는 인물이다. 시조 작품으로 단종의 폐위를 슬퍼하며 지었다는 <연화조(蓮花操)> 1수와, 귀향 후 제자를 기르며 나라를 걱정하는 마음을 담은 <환향가(還鄕歌)> 1수가 있다.

이후 조선 중기의 송순에서 말기의 이세보에 이르기까지 많은 시조 작가가 활동하였다. 그 가운데 송순, 이후백, 정철, 이덕일, 정훈, 이진문, 나위소, 윤선도, 장복겸, 위백규, 남극엽, 김이익, 이세보가 보다 주목을 요한다. 이들이 비중 있는 연시조를 포함하여, 비교적 많은 작품을 남겼기 때문이다. 특히 송순, 정철, 윤선도, 위백규, 이세보는 각각 독자적인 작품세계와 함께, 자신의 시대를 대표하는 위상을 갖춘 걸출한 작가들이다. 송순과 정철은 교화와 친자연의 태도를 구유한 16세기 사대부의 처사적 삶을, 윤선도는 의도적으로 자연에 몰입하는 17세기 은자의 모습을, 위백규는 이웃과 함께 직접 경작에 참여하는 18세기 향촌사족의 일상을, 이세보는 불우하게 변방에 내쳐진 19세기 유배객의 체험을 주로 형상화하였다.

이밖에 김인후, 김응정, 임제, 김덕령, 이매창은 연시조나 다작을 남기지는 않았지만, 일찍이 악부에 올라 널리 전파된 호소력 있는 명편을 남겼다. 김인후의 <자연가>, 김응정의 <서산일락가>, 임제의 <청초 우거진 골에>, 김덕령의 <춘산곡>, 이매창의 <이화우 흩뿌릴 제>가 그것이다. 또 임진, 정경달, 이덕일, 김덕령, 정충신, 민제장은 무인 작가로도 분류된다. 무인시조를 크게 호기가 계열과 번민가 계열로 구분한다면, 임진과 민제장의 작품에는 호기가적 성격이, 그리고 정경달, 이덕일,

김덕령, 정충신의 작품에는 번민가적 성격이 두드러진다.

다음은 가사문학이다. 조선시대 가사의 문을 연 정극인의 <상춘곡>은 전형적인 사대부 은일가사였다. 그리고 이런 은일가사의 흐름은 송순의 <면앙정가>를 거쳐, 정철의 <성산별곡>으로 이어졌다. 이것이 이른바 호남시가의 가맥(歌脈)이다. 이를 통해 조선 전기 은일가사의 발전이 호남에서 이루어졌음을 알 수 있다. 여기에다 수년 전에 발견된 남언기의 <고반원가>를 더하고 보면, 더욱 그렇다. 특히 <면앙정가>, <성산별곡>, <고반원가>는 모두 무등산권에 산재한 누정을 배경으로 창작된 누정은일가사라는 점에서 갖는 의미가 크다. 그래서 이 지역을 특히 '누정문화권' 또는 '가사문화권'이라 일컫는다.

<상춘곡>과 달리 <만분가>는 유배가사의 시작을 알리는 작품이었다. 조위는 연산군 때 무오사화에 연루되어 의주를 거쳐 순천에 유배되어 그곳에서 생을 마감한 조위가 지은 것이다. 홍섬의 <원분가>(실전), 이방익의 <홍리가>, 김이익의 <금강중용도가>, 채구연의 <채환재적가>가 그 뒤를 이었다. 중종 때 담양에 유배되었다가 해배 후에도 그곳에 머물며 여생을 보낸, 이서의 <낙지가>에는 유배보다는 은일의 성격이 부각되어 있다. 또 <만분가>에 보이는 적강모티프는 정철의 <사미인곡>과 <속미인곡>에서 다시 효과적으로 활용되면서 사미인계 연군가사의 새 장을 열었다.

백광홍의 <관서별곡> 역시 기행가사의 첫 작품이다. 이후 정철은 <관동별곡>에서 기행가사 최고의 경지를 보여주었다. 조선 후기에는 노명선의 <천풍가>와 위세직의 <금당별곡>이 그 뒤를 이었다. 그런데 노명선과 위세직은 관리가 아닌 자연인의 신분으로, 먼 곳에 있는 명승지가 아닌 자신의 향토나 인접 지역을 돌아보고 작품을 남겼다는 점이

다르다. 이것이 곧 조선 후기 기행가사 변화의 두드러진 특징이다. 노명선과 위세직이 그러한 변화를 앞장서서 보여주었다. <관서별곡>과 <관동별곡>이 관리가 임지를 돌아본 환유가사라면, <천풍가>와 <금당별곡>은 순수한 동기에서 행해진 유람가사이다. 이후 정식의 <축산별곡>이 환유가사의 전통을 이었고, 박순우의 <금강별곡>・박정기의 <박금강금강산유산록>・정해정의 <석촌별곡>・박규양의 <변산가>・이홍구의 <선운사풍경가>가 유람가사의 전통을 이었다.

17세기 초의 정훈은 관직에 나가지 않고 향촌에서 생활한 사족의 일원으로, <탄궁가>・<우활가> 등 5편의 작품을 남겼다. 여기에서 관료 출신이나 유배객이 전유하던 가사의 작자층에 변화가 일어났음이 감지된다. 뿐만 아니라 <탄궁가(嘆窮歌)>나 <우활가(迂闊歌)>라는 제목에서 보듯이 작품 내용에도 상당한 변화가 있었음을 알 수 있다. 가난과 어리석음을 내세우며, 그것을 청빈이나 안빈낙도가 아닌 탄식과 체념의 대상으로 여겼기 때문이다. 이는 곧 가난이나 어리석음을 정신적 수양이 아닌, 현실적 생활의 문제로 인식하였음을 말해준다. 정훈의 활동은 시기상으로 가사의 후기적 변화를 이끌었다는 박인로와 같은 시기에 이루어졌다는 점에서도 의미가 있다. 이런 추세를 이어 받으며 조선 후기에는 호남의 향촌사족들이 다수 가사 창작에 참여하였고, 현실적 문제나 이색적인 소재를 다룬 작품들도 등장하였다. 농사와 관련된 김익의 <권농가>와 정해정의 <민농가>, 담배의 영험함을 예찬한 박사형의 <남초가>, 물레의 효용을 노래한 윤효관의 <소거가>가 그것이다.

나아가 작자 미상의 <임계탄>과 <합강정가>는 현실문제와 관련하여 보다 주목되는 작품이다. <임계탄>은 영조 때의 임자(1732)・계축(1733) 연간에 있었던 장흥 대기근의 참상을 고발한 것으로, 본격적인 현실비판가사의 등장이 이 작품에서 비롯되었다. 또 <합강정가>는 정조 16년(1792)에 있었던 전라감사 정민시의 합강정 일대 뱃놀이의 비행을 낱낱이 고발하였다. 정해정의 <민농가>에도 현실에 대한 비판적 시각이 부각되어 있다.

이밖에 양사준의 <남정가>는 전쟁가사의 첫 작품으로 기록되고, <초운사>는 영조 때 문과에 급제한 김운이 평양의 기녀 초운을 찬미한 보기 드문 연정가사라는 점이 이채롭다. 또 침굉은 승려이면서도 찬불이나 포교보다는, 자신의 생애를 돌아보거나(<귀산곡>), 이상적인 승려상을 제시하고(<태평곡>), 아름다운 자연을 노래하였다(<청학동가>). 근대에는 자신의 종교적 체험을 바탕으로 교의를 전파하려는 작가들도 있었다. 대종교의 나철, 불교의 학명, 삼덕교의 허욱이 그들이다.

이러한 호남시가의 전개 과정에서 두드러진 특징은 새로운 유형의 작품들이 호남에서 먼저 형성되고 높은 수준의 작품성을 획득하였다는 점이다. 가사문학에서 특히 그렇다. 다시 말하면, 은일가사, 유배가사, 연군가사, 전쟁가사, 기행가사, 현실비판가사의 작품들이 그렇다. 이것은 곧 호남시가의 작가들이 새로운 세계를 접하며, 자신의 경험을 자신만의 시각으로 새롭게 형상화하는 능력이 탁월하였음을 의미한다. 이미 형성된 기존 작품의 범주를 넘어, 능동적으로 새로움을 추구하는 도전과 실험정신이 바로 호남시가를 발전시킨 원동력이었다.

그 결과 호남시가가 이룬 문학사적인 성취 또한 특기할만하다. 특히 '호남가단'이라 지칭되는 16세기의 활동이 그렇다. 송순과 정철로 대표되는 호남가단의 활동을 통해 호남은 비로소 한국고전문학사의 변방에서 중심으로 자리를 이동하였으며, 이후 윤선도를 거쳐 위백규 등이 문학사의 흐름을 주도하였다.

3. 호남시가 연구의 전개

문학연구에서 지역문학을 대상으로 한 지역적 탐색은 일반적 탐색과 어떻게 구분되는가? 어찌 보면 사실 이런 물음 자체가 성립되는가도 의문이다. 모든 문학 작품은 태생적으로 어느 특정 지역을 배경으로 한 지역문학일 수밖에 없고, 그것에 대한 고찰 역시 그 지역과의 관계를 떠날 수 없기 때문이다. 하지만 어쨌든 지역적 탐색이라 하면 지역과의 관련성을 의식적으로 고려한 것이라 할 것이다. 지방문학사 서술에 대한 다음 견해는 그러한 지역적 탐색의 방향이 매우 다양함을 말해 준다.

> 작품에 등장한 자연배경, 역사적 사건, 사회상이나 생활상, 사고방식이나 정서가 모두 다룰 만한 주제이다. 그런 것들을 개별적으로 문제 삼기보다 서로 관련되어 있는 양상을 총체적으로 검토하는 편이 더욱 바람직하다. 그 지방에 머물러 사는 작가, 자기 지방을 떠난 작가, 일시 방문자가 된 외지 작가의 작품 가운데 어느 것이라도 특정 주제를 다루는 데 긴요하다고 판단되면 다 다룰 수 있다. 취급 범위는 미리 정할 수 없고, 어떤 주제를 다루는가에 따라 달라진다.[5]

지역문학에 대한 탐색은 개별적인 접근에 그치기보다는 총체적으로 검토되었을 때, 그 의미가 더 온전히 드러날 수 있을 것이다. 또 그런 총체적 검토는 궁극적으로 해당 지역문학의 특색 즉 지역성이 무엇인지 해명하기를 지향하는 것이 바람직할 것이다. 그렇기는 하나, 우리는 모든 연구를 그런 거시적 목표를 설정하고 수행할 수는 없다. 또 지금까지 많은 연구가 지역에 기반을 둔 개별 작가론이나 작품론을 중심으로 이

5) 조동일, 『지방문학사』, 서울대학교출판부, 2003, 207쪽.

루어져 왔던 것도 사실이다.

이제 호남시가에 대한 지금까지의 연구를 '작품 발굴과 소개' 및 '지역문학적 탐색'으로 나누어 살펴보기로 하자.

3.1. 작품 발굴과 소개

앞 장에서 거론한 호남의 시조와 가사 작가 중 1940년대 말에 나온 초기 국문학사에 기술되어 있는 인물로는 정극인을 비롯하여 송순·정철·윤선도가 있고, 이밖에 홍섬·백광홍·임제·이덕일·윤두서의 이름도 보인다.[6] 하지만 이때까지도 송순의 <면앙정가>와 백광홍의 <관서별곡>은 아직 그 원사가 발견되지 않았으며, <관서별곡>은 백광훈의 소작으로 인식되기도 하였다. 그 외 대부분의 작가와 작품은 주로 1950년대 말부터 일부 학자들의 발굴 및 소개에 힘입어 알려지고 연구되었다.

여기서 먼저 가사문학을 중심으로 그 발굴 및 소개의 경위를 정리한다. 시조는 대체로 많은 작품들이 조선 후기의 가집에 수록되어 전하기 때문에 특별히 발굴의 의미를 가지는 경우가 가사처럼 많지는 않기 때문이다.

위에 언급한 작가들에 이어 먼저 발굴 소개된 것은 승려 침굉의 가사 작품이다. 김봉영이 1959년 『국어국문학』에 <귀산곡>·<태평곡>·

---

6) 조윤제의 『한국문학사』(동국문화사, 1949)에 거론된 작가와 작품 참고. 이 『한국문학사』에 앞서 조윤제는 이미 『조선시가사강』(동광당서점, 1937)에서, 정극인의 <상춘곡>을 가사의 효시로(243쪽), 송순을 이현보와 더불어 강호가도의 선창자요 수립자로(261쪽), 정철의 가사를 '古來 朝鮮長歌의 第一等'으로(291쪽), 윤선도는 시조의 대가이며 조선시가가 그에 와서 절정에 달하였다고(330·342쪽) 평가하였다.

<청학동가>를 해제와 더불어 소개하였다.[7] 이어 1961년에는 정익섭이 이서의 <낙지가>를 발굴하여 역시 『국어국문학』을 통해 논고를 발표하였다. 정익섭은 이후에도 꾸준히 박이화의 <만고가>와 <낭호신사>(1964), 박사형의 <남초가>(1971), 윤효관의 <소거가>(1972), 이중전의 <장한가>(1986)를 발굴하여 호남시가의 작가와 작품에 대한 천착을 이어갔다.

1963년에는 이가원이 유배가사의 효시로 조위의 <만분가>를 연구하였고, 김성배(1963)는 박순우의 <금강별곡>을 소개하였다. 또 김동욱(1963)은 <남정가>를 처음으로 거론하며 이를 양사준이 아닌 양사언의 작품으로 추정하였으며, 이어 필사본 『잡가』에서 <면앙정가>의 우리말 원사를 찾아내었다(1964).

비슷한 시기에 이상보(1963) 역시 『기봉집』에 수록된 <관서별곡>의 원사를 찾아 작자가 백광홍임을 확인하였다. 이에 그치지 않고 이상보는 계속 새로운 작품을 발굴하고 연구하여 이 분야에 남다른 업적을 남겼다. 추담가사라 일컬어지는 남석하의 <초당춘수곡>·<사친곡>·<원유가>·<백발가>(1977), 김상직의 <사향가>·<계자사> 및 천형복의 <선생입산후사은가>(1979), 정해정의 <석촌별곡>과 <민농가>(1980), 작자 미상의 <하서도통가>(1983), 김이익의 <금강중용도가>와 시조 50수(1986), 남극엽의 <향음주례가>·<충효가> 및 시조 <애경당십이월가> 12수(1987), 유도관의 <경술가>와 <사미인곡>(1989), 안창후의 <명분설가>와 시조 <한설당도덕가> 24수(1990)가 모두 그의 손에 의해 빛을 보았다.

이종출은 1966년 『위문가첩』을 통해 장흥지역의 가사 6편을 찾아내

7) 이하 관련 문헌에 대한 서지 정보는 이 책 말미의 참고문헌에 함께 제시한다.

고 일련의 연구를 진행하였다. 노명선의 <천풍가>, 위세직의 <금당별곡>, 위백규의 <자회가>와 <권학가>, 이상계의 <인일가>와 <초당곡>이 그것이다. 위백규의 시조 <농가> 9수도 이때 함께 발견되었다. 같은 해에 이태극은 김경흠의 가사 <삼재도가>, <불효탄>, <경심가> 세 편을 소개하였다.

1968년에는 구수영이 윤이후의 <일민가>를 『동대신문』(1968. 7. 30)에 소개하였다. 또 하성래는 민주현 <완산가>의 해제와 전문을 『한국언어문학』에 실었고(1968), 1973년에는 작자가 분명치 않은 <효자가>를 소개하며 그 작자를 정방으로 추정하였다. 민제장의 시조 <영남발선가>와 <북관가>도 그에 의해 처음으로 조명되었다(1972). 정훈의 가사 <성주중흥가> 등 5편과 시조 <월곡답가> 등 20수가 하성래(1973)와 박요순(1973)에 의해 소개되며 연구가 시작된 것도 이 무렵의 일이다.

나위소의 시조 <강호구가> 9수는 1976년 박준규에 의해 한국언어문학회에서 구술 발표되었다가, 이후 다시 논고를 통해 정리되었다(1989). 김려의 시조(1990)와 이진문의 시조 <경번당가> 14수(1992) 역시 박준규가 소개하였다.

1980년대 초에는 부안에서 가사 5편이 조사되었다. 김운의 <초운사>, 김익의 <권농가>, 김상성의 <서호별곡>, 박규양의 <변산가>, 작자 미상의 <변산팔경가>가 그것으로, 이후 이 작품들은 부안의 향토지인 『변산의 얼』(1982)에 수록되었다. 그런 한편 김익의 <권농가>는 이상보(1980)에 의해 『현대문학』을 통해 먼저 소개되기도 하였다.

조선시대 말의 다작 작가였던 이세보의 시조 463수는 1983년 진동혁이 발굴하여 연구하였으며, 김응정과 오이건의 시조도 진동혁이 『해암가곡집』 관련 기록을 발견하면서 세상에 알려졌다(1983). 정식의 <축산

별곡> 역시 그에 의해 소개되었다(1994).

이밖에 최강현(1981)은 <홍리가>의 작자가 <표해가>의 작자인 이방익(李邦翼)과는 다른, 정조 때 중추도사로 있다 강진에 유배된 이방익(李邦翊)이라는 사실을 확인하였다. 또 안일은 이도복의 가사 <이산구곡가>를 1985년 『마이산』이란 소책자에 소개하였고,[8] 김영수(1987)는 채구연의 가사 <채환재적가>를, 전일환은 장복겸의 시조 <고산별곡>(1988)과 장현경의 가사 <사미인가>(1996)를[9] 소개하였다. 김팔남(1995)은 '강진의 진사'였던 이희징이 <춘면곡>의 작자라는 사실을 이하곤의 『남유록』을 근거로 추정하였다.

2000년대에 들어서도 새로운 작품의 발굴과 연구는 계속되었다. 조규익(2002)은 박정기의 <박금강금강산유산록>을 원생계 금강산기행가사의 한 이본으로 고찰하였고, 임형택(2003)은 영조 때 장흥지역을 덮친 대기근의 참상을 고발한 현실비판가사 <임계탄>을 발굴 소개하였다. 또 조태성(2006)은 고창 선운사와 그 일대의 풍광을 그린 이홍구의 <선운사풍경가>를, 박세인(2014)은 근대의 종교적 체험을 바탕으로 한 허욱의 가사 32편을, 김신중(2015)은 16세기 누정은일가사인 남언기의 <고반원가>를 발굴 소개하였다. 이에 앞서 김신중(2010)은 그동안 실전가사로 알려졌던 양산보 <애일가>의 한역을 통해 그 원사를 재구하여, 그것이 실은 가사가 아닌 시조 직품이라는 사실을 밝히기도 하였다.

이러한 호남시가의 작가(또는 작품)를 발굴이나 소개된 시기별로 정리해 보면 다음과 같다.

---

8) 전일환, 『전라 문학의 관점으로 본 한국 문학』, 박문사, 2015, 204쪽.
9) 전일환, 『전라 문학의 관점으로 본 한국 문학』, 126・124쪽.

- 1950년대 이전; 정극인, 송순, 정철, 윤선도, 홍섬, 백광홍, 임제, 이덕일, 윤두서
- 1950년대; 침굉(1959)
- 1960연대; 이서(1961), 조위(1963), 박순우(1963), 양사준(1963), <관서별곡>(1963), <면앙정가>(1964), 박이화(1964), 노명선・위세직・위백규・이상계(1966), 김경흠(1966), 윤이후(1968), 민주현(1969)
- 1970년대; 박사형(1971), 윤효관(1972), 민제장(1972), <효자가>(1973), 정훈(1973), 나위소(1976), 남석하(1977), 김상직・천형복(1979)
- 1980년대; 정해정(1980), 김익(1980), 이방익(1981), 김운・김상성・박규양・<변산팔경가>(1982), <하서도통가>(1983), 이세보(1983), 김응정・오이건(1983), 이도복(1985), 이중전(1986), 김이익(1986), 채구연(1987), 남극엽(1987), 장복겸(1988), 유도관(1989)
- 1990년대; 안창후(1990), 김려(1990), 이진문(1992), 정식(1994), 이희징(1995), 장현경(1996)
- 2000년대; 박정기(2002), <임계탄>(2003), 이홍구(2006), <애일가>(2010), 허욱(2014), 남언기(2015)

위에서 보듯 호남시가의 작품 발굴 및 소개는 1950년대 이전부터 근자에 이르기까지 꾸준히 이어져왔다. 그 과정에서 몇몇 학자들의 활동이 특히 두드러졌는데, 정익섭・이상보・이종출・하성래・박준규・진동혁 등이 그렇다.

그런데 새로운 고시가 자료를 소개한 일련의 연구는 대부분 작가의 생애나 작품의 배경, 작품의 개괄적인 내용이나 형태의 분석, 그리고 국문학적 의의 해명에 중점을 두기 마련이다. 따라서 작가의 생애나 작품

의 배경을 거론하는 가운데 대체로 연구자의 지역적 관심이 표명되었다.

작가나 작품에 따라서는 소개 이후 지속적인 관심의 대상이 되지 못하고, 일시적인 조명을 받는데 그치는 경우도 있으나, 계속하여 연구의 대상이 된 비중 있는 작가가 많다. 정극인, 송순, 백광홍, 정철, 임제, 윤선도, 위백규, 이세보 등이 그렇다.[10] 그 중에서도 정극인, 송순, 백광홍, 정철, 임제, 윤선도는 국문학 연구 초기부터 관심을 받았다. 특히 정철과 윤선도에게 많은 시선이 집중되었다. 이에 비해 위백규와 이세보는 보다 늦게 알려진 작가들이다. 위백규는 농촌 현실과 밀착된 작품을 남긴 향촌사족이라는 점에서, 이세보는 유배 체험을 다양하게 형상화한 작가라는 점에서 눈길을 끌었다.

---

10) 특히 이들은 다음과 같은 학술대회를 통해 집중적인 조명을 받기도 하였다.
- 『제1회 고산연구 학술대회』, 고산연구회, 1986. 5. 10.
- 『완도지역 고산 윤선도의 문화유적에 관한 학술발표대회』, 고산연구회, 1989. 7. 8.
- 『고산 윤선도의 문예와 사상(제1회 고산학술제)』, 완도군・고려대 민족문화연구원, 2011. 10. 19.
- 『송강 정철의 생애와 문학(제9회 전남고문화 심포지움)』, 한국고시가연구회, 1994. 11. 5.
- 『송강문학의 특질과 미학(제6회 가사문학 전국학술대회)』, 한국가사문학학술진흥회, 2005. 9. 23.
- 『면앙정 송순의 생애와 문학(면앙정송순연구 전국학술대회)』, 한국고시가문학회, 1995. 11. 11.
- 『면앙정 송순의 문학과 사상(제7회 가사문학 전국학술대회)』, 한국가사문학학술진흥회, 2006. 9. 22.
- 『경평군 이세보 시조의 재인식(문화체육부 문화인물 선정기념 학술발표대회)』, 한국시조학회, 1997. 7. 5.
- 『기봉 백광홍선생 학술발표회』, 기봉백광홍선생 기념사업회・한양대 한국학연구소, 2004. 6. 29.
- 『백호 임제의 삶과 문학(백호 임제 국제학술 심포지엄)』, 전남대학교 호남학연구원, 2012. 11. 30.

3.2. 지역문학적 탐색

여기서 살펴보려는 것은 호남시가에 대한 다양한 접근 중에서도 특별히 호남이라는 지역을 의식하고 행해진 연구이다. 그 성과는 크게 다음 두 측면으로 나눌 수 있다. 하나는 흩어진 지역문학 자료를 한데 모아 정리한 경우이고, 또 하나는 그에 대한 지역성의 해명에 관심을 보인 경우이다.

먼저 지역문학 자료를 수집 정리한 경우이다. 이러한 성과는 주로 작품집의 편찬이나 통사(또는 개설)적 기술로 이루어졌다. 다음이 호남시가의 자료를 모은 작품집이다.

① 손광은 편저, 『전남의 문학』, 전라남도, 1989.
② 김석중 · 백수인 편저, 『장흥의 가사문학』, 장흥군, 1997 · 2004.
③ 박준규 · 최한선, 『담양의 가사문학』, 담양군, 2001.
④ 김신중 · 조태성 · 김석태 · 박세인 · 국윤주 편저, 『호남의 시조문학』, 심미안, 2006.
⑤ 김신중 · 박영주외, 『담양의 가사기행』, 담양문화원, 2009.

이런 작품집의 편찬은 대개 시 · 군이나 도 단위의 지방자치단체가 향토사를 정리하며 주도하였다. ①이 그 첫 번째 시도로 전남의 고전문학과 현대문학을 망라하여, 각 장르별로 간단한 개설과 함께 주요한 작품을 수록하였다. 또 ②와 ③과 ⑤에서는 장흥과 담양지역의 가사 작품을 정리하였다. 저술에 따라 작품의 주석 또는 현대역 및 배경 지역의 현장감을 살린 해설이 곁들여져 있다. 특히 장흥과 담양의 가사가 작품집으로 엮어진 것은 이 두 지역에서 의미 있는 창작이 많이 이루어졌기 때문이다. ④에서는 호남의 시조 작품을 한 자리에 모아 해제와 주석을 가하였다.

작품집의 편찬과 더불어 1990년대를 지나면서는 통사적 기술도 그 모습을 보였다.

⑥ 류연석, 「전남지방의 가사문학」, 『남도문화연구』 제5집, 순천대학교 남도문화연구소, 1994.
⑦ 『전라남도지』, 제18권(고전문학편), 전라남도지편찬위원회, 1995.
⑧ 김신중, 「남도고시가약사」, 『은둔의 노래 실존의 미학』, 도서출판 다지리, 2001.
⑨ 김성기, 『남도의 시가』, 역락, 2002.
⑩ 전일환, 『전라 문학의 관점으로 본 한국 문학』, 박문사, 2015.

⑥은 호남시가 중 특히 가사 장르의 작품들이 어떻게 이루어졌는지를 통시적으로 살폈고, ⑧과 ⑨는 가사뿐만 아니라 시가문학 전반을 대상으로 하였다. 특히 ⑨는 호남의 향가 · 고려속요 · 경기체가 · 시조 · 가사 · 민요 · 판소리 · 한시 등 시가의 제반 장르에 대한 개설과 더불어 주요 작품들에 해제를 가하였고, ⑩은 시가를 중심으로 서사문학까지 포함하여 백제에서 근대에 이르는 호남문학 전반을 대상으로 하였다. 또 ⑦은 『전라남도지』를 편찬하며 전남의 고전문학만을 단행본으로 편집한 것이다. 대체로 이런 논저들은 주로 호남시가의 가맥을 의식한 문학사적 기술을 하고 있는데, 경우에 따라 자료의 정리나 해설 수준을 크게 벗어나지 못한 점도 있다.

다음은 지역성의 해명에 관심을 보인 경우이다. 호남시가의 포괄적 특성에 대한 발언은 먼저 조윤제에서 찾아볼 수 있다. 그는 송순을 이현보와 더불어 "可히 참된 自然美의 發見者요, 또 江湖歌道를 唱導한 이"라고 하였다. 이어 정철과 윤선도를 논하는 자리에서도 정철은 "關東別曲, 星山別曲 等을 지어 自然의 美를 謳歌하여 文學에 큰 貢獻을 하였고", 윤선도의 시와 악은 "決코 詩와 樂을 爲한 그것이 아니고 天地 自然美의 律動으로서의 詩요 또 樂이었다"고 하였다.[11] 즉 호남 출신 작가의 공통적인 특장으로 '자연미'와의 관계를 두루 언급하였다.

이러한 태도는 이후의 연구자들에 의해 계승되고 보다 심화되는 양상을 보인다. 그 중 정익섭은 호남의 시가 활동을 가단 중심으로 정리한 선구적 업적을 남겼다. 그는 호남지방의 가사에 대한 일련의 논고(1963, 1964, 1966)를 통해 <관서별곡>·침굉가사·<낙지가>·송강가사·<면앙정가>·구계가사·<금강별곡>·<만분가>·<남정가>를 차례로 고찰하고, 이를 바탕으로 면앙정가단과 성산가단을 중심으로 한 호남가단의 성격을 집중적으로 논의하였다(1975, 1989). 특히 가단 형성의 중심이 된 누정에 주목하여, 면앙정·소쇄원·환벽당·서하당·식영정을 무대로 형성된 두 가단의 출입 인사와 인맥 관계 및 관련 작품들을 면밀히 고찰하였다. 이를 통해 담양의 무등산권이 호남시가의 중심지로 부각되었다.

또 박준규(1998)는 국문시가 위주의 가단 개념을 한시까지 포함한 시단으로 확대시키는 한편, 논의의 범위도 호남 전역으로 확장하여 호남시단의 형성과 주요 인물들의 활동상을 폭넓게 고찰하였다. 그 과정에서 박상, 송순, 김인후, 기대승, 정철, 윤선도가 집중적으로 거론되었다. 이밖에도 유사한 논의들이 상당수 이루어진 바, 주로 16세기의 불안했던 정치 상황과 관련하여 지역 사림의 형성 및 중앙 정계로의 진출과

11) 조윤제, 『한국문학사』, 탐구당, 1987(초판; 동국문화사, 1949), 164·217쪽.

좌절 또는 퇴휴가 문학적 배경으로 취급되었다. 이와 관련하여 호남시단의 시학적 기반으로 방외적 기질과 낭만적 정서가 주목되기도 하였다(최한선:1994).

한편 1986년 '고산연구회'의 창립은 해남과 보길도를 배경으로 한 윤선도 연구의 새로운 전기가 되었다. 고산연구회는 창립 이후 수년간 학술 행사와 유적 답사를 주도하며, 학술지 『고산연구』를 제4호(1990)까지 발행하였다. 이를 통해 부용동과 금쇄동 외 수정동원림의 실체가 드러났으며, 이러한 자연 원림을 비롯한 시가 유적 및 고산시조의 언어적 특성과 문학적 성격에 대한 집중적인 고찰이 이루어졌다.

담양과 장흥에서 가사의 창작이 보다 활발하였음은 앞에서 이미 언급한 바 있다. 그 담양가사에 대해 김학성(2010)은 탁월한 형상화 기법이나 미학적 짜임새, 문채의 수준 등을 통해 미학적 성취를 논하며, 담양 사대부들의 유가로서의 겸선 지향 태도가 사회 지향 중심의 교훈가사와 자연 지향 중심의 강호가사를 집중적으로 산생시켰다고 하였다. 작품의 주요 성향이 지역 사대부들의 태도에서 비롯되었음을 지적한 것이다. 이에 비해 장흥가사는 조선시대의 보편적 주제인 강호한정과 연주충군이 거의 보이지 않는 대신 기행가사·교훈가사·현실비판가사가 주류를 이룬다. 그 요인으로 조선 후기 이 지역 향촌사족들의 의식세계 및 당시의 농민현실이 주목되었다(김신중:2011). 역시 작자층의 성격 및 작품 성향과의 관계에 대한 해명이다.

호남시가의 전반적인 기본 특질에 대해서는 조동일이 첫째 문학이 음악과 밀접한 관련을 가지고 있어 시가가 발달한 것, 둘째 여성의 정서나 여성 서술자의 목소리를 소중하게 여기는 점, 셋째 민중의 생활을 민중의 언어로 표출하는 데 열의를 보이는 것으로 정리하고, 그 셋이 하나로

합쳐진 예로 판소리를 들었다(1997). 나아가 여성의 노래를 통해 민중의 수난을 함께 나타내고자 해서 남성 시인들이 여성화자의 작품을 창작했다고 하며, 이를 '남성시가의 여성화자'라는 말로 요약하였다. 그리고 이렇듯 남녀의 구분을 넘어서는 노래가 두드러진 의의를 갖는 호남문학에 비해 영남문학은 상하의 차등을 뒤집어엎는 이야기 형태의 산문 즉 인물전설이 의미가 있다고 보았다(2003).

근래에는 지방화 시대를 맞아 지역문학을 문화자원으로 적극 활용하자는 주장도 심심찮게 볼 수 있다. 여수의 노래인 <동동>을 지역 관광자원으로 활용하자는 제안(김준옥:2006)이 그 한 예이다. 또 작품의 장소와 작자의 경험이 상호작용을 통해 드러내는 독특한 장소성에 주목하여 호남가사의 장소성을 천착한 연구(고성혜:2016)도 시도되었다.

이런 논의들을 거치며 호남시가의 지역적 특성으로 자연미의 추구, 누정문학의 발달, 방외적 기질과 낭만적 정서, 높은 음악성, 민중의 생활과 언어에 대한 관심 등이 부각되었다. 하지만 이러한 성과에도 불구하고 호남시가의 지역적 특성이 만족할 만하게 해명되었다고 할 수는 없다. 연구자들이 지역문학이라는 개념을 적극적으로 인식하게 된 것이 얼마 되지 않았을 뿐더러, 남아있는 작품들이 항상 새로운 해석을 기다리고 있기 때문이다.

지금까지 호남시가에 대한 연구 성과를 작품 발굴과 소개 및 지역문학적 탐색이라는 관점에서 돌아보았다. 그러면서 주요한 작가들의 면면과 함께, 떠오른 지역성은 무엇인지 일별하였다. 이제 논의를 마무리하며 앞으로 기대되는 연구 방향을 제시하면 다음과 같다.

먼저 연구의 편향성 극복이다. 지금까지 호남시가에 대한 대부분의 연구는 조선 중기와 일부 유명 작가에 집중되었다. 그것은 곧 연구자들의 주된 관심이 지역 출신 작가와 중앙 정치 무대와의 관련 양상을 밝히는 데 치중되었기 때문이다. 그 결과 조선 후기 향촌사회를 배경으로 한 작품에 대해서는 본격적인 탐색이 잘 이루어지지 않았다. 또 타지인이 호남을 배경으로 창작하였거나 호남인이 타지를 배경으로 창작한 작품에 대해서도 마찬가지이다. 그런 점에서 호남의 해안 도서지역을 배경으로 이루어진 일련의 유배시가에 대한 천착도 남겨진 과제이다.

다음은 지역성 해명을 위한 문제의식의 확보이다. 앞으로 보다 적극적인 지역성의 해명을 위해서는 효율적인 방법론이 필요하며, 그것은 시대정신과 사회문화적 배경을 고려하며 다각적으로 모색되어야 할 것이다. 특히 지방사 연구에서 거둔 성과와 연계하여 조선 후기 향촌사족이 남긴 작품들의 실상을 밝히는 작업이 필요하다. 또 다른 지역과의 비교 연구를 통해 그 특성을 도출하는 것도 효과적인 방법일 것이다. 넓게는 장르적 차원의 문제에서부터 좁게는 특정 작가나 작품의 교섭이나 형성 등이 모두 비교의 대상이다.

제2부

호남시조의 작품 형상

1장 송순시조의 전승과 의의

1. 머리말

면앙정(俛仰亭) 송순(宋純;1493~1582)이 한국문학사에서 주목을 받는 가장 큰 이유는 가사 작품 <면앙정가>를 남겼기 때문이다. 이 <면앙정가>로 인해 그는 조선중기에 강호자연 문학을 본격적인 궤도에 올려놓았다는 상찬을 들어왔다. 나아가 영남가단의 이현보와 쌍벽을 이루는, 호남가단의 선창자로 인식되었다.

<면앙정가> 외에도 송순은 또 <면앙정단가>와 <면앙정잡가> 등 20수로 파악되는 많은 시조와 함께 500여 수의 한시를 남겼다. 그렇지만 그를 본격적인 시조 작가로 취급하고 깊이 있게 연구한 논저는 찾아보기 어렵다. 그것은 송순의 시조가 가사 <면앙정가>의 그늘에 가려 있었기 때문이기도 하지만, 그것들이 가지고 있는 전승상의 문제 때문이기도 하다. 그래서 지금까지 그의 시조는 보통 <면앙정가>를 언급하는 자리에서 부수적으로 논의되어 왔다.

이러한 점에 유의하여 여기서는 일단 송순시조의 모습을 전반적으로 검토하였다. 특히 일관된 경로를 갖지 못하고 여러 가집에 흩어져 전하는 작품의 전승 및 『면앙집』의 한역 수록 양상, 그리고 초창기의 연구 추이와 함께 작품이 가진 의의와 성격을 살펴본 것이 이 글의 주요 내용이다.[1)]

2. 전승의 양상

송순의 시조를 접할 수 있는 가장 기본적인 문헌은 『면앙집』이다. 그러나 『면앙집』은 그것을 우리말 형태의 국문으로 직접 수록하고 있지는 않다. 송순의 시가는 정철이나 윤선도의 경우처럼 자신의 문집이나 개인 가집을 통해 원래의 모습으로 정리되어 전해지지 않는다. 또 『면앙집』에는 그의 시가 활동이나 시가에 대한 생각을 상세히 알려주는 기록 역시 별로 수록되어 있지 않다. 다만 <가장(家狀)>과 <연보(年譜)>에 그 대략을 알려주는 다음과 같은 기록이 보일 뿐이다.

> (가) 그 임금을 생각하고 나라를 걱정하는 마음을 조금도 늦추지 않았으니, 시가에 그것을 드러내고 노래에 그것을 나타내었다. <致仕歌> 3편, <夢見主上歌> 1편, <五倫歌> 5편, <俛仰亭長歌> 1편, <短歌> 7편, <雜歌> 2편,[2)] <少時玉堂受賜黃菊歌(自上特賜黃菊玉堂歌)>1편, 춘당대에서 경작을 보고 응제한 <農歌> 1편이 있다. 만백 가지 말이 서로 착종되어 어울

1) 이 글은 『고시가연구』 제4집(한국고시가문학회, 1997)에 실린 「송순 시조의 전승 양상과 문학사적 의미」 일부를 수정 보완한 것이다.

2) 원문에는 '一篇'으로 되어 있으나 이는 '二篇'의 잘못인 듯하다.

리고, 풍류와 정취가 넘치고 풍부하다. 족히 풍교를 두터이 하고 나약함과 어리석음을 바로 세울 수 있어서, 단지 한때 관현에 올림에 그치지 않았다. 지금 그 가사와 곡조는 아직도 전파되어 없어지지 않았는데, 송강 정철의 <訓民歌> 첫번째와 두번째 작품 또한 이를 끌어와 따 쓴 것이다. 그 <農歌>의 음절은 더욱 들을만하여 옛 마을에 전해진다. 농부들이 입으로 부르고 귀로 들으면서 말하기를 "이는 송어른이 남기신 소리다"고 이른다.[3)]

(나) <致仕歌>, <夢見主上歌>, <五倫歌>, <俛仰亭長歌>, <短歌>, <雜歌>가 있다. 方言과 俚語를 사용하여 풍류가 넘치고 정취가 상세하여 당시와 오늘에 이르도록 전송되는데, 그 <農歌>의 음절은 더욱 들을만하다. 향리의 농부들이 입으로 불러 없어지지 않았으며, 이르기를 "이는 송대감이 남기신 곡조다"고 한다. 혹은 말하기를 "춘당대에서 친경을 할 때 응제하여 올렸다"고 한다.[4)]

위의 (가)는 황윤석이 쓴 <가장>의 일부이고, (나)는 송순의 <연보> 81세조의 기록이다. 여기에 언급된 작품은 <치사가> 3편, <몽견주상가> 1편, <오륜가> 5편, <면앙정장가> 1편, <면앙정단가> 7편, <면앙정잡가> 2편, <자상특사황국옥당가> 1편, <농가> 1편이다. 그런데 이 중에는 현전하지 않는 작품도 있으며, 또 현전하고 있다 하더라도 한역으로만 전하는 것도 있다. 때문에 시가로서 그것들이 가진 문학적 형태를 지금 명확히 아는 데는 한계가 있다. 그러나 '방언'과 '이어'를 사

3) 惟其愛君憂國之誠 曾未少弛 發諸篇什 形諸謳吟 有致仕歌三篇 夢見主上歌一篇 五倫歌五篇 俛仰亭長歌一篇 短歌七篇 雜歌一篇 及少時玉堂受賜黃菊歌一篇 春塘抬觀耕應製農歌一篇 万言百語 錯綜抑揚 風流情致 溢發委曲 有足以惇風教立懦頑 而不徒一時被之管絃而已 今其詞曲 尙流播未泯 而松江鄭公澈訓民歌第一第二 亦有引而採者 其農歌音節 尤足聽聞 傳諸古里 農夫口授耳認曰 此宋爺遺聲也(黃胤錫, <家狀>, 『俛仰集』, 卷之五)

4) 有致仕歌 夢見主上歌 五倫歌 及俛仰亭長歌 短歌 雜歌 方言俚語 風流溢發 而情致委曲 一世至今傳誦 而其農歌音節 尤足聽聞 鄕里農夫 口授不泯曰 此是宋大監遺調也 或曰 卽春塘親耕時 應製以進云(<年譜>, 81歲條, 『俛仰集』, 卷之五)

용했다고 한 점으로 미루어, 모두 우리말로 된 노래인 것은 분명하다. 그 가운데 <면앙정장가> 1편은 현재 <면앙정가>로 지칭되는 가사 작품이다. 나머지 작품 20편은 모두 시조로 보이는데, <농가>의 경우는 쉽게 속단하기 어렵다.

그런데 『면앙집』 권4 '잡저'에는 위의 <농가>외 나머지 작품이 모두 한역된 형태로 수록되어 있다. 이 한역은 그의 문집에 직접 국문으로 수록되지 않은 채 각종 가집에 흩어져, 대개 작자가 불분명한 상태로 전하는 송순시조의 모습을 살피는 데 가장 요긴한 정보를 주는 자료이다.

따라서 먼저 송순시조의 전모를 보기 위해, 가사 작품인 <면앙정장가>를 제외하고, 시조로 생각되는 나머지 작품들의 한역을 다음에 일괄 제시한다. 그 중 지금까지 각종 옛 가집에서 원사를 찾아낸 작품은 원사를 함께 병기하고, 원사를 찾지 못한 작품은 그 내용을 가늠하기 위해 김동욱이 시도한 한역의 우리말 반역(反譯)을 병기한다. 또 송순의 외손 최기(崔棄)가 쓴 <행적(行蹟)>을 비롯한 여러 기록에 송순이 을사사화 때 많은 선비가 희생당하는 것을 보고 탄식하여 지었다는 <상춘가(傷春歌)>의 한역이 전하므로,[5] 그 원사라고 생각되는 작품도 마지막에 함께 제시한다.

〈면앙정단가〉 7편

① 俛則地兮 仰則天兮	굽어ᄂᆞᆫ 땅이오 우러러ᄂᆞᆫ 하늘이라
兩位之際兮從 而生我兮居焉	두 분의 ᄀᆞᆺ을 조차 내 삼겨 살아시니
領溪山兮風月 將與偕兮老云	溪山에 風月 거ᄂᆞ려 늙은 뉘를 몰래라
	(김동욱 반역)

5) 府君每歎 乙巳諸賢多敗 嘗作歌曰 有鳥嘵嘵 傷彼落花 春風無情 悲惜奈何 (崔棄, <行蹟>, 『俛仰集』, 卷之四). 趙鐘永이 쓴 송순의 <諡狀> 및 黃胤錫이 쓴 <家狀>, 宋煥箕가 쓴 <行狀>에도 이와 유사한 기록이 보인다.

② 廣廣之野兮 川亦修而脩兮
如雪兮白沙 如雲之鋪兮
無事携竿之人兮 曾日落兮不知

너부나 너분 들의 시내도 김도 길샤
눈ᄀᆞ튼 白沙ᄂᆞᆫ 구룸ᄀᆞ치 펴잇거든
일 업슨 낙대든 분네ᄂᆞᆫ ᄒᆡ지ᄂᆞᆫ 줄 몰나라

(『근화악부』 168, 작자 미상)

③ 松籬兮昇月 至竹梢兮轉離
玄琴兮橫按 巖邊兮猶坐
何許失伴兮鴻鴈 而獨鳴兮云徂

솔 숫희 도든 ᄃᆞᆯ이 ᄯᅢ 숫틔 ᄯᅥ나도록
거문고 빗기 안고 바회 우희 안자시니
어듸셔 벗 일흔 기럭이ᄂᆞᆫ 혼자 우러 네ᄂᆞ니

(『근화악부』 158, 작자 미상)

④ 山作兮屛風 野外兮周置
過去兮有雲 咸欲宿兮入來
何無心兮落日 而獨逾而去兮

山으로 屛風 삼아 들 밧게 둘러두니
디나ᄂᆞᆫ 구름조차 자려고 들온ᄂᆞᆫ대
어찌타 無心한 落日은 홀로 넘어 가ᄂᆞ뇨

(김동욱 반역)

⑤ 宿鳥兮飛入 新月兮漸昇時
獨木兮橋上 獨去兮彼僧
爾寺兮何許 遠鍾聲兮入聆

잘 새ᄂᆞᆫ ᄂᆞ라들고 새 ᄃᆞᆯ은 도다온다
외나모 ᄃᆞ리에 혼자 가ᄂᆞᆫ 뎌 듕아
네 뎔이 언머나 ᄒᆞ관ᄃᆡ 먼 북소릐 들리ᄂᆞ니

(『송강가사』 성주본, 정철)

⑥ 見山頂兮夕陽 而跳遊兮群魚
惟無心兮此釣竿 無以兮剩疑
淸江月將生兮 此間興兮不可支

山頂에 노을 지고 믓고기 ᄯᅱ노ᄂᆞ니
無心한 이 낙시야 고기야 잇건 업건
淸江에 ᄃᆞᆯ 돋아오니 이 ᄉᆞ이 興이야 일러 무삼

(김동욱 반역)

⑦ 天地兮帳幕 日月兮燈燭	天地로 帳幕 삼고 日月노 燈燭 삼아
傾彼北海兮 海樽兮是漑	北海水 휘여다가 酒樽에 다혀두고
作南極老人星兮 將不知兮有晦	南極에 老人星 對하여 늙글 뉘를 모로리라
	(『병와가곡집』 201, 이안눌)

〈면앙정잡가〉 2편

① 秋月山兮細風 向錦城兮將去	秋月山 가는 바람 錦城山 넘어갈 제
越野兮亭子上 我無睡兮云寤	들 넘어 亭子 위에 잠못 이뤄 깨안즈니
起而坐兮歡喜情 宛故人兮如覩	어즈버 즐거온 情이야 녯님 본 듯하야라
	(김동욱 반역)

② 經營兮十年 作草堂兮三間	十年을 經營ᄒᆞ야 草廬 한 間 지어니니
明月兮淸風 咸收拾兮時完	半間은 淸風이요 半間은 明月이라
惟江山兮無處納 散而置兮觀之	江山을 드릴 듸 업ᄉᆞ니 둘너두고 보리라
	(『병와가곡집』 177, 김장생)

〈자상특사황국옥당가〉 1편

風霜交撲之日夜兮 盡情開兮黃菊花	風霜이 섯거친 날의 ᄀᆞᆽ피은 黃菊花를
銀盤兮折而盛 玉堂兮送貽	金盆에 ᄀᆞ득 담아 玉堂의 보니오니
桃李毋以稱花兮 君之意兮可知	桃李야 곳인 체 마라 님의 뜻을 알괘라
	(『병와가곡집』 94, 송순)

〈몽견주상가〉 1편

太息兮有間 儵然兮暫睡
娟娟夢魂 侍吾主兮以來
古之言兮以白 夜之晨兮曾不知

한숨 지을 사이 홀연히 조으더니
연연한 꿈결 속에 내 님을 모셔이셔
녯 말을 사뢰다 보니 날샌 줄을 몰라라

(김동욱 반역)

〈치사가〉 3편

① 老去兮欲退去 與心兮相議
云有吾主兮 欲去兮何地
自持兮佳容 而獨胡爲兮將之

늙엇다 믈너가쟈 ᄆᆞ옴과 議論ᄒᆞ니
이 님 바리옵고 어듸러로 가쟌 말고
ᄆᆞ옴아 너란 잇거라 몸만 몬져 가리라

(『병와가곡집』 620, 작자 미상)

② 江山兮豈有主 風月兮豈有價
持此一身兮 何許兮不可去
而每日兮不得去 今日來日兮伊何

임자 업슨 江山이오 갑 업슨 風月이라
이 몸 하나거니 어드러로 못 ᄯᅥ나료
매양에 가지 못ᄒᆞ고 오늘 내일 ᄒᆞ느니

(김동욱 반역)

③ 去之兮此糞功名 是非兮紛多
何許兮江山 云勿來兮
而不得兮奮去 胡出入兮虛料爲

가노라 긔ᄯᅩᆼ 功名 是非도 하도 하다
어디론 江山인돌 오지 말라 홀가마는
ᄠᅥᆯ치고 가디 못하고 드명나명 망서리뇨

(김동욱 반역)

〈오륜가〉 5편

① 阿爸兮生我 阿孃兮育我

아바님 날 나흐시고 어마님 날 기

ᄅᆞ시니

苟非兩恩德兮 而此身兮生孆
如天罔極恩德 于何可準兮爲報

두 분곳 아니시면 이 몸이 사라실가
하날ᄀᆞᄐᆞᆫ ᄀᆞ업ᄉᆞᆫ 恩德을 어ᄃᆡ 다혀 갑ᄉᆞ오리

부자유친(『송강가사』 성주본, 정철)

② 君王統百姓兮 作父母兮位焉
群臣如天仰之兮 用一身兮獻之
惟祝壽兮 於萬年兮

百姓을 거느리니 父母가 아니신가
하늘갓치 우러러 이 한 몸 바치리다
다만지 祝壽하옵기 萬年을 누리소셔

군신유의(김동욱 반역)

③ 一家而爲號兮 亦內外兮不同
故夫婦之間兮 俾嚴正兮成之親
且可愛之意兮 須以識兮以生

한 집안 거느리니 안과 박기 갓ᄒᆞ랴
부부의 사이야 엄케ᄒᆞ면 親ᄒᆞ리니
더우기 ᄉᆞ랑의 뜻이야 조차남을 알괘라

부부유별(김동욱 반역)

④ 兄兮弟兮 撫爾肌兮視之
賦自于誰兮 樣子兮從以似
喫一乳兮長一抱 異心兮無以

형아 아ᄋᆡ야 네 ᄉᆞᆯᄒᆞᆯ ᄆᆞ져보와
뉘 손ᄃᆡ 타나관ᄃᆡ 양ᄌᆡ조차 ᄀᆞᄐᆞᆫ다
ᄒᆞᆫ 졋 먹고 길러나 이셔 닷 ᄆᆞᄋᆞᆷ을 먹디 마라

장유유서(『송강가사』 성주본, 정철)

⑤ 凡人有生之中兮 如友兮有信
吾之有非兮 欲盡是兮
此身苟匪此友兮 其爲人兮易乎

ᄂᆞᆷ으로 삼긴 듕의 벗ᄀᆞ티 有信ᄒᆞ랴
내의 왼 일을 다 닐오려 ᄒᆞ노매라
이 몸이 벗님곳 아니면 사ᄅᆞᆷ되미 쉬울가

붕우유신(『송강가사』 성주본, 정철)

〈상춘가〉

有鳥嘵嘵 傷彼落花 곳지 진다ᄒᆞ고 ᄉᆡ드라 슬허 마라
春風無情 ᄇᆞ롬에 흣날니니 곳의 탓 아니로다
悲惜奈何 가노라 희짓ᄂᆞᆫ 봄을 ᄉᆡ와 무슴ᄒᆞ리오
(『병와가곡집』 611, 작자 미상)

위에서 보다시피 『면앙집』 권4 ‘잡저’에 수록된 한역 19편은 모두 장단6구체로 되어 있다. 그런데 조선시대의 시조한역은 이러한 6구의 고시체나 칠언절구의 악부체로 이루어지는 것이 보통이었다. 그 중에서도 특히 장단6구체는 3장6구로 된 시조의 형식에 매우 근접한 것으로, 원사의 내용을 직역에 가깝게 보다 충실히 전달하고자 하는 한역 방식이었다. 이에 비해 칠언절구체는 한시의 형식미를 살린 의역에 적합한 한역 방식이었다. 따라서 송순의 작품이 이렇듯 장단6구체로 한역되었다는 사실은 곧 그것이 원래 시조였음을 말해주는 뚜렷한 증거가 된다. 그 한역이 언제 누구에 의해 이루어졌는지는 지금 분명히 알 수가 없다. 다만 모두 일률적인 방식으로 한역되어 수록된 점으로 미루어, 『면앙집』의 편찬 과정에서 이루어졌을 가능성이 큰 것으로 생각된다. 순한문으로 문집을 편찬하는 과정에 우리말로 된 그의 시조를 원사에 보다 가깝게 수록하고자 하는 의도가 작용하였을 것이다.

이와 달리 전승 경로가 다른 <상춘가>는 4언4구체라는 색다른 한역 방식을 취하였다. 그것을 전하는 기록이 원사의 형태보다는 작품의 창작 동기나 주제의식을 그대로 전달하고자 하는 강한 의도를 가지고 있었기 때문이었다. 즉 최기가 쓴 <행적> 등의 기록이 을사사화 때 많은 선비가 희생당하는 것을 안타까워한 송순의 지사적 면모에 초점을 맞춘 결과이다.

이렇듯 송순의 시조 작품을 추적하여 정리해 보면, 『면앙집』에 한역으로 전하는 작품이 모두 20수이고, 이를 근거로 하여 각종 가집에서 원사를 찾아낸 작품은 11수이다. <면앙정단가>의 ②·③·⑤·⑦, <면앙정잡가>의 ②, <자상특사황국옥당가>, <치사가>의 ①, <오륜가>의 ①·④·⑤, <상춘가>가 그것이다.

그러나 송순시조의 원사로 찾아낸 작품이라 할지라도 그것을 수록한 가집에 따라서는 작자를 다른 인물로 표기하고 있거나, 작자 미상으로 되어 있는 경우도 있다. 즉 <면앙정단가> ⑤는 정철로, ⑦은 이안눌로, <면앙정잡가> ②는 김장생으로, <오륜가>의 ①과 ④와 ⑤는 정철로도 표기되어 있고, <면앙정단가> ②와 ③·<치사가> ①·<상춘가>는 작자 미상으로 되어 있기도 하다. 또 여러 가집에서 송순의 작품으로 표기된 <자상특사황국옥당가>는 성주본 『송강가사』에도 수록되어 정철의 소작으로 취급되어 있다.

전승 양상이 이렇다 보니, 사실 아무런 이의 없이 송순의 작으로 인정되는 작품은 없다고도 할 수 있다. 하지만 그동안의 연구는 『면앙집』을 비롯한 각종 자료를 통해 위 11수의 원사를 모두 송순의 작품으로 인식하여 왔다. 또 김동욱이 반역한 나머지 9수 역시 원래 송순이 시조로 창작하였음이 의심되지 않는다. 그것들이 대부분 연장체 노래의 일부로서, 원사가 전하는 다른 작품들과 함께 한역되어 있기 때문이다. 그러므로 여기서 송순의 시조는 원사 없이 한역만 전하는 것까지 포함하여 모두 20수로 정리된다. 이는 무엇보다도 『면앙집』에 실린 작품의 한역 형태와 연장체 구성은 물론, 황윤석이 쓴 <가장>이나 최기가 쓴 <행적> 등의 내용을 신뢰한 결과이다.

그런데 이밖에도 일각에서 송순의 시조로 거론되는 작품이 몇 수 더 있다. 다음의 4수가 그것이다.

> ① 上有堯舜之君 四方皆太平烟花로다
> 머리를 고텨 쒸워 玉簪을 ᄀᆞ라고
> 燕京에 조회ᄒᆞᆫ 노신이야 죽어 ᄇᆡᆨ골이 된들 충셩을 변ᄒᆞᆯ소냐
>
> ② 이셩저셩ᄒᆞ니 이른 일이 무ᄉᆞ 일고
> ᄒᆞ롱하롱ᄒᆞ니 歲月이 거의로다
> 두어라 已矣已矣여니 아니 놀고 어이리
>
> ③ ᄒᆞᆫ 달 셜흔 날의 盞을 아니 노핫노라
> ᄑᆞᆯ 病도 아니들고 입 病도 아니ᄂᆞᆫ다
> 每日에 病 업슨 덧으론 ᄭᆡ지 말미 엇더리
>
> ④ 드른 말 卽時 잇고 본 일도 못 본드시
> ᄂᆡ 人事ㅣ 이러홈ᄋᆡ 남의 是非 모를노라
> 다만지 손이 盛ᄒᆞ니 盞 잡기만 ᄒᆞ리라

위의 ①은 송순이 명나라에 사신으로 가며 출발에 앞서 불렀다는 노래이다. 보통 <연행가(燕行歌)>라고 일컬어진다. 『속편 면앙집』 권1 '연행록'이라 이름한 글에 이 노래를 지은 배경과 함께 수록되어 있다. 즉 교리로 있던 송순이 이이의 추천으로 성절사(聖節使)가 되어 연경에 가게 되었다. 그 때 출발에 임하여 이이・이황・나세찬・홍춘경 등의 배웅을 받으며, 말 위에서 이 <연행가>를 바로 지어 불렀다. 그러자 또 이에 화답하여 이이와 홍춘경이 차례로 노래를 지어 불렀다고 한다.

그런데 이러한 창작 배경이 실제의 사실과 잘 부합되지 않는다는 데

에 문제가 있다. 송순이 교리로 있던 때(36세, 1528)는 그를 성절사로 추천하였다는 이이(1536~1584)가 아직 태어나기도 전이었고, 송순이 실제로 주문사(奏聞使)가 되어 연경에 갔을 때(55세, 1547)는 이이가 겨우 열두 살에 불과했기 때문이다.[6] 따라서 송순과 이이와의 관련 내용은 실제로 성립할 수가 없다. 이렇듯 '연행록' 내용 자체의 신빙성이 떨어지기 때문에 <연행가>를 송순의 시조로 받아들이기 어렵다.

또 ②・③・④는 주씨본 『해동가요』에 송순의 작으로 되어 있는 작품이다. 그러나 주씨본 『해동가요』를 제외한 다른 가집들에서는 거의가 그 작자를 송인(宋寅)으로 밝히고 있다.[7] 게다가 『면앙집』에는 이에 대한 언급이 전혀 보이지 않는다. 이런 정황으로 미루어 주씨본 『해동가요』가 송인을 송순으로 와전하였을 가능성이 크다.

더하여 송순의 <농가>를 시조로 보고 정철의 <훈민가> 중의 13번째 '무타농상(無惰農桑)'이 이와 관련이 있을 것으로 보는 견해도 있으나, 이는 실증적 근거가 없는 단순한 추정에 불과할 뿐이다. 또 <면앙정삼언가(俛仰亭三言歌)> 및 『면앙집』 권4 '잡저' 서두의 <곡조문(哭鳥文)>과 <곡자문(哭子文)>을 시조로 볼 수도 있으나, <면앙정삼언가>는 3언8구로 되어 있어 일반적인 시조의 한역 형태와는 거리가 있으며, <곡조문>과 <곡자문>은 그 제목에서 보듯이 '가'가 아닌 '문'이라는 장르의식을 바탕으로 한 글이다.

---

6) 정익섭, 『개고 호남가단연구』, ㈜민문고, 1989, 193쪽, 주46 참고.
7) 심재완 편, 『교본 역대시조전서』, 세종문화사, 1972 참고.

3. 작품의 의의

3.1. 종래의 평가

그러면 송순시조에 대한 종래의 연구와 평가는 어떻게 이루어져 왔는지 검토해 보자. 송순의 시조가 국문학계에서 비중 있게 다루어진 것은 1930년대 이병기와 조윤제에 의해서이다. 이병기(1936)는 송강가사를 연구하는 과정에서 <자상특사황국옥당가(風霜歌)>와 <면앙정단가> ⑤(잘새歌)가 『송강가사』에 실려 있지만 원래 송순의 시조임을 밝히고, 그의 한역 단가 및 『속편 면앙집』의 <연행가>를 자료로서 소개하였다.[8] 또 조윤제(1937)는 시가 시인으로서 송순의 탁월한 면모를 <면앙정가>와 <자상특사황국옥당가>를 통해 설명하면서, 그를 이현보(李賢輔)와 함께 강호가도의 선창자로서 자리매김하였다.

> 그리하야 樹立된 聾巖과 俛仰亭의 江湖歌道는 其後 直接 間接으로 많은 影響을 後世作家에게 기친듯 하니 첫째 退溪歌 栗谷歌에는 多分 그러한 精神이 흘러있고 松江詩歌에서도 그 傾向이 없지 않다. 이것은 그 時代의 生活相이 그러케 맨든 것이라 볼 수도 있지마는 聾巖 俛仰亭 兩翁은 確實히 그 歌道의 先唱者요 또 樹立者이라 할 수 있다.[9]

이후 신동엽(1949)에 의해 몇 작품(<면앙정단가> ⑤와 ⑦, <면앙정잡가> ②, <자상특사황국옥당가>, <치사가> ①)의 원사 및 작자 확인 작업이 있었으며,[10] 김동욱(1964)은 정철에 미친 송순의 영향과 함께 『송강가사』에 들

8) 이병기, 「송강가사의 연구(1)」, 『진단학보』 제4호, 1936.
9) 조윤제, 『조선시가사강』, 동광당서점, 1937, 261쪽.

어 있는 작품을 송순의 작으로 재차 확인하면서 원사를 찾지 못한 작품을 다시 우리말로 반역하였다.[11)]

이와 같이 작품의 원사 및 작자를 확인하는 작업은 본격적인 연구를 위한 예비적 단계라고 할 수 있다. 이러한 단계를 지나 호남가단 연구의 선편을 잡은 정익섭(1975)은 송순의 시조를 주제에 따라 ①자연탄미(自然歎美)의 노래, ②오륜권려(五倫勸勵)의 노래, ③치사미련(致仕未練)의 노래, ④사군충정(思君衷情)의 노래, ⑤흠앙청절(欽仰淸節)의 노래, ⑥개세우의(慨世寓意)의 노래로 분류하여 고찰하였다. 그리고 그의 시조는 주제의 다양성과 함께 이전의 시조와는 달리 순수한 '자연탄미'와 '오륜'의 주제를 담아내었다는 점, 매 작품에 주제에 해당하는 제명을 부기한 점, 연형을 취한 점, 우리말 위주의 능란한 조사법을 구사한 점 등을 들면서, 시가사적인 면에서 송순의 시가는 호남 시가의 원류가 되며, 조선조 시가 발전의 계기를 마련해 주었다고 평가하였다.[12)] 이어서 이종건(1982),[13)] 박준규(1983),[14)] 김성기(1990)[15)]에 의하여 그 동안 미진했던 문헌적 전거에 대한 재검토와 아울러 각 작품의 제작 배경 및 소재와 내용 등에 대한 자세한 해설이 시도되었다.

이러한 연구를 통해 송순시조의 실상이 밝혀지면서 그에 따른 송순의 국문학사적 위상은 높게 자리매김되었다. 그러나 그가 차지한 높은 국문학사적 위상에 걸맞는 본격적인 연구는 아직도 미진한 채로 남아 있

10) 신동엽, 「시가상으로 본 송면앙과 정송강과의 관계」, 『한글』 제106호, 1949.
11) 김동욱, 「임란전후 가사연구」, 『진단학보』, 제25・26・27합호, 1964.
12) 정익섭, 『개고 호남가단연구』, 민문고, 1989(초판; 진명문화사, 1975).
13) 이종건, 『면앙정 송순 연구』, 개문사, 1982.
14) 박준규, 「송면앙정 연구」, 『전남지방의 인물사 연구』, 전남지역개발협의회, 1983.
15) 김성기, 「송순의 시가문학 연구」, 조선대학교 대학원 박사학위논문, 1990.

다고 할 수 있다. 지금까지의 연구가 작품의 원사를 추정하고, 문헌적 기록을 검토하고, 이에 대한 해설을 시도하는 등의 평면적 입장에서 진행되어 왔다면, 앞으로의 연구는 사림파 문인으로서 송순이 지녔던 이념적 측면과 그것의 문학적 형상 및 동시대의 다른 문인이나 사조와의 대비를 통해 그의 시조가 지닌 특성을 밝히는 방향으로 나아가야 할 것이다.

3.2. 작품의 의의

위와 같은 연구에서 지적된 송순시조의 두드러진 문학사적 의의를 들자면, 이전까지와는 다른 새로운 강호자연문학을 개척하였다는 점과 정철로 이어지는 한국 시가의 맥을 형성시켰다는 것으로 요약이 가능하다. 그에 대해 사용된 '강호가도의 선창자', '자연탄미의 시인' 혹은 '호남시가의 원류'라는 등의 평어는 모두 그런 면모를 강조한 것이다. 그렇다면 송순의 시조에 있어서 강호자연은 어떤 모습으로 투영되어 있으며, 정철로 이어진 송순시조의 성격은 무엇일까?

조선시대 시가문학에 있어서 특수한 공간적 배경으로 작용한 강호자연이라는 말은 그 자체로서보다는 세속적인 정치현실과의 대비를 통해 그 모습이 더 뚜렷하게 드러난다. 즉 강호자연이 정치현실의 상대적 개념으로 인식되었기 때문이다. 나아가 이 두 세계는 조선시대 선비들이 벼슬길에 나아가고 물러나며 내세웠던 출처에 대한 명분과도 밀접한 관계가 있다. 벼슬길에 나아가고 자연으로 물러나는 것은 곧 "천하에 도가 있으면 나타나고 도가 없으면 숨는다(天下有道則見 無道則隱)"는 유가적 명분의 실천적 모습이기 때문이다. 따라서 그들은 벼슬길에 나아가서는 이른바 제세안민(濟世安民)을 위해 힘쓰고, 자연으로 물러나서는 심성수양(心性修養)의 길을 걷는 것이 선비로서의 명분에 충실한 삶이라고 생각했다. 그러므로 매우 도식적이기는 하나, 현실과 자연을 배경으로 한 문학은 각기 제세안민과 심성수양이라는 대주제를 마치 음영처럼 바닥에 깔고 있기 마련이다. 출사의 길을 걸었던 선비의 문학에는 이 양면의 명암이 나름대로의 농도를 가지고 서로 교섭하고 있음을 볼 수 있다.

이런 관점에서 정치현실과 강호자연이라는 두 축을 근간으로 하여 송순의 시조의 배경을 조망해 본다면, 그것은 다음과 같이 분류할 수 있다.

정치현실	·········→	강호자연
<오륜가> 5수 <상춘가> 1수 <자상특사황국옥당가> 1수	<치사가> 3수	<면앙정단가> 7수 <면앙정잡가> 2수 <몽견주상가> 1수

즉 <오륜가>, <상춘가>, <자상특사황국옥당가>는 세속적인 정치현실 속에서 제세안민의 대주제를 음영으로 한 작품이다. 그러한 농도가 가장 짙게 드러난 것이 교술적 색채가 짙은 <오륜가>이다. 그리고 <상춘가>에는 참혹한 사화 속에서도 새 날을 기다리는 인고자의 모습이, <자상특사황국옥당가>에는 '도리(桃李)'에 대한 '황국화(黃菊花)'의 의연한 자태로 소신을 지키는 선비의 모습이 부각된다. 이와 상대적으로 <면앙정단가>, <면앙정잡가>, <몽견주상가>에는 강호의 자연을 벗삼아 심성을 기르는 은일자의 모습이 인상적이다. 그리고 이 두 축 사이에 위치한 <치사가>에서는 출과 처 사이에서 느꼈던 작자 자신의 심리적 갈등을 읽을 수 있다. 여기에서 작자는 자신이 치사를 생각하는 것은

늙음과 세상의 시비 때문이라 하였지만, 실제로 그가 치사하게 된 것은 시비보다는 늙음 때문이었다. 도중에 파직과 유배의 아픔을 겪기도 하였지만, 송순은 근 50년에 이르는 관직 생활을 마치고 77세에 치사하였다.

이렇듯 득의한 출사를 마치고 자의로 돌아온 강호였기에 송순의 면앙정은 활짝 열린 공간으로서의 성격을 갖는다. 이곳은 "굽어는 땅이오 우러러는 하늘이라(俛則地兮 仰則天兮, <면앙정단가> ①)"라는 구절처럼 하늘과 땅을 향해 열린 공간이며, 온갖 자연물은 물론 임금이 있는 정치현실을 향해서도 열린 세계(<면앙정잡가>, <몽견주상가>)였다. 따라서 면앙정의 공간은 개방적 휴식처로서의 성격을 갖는다. 때문에 조선시대 중기 이후 갈수록 점차 짙게 드러나는 현실과의 의식적인 거리감이 송순의 시조에서는 별로 느껴지지 않는다.

이 듕에 시름 업스니 漁父의 生涯이로다
一葉扁舟를 萬頃波에 띄워 두고
人世를 다 니젯거니 날 가는 줄를 안가

구버는 千尋綠水 도라보니 萬疊青山
十丈紅塵이 언매나 ᄀᆞ렛ᄂᆞᆫ고
江湖애 月白ᄒᆞ거든 더옥 無心하얘라

青荷애 바볼 ᄡᆞ고 綠柳에 고기 ᄢᅦ여
蘆荻花叢애 ᄇᆡ ᄆᆡ야 두고
一般清意味를 어늬 부니 아ᄅᆞ실고

山頭에 閒雲이 起ᄒᆞ고 水中에 白鷗이 飛이라
無心코 多情ᄒᆞ니 이 두 거시로다
一生애 시르믈 닛고 너를 조차 노로리라

> 長安을 도라보니 北闕이 千里로다
> 漁舟에 누어신돌 니즌 스치 이시랴
> 두어라 내 시름 안니라 濟世賢이 업스랴[16]

송순의 <면앙정단가>에 비견할 수 있는 이현보의 <어부단가(漁父短歌)> 5장이다. 작자를 알 수 없는 원래 10장으로 되어 있던 것을 이현보가 5장의 새로운 노래로 만들었다고 하였으니,[17] 그의 순수한 창작은 아닐지라도 그의 의도에 따라 개작된 것이다. 조윤제는 송순과 함께 이현보를 강호가도의 선창자라 자리매김하였거니와, 두 작품 모두 만년 치사 후 강호의 자연에 묻힌 '무심(無心)'한 마음을 노래하였다.

그렇지만 무심한 마음으로 강호자연에 몰입하는 양상은 두 작품이 서로 다르다. '人世를 다 니젯거니 날 가는 줄롤 안가', '十丈紅塵이 언매나 ᄀ렛는고', '長安을 도라보니 北闕이 千里로다' 등에서 보는 바와 같이 <어부단가>의 자연 몰입이 정치적 현실을 염두에 둔 의식적이고 의도적인 것이라면, <면앙정단가>에는 전혀 그러한 흔적이 보이지 않는다. 이는 곧 송순의 자연 몰입이 현실과의 불화로 인해 내몰린 결과가 아니었기 때문이다. 그러한 점에서 송순의 강호자연은 현실과 일정한 거리를 유지하고 있는 이현보의 그것과는 다르다. 현실과 양립하면서, 현실의 연장선에서 조화롭게 존재하는 세계이기 때문이다.

한편 외형상으로 보았을 때도 송순시조는 위와 같이 정치현실과 강호자연 사이에서 매우 균형 잡힌 모습을 보여준다. 그리고 실제로 그의 삶 역시 어느 한편에 치우치지 않는 조화로운 것이었다고 할 수 있다. '면

---

16) 『聾巖集板本』(심재완 편 『교본 역대시조전서』, 세종문화사, 1972에서 재인용).

17) 漁父歌兩篇 不知爲何人所作 (中略) 一篇十章 約作短歌五闋 爲葉而唱之 合成一部新曲 (李賢輔, <漁父歌跋>)

앙우주지의(俛仰宇宙之義)'를 취했다는 면앙정이라는 정자 이름 역시 하늘과 땅 사이에서 이처럼 조화로운 삶을 영위하고자 했던 그의 신념을 드러낸 것으로 이해된다.

그런데 정치현실과 강호자연이라는 이 양축 가운데 송순의 뒤를 이은 정철이 보다 적극적으로 수용한 것은 강호자연이 아닌 <오륜가> 계열의 정치현실 쪽이었다. 『송강가사』에 실린 송순의 시조 5수 중 4수가 <오륜가> 3수와 <자상특사황국옥당가>인 점은 그러한 사실을 퍽 암시적으로 환기시켜 준다. <훈민가>를 비롯한 정철의 시조는 주로 현실적 세계를 의식하고 있으며, 그의 은일가사인 <성산별곡>에서도 작자는 객의 입장에서 주인의 산중 생활을 선망 어린 눈으로 바라보는 태도를 취하고 있다.

4. 맺음말

현재 그 전모를 알 수는 없지만 당시 송순이 제작하였던 시조는 20여 수가 넘었을 것으로 생각된다. 그리고 원사가 모두 전하지는 않지만 한역된 20수만을 두고 보더라도, 송순의 시조 작가로서의 활동이 만만치 않았음이 쉽게 짐작된다.

그의 만년 휴식처였던 면앙정을 무대로 자연스럽게 이루어진 모임을 지금은 보통 '면앙정가단' 혹은 '면앙정시단'이라 지칭한다. 그렇다면 이 '가단' 내지 '시단'이라 지칭되는 모임에서 창작되고 향유되었던 '가'와 '시'는 무엇인가. 그것은 말할 것도 없이 한시가 주를 이루고, 여기에 일부 가사와 시조가 덧붙여졌다. 가사 <면앙정가>와 시조 <면앙정단

가> 및 <면앙정잡가>가 그것으로, 특히 이 작품들은 면앙정이라는 누정 이름으로 제영한 누정가사와 누정시조의 선창으로 꼽히는 작품들이다.

그런데 지금까지 송순시조에 대한 접근이 별로 이루어지지 않은 것은 그것이 가사 작품 <면앙정가>의 그늘에 가려 있었다는 점 외에도, 다음과 같은 내적 이유에 기인한 결과라고 할 수 있다. 즉 그의 시조 중 일부만이 원사가 전하기 때문에 이를 통해 전모를 파악하기가 어렵다는 점, 시조문학사상 이른 시기에 연시조를 창작하였으나 연시조 작품 내 각 장의 유기적 결속력이 비교적 약하다는 점, 또 시가에 대한 송순 자신의 생각을 구체적으로 피력한 글을 남기지 않았다는 점 등이 그것이다. 이에 지금까지 한역 전승을 바탕으로 송순시조를 20수로 정리하고, 그것들이 가진 의의와 성격을 포괄적으로 살펴보았다.

2장 양산보 〈애일가〉의 전승과 성격

1. 머리말

조선 중기인 16세기에 담양 사람 양산보(梁山甫;1503~1557)가 지었다는 <애일가(愛日歌)>는 현재 그 사설이 전하지 않는 노래이다. 그런 까닭에 이 작품이 무슨 내용을 어떤 형태로 노래하였는지에 대해서 정확히 알 수가 없었다. 그러면서도 대체로 이것이 우리말로 된 가사 작품이었을 것으로 생각하여 왔다.[1] 필자 역시 마찬가지로 별다른 의심 없이 이 노래를 실전 가사의 한 작품으로 분류하고 취급하였다.[2] 물론 관련 자료의 정밀한 추적이나 검토를 거치지 않은 다분히 인상적인 판단에 따른 결과였다.

하지만 최근에 양산보가 조영한 소쇄원(瀟灑園)에 대한 자료를 보다가 그동안 간과하였던 <애일가>의 한역(漢譯)을 다시 접하게 되었는데, 이

---

1) 박준규・최한선, 『담양의 가사문학』, 담양군, 2001, 13쪽.
박준규, 『호남시단의 연구』, 전남대학교출판부, 2007, 247쪽.

2) 김신중, 「남도 고시가 약사」, 『은둔의 노래 실존의 미학』, 다지리, 2001, 201・203쪽.

를 통해 이 노래가 원래 가사가 아닌 시조였을 것이라는 확신이 들었다. 이것이 곧 이 글을 쓰게 된 동기이다.

따라서 이 글은 먼저 <애일가>에 대한 관련 자료의 세밀한 독해를 통해 그 전승 양상을 검토할 것이다. 그리고 이를 토대로 그 귀속 갈래를 추정하고 작품 원사를 재구하여 문학적 성격을 살피는 것이 주된 목적이다. 아울러 이러한 고찰을 통해 <애일가>를 가사 작품으로 보았던 필자의 종래 견해를 수정하고자 한다.[3]

2. 〈애일가〉의 전승 양상

양산보는 15세 때인 중종 12년(1517)에 상경하여 조광조(趙光祖)의 문하에 들었다가, 2년 뒤인 기묘년의 현량과 방목에 일단 그 이름을 올린다. 하지만 급제자 수가 너무 많다는 논의에 밀려 최종 명단에는 빠지게 된다. 그리고 곧 이어 발생한 사화로 인해 낙향하고 만다. 이후 55세로 세상을 떠날 때까지 향리인 옛 창평의 창암촌(蒼巖村)[4]에서 처사로서의 삶을 살았다. 따라서 어린 시절 이후 그의 생애는 짧은 유학 생활에 이은 향촌 생활로 정리된다. 또 향촌 생활에서 남긴 가장 두드러진 업적으로는 손수 소쇄원을 조영하며 당시 사림들에게 활발한 담론의 장을 제공하였다는 점을 들 수 있다.

조선 중기 신진 사림의 일원으로서의 이런 면모 외에 양산보는 또한

---

3) 이 글은 『고시가연구』 제25집(한국고시가문학회, 2010)에 수록된 바 있다.

4) 지금의 전남 담양군 남면 지곡리 지석마을이다. 蒼巖은 支石洞에 처음으로 이거한 양산보의 아버지 梁泗源의 호이자, 지석동의 다른 이름이다.

부모에 대한 효성이 매우 지극했던 인물로 알려져 있다. 스스로 <효부(孝賦)>와 <애일가>를 짓고, 소쇄원에 '애양단(愛陽壇)'을 쌓은 것이 바로 그러한 점을 말해준다. '애일'이라는 말이 효자가 어버이를 오래도록 모시고자 하는 마음에서 하늘의 해가 지나가는 것을 애석히 여긴다는 뜻이니, <애일가> 역시 <효부>와 마찬가지로 효를 주제로 한 작품임을 알 수 있다.

그러면 이제 <애일가>에 대한 관련 자료를 시간의 흐름을 좇아 살펴보기로 한다. <애일가> 관련 기록으로는 숙종 4년(1678) 이민서(李敏敍)가 쓴 행장과 숙종 10년(1684) 송시열(宋時烈)이 쓴 행장 및 『소쇄원사실(瀟灑園事實)』의 실기, 그리고 양산보의 고손 양진태(梁晋泰)의 한시와 한역이 있다. 먼저 이민서가 쓴 <소쇄원양공행장(瀟灑園梁公行狀)>의 일부이다.

> 어버이를 섬김에 지성이 있어, 부모님의 옆에 있으면서 즐겁고 온화한 빛으로 어버이의 뜻을 따르지 않음이 없었다. 일찍이 이르기를 "사람의 도리에 효보다 더 큰 것이 없다"고 하였으며, 사람의 자식으로 그 마땅히 해야 할 바를 모르는 자를 위하여 <효부> 수백 언을 지어, 본원을 드러내 밝히고 옛 교훈을 나열하였으니, 그것을 읽으면 족히 사람을 감동시키는 것이 있었다. 상국 송순은 선생의 내형이다. 그것을 보고 이르기를, "효의 도리를 깊이 알고 몸소 행하며 두텁게 좋아하는 사람이 아니면, 능히 지을 수가 없다"라고 하였다. 하서 김선생 역시 송공의 말에 그렇다 하고, 그것을 차운하였다.[5]

5) 事親有至性 在父母之側 未嘗不愉容和色 順適親意 嘗謂人道莫大於孝 而爲人子者不能其所當爲 作孝賦數百言 闡發本源 臚列古訓 讀之有足感動人者 宋相國純 先生內兄也 見之曰 非深知孝理而躬行篤好者 不能爲也 河西金先生亦 以宋公言爲然 因次其韻(李敏敍, <瀟灑園梁公行狀>, 『瀟灑園事實』, 卷之三)

양산보의 지극한 효성과 더불어 <효부>에 대해 말하고 있다. <효부>는 전체 1,337자로 이루어진, 200구가 넘는 장편의 한문 부 작품이다. 이 <효부>의 제작 동기 및 내용, 그리고 양산보와 특별히 가까운 사이였던 송순(宋純;1493~1582)과 김인후(金麟厚;1510~1560)가 이 작품에 대해 평어를 남기고 차운한 사실까지를 차례로 언급하였다.[6] 그러나 아직 <애일가>에 대한 언급은 보이지 않는다.

이민서가 행장을 쓴 6년 뒤 이번에는 송시열에 의해 다시 양산보의 행장이 만들어지는데, 여기에 비로소 <애일가>의 존재가 언급되어 있다.

> 일찍이 효덕의 뜻을 실어 부 한 편을 지었다. 하서가 감탄하여 이르기를 "말마다 통절하고 이치가 곡진하다"고 하였다. 그 만시에 이른바 "강년에 성정의 근원을 밝혔다"는 것이 이것이다. 나중에 이어 지은 한 편이 있어, 함께 세상에 행해진다. 세상 사람들이 이로 인해 두 현인이 효에 깊음을 알았다. 공은 매양 부모님의 경절에 장수를 기원하는 술잔을 올리며, 歌辭를 지어 부르면서 그것을 권하였다. 대개 역시 효자가 애일을 하는 뜻이다.[7]

양산보가 <효부>를 짓자 김인후가 이에 감탄하여 양산보의 죽음을 애도하는 만시에서 이를 칭송하고, 또 차운한 작품을 지은 사실을 말하였다. 그리고 이어 효자가 애일을 하는 뜻을 담아 '가사'를 지었다고 하였다. 매양 부모님의 생신과 같은 경사스러운 날이면 그것을 노래 부르며 장수를 기원하는 술잔을 권해 드렸다는 것이다. 작품 제목을 직접 언

6) 송순과 양산보는 내외종 간이며, 김인후와 양산보는 친사돈 간이다.

7) 嘗推演孝德之義 爲賦一篇 河西嘆曰 言言痛切 曲盡理致 其挽詩所謂 强年闡性源者 此也 後有所賡一篇 並行於世 世人因以知 二賢之深於孝也 公每於父母慶節 稱觴上壽 而作歌辭以侑之 盖亦孝子愛日之意也(宋時烈, <行狀>, 『瀟灑園事實』, 卷之三)

급하지는 않았지만, 이 가사가 바로 <애일가>임을 알 수 있다. 보는 이에 따라서는 혹 <애일가>와 <효부>가 같은 작품의 다른 이름이 아닐까 여기기도 하나, 분명히 서로 다른 작품인 것도 알 수 있다.

소쇄원 주인들의 자취를 모은 『소쇄원사실』 권2에 실린 처사공 양산보 '실기(實記)'의 다음 기록은 이를 보다 상세히 말해 준다.

> 선생이 <애일가>를 지었다. 매양 부모님의 경절에 장수를 기원하는 술잔을 올리며, 자제들로 하여금 모여서 부르게 하여 기쁘게 하였다. 향리에서는 이를 아름다이 칭하여 효자곡이라 불렀다고 한다.[8]

<애일가>라는 작품 이름과 더불어 <효자곡>이라는 그것의 다른 이름까지 소개되어 있다. 또 이 노래를 자제들로 하여금 모여서 부르게 하였다는 것으로 보아 <애일가>가 곧 우리말 노래임을 짐작케 한다. 그런데 『소쇄원사실』 권2의 '실기' 항목에는 "삼가 실적을 취하여 행장에 들어있지 않은 것을 기록에 넣는다"라는[9] 세주가 붙어 있다. 이는 곧 이 '실기'가 행장 등의 자료를 모아 『소쇄원사실』을 편찬할 때, 여기에 빠진 사실들을 편찬자가 취하여 한데 수록한 것임을 말해 준다. 따라서 위의 기록은 당시 『소쇄원사실』 편찬자가 기존의 행장들이 <애일가>를 아예 무시하거나 소략하게 취급한 것을 보고, 이를 아깝게 여겨 보충한 것이라고 할 수 있다.

그렇다면, 이러한 내용을 보충한 편찬자는 과연 누구일까? 『소쇄원사실』의 편찬을 위한 원고의 수집 및 청탁은 양산보의 고손인 양진태에

---

8) 先生作愛日歌 每於父母慶節 稱觴上壽 令子弟屬而和之 以致愉樂 鄕里稱艶之 爲孝子曲云(『瀟灑園事實』, 卷之二, 實記)

9) 謹取實蹟 未入於行狀者 入錄(『瀟灑園事實』, 卷之二, 實記)

의해 이루어졌으며, 이어 그 아들 양채지(梁采之)에 의해 편차가 잡히고, 손자 양학겸(梁學謙) 대에 와서야 비로소 출간되었다고 한다.[10] 여기서 주목되는 인물이 바로 양진태(1649~1714)이다. 그의 활동기에 이민서(1633~1688)와 송시열(1607~1689)의 행장이 지어졌기 때문이다. 송시열의 문인이었던 이민서는 당시 광주 목사로 와 있었고, 양진태 역시 송시열의 문인이었는데,[11] 아마도 그런 인연들이 이들로 하여금 양산보의 행장을 쓰게 하였을 것이다. 앞서 이루어진 이민서의 행장에는 보이지 않던 <애일가> 관련 사실이 송시열의 행장에 추가된 사실 역시 양진태의 부탁에 의한 결과였을 것이다. 또 <애일가>에 대한 양진태의 관심은 여기서 그치지 않았으니, 당시까지 전해온 노랫말로 칠언절구의 한시를 짓고 별도의 한역까지 하였다. 이러한 사실들이 양진태가 『소쇄원사실』의 '실기'에 위 기록을 넣었으리라 생각되는 단서이다.

다음이 <애일가>를 작시하고 한역한 양진태의 <근번소쇄고조애일가사경시일가인(謹翻瀟灑高祖愛日歌辭警示一家人)>이다. '소쇄 고조의 애일가사를 삼가 번역하여 한 집안 사람들에게 경계삼아 보였다'는 다소 긴 제목 아래, 칠언절구에 이어 "其歌曰"로 시작되는 세주 형태로 다시 노랫말이 한역되어 있다. 노래의 제목을 '애일가사'라 한 것도 눈길을 끈다.

日裏慈烏聽我說	해 속의 까마귀야 내 말을 들어라
爾禽曾是鳥中參	너는 짐승이나 새 중의 曾參이라
我有高堂雙鶴髮	내게 고당의 학발 쌍친 계시니
願將朝彩照天心	아침빛으로 하늘 가운데 비추어다오

10) 右瀟灑園事實三冊 王考忍齋公裒輯之 先君子編次之 以傳于家者也 (中略) 王考自少 搜集行錄於先賢文集 參以家傳遺蹟 請得誌銘狀碣 于李西河宋尤菴朴玄石諸先生 先君子繼其未遑 以爲編次 未及刊出矣(梁學謙, <跋>, 『瀟灑園事實』)

11) 김덕진, 『소쇄원 사람들』, 다홀미디어, 2007, 320쪽.

> 그 노래에 이르기를, "해 속의 까마귀야 가지 말고 내 말 들어라. 네 비록 그러하나 새 중의 증삼이라. 북당에 학발 계시니 중천에 오래 있어다오"라고 운운하였다.[12]

'금오(金烏)' 또는 '삼족오(三足烏)'라는 말이나 '양오설화(陽烏說話)'에서 보듯이 까마귀는 태양 속에 산다는 새로, 곧 태양을 의미하기도 한다. 또 새끼가 자라면 먹이를 물어와 늙은 어미를 먹인다는 반포(反哺)의 효조로 알려져 있어, 공자의 제자이면서 효행으로 유명한 증삼에 비유할 만하다. 이러한 까마귀의 상징에다 학발의 부모를 위해 가는 해라도 붙잡아두고 싶다는 애일의 심정을 결부시켜 이루어진 것이 바로 위의 한시이다. 또 이어진 한역을 통해서도 <애일가>가 양오·반포·애일을 중심 모티프로 삼은 노래였음을 알 수 있다.

여기서 이 <애일가>의 내용을 역시 양산보가 지은 장편 <효부>와 비교해 보자. <효부>에는 양오와 애일의 모티프가 사용되지 않았고, 다만 작품 말미에 반포의 모티프만이 보인다. 즉 "숲 속 까마귀의 반포를 보고, 다시 부끄러워하며 삼가노라(相林烏之反哺 更懷羞而兢兢)"가 그것이다.[13] 작품 속에 실현된 의미도 <애일가>와는 다르다. 따라서 <애일가>와 <효부>가 전혀 다른 작품임을 다시 한번 확인할 수 있다.

한편 '북당에 학발이 계신다'는 표현으로 보아, 노래의 제작 시기는 물론 작자의 부모가 생존해 있을 때일 것이다. 하지만 그것이 대체 언제였는지는 정확히 말하기 어렵다. 양산보의 아버지 양사원(梁泗源)과 어머니 신평송씨(新平宋氏)가 언제 세상을 떠났는지를 알 수 없기 때문이다.[14]

---

12) 其歌曰 日中烏兮 勿去而聆我語 爾卽雖然 而鳥中之曾參也 鶴髮在北堂 長在中天云云(梁晋泰, <謹翻瀟灑高祖愛日歌辭警示一家人>, 『瀟灑園事實』, 卷之十三, 諸賢題詠唱酬)

13) 梁山甫, <孝賦>, 『瀟灑園事實』, 卷之二.

다만 김인후가 <소쇄원주인만(瀟灑園主人輓)>에서 “강년에 효를 읊조려 성정의 근원을 밝혔다(賦孝强年闡性源)”고 한 것으로 보아,[15] <효부>가 이루어진 40세 무렵에 함께 지은 것으로 보인다.

지금까지 <애일가> 관련 자료를 통해 그 전승 양상을 살펴보았다. 그 과정에서 <애일가> 관련 자료들이 모두 직접 또는 간접적으로 양진태에 의해 만들어졌으며, 따라서 그 전승의 중심에 양진태가 있음을 확인할 수 있었다. 그런데 양진태와 양산보 사이에는 대략 150년가량의 시차가 놓여 있다. 따라서 실제로 양산보가 <애일가>를 지었는가에 대해 일말의 의구심이 없지는 않다. 하지만 양진태에 앞서 살았던 김대기(金大器)가 소쇄원 주인의 회갑 잔치를 보고 쓴 한시가 남아 있어, <애일가>와 같은 노래가 양진태 훨씬 이전부터 이미 존재했음을 짐작케 한다.

김대기(1557~1631)는 양산보가 세상을 떠난 바로 그 해에 출생한 인물이다. 양산보의 아들인 양자정(梁子渟)에게서 배웠으며, 또 자신의 딸을 양자정의 아들 양천주(梁千柱)와 결혼시켰으니, 소쇄원의 양씨 집안과는 각별한 인연이 있었다. 다음이 그가 ‘소쇄원 주인의 수연에서 그 형제가 때때옷을 입고 춤추며 함께 노래하는 것을 보고 느껴 써 주었다’는 <소쇄주인수연견기형제채무쌍가감이제증(瀟灑主人壽宴見其兄弟綵舞雙歌感而題贈)>이다.

萬松之下脩篁裏	솔밭 아래 기다란 대숲 속에
水石環圍孝子居	수석 둘러치고 효자가 산다네
棣杜花間歌且舞	체두화 사이에서 노래하고 춤추니

---

14) 考宣務郎行宗簿寺主簿諱泗源 (中略) 生卒之歲不傳 夫人新平宋氏 (中略) 生卒之歲不傳 (『瀟灑園事實』, 卷之一, 世系)

15) 金麟厚, <瀟灑園主人輓>, 『瀟灑園事實』, 卷之三, 輓章.

白衣孤客淚沾裾　　백의의 나그네 눈물 옷깃 적시네[16)]

작품의 제목이나 내용이 앞에서 본 '실기'의 내용을 연상시킨다. 이 수연에서 형제가 어떤 노래를 불렀는지 명시되지는 않았지만, 바로 <애일가>였을 것이다. 이러한 정황으로 미루어 <애일가>가 양산보에 의해 이루어진 것은 분명하다고 하겠다.

3. 〈애일가〉의 작품 성격

<애일가>는 고시가의 어떤 갈래에 속한 노래인가? 단가형의 시조인가, 아니면 장가형의 가사인가? 이러한 의문에 대해 이미 머리말에서 언급한 바와 같이 지금까지 <애일가>에 관심을 가진 논의들은 대체로 가사로 보는 데 별다른 이의가 없는 듯하다. 그것은 아마 이 작품의 사설이 현재 전하지 않는데다, 기존의 관련 자료들에서 이를 가사라고 지칭하였기 때문이다. 즉 송시열이 쓴 행장에서 효자가 애일을 하는 뜻을 담은 '가사'라고 한 것이나, 양진태의 시제에서 소쇄 고조의 '애일가사'라고 한 것이 그것이다.

그런데 종래 가사라는 말은 오늘날의 문학적 갈래 개념이 아니라, 단순히 우리말로 된 노래나 노랫말이라는 뜻으로 폭넓게 사용되었다. 정철의 시조와 가사를 모은 가집이 『송강가사(松江歌辭)』라는 이름으로 엮어지거나, 『고산유고(孤山遺稿)』가 윤선도의 시조를 '가사(歌辭)'라는 표제 아래 수록하고 있는 것 등이 그러한 예이다. 따라서 과거에 쓰인 가사라

16) 金大器, <瀟灑主人壽宴見其兄弟綵舞雙歌感而題贈>, 『晩德集』, 卷之一, 詩.

는 말을 그대로 오늘날의 갈래 개념으로 수용할 수는 없으며, <애일가>의 문학적 갈래는 그 노랫말에 대한 정보를 담고 있는 관련 기록의 검토를 통해 판단되어야 한다.

여기서 주목되는 것이 앞에서 본 양진태의 한시 <근번소쇄고조애일가사경시일가인>과 여기에 세주 형태로 붙여진 한역된 노랫말이다. 이를 통해 불완전하나마 <애일가>의 원래 모습을 추정해 볼 수 있기 때문이다. 다음에 <애일가>의 원사를 살피기 위해 세주의 한역 내용만을 다시 한번 인용해 보자. 논의의 편의를 위해 한역과 해당 우리말 반역을 나란히 배치한다.

其歌曰	그 노래에 이르기를,
日中烏兮	“해 속의 까마귀야
勿去而聆我語	가지 말고 내 말 들어라
爾卽雖然	네 비록 그러하나
而鳥中之曾參也	새 중의 증삼이라
鶴髮在北堂	북당에 학발 계시니
長在中天	중천에 오래 있어다오”
云云	라고 운운하였다.

위 인용문에 액자 형태로 들어있는 따옴표 안의 6구가 <애일가>이다. 여기서 이 6구만을 놓고 보면, 그것이 곧 단가 형태로 시조의 모습과 매우 흡사하다. 하지만 인용문 맨 뒤의 ‘云云’이라는 말을 어떻게 해석하느냐에 따라 상황이 또 달라진다.

이 운운이라는 말은 보통 두 가지의 용례로 쓰인다. 즉 남의 말이나 글을 대상으로 그것을 인용한다거나, 또는 생략한다는 뜻이다. 여기서 운운을 단순한 인용의 뜻으로 본다면, 위의 6구가 곧 <애일가> 내용의 전부가 되며, 이 경우 <애일가>는 단가형의 시조라 할 수 있다. 반면에 운운을 생략의 뜻으로 해석한다면, 위에 수록된 6구는 <애일가> 내용의 일부에 불과하게 되며, 이 경우 <애일가>는 장가형의 가사에 근접한다고 할 수 있다.

이렇듯 위 인용문 자체만을 두고도 이를 단가형으로 볼 것인지, 또는 장가형으로 볼 것인지에 대해 논란의 여지가 없는 것은 아니다. 하지만 결론부터 말하자면, 필자는 이 '운운'을 단순한 인용의 뜻으로 보고, <애일가>를 위 6구로 이루어진 단가형의 시조 작품으로 파악한다. 다음 세 가지 이유 때문에 그렇다.

첫째, 위에 한역된 6구가 내용과 형식면에서 한 편의 시조 작품으로서 완결성을 보여주기 때문이다. 내용면에서는 양오·반포·애일의 중심 모티프를 차례로 활용하여 연로한 부모의 장수를 바라는 마음을 미진한 느낌 없이 표현하였다. 또 형식면에서 위의 6구가 곧 시조 3장6구의 6구에 대응한다고 할 수 있다. 다음의 두 번째 이유에서 다시 언급하겠지만, 칠언절구 형태의 한시 한역 역시 시조의 3장 형식과 관련이 있다. 따라서 이 한역만으로 한 편의 완결된 시조 작품이 성립하며, 여기에 다른 어떤 내용이 생략되었다고는 보기 어렵다.

둘째, 한역된 형태가 조선시대 시조 한역의 일반적 방식을 따르고 있기 때문이다. 조선시대 시조의 한역은 크게 두 가지 방향에서 이루어졌다. 하나는 기존 한시의 굳어진 형식을 이용하는 것이고, 또 하나는 특별한 형식에서 비교적 자유로운 고시체를 이용하는 것이다. 또 기존 한시의 형식을 이용하는 경우는 조선 후기의 소악부류에서 보이는 바와 같이 칠언절구 형식을 사용하는 것이 가장 일반적이고, 고시체를 이용하는 경우는 시조의 3장6구 형식과 유사한 장단6구체 구성을 취하는 것이 보통이었다. 그런데 <애일가>의 한역은 이 두 가지 방식을 모두 그대로 따르고 있다. 양진태의 한시 <근번소쇄고조애일가사경시일가인>은 칠언절구 형태로, 또 그 세주에서는 장단6구체에 해당하는 모습으로 한역이 이루어져 있다. 여기서 세주의 장단6구가 그대로 시조의 3장6구에 대응한다고 보았을 때, 양진태 칠언절구의 기구와 승구는 그 초장과 중장에 그리고 전구와 결구는 종장에 해당됨을 알 수 있다. 그런데 이러한 시상 배치 역시 시조를 칠언절구로 옮기는 한역의 매우 일반적인 방식이었다.[17)]

한편 이렇듯 장단6구로 시조를 한역한 사례를 양산보와 가까웠던 송순과 김인후의 작품에서도 찾을 수 있다. 다음은 『면앙집(俛仰集)』 권4에 실린 송순의 <오륜가(五倫歌)> 제1수 '부자유친(父子有親)'의 한역과 『송강가사』 성주본에 실린 우리말 원사이다. <애일가>처럼 부모에 대한 효를 주제로 하였다.

阿爸兮生我	아바님 날 나ᄒᆞ시고
阿嬤兮育我	어마님 날 기ᄅᆞ시니
苟非兩恩德兮	두 분곳 아니시면
而此身兮生嬤	이 몸이 사라실가
如天罔極恩德	하ᄂᆞᆯᄀᆞᄐᆞᆫ ᄀᆞ업ᄉᆞᆫ 은덕을
于何可準兮爲報	어ᄃᆡ 다혀 갑ᄉᆞ오리

송순의 시조는 모두 『면앙집』에 그 한역만 수록되어 있고, 일부 작품의 원사가 각종 가집에 흩어져 전한다. 이 작품의 원사 역시 『송강가사』

17) 김문기 · 김명순, 『조선조 시가 한역의 양상과 기법』, 태학사, 2005, 63쪽 참고.

에 <훈민가(訓民歌)>의 제1수 '부의모자(父義母慈)'로 수록되어 있어 작자 문제에 논란의 여지가 있다. 하지만 그와는 별도로 이러한 시조의 한역이 <애일가> 전승 당시 소쇄원 주변에서도 이루어졌음을 알 수 있다.

셋째, 장가보다는 단가인 시조에 보다 적합한 연행 환경을 가졌기 때문이다. 이미 보았듯이 <애일가>는 "매양 부모님의 경절에 장수를 기원하는 술잔을 올리며, 자제들로 하여금 모여서 부르게 하여 기쁘게 하였다"는 노래이다. 즉 어린 자제들이 특별한 날에 장수를 기원하는 권주가로 불렀다. 그런데 연행 주체가 어린 자제들이고 연행 목적이 축수를 위한 것이라면, 그 노래는 가사와 같은 장가보다는 단가가 보다 적합하였을 것이다.

여기서 <애일가>가 부모의 축수를 위한 연행 목적을 가졌다는 사실에 주목하면, 양산보와 거의 같은 때에 이웃 마을에 살았던 효자 김성원(金成遠;1525~1597)의 시조가 역시 비슷한 성격을 보인다는 점에서 눈길을 끈다.[18]

> 녈 구룸이 심히 구저 붉근 달을 가리오니
> 밤ᄯᅲᆼ의 혼자 안자 ᄋᆡ돌오미 그지업다
> ᄇᆞ롬이 이 ᄠᅳ들 아라 비를 모라 오도다[19]

'북당에 술잔을 올릴 때 달이 흐릿한데다 또한 비까지 내려 노래를 지었다(獻酌北堂時 月微明 雨亦作 作歌)'는 제작 동기를 제목으로 삼은 작품

18) 김성원은 <星山別曲>의 무대 息影亭의 창건자일 뿐만 아니라, 효행으로서도 이름이 있었다. 정유재란 때 노모를 보호하다 同福의 母后山 아래 聖母村에서 함께 왜병에게 화를 당했다.

19) 金成遠, <獻酌北堂時月微明雨亦作作歌>, 『棲霞堂遺稿』, 下, 歌.

이다. 바람이 몰아 온 비에 어서 빨리 구름이 걷히고 밝은 달이 제 모습을 회복하기를 바라는 내용이다. 어머니의 장수를 기원하는 마음을 직설적으로 드러내지는 않았지만, 비 온 뒤의 갠 달처럼 항상 밝고 건강한 모습을 간직하기 바라는 뜻을 담았다. 북당에 술잔을 올리면서 느낀 바로 지었다고 하였으니, 여기서도 역시 특별한 날을 위한 축수의 노래가 시조로 제작되었음을 볼 수 있다.

지금까지 세 가지 이유를 들어 <애일가>가 원래 시조였음을 추정하였다. 그렇다면 한역 이전의 우리말 원사는 과연 어떤 모습이었을까? 한역 과정에서 원사의 변이나 첨삭이 얼마나 있었는지는 지금 알 수 없다. 하지만 그 원래 모습이 앞에서 본 장단6구 한역의 우리말 반역과 크게 다르지는 않을 것이다. 따라서 시조의 율격을 고려하여 반역된 내용을 다시 다듬고, 그것만으로는 의미가 분명치 않은 일부 내용을 칠언절구 한역을 통해 보충한다면, 곧 그 원사에 근접할 수 있을 것이다.

다음이 바로 그러한 과정을 거쳐 재구한 시조 <애일가>이다. 원사에서 한자어 사용을 얼마나 하였는지 알 수 없으므로, 될 수 있으면 우리말로 옮겼다.

> 해 속의 까마귀야 가지 말고 내 말 들어
> 네 비록 짐승이나 새 중의 증삼이라
> 북당에 학발 계시니 중천에 늘 있으렴

그런데 이렇게 재구된 <애일가>의 원사를 보면, 공교롭게도 그 모습이 그리 낯설지 않다. 이와 유사한 작품을 기존 시조에서 어렵지 않게 찾을 수 있기 때문이다. 당시 <애일가>가 상당한 전파력을 가진 노래였음을 알 수 있게 한다.

① 日中 金가마고 가지 말고 닉 말 드러
너는 反哺鳥라 鳥中之 曾參이니
오늘은 날 위ᄒᆞ야 長在中天 ᄒᆞ얏고다[20]

② 日中에 三足鳥ㅣ야 가디 마오 내 말 들어
너도 反哺鳥로 鳥中之 曾參이어니
北堂의 鶴髮雙親을 더듸 늙게 ᄒᆞ여라 (『松湖遺稿』)[21]

위의 ①은 노진(盧禛;1518~1578)의 <모부인수연가(母夫人壽宴歌)>이다. 어머니의 회갑연으로 보이는 수연에서 부른 노래이다. 그리고 ②는 허강(許橿;1520~1592) 또는 허정(許珽;1621~?)의 작품으로 전한다. 각종 가집뿐만 아니라 허강의 『송호유고(松湖遺稿)』에도 실려 있어 허강의 작품인 듯한데, 허강과 허정 공히 '송호(松湖)'라는 호를 사용하여 혼란스럽다.

①과 ② 모두 <애일가>와 마찬가지로 초장에서는 양오, 중장에서는 반포, 종장에서는 애일의 모티프를 사용하였다. 일부 표현상의 차이만 있을 뿐 내용이 대체로 <애일가>와 일치한다. 특히 초장은 그 내용이 세 작품 모두 같으며, 중장은 <애일가>에서 '반포조'라는 말을 표면에 내세우지 않은 것이 다르다. 또 종장은 ②의 내구와 ①의 외구가 <애일가>와 같다. 따라서 이 셋은 결국 동일한 작품이라 하겠으며, 어느 한 원작이 전파되어 향유되는 과정에서 개작된 모습이 나머지 두 작품에 반영되어 있다고 할 수 있다.

그렇다면 과연 원작에 해당하는 작품은 어떤 것일까? 이 세 작품의 제작 시기를 분명히 알 수가 없어 현재 그 전파 경로를 정확히 가늠하

20) 盧禛, <母夫人壽宴歌>, 『玉溪先生續集』, 卷之一, 歌.
21) 심재완 편, 『교본 역대시조전서』, 세종문화사, 1972, 2449번에서 재인용.

기 어렵다. 만일 노진의 작품이 어머니 권씨부인(1490~1575)[22]의 회갑연에서 노래된 것이라면, 그 제작 시기는 명종 5년(1550)이다. 양산보가 세상을 뜨기 7년 전이다. 또한 노진은 일찍부터 김인후와 교유가 있었으며, 양산보의 사후인 명종 16년(1561)부터 약 2년간 담양 부사를 지내기도 하였다. 따라서 어느 한쪽으로의 전파를 단정하여 말하기는 곤란하다.

그렇지만 단순히 생존 시기만을 놓고 따지면 양산보가 다른 사람들보다 15년 이상 빠르다. 또 앞 장에서 <애일가>의 전승 양상을 검토하며 김인후의 만시를 근거로 그 제작 시기를 양산보의 40세(1542) 무렵으로 추정한 바 있다. 그런 점들을 고려하면 <애일가>가 선행되었을 가능성이 매우 높다. 하지만 여기서 이에 대한 더 이상의 추적과 판단은 일단 유보하기로 한다.

앞에서 보았듯이 <애일가>는 부모의 생일과 같은 경절에 자제들이 부른 축수의 노래이다. 노진과 허강의 작품 역시 마찬가지이다. 그런데 이러한 축수가를 이미 이상원이 '생일노래'라 하여 그 성격과 전승에 대해 연구한 바 있다.[23] 이에 따르면 생일노래에는 크게 두 종류가 있으니, '자손들이나 손님들이 주인공의 만수무강을 비는 노래'와 '이에 대한 주인공의 화답가'로 이루어진다. 또 전자에 속하는 문헌상 가장 오래된 작품으로 노진과 허강의 작품을, 후자에 속하는 그것으로는 이현보(李賢輔)의 <생일가(生日歌)>를 거론하였다. 이러한 고찰에 비추어 축수가인 <애일가>는 물론 전자에 속한다. 그리고 이 글에서 논의해 온 바가 설득력을 갖는다면 그 앞머리에 놓인다. 따라서 <애일가>에서 시조문

---

22) 考諱時敏 成均生員 (中略) 以弘治庚戌十月癸丑 生夫人 (中略) 越一日而終 卽萬曆三年十月丙戌也 享年八十六(盧禛, <先妣貞夫人權氏行狀>, 『玉溪先生文集』, 卷之三, 行狀)
23) 이상원, 「조선시대 생일노래의 성격과 전승 연구」, 『조선시대 시가사의 구도와 시각』, 보고사, 2004, 79~101쪽.

학상 조선시대 생일노래의 하나인 축수가 제작과 연행의 선행 사례를 볼 수 있다.

4. 맺음말

이 글은 그동안 가사 작품으로 알려진, 양산보 <애일가>의 원래 모습을 탐색하고자 마련되었다. 이를 위해 각종 관련 자료를 통해 그 전승 양상을 점검하고, 귀속 갈래와 원사를 추정하여 문학적 성격을 살피는 데 논의의 중점을 두었다. 지금까지 살핀 주요 내용은 다음과 같다.

<애일가>는 부모의 경절에 자제들이 장수를 기원하는 술잔을 올리며 불렀다는, 생일노래의 일종인 축수가이다. 하지만 그 원사는 지금 전해지지 않으며, 현전하는 관련 기록들은 대부분 양산보의 고손 대에 와서야 비로소 이루어졌다. 그 과정에서 주목되는 것이 고손 양진태의 역할이다. 특히 그가 <애일가>를 칠언절구와 장단6구로 한역하여 가장 상세한 정보를 제공하였기 때문이다. 따라서 그의 한역을 면밀히 검토한 결과 <애일가>는 원래 가사가 아니라 시조 작품이었음을 확인할 수 있었다. 아울러 작품 원사를 재구하였는데, <애일가>는 초·중·종장에 양오·반포·애일의 중심 모티프를 배치하여 이루어진 작품이었다.

그런데 공교롭게도 이와 같은 모습을 가진 작품이 기존 시조에서도 발견되며, 이를 통해 <애일가>가 당시 상당한 전파력을 가진 노래였음도 알 수 있었다. 하지만 그 전파 경로에 대한 세밀한 추적과 판단은 이 글의 논의 밖에 남겨 두었다.

3장 윤선도 〈어부사시사〉의 공간과 시간

1. 제목에 담긴 함축적 의미

조선시대 시조문학에는 흔히 작품의 제목을 붙이지 않는 창작 관습이 있었다. 그러나 윤선도(尹善道)의 작품에는 모두 제목이 있다. <어부사시사(漁父四時詞)>를 비롯하여 <견회요(遣懷謠)>·<우후요(雨後謠)>·<산중신곡(山中新曲; 漫興, 朝霧謠, 夏雨謠, 日暮謠, 夜深謠, 饑歲歎, 五友歌, 古琴詠)>·<산중속신곡(山中續新曲; 秋夜操, 春曉吟, 贈伴琴)>·<몽천요(夢天謠)>·<초연곡(初筵曲)>·<파연곡(罷宴曲)>이 그것이다. 또 제목을 붙인다 하더라도 대개 작자의 별호나 특정한 연고가 있는 지명 혹은 건축물 등을 내세움으로써, 작품의 성격을 효과적으로 드러내지 못하는 경우가 많았다. 이에 비해 윤선도의 시조 제목은 모두 작품의 내용을 그대로 함축시켜 보여준다는 점에서 의미가 있다.

이러한 사실은 곧 윤선도가 남다른 작가 의식의 소유자였음을 시사해 주며, 제목에서 그의 작품을 효과적으로 이해할 수 있는 실마리를 찾을 수 있을 것이라는 기대를 갖게 한다. 따라서 이 글에서 필자는 <어부사시사>의 제목에 유의하면서 그 성격을 이해하기 위한 논의를 시작하고자 한다.

윤선도의 <어부사시사>는 제목 그대로 '어부의 사시 생활을 노래'한 작품이다. 여기에는 '어부의 생활'과 '사시의 생활'이라는 두 골격이 서로 교차하며 혼재된 모습으로 존재한다. 그러므로 <어부사시사>의 세계는 크게 어부의 생활과 사시의 생활이라는 두 개의 축을 가지며, 그것은 곧 이 작품이 '어부가(漁父歌)'의 전통과 '사시가(四時歌)'의 전통을 기반으로 성립하였음을 의미한다. 따라서 <어부사시가>가 어부가로서 지향하는 공간적 성격과 사시가로서 실현하고 있는 시간적 질서를 분석하고, 이 두 성격의 융합에서 빚어지는 궁극적 의미를 밝히는 것이 이 글의 목적이다.[1)]

2. '어부가'로서의 공간적 성격

'어부(漁父)'란 번잡한 세속을 떠나 강호를 배경으로 한적하게 노니는 은일처사류의 사람을 지칭하며, 직업적으로 고기를 잡는 '어부(漁夫)'가 아니라는 점에서 흔히 '가어옹(假漁翁)'이라 말해지기도 한다. 어부가는 곧 이러한 가어옹으로서 즐기는 탈속한 생활을 내용으로 한 노래이다. 그런데 우리 고전문학에는 세속을 떠난 강호의 한정을 노래하는 데에 즐겨 어부가를 표방하는 관습이 있었다. 『악장가사(樂章歌詞)』에 실려 전

1) 이 글은 「<어부사시사>의 공간과 시간」이라는 이름으로 『한국고전문학입문』(박기석 외, 집문당, 1996)에 수록된 바 있다.

하는 <어부가>를 비롯하여 이현보(李賢輔)의 <어부가>, 십이가사 중의 하나인 <어부사> 및 어부의 생활을 차용한 다수의 시조와 한시가 그런 결과로 남은 작품들이다.

윤선도의 <어부사시사> 역시 어부가 제작의 관습적 전통 위에 서 있다. 따라서 그보다 앞선 기존 어부가와의 관련 양상을 밝히는 데에 지금까지 많은 시선이 주어져 왔다. 특히 <어부사시사>와 직접적인 연관이 있는 『악장가사』의 <어부가>와 이현보의 <어부가> 및 어부가 계열 작품의 시초로 보이는 굴원(屈原)의 <어부사>와의 관계 속에서 많은 논의가 이루어졌다. 논의의 초점은 주로 <어부사시사>의 창작 동기, 기존 어부가의 수용 및 개작 양상, 음악적 성격, 어부의 의미, 공간적 특성 등의 구명에 모아졌다.

그런데 이러한 논의는 대부분 종적인 면에서 <어부사시사>와 기존 어부가와의 관계를 밝히려는 시도였다. 따라서 여기서는 시선을 달리하여 윤선도가 어부가를 표방하면서 <어부사시사>의 배경으로 선택한 강호라는 공간에 부여한 성격의 일단을 살펴보기로 한다.

<어부사시사>의 공간적 배경은 어부의 생활 무대인 바다이다. 그 구체적 장소는 지금의 전남 완도군 보길도이다. 윤선도가 처음으로 보길도에 들어간 것은 그의 나이 51세 때의 일이다. 이 때의 입도 동기를 홍우원(洪宇遠)이 쓴 윤선도의 <시장(諡狀)>은 병자호란의 치욕을 잊고 은둔하기 위함이었다고 적고 있다. 즉 청과의 화의 체결 소식을 듣고 탐라로 향하던 중 마주친 보길도의 수려한 절경에 이끌려 여기에 거처를 마련하고 마침내 노년을 마칠 작정을 하였다는 것이다.[2)]

2) 還到海南 始聞和議已定 大駕還都 公不下船 將入耽羅以居 舟過甫吉島 望見峯巒秀麗 洞壑深邃 公曰此可以居 遂斬木開徑 山勢周遭 不聞海聲 淸冷蕭爽 泉石絶勝 眞物外之佳境

그런데 이 사실은 윤선도 사후 제삼자에 의해 작성된 <시장>이라는 일종의 공식성을 갖는 문서에 의한 것이다. 그러므로 여기에는 사대부로서 윤선도의 대사회적 위상은 강하게 의식되어 있는 반면, 당시 그가 처했던 개인적 입장은 충분히 반영되어 있지 못하다는 한계가 있다. 그의 입도 동기를 표면적으로는 위와 같이 대사회적 명분에서 찾을 수 있을지라도, 이면에 숨은 개인적 동기 또한 무시할 수 없을 것이다. 오히려 그의 삶의 궤적에 비추어 볼 때 근본적인 입도 동기는 대사회적 명분보다는 개인적으로 느꼈던 사회와의 심리적 갈등에 더 무게가 실려 있었던 것으로 보인다.

실제로 그는 보길도를 찾은 후 자신의 심경을 다음과 같이 술회하여, 자신이 현실의 번언과 비방을 피해 입도하였음을 스스로 밝히고 있다.

> 동서남북에 이미 갈만한 곳이 없은즉 하해와 산림이 있을 따름입니다. 옛 사람이 이른바 "천하가 혼일할 때에 선비가 몸 둘 곳은 조정이 아니면 곧 산림이다"고 함이 이것 아니겠습니까? 공자가 이르기를 "위태로운 나라에는 들어가지 말고 어지러운 나라에서 살지 말며, 천하에 도가 있으면 나오고 도가 없으면 숨는다"고 하였습니다. (중략) 그러나 제가 처한 바는 감히 옛 사람의 높은 뜻에 의지하는 것이 아니라, 주임이 말한 바의 "능력을 펼쳐 벼슬에 나아갔으나 감당할 능력이 없는 자는 그만 둔다"는 것입니다. 조정에 있으면 번언이고 외직에 나가면 비방이 쌓이니, 창랑이 아니고서는 스스로 취할 곳이 없습니다. 그런즉 이것이 바로 주임이 이른바 "감당할 능력이 없는 자"인 것입니다. (중략) 이에 산에 들고 바다에 든 자가 반드시 무심한 사람은 아니라는 옛 말의 이유를 알겠습니다. 아마 당한 때가 좋지 못하여 포부를 펴지 못하고, 때와 세상을 탄식하며, 언짢은 기

也 遂命之曰芙蓉洞 築室于格紫峯下 扁曰樂書齋 以爲終老之計(<諡狀>, 『孤山遺稿』, 卷之六)

색과 답답한 마음을 금할 수 없어 산수의 즐거움에 세념을 풀어버리려는 것이겠지요.[3]

여기서 주목되는 것이 현실을 벗어난 불우한 선비의 처소로 윤선도가 거론한 '하해(河海)와 산림(山林)'이라는 두 공간이다. 각기 물과 산으로 대변되는 이 두 공간은 윤선도 문학의 주요한 배경이 되고 있을 뿐 아니라, 자연을 노래한 조선시대 사대부 문학에서 역시 주요한 배경이 되고 있기 때문이다.[4]

윤선도는 보길도를 찾은 다음 그의 향리인 해남의 산중에 또 다른 은거지[水晶洞, 聞簫洞, 金鎖洞]를 마련하였다. 그리고는 이 두 은거지를 무대로 정서적 측면에서 서로 이질성이 있는 <어부사시사>와 <산중신곡>을 창작하였다. 이러한 사실은 곧 물과 산, 혹은 강호와 산림으로 구별되는 공간적 배경의 차이가 이 두 작품 간의 이질성을 배태시킨 요인이 되었으리라는 점을 암시한다. 나아가 강호문학이라 일컬을 수 있는 <어부사시사>와 산을 배경으로 한 산림문학을 구별 지을 수 있는 요긴한 정보가 여기에 담겨있을 것으로 생각된다.

우리 문학에서 물과 산은 탈속한 선비의 처사적 삶을 이야기하는 데 매우 주요한 요소로 거론되어 왔다. 그러면서도 우리는 이 둘을 차별적으로 인식하기보다는, 그 동질적 성격에 이끌리어 하나로 묶어보려는

3) 東西南北旣無可往 則河海而已 山林而已 古人所謂 天下混一之時 士之處身 非朝廷則山林者 非此也耶 孔子曰 危邦不入 亂邦不居 天下有道則見 無道則隱 (중략) 然弟之所處 非敢竊附於古人之高義也 周任所謂 陳力就列 不能者止者也 在朝有煩言 補外有積謗 無非滄浪之自取 則此正周任所謂 不能者也 (중략) 乃知古之所以入山入海者 未必無心之人 蓋其遭時不辰 抱負莫展 傷時嘆世 不能無不豫之色壹鬱之懷 而欲以消遣世念於山水之樂也歟 (<答人書>, 『孤山遺稿』, 卷之四)

4) 이하 하해라는 말 대신에 물의 이미지를 드러내면서 더 보편적으로 쓰이는 강호라는 용어를 사용하여, 이 두 공간을 '江湖'와 '山林'으로 지칭한다.

경향이 강했던 것이 사실이다. 그것은 동양적 산수관의 전통이 미시적으로 물과 산이 서로 어긋나기보다는 조화롭게 어울리는 양상을 중시하였기 때문일 것이다. 그러나 경우에 따라서는 보다 시야를 확대하여 바다와 육지, 혹은 강과 산 등으로 대비되는 차별성에 유의할 필요가 있다.

동양적 산수관의 전통 위에서 물과 산을 차별적으로 이해하고자 할 때, 우리는 먼저 공자의 다음과 같은 언급을 접하게 된다.

> 지자는 물을 좋아하고, 인자는 산을 좋아한다. 지자는 동적이나 인자는 정적이며, 지자는 즐기나 인자는 수한다.[5]

지자와 인자의 품성을 설명하기 위해 물과 산의 속성을 비유적으로 활용한 대목이다. 이를 물과 산에 초점을 맞추어 다시 읽는다면, '물은 동적이고 즐거움을 주므로 지자가 좋아하고, 산은 정적이고 변함이 없으므로 인자가 좋아한다'는 것이다. 동적이면서 즐거움이 있는 물과 정적이면서 불변하는 산의 이미지가 선명히 대비되고 있다.

기존 어부가는 이 중 물의 세계를 공간적 배경으로 선택하였다. 그 선택은 순수한 자연친화의 관점에서 다분히 산과는 다른 물의 차별성을 의식한 선택이었다고 할 수 있다. 기존 어부가의 서두에 보이는 '머리 흰 어옹이 물가에 살면서, 스스로 말하기를 물가에 사는 것이 산에 사는 것보다 낫다고 하네(雪濱漁翁住浦間 自言居水勝居山)'라는 표현에서 그러한 태도를 읽을 수 있다.

기존 어부가를 토대로 이루어진 윤선도의 <어부사시사> 역시 물의 세계를 작품의 배경으로 수용하였다. 그러나 윤선도는 여기에서 기존

5) 知者樂水 仁者樂山 知者動 仁者靜 知者樂 仁者壽(『論語』, 雍也篇)

어부가에 담긴 무심한 자연의 세계를 부정적인 현실과 대립되는 공간으로 대치시키는 변화를 가져왔다.[6] 그의 보길도 입도 동기가 현실과의 불화에 있었다는 점에서 이는 당연한 귀결이라 할 수 있다. <어부사시사>가 '현실에 대한 무관심'을 드러냄과 동시에 '현실에 대한 강한 집착'을 보여주는 작품으로 성격이 규정되는 것은[7] 그러한 이유에서이다.

그 결과 <어부사시사>에는 기존 어부가와는 달리 두 개의 이질적 성격이 서로 교섭하면서 간여하게 된다. 하나는 바다로 표상되는 순수한 물의 속성이요, 나머지 하나는 현실에 대한 의도적인 무관심 내지 집착의 결과로 몰입하는 강호 지향 태도이다. 이 두 성격이 교섭하면서 만나는 곳에서 <어부사시사>의 독특한 서정이 발생하며, 그것은 한마디로 분방한 흥취의 표출이라는 말로 요약된다.

① 고은 볃티 쬐얀ᄂᆞᆫ ᄃᆡ 믉결이 기름ᄀᆞᆺ다
그믈을 주어두랴 낙시ᄅᆞᆯ 노흘 일가
濯纓歌의 興이 나니 고기도 니즐로다 (춘사5)

夕陽이 빗겨시니 그만ᄒᆞ야 도라가쟈
岸柳汀花ᄂᆞᆫ 고븨고븨 새롭고야
三公을 블리소냐 萬事ᄅᆞᆯ ᄉᆡᆼ각ᄒᆞ랴 (춘사6)

② 物外예 조ᄒᆞᆫ 일이 漁父生涯 아니러냐
漁翁을 욷디마라 그림마다 그렷더라
四時興이 ᄒᆞᆫ가지나 秋江이 은듬이라 (추사1)

6) 이러한 변화는 이현보의 <어부단가> 5장에서도 감지된다.
7) 정병헌, 「어부사시사의 배경과 성격」, 『고산연구』 제3호, 고산연구회, 1989, 21쪽.

水國의 ᄀᆞ올히 드니 고기마다 ᄉᆞᆯ져 읻다
萬頃澄波의 슬ᄏᆞ지 容與ᄒᆞ쟈
人間을 도라보니 머도록 더옥 됴타　　(추사2)

위의 ①과 ②는 춘사와 추사의 일부이다. 모두 바다를 배경으로 하였는데, 그 바다는 또한 현실적인 인간 세계와는 대립적 위치에 자리한다. 작중 화자는 바로 그곳에서 현실을 의식하며 의도적인 자연몰입을 시도하고 있다. 이와 동시에 바다에 충만한 동적인 물의 속성은 그러한 자연몰입을 내면적 침잠이 아닌 외향적 발산의 방향으로 몰아간다. 여기서 분방한 홍취가 일어난다. 동적이면서 즐거움을 주는 물의 속성의 문학적 형상화이다.

이러한 <어부사시사>의 서정에 비해 산을 배경으로 하는 <산중신곡>은 매우 상반된 양상을 보여준다. <산중신곡> 역시 수정동이라는 그의 또 다른 은거지에서 만들어진 작품이나, 여기에는 동적인 면보다는 정적인 면이 전면에 부각되어 있다. <어부사시사>와는 다른 자기 성찰의 내면적 침잠이 주조를 이루면서, 감성적이기보다는 이성적인 태도가 무언중에 자리하고 있다.

잔 들고 혼자 안자 먼 뫼흘 ᄇᆞ라보니
그리던 님이 오다 반가옴이 이리ᄒᆞ랴
말슴도 우움도 아녀도 몯내 됴하 ᄒᆞ노라 (<산중신곡> 만흥3)

윤선도가 <어부사시사>에서 절제된 모습을 버리고 분방한 홍취를 노래하였음은 지금까지 여러 논자들에 의해 지적된 바 있다. 그리고 대개의 경우 그 요인을 윤선도의 개인적 취향이나 조선시대 후기에 진행된

성리학적 태도의 이완에서 찾고자 하는 경향이 있었다. 그러나 여기서는 강호를 배경으로 한 어부가의 공간적 성격 속에서 그것을 이해하고자 시도하였다. 마찬가지로 그의 <산중신곡> 역시 산림문학의 제작 관습 속에서 보았을 때 그 의미가 더 분명해진다.

3. '사시가'로서의 시간적 질서

윤선도는 <어부사시사>를 창작하면서 특히 외적인 짜임새에 각별한 배려를 기울였다. 전체 12장 혹은 9장으로 전해오던 기존 어부가의 형태에 변화를 주어, 스스로 밝혔듯이 '사시를 각 1편으로 하면서 매 편은 다시 각 10장이 되게' 정비한 것이다.[8] 즉 사계절이 순환하는 자연의 질서를 작품 속에 끌어들여 사시가로서의 시간적 질서를 실현시켰다.

국문학상 사시가 창작의 빠른 예는 고려의 한시에서부터 찾을 수 있다. 국문시가로는 맹사성(孟思誠)의 <강호사시가(江湖四時歌)>를 필두로 특히 시조와 가사에서 많은 작품이 문학사에 모습을 드러낸다. 그 중에서도 윤선도의 <어부사시사>는 사시순에 따른 시간적 질서를 드러내는 시상(時相) 전개상 가장 조직적이고 복합적인 구성을 보여주는 작품이다.

사시란 보통 일년의 네 계절인 봄·여름·가을·겨울을 의미하나, 반드시 이 개념으로만 한정되어 쓰인 말은 아니다. 하루를 한 단위로 보았을 때는 하루의 네 때인 아침·낮·저녁·밤 역시 사시라 지칭된다. 그

8) 東方古有漁父詞 未知何人所爲 而集古詩而成腔者也 (중략) 然音響不相應 語意不甚備 盖拘於集古 故不免有局促之欠也 余衍其意 用俚語 作漁父詞 四時各一篇 篇十章(<漁父四時詞跋>, 『孤山遺稿』, 卷之六下)

러므로 사시순에 따른 시상 구성을 근간으로 하는 사시가에는 단순히 일년 사시순에 따른 구성을 보이는 작품도 있고, 일년 사시와 하루 사시의 시상을 아울러 활용한 작품도 있다. 전자에 비해 후자에 보다 치밀한 형상력이 돋보이는데, <어부사시사>의 시상 전개 방식은 후자에 속한다.

<어부사시사>는 우선 작자 자신의 언급과 같이 일년 사시를 각 1편으로 하여 춘사・하사・추사・동사 순의 구성을 갖는 작품이다. 그러나 대부분의 사시가가 단순히 일년 사시순의 시상 전개에 그치고 있는 것과는 달리 <어부사시사>는 매 편 10장을 다시 하루 사시순에 따라 조직적으로 배열하고 있다는 데에 구성상의 치밀함이 있다.

이를 살피기 위해 춘사 10장의 초장을 차례로 보이면 다음과 같다.

제1장 : 압개예 안개 것고 뒫뫼희 ᄒᆡ 비췬다 ………… 아침
제2장 : 날이 덥도다 믈 우희 고기 떤다
제3장 : 東風이 건듣 부니 믉결이 고이 닌다
제4장 : 우ᄂᆞᆫ 거시 벅구기가 프른 거시 버들숩가
제5장 : 고은 볃티 쬐얀ᄂᆞᆫ ᄃᆡ 믉결이 기름 ᄀᆞᆺ다 ………낮
제6장 : 夕陽이 빗겨시니 그만ᄒᆞ야 도라가쟈 ………… 저녁
제7장 : 芳草ᄅᆞᆯ ᄇᆞᆲ와보며 蘭芷도 뜨더보쟈
제8장 : 醉ᄒᆞ야 누얻다가 여흘 아래 ᄂᆞ리려다
제9장 : 낙시줄 거더 노코 篷窓의 ᄃᆞᆯ을 보쟈
제10장: 來日이 또 업스랴 봄 밤이 몃덛 새리 ……… 밤

제1장부터 제10장에 이르는 과정이 아침에서 밤에 이르는 시간적 순서를 좇아 전개되고 있다. 봄날 아침 육지를 출발하여 한낮을 바다에서 노닐고(제1장~제5장), 저녁에 돌아 와 밤을 맞기까지의(제6장~제10장) 과정이 하루의 사시순에 따라 순차적으로 전개되고 있는 것이다. 춘사에 담

긴 이러한 시간적 질서는 하사와 추사 및 동사에서도 마찬가지로 실현된다.

<어부사시사>의 이러한 순차적 질서는 시간적 측면에만 머무르지는 않는다. 공간적 측면으로 확대되어 시간의 흐름에 따른 환경의 변화를 기계적으로 포착하고 있다. 특히 초장과 중장 사이에 삽입된 여음구는 이러한 질서가 작가의 치밀한 설계 아래 이루어진 것임을 말해 준다.

제1장 : ᄇᆡ 떠라 ᄇᆡ 떠라 ························ 출항
제2장 : 닫 드러라 닫 드러라
제3장 : 돋 ᄃᆞ라라 돋 ᄃᆞ라라
제4장 : 이어라 이어라 ························· 운항
제5장 : 이어라 이어라
제6장 : 돋 디여라 돋 디여라 ················· 귀항
제7장 : ᄇᆡ 셰여라 ᄇᆡ 셰여라
제8장 : ᄇᆡ ᄆᆡ여라 ᄇᆡ ᄆᆡ여라 ················· 정박
제9장 : 닫 디여라 닫 디여라
제10장: ᄇᆡ 브텨라 ᄇᆡ 브텨라

위의 여음은 모두 배를 움직이는 데 필요한 어부의 동작을 지시한 것들이다. 그 배열 순서는 출항을 위해 포구에 배를 띄우고 바다에서 운항하는 과정(제1장~제5장)을 거쳐, 다시 포구로 돌아 와 정박하기까지의 과정(제6장~제10장)을 매우 정연하게 보여준다. 이 과정에는 앞에서 본 바와 같이 실사부에 표현된 아침에서 밤에 이르는 하루 사시의 흐름이 수반되며, 육지에서 바다를 거쳐 다시 육지에 이르는 공간적 노정이 포함된다. 여기에서 우리는 <어부사시사>가 단순한 서정시가 아닌, 순차적 순환성에 입각한 일정한 서사적 짜임을 전편에 유지한 작품임을 알 수

있다.[9)]

그런데 <어부사시사>에 활용된 위의 여음은 윤선도가 특별히 창안해 낸 것은 아니다. 『악장가사』와 이현보의 <어부가>에도 동질의 여음은 활용되고 있다. 그러나 여음의 배치 및 실사부와의 의미 상관에 있어서 기존 어부가가 소홀히 하였던 시간적인 질서를 분명히 하였다는 것이 윤선도의 <어부사시사>가 돋보이는 점이다. 『악장가사』의 <어부가>에 비해 이현보의 <어부가>는 여음의 배치에 보다 유의한 흔적이 보이는데, 이는 <어부사시사>의 여음 배치와도 크게 다르지 않다.

제1장 : 빅 떠라 빅 떠라 ·························출항
제2장 : 닫 드러라 닫 드러라
제3장 : 이어라 이어라 ···························운항
제4장 : 돗 디여라 돗 디여라 ··················귀항
제5장 : 이퍼라 이퍼라
제6장 : 빅 셔여라 빅 셔여라
제7장 : 빅 믹여라 빅 믹여라
제8장 : 닫 디여라 닫 디여라
제9장 : 빅 브텨라 빅 브텨라 ··················정박

위 이현보 <어부가> 9장의 여음 배치 역시 배의 운항에 따른 어부의 동작을 시간의 순서대로 보여준다. 그러나 윤선도의 여음과 비교할 때 부분적으로 어색한 점이 발견된다. 그 하나는 출항에서 운항에 이르는

9) <어부사시사>에 실현된 시공상의 유기적 질서에 대해서는 김대행의 「<어부사시사>의 외연과 내포」(『고산연구』 창간호, 1987), 김열규의 「고산작품론」(『고산연구』 창간호), 박준규의 「고산의 수정동원림과 산중신곡」(『고산연구』 제2호, 1988)에서도 이미 거론된 바 있다. 이러한 논의를 바탕으로 필자는 여기에 다시 사시가의 개념을 도입 설명하였다.

과정(제1장~제3장)과, 귀항에서 정박에 이르는 과정(제4장~제9장)이 전후의 균형을 이루지 못한다는 점이다. 또한 여음이 작품의 해당 실사부와 내용상의 상관성을 유지하지 못하여 단순히 조흥구의 수준을 벗어나지 못한다는 것도 단점으로 지적된다.

윤선도는 <어부사시사발(漁父四時詞跋)>에서 기존 어부가를 '음향이 상응하지 않고 어의가 제대로 갖추어지지 못하였다(音響不相應 語意不甚備)'고 평하여, 바로 그러한 점을 지적하였다. 또 그렇게 된 이유로는 '아마 옛글을 모으는 데 얽매여 국촉한 결함을 면하지 못하였다(盖拘於集古故不免有局促之欠也)'는 점을 들었다. 따라서 이러한 점을 보완하여, 자신이 '그 뜻을 더하고 우리말을 사용하여(余衍其意 用俚語)' 새로운 <어부사시사>를 창작하였다는 것이다.

이 창작 과정에서 드러난 가장 두드러진 변화는 기존 어부가의 12장이나 9장 형태를 버리고, 사시 각 1편에 매 편 10장의 정연한 사시가 형식을 갖추었다는 점이다. 이러한 사실은 곧 윤선도가 사시가로서의 시간적 질서에 크게 유의하면서 <어부사시사>를 창작하였음을 방증한다. 여기서 필자는 기존 어부가 외에도 <어부사시사> 창작에 직접 간여하여 참고가 된 다른 작품이 있었을 것으로 생각한다. 그것은 곧 <어부사시사>와 동일한 시상 전개를 갖는 선행 사시가일 것이다. 그 작품이 어떤 것인지 여기서 직접 들어 보일 수는 없지만, <어부사시사>와 매우 흡사한 시간적 질서를 보이는 이황(李滉)의 <산거사시(山居四時)>와 같은 한시 작품이 선행하고 있다.[10]

10) <산거사시>는 칠언절구 16수로 이루어진 작품이다. 그 짜임은 크게 일년 사시순에 따라 春四吟, 夏四吟, 秋四吟, 冬四吟의 4편으로 구성되어 있는데, 매 편은 다시 하루 사시순에 따라 朝·晝·暮·夜 각 1수씩 세분되어 있다. 그 구체적인 내용에 대해서는 필자의 「한국 사시가의 연구」(전남대학교 대학원 박사학위논문, 1992, 63·

4. 〈어부사시사〉의 귀결 세계

<어부사시사>는 보길도를 무대로 창작된 작품이다. 그러나 외형적으로 보았을 때 보길도의 자연 환경과 <어부사시사>는 특별한 관계가 없다. <어부사시사>에는 '석실(石室)'이라는 윤선도가 붙인 처소명 외에 보길도와의 직접적인 관계를 드러내는 어사가 사용되지 않았기 때문이다. 오히려 기존 어부가에서도 사용하지 않았던 '강촌(江村)', '추강(秋江)', '청강(淸江)', '동호(東湖)', '서호(西湖)', '북포남강(北浦南江)' 등 강이나 호수와 관련된 단어를 사용하여 이 작품이 과연 바다를 배경으로 한 것인지 의심스러울 정도이다. 그러므로 <어부사시사>의 무대는 보길도여도 좋고 아니어도 좋다. 이것은 곧 <어부사시사>가 보길도의 자연을 그대로 받아들여 형성된 작품이 아니라는 것을 의미한다.

윤선도는 보길도를 찾은 후 여기에 의도적으로 자신의 이상경을 구축하고자 한 많은 흔적을 남겼다. 낙서재(樂書齋), 세연정(洗然亭), 동천석실(洞天石室) 등이 그것이다. 그 중 <어부사시사>에 등장하는 유일한 배경이 동천석실이다. 윤선도는 동천석실이라는 단어 자체의 의미 그대로 여기에 선계의 이미지를 부여하여 조영하였다. <어부사시사>의 종결부는 바로 이 동천석실을 배경으로 마무리된다.

松間 石室의 가 曉月을 보쟈ᄒᆞ니
空山 落葉의 길ᄒᆞᆯ 엇디 아라볼고
白雲이 좃차오니 女蘿衣 므겁고야 (추사10)

96~104쪽)에서 논의한 바 있다.

어와 져므러간다 宴息이 맏당토다
ᄀᆞᄂᆞᆫ 눈 ᄲᅳ린 길 블근 곳 흣더딘 ᄃᆡ 흥치며 거러가셔
雪月이 西峯의 넘도록 松窓을 비겨 잇쟈 (동사10)

<어부사시사>의 흥취 서린 이러한 도가적 세계는 부정적인 현실과 대립적 위치에 서 있다. 이 도가적 세계에서 작중 화자는 최종적으로 달을 응시하면서 연식에 잠기려는 자세를 취한다. 달은 도가적 입장에서 맑고 거룩한 신선의 빛을 의미하는 초월적 상징물이다. 또 그 끊임없이 차고 기우는 과정은 삶의 영고성쇠와 더불어 영속성을 의미한다.

여기서 우리는 공간적으로 <어부사시사>의 최종 지향점이 되는 달의 속성과, 이 작품에 실현된 시간적 질서가 서로 동질의 것임을 확인할 수 있다. 끊임없이 차고 기우는 달의 속성은 순차적 순환성을 가진 사시의 질서 그대로이기 때문이다. 무한한 반복 구조를 가진 그 질서에는 영속성이 있으며, 그것은 곧 실존적 한계를 지닐 수밖에 없는 인간이 추구하는 최고의 가치이기도 하다. 그러므로 결국 <어부사시사>를 통해 결코 현실에서 자유로울 수 없으면서도 초월적 공간과 시간을 지향하는, 한 이상주의자의 고독한 내면과 만나게 된다.

4장 소상팔경가의 관습시적 성격

1. 머리말

소상팔경(瀟湘八景)은 잘 알려지다시피 중국 호남성의 소수와 상수가 합치는 부근에 있는 여덟 개의 경치를 말한다. 그런데 이 소상팔경은 일찍부터 널리 알려져 아름다운 경치의 대명사처럼 인식되었으며, 이에 따라 오랫동안 많은 시인묵객들의 예술적 소재가 되어왔다. 종래의 그림과 문학에서 쉽게 찾을 수 있는 '소상팔경도'와 '소상팔경가(시)'라 지칭되는 작품군이 바로 그러한 경향을 단적으로 보여준다.[1)]

국문학에서의 소상팔경가 제작은 고려 말의 한시 작품에서 비롯된다. 이후 시조와 가사 형식 등으로 점차 그 영역이 확대되어 갔으며, 20세기 초까지 지속적으로 유지되었다. 그러는 동안 소상팔경가는 소상팔경이

1) 소상팔경을 소재로 한 문학 작품을 한시에서는 '瀟湘八景詩', 국문시가에서는 '瀟湘八景歌'라 하여야 하겠으나, 여기서는 이 둘을 포괄하여 편의상 '瀟湘八景歌'라 통칭한다. 지금까지 소상팔경가에 대한 논의는 주로 한시체 작품을 대상으로 이루어졌는데, 그것이 제화시 내지 산수시적 성격을 가진다는 점에서 '景'과 '情'을 표출하는 방식을 구명하는 데에 초점이 주어졌다.

라는 특정한 소재의 선택뿐 아니라, 그것을 표현하는 방식에 있어서도 자연스럽게 어느 정도 양식화된 길을 걷게 되었다. 그 제작 기저에 동일한 소재의 반복적 선택에 의해 형성된 관습적 성격이 자리하고 있으면서, 그것이 또한 시대의 추이에 따라 얼마간의 변화를 수반하였기 때문이다.

이러한 점에 유의하여 필자는 여기에서 주로 소상팔경가의 관습적 성격이 어떻게 변모하였는지 통시적인 입장에서 살펴보고자 한다. 논의의 범주는 고려의 한시체 작품에서부터 조선시대 말 대중의 여항음악으로 널리 유포된 가사체 작품까지이다. 논의 과정에서 청련(靑蓮) 이후백(李後白)의 연시조 <소상팔경(瀟湘八景)>과, 그것을 한역한 석천(石川) 임억령(林億齡)의 한시 <번이후백소상야우지곡(翻李後白瀟湘夜雨之曲)>을 주요한 연구 대상으로 삼는다.[2]

2. 소상팔경가의 제작 관습

소상팔경가는 소상팔경도와 밀접한 관계가 있다. 고려 때에 등장한 초기의 소상팔경가가 소상팔경도의 제화시로서 출발하고 있기 때문이다. 그러므로 소상팔경가를 살피기에 앞서 중국의 소상팔경도 등장과 우리나라로의 유입에 대해 먼저 언급할 필요가 있다.

중국에서 소상의 아름다운 경치가 지금 전하는 것과 같은 팔경으로 구체화되면서 팔경도라는 그림으로 그려지기 시작한 것은 단정할 수는

2) 이 글은 『고시가연구』 제5집(한국고시가문학회, 1998)에 같은 이름으로 수록된 글을 일부 수정한 것이다.

없으나 11세기 북송의 화가 송적(宋迪)에 의해서일 것으로 알려져 있다.[3] 이 소상팔경도가 우리나라에 전래된 시기 역시 확실하지는 않다. 그러나 고려 명종(1171~1197 재위) 때에 왕명에 의해 신하들이 소상팔경가를 짓고 소상팔경도를 그렸다는 기록이 있는 것으로 보아[4] 적어도 12세기 후반에는 이미 소상팔경가와 소상팔경도의 제작이 시작되었다는 사실을 알 수 있다. 이후 소상팔경가와 소상팔경도는 조선시대 말까지 지속적으로 제작되어 왔다. 특히 조선 세종 때 안평대군 이용(李瑢)은 중국 남송 영종의 소상팔경시를 구해보고는 문인과 화공들로 하여금 시를 짓고 그림을 그리게 하여 『비해당소상팔경시권(匪懈堂瀟湘八景詩卷)』을 만들기도 하였는데, 이 시권에는 고려의 이인로부터 당대에 이르는 작가 19명의 시가 수록되어 있다.[5]

우리나라의 소상팔경도는 이처럼 고려시대에 수용된 이후 조선 초기에 가장 활발하게 유행하였으며, 이후 양식적 변화를 겪으면서 중기를 거쳐 후기로 이어진다. 특히 조선 초기의 소상팔경도는 팔경을 각기 구분지어 주는 특징적 요소로서 계절이나 시간의 변화를 잘 반영하고 있음에 비하여, 중기나 후기의 작품에는 그러한 특징적 요소가 약화되어 때로는 어느 장면을 묘사한 것인지 구분하기 어려울 정도로 표현이 애매해지기도 하였다고 한다. 소상팔경도의 이러한 변화는 그 역사가 오래 이어지면서 인습화되고 형식화됨에 따라 본래의 특징을 잃어간 데에

---

3) 度支員外郎宋迪工畵 尤善爲平遠山水 其得意者 有平沙落雁 遠浦歸帆 山市晴嵐 江天暮雪 洞庭秋月 瀟湘夜雨 煙寺晩鐘 漁村夕照 謂之八景 好事者多傳之(沈括, 『夢溪筆談』. 안휘준, 「한국의 소상팔경도」, 『한국회화의 전통』, 문예출판사, 1988, 164쪽에서 재인용)

4) (李寧)子光弼 亦以畵見寵於明宗 王命文臣賦瀟湘八景 仍寫爲圖(『高麗史』 卷122, 列傳 第35, <方技>. 안휘준, 「한국의 소상팔경도」, 166쪽에서 재인용.)

5) 임창순, 「비해당 소상팔경 시첩 해설」, 『태동고전연구』 제5집(한림대학교 태동고전연구소, 1989) 참조.

그 원인이 있는 것으로 지적되고 있다.

그런데 사실 이러한 변화는 그림에서 뿐만 아니라 소상팔경가에서도 마찬가지로 드러나는 현상이었다. 시화일률(詩畵一律)이라는 사상적 기반 위에서 제화시로 출발하였던 초기의 소상팔경가에는 그림의 화면에 담긴 팔경의 내용을 비교적 충실하게 옮기고자 노력한 흔적이 보이나, 중기 이후로 가면서는 그림이나 실제의 팔경과는 무관한 내용으로 흘러갔기 때문이다. 이 점 역시 문학의 관습적 양식의 변화라는 측면에서 주목되는 사실이다.

이렇듯 형성 초기의 소상팔경가는 소상팔경도의 내용과 매우 밀접하게 반응하였다. 따라서 소상팔경가의 양식적 변화를 이해하는 데에 좋은 참고가 되므로, 좀 길지만 소상팔경도 각 폭의 내용을 설명한 글을 다음에 그대로 옮긴다.

① 산시청람(山市晴嵐); 산시에 걷히고 있는 아지랑이 또는 맑은 아지랑이에 싸여 있는 산시를 표현하는 장면으로, 대개 중경에 산시나 성벽 또는 산시가 아지랑이 속에 모습을 드러내는 상태를 나타낸다. 때로는 산시나 성문을 향하는 인물이 함께 그려지기도 한다. 원경에는 물론 배경을 이루는 산이 표현된다.

이 장면은 쾌청하고 아지랑이가 일 정도로 따뜻한 봄철 아침나절의 낮시간을 무대로 한다. 대체로 아지랑이는 봄에 두드러지게 일어나므로 산시청람은 계절적으로는 봄을 나타낸다고 볼 수 있다. 우리나라 소상팔경도들이 북송 대 송적과는 달리 산시청람을 첫 번째에 그리는 이유도 사계를 염두에 두고 이 장면을 봄의 장면으로 간주했던 때문이라고 믿어진다.

② 연사모종(煙寺暮鐘); '원사만종(遠寺晩鐘)'이라고도 부르는데, 멀리 연무에 싸인 산속에 자태를 드러내는 절로부터 들려오는 저녁 종소리를 묘사한다. 대체로 원경의 산속에 절의 목조건축물과 탑파(塔婆)가 안개 속에

보이고 근경에는 여행에서 귀가하는 선비와 동자가 다리를 지나는 모습이 표현된다. 다리를 지나 동네를 향하는 인물은 때로는 선비와 시동 대신에 석장을 짚은 노승으로 대체되기도 한다.

시간적으로는 저녁때를 나타내지만 계절은 어느 때를 의미하는지 확실치 않다. 다만 연무를 중요시하고, 또 우리나라 소상팔경도에서는 산시청람에 이어 두 번째 배치되는 것이 상례임을 보아 봄의 장면일 가능성이 높다고 볼 수 있다.

③ 원포귀범(遠浦歸帆); 먼 바다로부터 돌아오는 돛단배들을 묘사한다. 넓은 바다에 떠 있는 돛단배들의 모습이 멀리 보인다. 근경에 정박해 있는 배들과 접근해 오는 배가 그려지기도 한다. 시간은 저녁때를 나타내고 계절은 대개 가을 장면으로 나타난다.

④ 어촌석조(漁村夕照); '어촌낙조(漁村落照)'라고도 부르는데, 어촌에 찾아드는 저녁놀을 묘사한다. 근경에 그물을 쳐놓은 장면과 고기잡이하는 모습이 보이고, 땅거미에 싸인 마을의 정경이 중경에 나타난다. 때로는 원경의 산등성이로 넘어가는 해의 모습이 보이기도 한다. 저녁때의 장면을 나타내지만 계절은 분명치 않다. 대개 활엽수들이 잎이 없는 경우도 있고, 아직은 잎이 떨어지지 않은 채로 서 있는 경우가 많은 것을 보면 가을을 나타내는 장면일 가능성이 많다.

⑤ 소상야우(瀟湘夜雨); 소상에 내리는 밤비를 표현한 장면으로 비바람이 몰아치고 나무들이 바람결에 따라 날리고 있는 모습을 하고 있다. 비바람이 공중에서 사선대(斜線帶)를 이루며 몰아치는 모습을 띤다. 모든 것이 비에 젖어 습윤하게 보인다. 비 내리는 밤 시간을 나타낸다. 계절은 여름이라고 생각될 소지도 있지만 사실은 초가을로 간주되며, '동정추월' 바로 앞에 배치되는 사례가 많다.

⑥ 동정추월(洞庭秋月); 동정호에 비치는 가을달을 표현한다. 하늘에는 둥근 달이 떠 있고 호반에는 달을 감상하는 사람들의 모습이 보인다. 때로는 달빛 아래 뱃놀이를 하는 서정적인 장면이 묘사되기도 한다. 대체로 밖에서 달을 완상할 수 있을 만한 춥지 않은 날씨의 가을을 나타낸다.

⑦ 평사낙안(平沙落雁); 평평한 모래펄에 내려앉는 기러기떼를 표현한다.

사구와 기러기떼가 중경과 원경에 보인다. 나무는 잎을 잃어 앙상하고, 자연은 거칠고 메말라 보인다. 시간은 저녁때, 계절은 늦가을을 나타낸다.

⑧ 강천모설(江天暮雪); 강과 하늘에 내리는 저녁 눈을 묘사한다. 눈에 덮인 산과 강, 어둠이 깃든 하늘, 냉기가 감도는 분위기 등을 돋보이게 그린다. 겨울철의 눈 오는 저녁 장면을 묘사한다.[6)]

위와 같은 소상팔경도의 팔경은 물론 사계절이 순환하는 차례를 따라 배치된 것으로 보여진다. 그것을 위의 화폭 설명에서는 팔경 중의 산시청람과 연사모종은 춘경을, 원포귀범・어촌석조・소상야우・동정추월・평사낙안은 추경을, 그리고 강천모설은 동경을 묘사했을 것으로 분석하고 있다. 이렇게 본다면 소상팔경도의 팔경은 하경이 배제된 대신 추경이 상대적으로 부각되어 춘・하・추・동 사시에 따른 고른 배치를 보이지 못한다고 할 수 있다. 이렇듯 하경이 배제된 대신 추경 위주로 그려지게 된 까닭은 '단정하기는 어렵지만 아마도 가을이 계절의 변화를 가장 민감하게 드러내며 스산한 시심이나 화심을 제일 강하게 자극하기 때문이 아닐까' 지적되기도 한다.[7)]

그런데 위와 같은 소상팔경도의 팔경 배치는 처음에는 그렇지 않았다 할지라도 시간이 지나면서 점차 춘・하・추・동 각 2경씩의 균형 잡힌 모습으로 변모해 간 것은 아닌지 의심된다. 즉 소상팔경도가 처음 그려질 때는 사계절의 변화와 무관하게 배치되었던 것이,[8)] 나중에 위와 같은 사시순에 따른 배치를 가지게 되었고, 이것이 다시 사계절 각 2경씩

6) 안휘준, 「한국의 소상팔경도」, 172~174쪽.

7) 안휘준, 「한국의 소상팔경도」, 171쪽.

8) 안휘준 역시 심괄 『몽계필담』 기록의 팔경 배열 순서를 예로 들면서, 원래 "瀟湘八景의 순서는 四季의 변화와 무관하게 배열되어 있었을지도 모른다"는 의문을 제기하였다(안휘준, 「한국의 소상팔경도」, 165쪽).

의 고른 배치(산시청람 · 연사모종은 춘경, 원포귀범 · 어촌석조는 하경, 소상야우 · 동정추월은 추경, 평사낙안 · 강천모설은 동경)를 가지게 된 것으로 여겨진다. 이와 관련하여 소상팔경도에 비견되는 사시산수도(四時山水圖)가 춘 · 하 · 추 · 동의 사시경을 화폭에 고르게 배치시키고 있음을 그 제화시를 통해 확인할 수 있다는 점은 매우 시사적이다.[9)]

한편 우리나라의 소상팔경가는 앞에서 언급한 바와 같이 소상팔경도에 제화한 한시로서 그 출발을 보이며, 조선시대 중기를 지나면서 시조와 가사에서도 그 모습을 드러낸다. 그 중 여말선초의 한시로 된 소상팔경가는 『동문선(東文選)』을 통해 그 대략을 짐작할 수 있는데, 여기에 수록된 작품 및 팔경의 수록 순서는 다음과 같다.

· 李仁老(1152~1220)의 <宋迪八景圖>(『동문선』, 권20)
  평사낙안, 원포귀범, 강천모설, 산시청람, 동정추월, 소상야우, 연사만종, 어촌낙조
· 陳　澕(1200 급제)의 <宋迪八景圖>(『동문선』, 권6)
  평사낙안, 원포귀범, 어촌낙조, 산시청람, 동정추월, 소상야우, 연사모종, 강천모설
· 李齊賢(1287~1367)의 <和朴石齋尹樗軒用銀臺集瀟湘八景韻>(『동문선』, 권21)
  평사낙안, 원포귀범, 소상야우, 동정추월, 산시청람, 어촌낙조, 강천모설, 연사만종
· 姜碩德(1395~1459)의 <瀟湘八景圖有宋眞宗宸翰>(『동문선』, 권22)
  연사모종, 원포귀범, 동정추월, 강천모설, 어촌낙조, 소상야우,

9) 우리나라 사시산수도의 제화시 역시 고려에서부터 찾아 볼 수 있는데, 몇 작품을 예로 들면 다음과 같다. 李奎報의 <代人書寢屛四時詞> 4수, 李穡의 <奉謝廣平李侍中所藏山水十二疊屛風> 12수, 朴祥의 <題叔保令公四時圖小屛> 8수, 李山海의 <題無用四時畵屛> 4수, 李好閔의 <題禹府尹四時山水圖帖> 4수 등이 그것이다.

산시청람, 평사낙안

- 李承召(1422~1484)의 <次益齋瀟湘八景詩韻>(『속동문선』, 권10)
  원포귀범, 평사낙안, 동정추월, 소상야우, 산시청람, 강천모설, 연사모종, 어촌낙조
- 姜希孟(1424~1483)의 <瀟湘八景>(『속동문선』, 권10)
  원포귀범, 평사낙안, 동정추월, 소상야우, 산시청람, 강천모설, 연사모종, 어촌낙조

여기서 『동문선』에 실린 위 여러 작가들의 소상팔경가를 보면, 팔경의 수록 순서가 한결같지 않으며 앞에서 살핀 소상팔경도의 배치 순서와도 일치하지 않음을 발견할 수 있다. 이것은 곧 당시 소상팔경가의 작자나 혹은 『동문선』의 편자가 사계절의 진행에 따른 시간적 순서를 고려하지 않고 작품을 제작하였거나, 문헌에 수록하였음을 의미한다.

그런데 안평대군 이용이 엮은 『비해당소상팔경시권』은 동일한 작품을 수록하고 있으면서도 그 수록 순서를 『동문선』과 달리하고 있다는 점에서 눈길을 끈다. 즉 『동문선』에 실린 소상팔경가 중 이인로와 진화 및 강석덕의 작품이 『비해당소상팔경시권』에도 올라 있는데, 여기에는 세 작품 모두 산시청람, 연사만종, 어촌낙조, 원포귀범, 소상야우, 평사낙안, 동정추월, 강천모설 순서로 수록되어 있다. 『동문선』의 수록 순서가 계절의 진행을 따르지 않고 있다면, 『비해당소상팔경시권』은 봄에서 여름과 가을을 거쳐 겨울로 진행되어가는 시간적 순서를 의식한 배열을 하고 있는 것이다.

『동문선』(성종 때)보다 『비해당소상팔경시권』(세종 때)이 편찬 시기가 다소 앞서기는 하나 그 중 어느 것이 원작의 모습에 가까운지는 지금 판단하기 어렵다. 그러나 『비해당소상팔경시권』의 편찬이 소상팔경도의

제작과 함께 전문적인 주제 중심으로 이루어졌다는 점에서, 그동안 사계절의 질서와 무관하게 제작되던 소상팔경가가 이 시기를 지나면서 계절 순에 따른 질서를 가지는 일종의 관습적 정형성을 획득해 간 것은 거의 분명하다고 할 수 있다. 그리고 이러한 정형성이 기계적으로 더욱 굳어지면서 앞에서 언급한 바와 같은 사계절 각 2경씩의 배치를 가져오게 되었고, 이에 따라 추경이 확실한 동정추월과 동경에 가까운 평사낙안의 순서가 바뀌게 되었을 것으로 생각된다.

그런데 국문시가에서 소상팔경가의 관습적 연행은 시조보다는 가사체(판소리 단가나 잡가 포함)를 통해 보다 활발히 이루어졌다.[10] 가사체로 전승되다가 현재 문헌에 정착되어 있는 소상팔경가의 이본은 약 20여 종에 달한다. 이 이본들은 수록된 가집에 따라 표기상 다소의 차이는 있으나, 작품 형태는 대체로 다음의 (가)와 (나) 두 유형으로 구분된다.[11]

(가) 산학이 대명ᄒᆞ고 음풍이 로호ᄒᆞ야
슈변에 우ᄂᆞᆫ 싀난 천병만마 셔로 마ᄌᆞ
철긔도창 이엇ᄂᆞᆫ 듯 첨하 숫헤 급형세ᄂᆞᆫ
빅쳑폭포 쏘아오고 ᄃᆡ슈풀 흣뿌릴 졔
황영의 깁흔 한을 닙닙히 호소ᄒᆞ니
<u>소상야우</u>라 ᄒᆞ난 ᄃᆡ요

10) 이 밖에도 판소리나 판소리계 소설 사설에 소상팔경가가 차용되기도 하였으나, 이것이 부분적인 삽입가의 성격을 띤다는 점에서 여기서는 논외로 한다(류재일, 「이제현의 작품을 수용한 『南原古詞』의 「쇼상팔경」 연구」, 『연민학지』 제2집, 연민학회, 1994 참고).

11) 가사체로 전하는 소상팔경가 이본 20여 종은 임기중 편 『역대가사문학전집』 제13권(여강출판사, 1988)과 정재호 편 『한국잡가전집』(계명문화사, 1984) 및 이창배 편 『가요집성』(홍인문화사, 1976) 등에 실려 있다. 위에 인용한 것은 그 중 임기중 편 『역대가사문학전집』의 690번과 691번 작품(원 수록 문헌은 이용기 편 고대본 『樂府』)이다.

칠ᄇᆡᆨ평호 묽은 물은 상하텬광이 푸르럿다
구름 밧게 문득 소ᄉᆞ 즁텬에 ᄇᆡ회ᄒᆞ니
계궁항아 단장ᄒᆞ고 ᄉᆡ 거울을 여럿난ᄃᆡ
젹막ᄒᆞᆫ 어옹들은 세를 어더 츌몰ᄒᆞ고
풍림에 ᄀᆡ아들은 빗츨 놀나 ᄉᆞ라지니
동정츄월이 이 아니냐

연파만경은 하늘에 다핫ᄂᆞᆫᄃᆡ
오고가는 상고션은 북을 둥둥 울니면셔
어긔엿ᄎᆞ 돗 감난 소ᄅᆡ 보와 알든 못ᄒᆞ야도
다만 압ᄒᆡ 셧는 산이 문득 뒤로 올나가니
원포귀범이 이 아니냐

슈벽ᄉᆞ명 양안ᄐᆡ에 불승청원 각비ᄅᆡ라
나라오난 져 기럭기 갈슌 ᄒᆞ나흘 닙에다 물고
일졈 이졈에 졈졈마다 항열 지어 ᄯᅥ러지니
평사락안 이 안인냐

샹슈로 울고가니 슈운니 젹막ᄒᆞ고
황릉으로 울고가니 옛 ᄉᆞ당이 황냥ᄒᆞ구나
남슌황데 혼니라도 응당이 셔르려던
졔소ᄅᆡ 눈물 지니
황릉ᄋᆡ원 니 아니냐

졔간젼촌 양숨가에 밥 짓난 ᄂᆡ가 일고
파됴귀리 ᄇᆡ를 ᄆᆡ고 고기 쥬고 슐을 사셔
취토록 마니 먹은 후에
관ᄂᆡ셩 부르면셔 돌을 씌여 누엇스니
어촌락됴 이 아니냐

텬디난 자옥ᄒᆞ야 분분비비 날이ᄂᆞ냐
분졉이 닷토난 듯 뉴세ᄂᆞᆫ 쳔광ᄒᆞ야
유공은 셩닌 가지 염호가 업댄ᄂᆞᆫ 듯
강산이 변화ᄒᆞ야 은쇡교가 되얏스니
강쳔모셜이 이 아니냐

산촌에 지난 연긔 므르녹아 비져ᄂᆡ니
경담은 어룡들은 여러 만ᄀᆡ 희롱ᄒᆞ고
진쳔에 졀문 계집 집을 지어 버렷난ᄃᆡ
무산에 노든 션녀 륙포상군 ᄯᅥᆯ쳐 입고
발박게 지음쳐 츄젹젹 우비비ᄒᆞ니
산시쳥남 이 아니냐

강산을 다 구경ᄒᆞ량이면 몃 날인지 모로것다

(나) 이 몸이 虛浪ᄒᆞ여 江湖의 누어시니
江湖 죠흔 景이 그 어대 第一닌고
彩石江 노자ᄒᆞ니 李謫仙 已經ᄒᆞ고
赤壁江 도라드니 蘇子瞻 간 대 업고
汨羅水 귄푼 물은 屈三閭의 忠魂이오
浙江의 셩닌 죠슈 伍子胥의 정령이라
여긔져긔 다 ᄇᆞ리고 一葉船 흘리져어
烟波万里에 漁父辭로 和答ᄒᆞ여
群山万壑은 石門을 둘러닛고
巴陵春酒은 醉興을 잇슬거랄
岳陽樓 올나가셔 風景을 바라보이
江山 勝景中에 第一景 여긔로다
瀟湘八景 죠흔 말른 예젹에 듯고 이제 보니
名不虛傳이라 어와 這景 보소

江湖十里을 歷歷이 둘너보니 風雨갓고 雲霧갓다
楚江에 漁父들은 낙시때 들어메고 杏花村 ᄎᆞ자가고
平岩에 漁父들은 도롱이를 엽헤 끼고 쌀ᄃᆡ 숲플 차자가네
실가탄 一千 쥴리 二妃의 눈물이라
斑竹이 닙피 졋고 비파가 둘이 덧다
蒼梧山 지러기은 沙場을 차자 들고
楚澤의 잔나비ᄂᆞᆫ 바람질의 슬피 울고
寂寂ᄒᆞᆫ 祠堂 속의 初月이 荒凉ᄒᆞ다 이 아이 可憐ᄒᆞᆫ가
猩猩啼烟 鬼嘯雨ᄂᆞᆫ 이 안이 슬플손가
漁父다려 무른 말이 이 景槪 무슴 경고
漁父 對答호되 瀟湘夜雨라 ᄒᆞ여이다

위의 (가)는 주로 남도의 판소리 단가로 불렸다는 작품이다.[12] 철종 때의 명창 정춘풍(鄭春風)이 잘 불렀다고 하는 것으로 보아 아마 19세기 중반 무렵에 널리 퍼진 것으로 보인다. 작품의 구성은 소상야우・동정추월・원포귀범・평사낙안・황릉애원・어촌낙조・강천모설・산시청람의 소상팔경을 하나씩 차례로 나열하며 노래하는 방식을 취하였다. 그런데 여기서는 앞의 소상팔경도나 한시체 소상팔경가에서 보았던 사계절의 시간적 질서에 따른 팔경의 배치가 이루어지지 않고 있으며, 묘사되는 팔경 중에 '연사모종'이 빠지고 대신 '황릉애원(黃陵哀怨)'이 들어가 있음을 볼 수 있다.[13]

이것은 곧 이 작품이 소상의 실경이나 실경을 의식한 그림과는 무관

12) 이 노래는 신재효의 판소리전집에 실린 15편의 虛頭歌 중 하나이기도 하다.
13) 위의 (가) 유형에 속하는 작품은 팔경 중의 소상야우・동정추월・원포귀범・평사낙안은 빠짐없이 노래하고 있으나, 이본에 따라서는 팔경 중의 연사모종・산시청람・어촌석조・강천모설 중의 전부나 일부를 빼고 대신 黃陵哀怨・蒼梧暮雲・巫山落照・寒寺暮雲을 넣어 노래한 경우가 많다.

하게 형성되고 연행되어왔음을 의미한다. 작품의 전반적인 분위기는 제화시로 출발한 한시체 작품에서 볼 수 있는 서경성이 약화되고, 대신 충이나 열을 앞세운 관념성 짙은 역사적 고사를 배경으로 한 서정성이 부각되는 양상을 보인다.[14] 엄밀히 따지자면 위 (가)에 연사모종 대신 들어가 있는 황릉애원은 사실 경치와는 무관한 주관성 짙은 서정의 표현이므로 팔경의 하나로 취급할 수가 없는 것이다. 그럼에도 불구하고 황릉애원이 선택된 것은 그것이 가지는 윤리적 관념성 때문이라고 할 수 있다. 또 팔경의 배열에 특별히 고정된 순서를 갖지 않은 (가) 유형에 속하는 작품들이 모두 유독 소상야우만은 맨 앞에 고정적으로 배치하고 있는 것도 마찬가지 이유에서일 것이다.

이렇듯 소상팔경가는 관습적 제작이나 연행이 누적되면서 점차 사실적 서경성이 약화되고 관념적 서정성이 강화되는 성격의 변화를 가져오게 된다.[15] 위의 (나)는 그러한 성격 변화의 극단을 보여주는 유형이다. 즉 (나)에서는 소상야우만이 강조되었을 뿐 나머지 칠경에 대한 언급은 문면에 보이지 않는다. 게다가 순(舜) 임금의 이비(二妃)처럼 강물에 빠져 죽은 '굴삼려(屈三閭)'와 '오자서(伍子胥)'의 충혼 어린 고사까지 곁들이며,

14) (가)에서 그러한 역사적 고사를 소재로 하고 있는 부분은 瀟湘夜雨와 黃陵哀怨을 노래한 대목이다. 즉 여기에서는 舜 임금(남순황뎨)이 남순 도중 창오산에서 병사한 일과, 그의 죽음을 슬퍼하며 舜 임금의 二妃(황영; 娥皇과 女英)가 대 숲에 피눈물을 남기고(斑竹) 소상강에 빠져 죽자 후인들이 黃陵廟라는 사당을 세워 그 넋을 위로하였다는 사실을 배경으로 하고 있다.

15) 이 두 성격 차이를 여기현은 이인로와 이제현의 작품을 통해 분석하였으며, 정운채는 景을 대하는 한시와 시조의 양식적 특성과 관련지어 해명한 바 있다
여기현, 「<소상팔경시>의 표상성 연구(Ⅰ)」, 『반교어문연구』 제2집, 반교어문연구회, 1990.
여기현, 「<소상팔경시>의 표상성 연구(Ⅱ)」, 『임하최진원박사정년기념논총』, 1991.
정운채, 「소상팔경을 노래한 시조와 한시에서의 景의 성격」, 『국어교육』 제79·80호, 한국국어교육연구회, 1992.

승경의 즐거운 완상보다는 이비의 죽음을 애도하는 데에 관심을 보이고 있다. 그러므로 (나) 유형에 속하는 작품은 실제의 소상팔경과는 직접적인 관련이 없는 먼 거리에 위치하게 된다. 소상팔경가의 두 유형 중 실제 연행의 현장에서 주류를 이루었던 것은 (가)이며, (나)는 (가)에서 전이되어 파생된 형태로 파악된다.

그런데 관념적 서정화라는 소상팔경가의 성격 변화는 오랫동안 관습적 제작과 연행이 반복되면서 지속적으로 이루어져 왔을 것이다. 이와 관련하여 이후백의 시조 <소상팔경>과 임억령의 한시 <번이후백소상야우지곡>은 직접 시사해 주는 바가 큰 작품들이다.

3. 소상팔경가의 변모 양상

3.1. 이후백의 〈소상팔경〉

이후백(1520~1578)의 시조 <소상팔경>은 그가 15살 때(1534, 중종 29년)에 지은 작품이라고 전한다. 그의 「연보」는 이 사실을 다음과 같이 기록하고 있다.

> 갑오년(선생 15세)에 소상팔경을 노래한 시 8편을 지었다.
> 선생의 백부 참봉공이 화개와 악양 사이에 배를 띄우고 선생은 이를 따랐다. 참봉공이 바라보니 지리산의 구름 같은 산기가 이내에 덮이고 두치강의 내 낀 물결은 맑고 푸른지라, 선생에게 소상팔경가사를 짓게 하였다. 즉석에서 지어 올리니 일시에 회자되고 여러 악부에 실렸다.[16)]

즉 이후백이 백부를 따라 지리산 자락에 있는 화개와 악양 사이의 두치강에 배를 띄우고 노닐면서, 백부의 명을 받아 바라보이는 주변의 승경을 소상팔경가로 노래하였다는 것이다. 이후백이 소상팔경가를 지었고 이 노래가 널리 전파되었음은 송시열(宋時烈)이 쓴 <행장>(1686, 숙종 12년)에서도 확인된다. 이 글에서 송시열은 "(이후백이) 일찍이 소상팔경가사를 지었는데, 서울에 전파되어 여러 악부에 오르기도 하였다. 이 때부터 명성이 더욱 퍼져 서울의 문사들이 모두 그가 오기를 기다렸다"고 하였다.[17)]

그런데 위의 기록은 이후백이 <소상팔경> 8수를 지었다는 단순한 사실뿐만 아니라, 당시 '소상팔경가'라는 용어가 아름다운 경치를 읊은 노래를 지칭하는 작품명으로 일반화되어 쓰이고 있었음을 아울러 확인시켜 준다. 위의 인용에서 소상팔경이라는 말이 중국에 실재하는 특정 지역의 경치를 가리키는 것이 아니라 우리나라 지리산과 두치강 주변의 승경을 의미하는 뜻으로 쓰이고 있으며, 중국의 소상팔경과는 무관한 경치를 노래하였으면서도 그것을 '소상팔경가사'라 지칭하고 있기 때문이다. 이것은 곧 소상팔경가가 당시에 이미 아름다운 경치를 읊은 노래의 한 전형으로 관습화되었기 때문이며, 이후백의 <소상팔경>은 위의 기록대로라면 중국의 소상팔경이 아닌 우리나라 지리산과 두치강 주변의 승경을 노래한 작품이 된다.

16) 甲午(先生十五歲) 作瀟湘八景歌詩八篇 先生之伯父參奉公 泛舟於花開岳陽(花開岳陽皆地名)之間 先生從焉 參奉公望見 智異山雲嵐掩靄 斗治江烟波澄碧 命先生賦瀟湘八景歌詞 卽席立就 膾炙一時 騰諸樂府(이후백, 『국역 청련집』, 전남대학교 출판부, 1992, 187쪽)

17) 嘗作瀟湘八景歌詞 傳播京中 或騰諸樂府 自是聲名益振 京師文士 皆遲其至(이후백, 『국역 청련집』, 214쪽)

그러나 <소상팔경>의 제작 동기가 중국의 소상팔경이 아닌 우리나라의 산수자연에서 촉발된 것이라는 언급에도 불구하고, 이 작품에는 사실 지리산과 두치강 주변의 승경을 드러내는 아무런 표현도 드러나지 않는다. 다만 창오산(蒼梧山), 동정호(洞庭湖), 소상강(瀟湘江), 악양루(岳陽樓), 황학루(黃鶴樓), 고소대(姑蘇臺), 한산사(寒山寺) 등 소상강 주변에 있는 중국의 지명과 유적이 나열되고 있을 뿐이다. 그것은 소상팔경가가 실제의 산수를 그리거나 거기에서 촉발된 감흥을 노래하면서도, 실경을 있는 그대로 느끼고 나타내기보다는 자신들의 이념에 맞게끔 공식화된 대상으로 환치시켜 생각하고 재구하는 관습적 성향을 바탕으로 제작되었기 때문이다.

이후백이 지었다는 시조 <소상팔경> 8수는 다음과 같다.[18)]

① 蒼梧山 聖帝魂이 구름조차 瀟湘의 ㄴ려

18) 이후백의 <소상팔경> 8수는 원래 『青蓮集』에 실려 있다고 하는데, 심재완이 편한 『교본 역대시조전서』에도 수록되어 다른 가집에 실린 표기 내용과 대교되어 있다. 그런데 심재완은 『청련집』을 직접 보지 못하고, 일본인 前間恭作이 편한 『교주가곡집』에 소개된 내용을 참고로 하여 이를 考究하였다고 밝히고 있다. 그러면서 이 작품 대부분이 다른 가집에도 수록되어 있을 뿐만 아니라, 가집에 따라 작가가 무명씨이거나 다른 사람으로 표기되어 있기도 하므로, 일부 작품은 그 신빙성이 문제된다는 의문을 제기한 바 있다(심재완, 『시조의 문헌적 연구』, 세종문화사, 1972, 70·85쪽 참조). 필자 역시 <소상팔경>의 원 수록 문헌이라는 『청련집』을 직접 참고하지 못하였다. <소상팔경>은 1992년 국역청련집간행회에서 펴낸 『국역 청련집』에도 수록되어 있는데, 여기에서는 종래의 어떤 문헌을 근거로 이를 수록하였는지 분명하게 밝히고 있지 않다. 다만 『국역 청련집』의 간행사에 의하면, 『청련집』은 종래 목판본 1권과 필사본 2권이 전해지다가 1950년에 다시 활판본으로 간행되었다고 하는데, 『국역 청련집』에 부록 영인된 목판본에는 <소상팔경>이 보이지 않는 것으로 보아 아마 필사본 2권 중에 이 작품이 기록되어 전한 것이 아닌가 여겨진다. 이와는 별도로 필사본 『青蓮遺稿(抄)』 1책이 있는데(전남대학교 도서관 소장), 여기에도 <소상팔경>은 수록되어 있지 않다. 위에서는 『교본 역대시조전서』를 인용하였다.

夜半의 흘너드러 竹間雨 되온 뜻은
二妃의 千年淚痕을 시서볼까 ᄒᆞ노라

② 平沙의 落雁ᄒᆞ니 江村의 日暮ㅣ로다
漁舡은 已歸ᄒᆞ고 白鷗ㅣ 다 잠든 밤의
어ᄃᆡ셔 數聲長笛이 잠든 날을 ᄭᆡ오ᄂᆞᆫ고

③ 洞庭湖 ᄇᆞᆰ은 ᄃᆞᆯ이 楚懷王의 넉시 되야
七百里 平湖水의 다 비최여 뵈ᄂᆞᆫ 뜻은
아마도 屈三閭의 魚腹忠魂을 굽어볼까 ᄒᆞ노라

④ 瀟湘江 細雨中의 누역 삿갓 뎌 老翁아
뷘 ᄇᆡ 흘니저어 向ᄒᆞᄂᆞ니 어드메뇨
李白이 騎鯨飛上天ᄒᆞ니 風月 실너 가노라

⑤ 峨眉山月 半輪秋와 赤壁江上 無限景을
蘇東坡 李謫仙이 못다 놀고 남은 뜻은
後世예 날ᄀᆞᆺᄒᆞᆫ 豪傑이 다시 놀게 ᄒᆞ미로다

⑥ 舜이 南巡狩ᄒᆞ샤 蒼梧野의 崩ᄒᆞ시니
南風詩 五絃琴을 뉘손의 傳ᄒᆞ신고
至今의 聞此聲ᄒᆞ니 傳此手ㅣᆫ가 ᄒᆞ노라

⑦ 岳陽樓 上上層의 올나 洞庭湖 굽어보니
七百里 平湖水의 君山이 半 남아 ᄌᆞᆷ겨셰라
어ᄃᆡ셔 一葉漁船이 任去來ᄒᆞᄂᆞᆫ고

⑧ 黃鶴樓 뎌 소ᄅᆡ 듯고 姑蘇臺 올나가니
寒山寺 츤 ᄇᆞ룸의 醉ᄒᆞᆫ 술이 다 ᄭᆡ거다

아희야 酒家何處오 典衣沽酒 ᄒᆞ오리라

이 <소상팔경>이 전체 8수로 이루어진 것은 물론 그 제목이 지시하는 바와 같이 팔경을 의식한 구성일 것이다. 그러나 <소상팔경>은 앞장에서 본 가사체 (가)와 같은 유형을 보이면서도, 각 연이 팔경 중의 무슨 경치를 의식하고 이루어진 것인지를 문면에 직접 노출시키지 않고 있다. 각 연의 내용을 팔경과 대응시켜 보더라도 ①은 소상야우, ②는 평사낙안, ③은 동정추월, ④는 원포귀범과 연결되나, 나머지 ⑤, ⑥, ⑦, ⑧은 어느 경치를 노래하였는지 분명하지 않다.[19] 또 팔경과 대응된다 하더라도 평사낙안을 소재로 한 ②에는 "平沙의 落雁ᄒᆞ니"라는 어구만 사용되었을 뿐, 실제로 기러기가 물가에 내려앉는 정경과는 무관한 내용이 기술되어 있다. ④의 원포귀범에서도 "뷘 비 흘니저어 向ᄒᆞᄂᆞ니 어드메뇨/李白이 騎鯨飛上天ᄒᆞ니 風月 실너 가노라"에서 보듯, 오히려 歸帆이 아닌 出帆을 노래하고 있다.

그렇다면 결국 이후백의 <소상팔경>에서 시제와 가장 부합된 내용을 지닌 것은 소상야우와 동정추월을 소재로 한 ①과 ③인 셈이다. ①에서는 소상에 내리는 밤비를 창오산에서 병사한 순 임금의 혼령에 비유하여, 그것이 대숲에 피눈물을 남기고 강물에 빠져 죽은 이비의 깊은 상흔을 씻어주려 내리는 것인 양 주관적인 소회를 피력하고 있다. 동정호에 비치는 가을달을 노래한 ③에서도 역시 밝게 비치는 달빛을 통해 멱라

19) 이러한 경향은 소상팔경도에서도 마찬가지로 드러난다. 이와 관련하여 소상팔경도에서 "대체로 조선 초기의 작품들이 비교적 뚜렷한 일관된 특징들을 충실하게 지니고 있는 반면에 조선 중기의 靑華白磁나 조선 후기 및 말기의 民畵 등에 이르면 그 특징들의 표현이 애매해져서 때로는 어느 장면을 묘사한 것인지 확인하기 어려운 경우가 많다"는 지적이 있다(안휘준, 「한국의 소상팔경도」, 170쪽 참조).

수에 빠져죽었다는 굴원의 충혼을 조명하며 ①과 동일한 시상을 표출하였다. 충이나 열을 의식한 윤리적 관념성이 부각되어 있다. <소상팔경>의 이러한 태도는 사실적 서경성을 중시하는 입장에서 관념적 서정성을 내세우는 방향으로 나아간 소상팔경가의 관습적 성격을 수용한 데서 빚어진 결과라고 할 수 있다.

이와는 대조적으로 소상팔경과의 관계가 분명하지 않은 연에서 상대적으로 두드러진 것은 승경을 노니는 작자의 호연한 기상과 흥취이다. ⑤연과 ⑥연에서 작자는 흠뻑 자연을 즐긴 소동파와 이백의 풍류 및 남풍시와 오현금을 통한 순 임금의 교화를 거론하며, “後世예 날ㅈᄒᆞᆫ 豪傑이 다시 놀게 ᄒᆞ미로다”, “至今의 聞此聲ᄒᆞ니 傳此手ㅣ가 ᄒᆞ노라”라 하여 자신이 그들의 뒤를 이은 호걸임을 호기 있게 발설하고 있다. 그리고 ⑦연과 ⑧연에서는 산수자연을 배경으로 한 한흥과 취흥이 어우러진다.

여기서 이후백의 <소상팔경>을 이룬 제작 동인으로 서로 상이한 두 가지 성격이 작용하였음을 확인할 수 있다. 그 하나는 윤리적 관념성을 앞세운 소상팔경가의 관습적 전통이요, 또 하나는 승경에서 촉발된 호기 서린 기상과 흥취라는 개인적 취향의 정서이다. 전자가 작품에 관여하여 공식적인 목소리를 유도하고 있다면, 후자는 다소나마 거기에서 일탈하는 태도를 이끌고 있다.

그런데 조선시대 중기 성리학적 이념에 보다 충실하였던 문인들이 보다 친숙했던 것은 위의 양자 중 전자의 공식적 목소리였다. 따라서 그들에 의해 제작된 소상팔경가에는 의도적으로 전자의 태도가 한층 강화되기 마련이었다. 임억령의 한시 <번이후백소상야우지곡>에서 그런 변화의 실례를 볼 수 있다.

3.2. 임억령의 〈번이후백소상야우지곡〉

임억령(1496~1568)은 이후백보다 24년 연상의 인물이다. 그가 태어난 곳은 전남 해남이며, 이후백은 경남 함양에서 출생하였다. 이렇듯 세대와 고향이 다른 두 인물 사이에 왕래가 시작된 것은 이후백이 벼슬길에 나아가기 이전의 소년 시절이었던 것으로 보인다. 이후백은 16세에 조모를 모시기 위해 고향을 떠나 전남 강진의 병영에 와 머무른 적이 있었고, 24세에는 강진의 성전에 집을 지어 정착하였다. 이러는 동안 임억령에 대한 종유가 시작되었을 것으로 보이며, 아울러 시문의 왕래도 이루어졌을 것이다.

임억령이 이후백의 <소상팔경> 중 소상야우를 한시로 번안한 <번이후백소상야우지곡(翻李後白瀟湘夜雨之曲)>은 『석천집(石川集)』에 실려 있다.[20] 『석천집』에 실린 작품의 수록 편차로 보아 이 작품의 제작 시기는 임억령의 나이 49세(1544, 중종 39년) 때인 것으로 보인다. 이 때 임억령은 강진촌사(康津村舍)에 머무르고 있었으며, 당시 25세이던 이후백은 바로 전해에 강진 성전에 정착한 바 있다. 앞에서 이후백이 <소상팔경>을 지은 것이 15세였다고 하였으니, 임억령의 번안과는 10년의 거리가 있음을 알 수 있다.

그런데 임억령은 이후백의 <소상팔경>을 번안하면서 8수의 시조 모두를 대상으로 한 것이 아니라 그 첫 번째 작품인 소상야우만을 선택하였다. 이후백의 <소상팔경>에 담긴 윤리적 관념성과 호기 서린 흥취라는 두 성격 가운데 전자에 각별히 유의한 것이다. 불과 1수의 시조를 무려 9수의 오언절구로 번안해 낸 결과가 말해주듯, 임억령은 <소상팔

20) 임억령, 『석천집』, 여강출판사, 1989, 126쪽.

경> 중에서도 특히 소상야우의 내용에 특별한 의미를 부여하였던 것이다. 그런 점에서 임억령의 <번이후백소상야우지곡>은 작품 유형상 가사체 소상팔경가의 (나)와 동류에 속하며, 가사체 소상팔경가가 (가)에서 (나) 유형으로 전이되어가는 사실에 대한 구체적 방증 사례를 보여준다는 점에서 의의를 갖는다.

다음은 <번이후백소상야우지곡> 전문이다.

① 蒼梧聖帝魂　창오산 성제의 넋
夜半雨紛紛　한밤중 비되어 분분하누나
竹裏蕭蕭意　대숲에 소슬히 뿌리는 뜻은
要將洗淚痕　바라건대 얼룩진 눈물 자욱 씻어내고자

② 何處暗消魂　어디론가 어슴프레 사그라진 넋
寒聲入夜紛　싸늘한 소리 밤들며 분분하여라
平江添作浪　넓은 강에 다시금 물결을 보태느니
已沒舊時痕　이미 묻혔구나, 그 옛날 자취는

③ 已斷楚臣魂　이미 조각난 초신의 넋
還隨木葉紛　날리는 나뭇잎 따라 분분하여라
舟人眠不省　뱃사공은 졸음 겨워 느끼지 못하지만
舡闇漏垂痕　뱃가엔 눈물자욱 드리웠구나

④ 誰招去國魂　그 누가 불렀나, 고국 떠난 넋
千里不禁紛　천리에 분분함을 금치 못하네
忽返三更響　홀연히 깊은 밤 울려대느니
孤襟帶血痕　외로운 가슴에 핏자욱 맺혔어라

⑤ 今古有沈魂　예나 지금이나 물에 빠진 넋 있으려니

天陰鬼語紛 하늘 음산한데 귀신 소리 분분도 해라
孤舟嫠婦在 외로운 배에는 임 여윈 여인
滿面是啼痕 얼굴에는 가득히 흐느낀 흔적

⑥ 魚腹葬忠魂 어복에 장례 치른 충성스런 넋
千秋向國紛 천추에 나라 걱정 분분하여라
江深招不得 강물 깊어 불러도 올 수 없으니
天水合無痕 물빛 하늘과 맞닿아 흔적도 없네

⑦ 祠下二妃魂 사당 아래 이비의 넋
驚鴉噪自紛 놀란 까마귀 소리 분분하구나
曉看沾濕處 촉촉히 젖은 곳 통 트자 바라보니
汀草沒燒痕 물풀의 사른 흔적 지워 버렸네

⑧ 一夜九驚魂 하룻밤에도 아홉 번이나 놀란 넋
天何又送紛 하늘 어찌 다시 보내 분분하는가
三年寄江上 삼년 동안 강 위에 머무르면서
爲困覓瘢痕 고달프게도 옛 상흔을 찾고 있네

⑨ 此地本傷魂 이곳에서 본디 상처받은 넋
寒宵百慮紛 싸늘한 밤 온갖 시름 분분하구나
平生已三刖 평생에 이미 삼월형을 받았으니
陰氣痛瘡痕 음산한 기운에 상흔을 아파하네

<번이후백소상야우지곡> 9수 가운데 이후백의 소상야우를 원작에 가깝게 한역한 것은 제1수이다. 나머지 8수에서는 원작의 뜻을 살리면서 거의 창작에 가까운 번안을 시도하고 있다. 이 번안 과정에는 순 임금과 이비의 고사가 중심이 된 소상야우뿐만 아니라, 이후백의 시조 제3

연 동정추월의 내용도 함께 활용되고 있다. 동정추월에 보이는 굴원의 죽음이 이비의 죽음과 동일 모티프를 형성하고 있기 때문이다. <번이후 백소상야우지곡> ③의 '楚臣'은 동정추월의 '屈三閭'이며, ⑥의 '魚腹葬忠魂'은 동정추월의 '魚腹忠魂'이다.

그런데 앞의 여러 작품에서 보듯 순 임금과 이비의 고사는 소상팔경가의 소상야우에 가장 빈번히 사용된 소재이다. 하지만 그렇다고 하여 소상야우를 노래한 모든 작품이 이 고사를 활용하고 있는 것은 아니다. 『동문선』에 실린 여말선초의 작품 가운데 이인로, 진화, 이승소, 강희맹의 소상야우는 이 고사와 무관하며, 다만 이제현과 강석덕의 작품에서 이를 활용한 예를 찾아볼 수 있는 정도이다.

(가) 楓葉蘆花水國秋 단풍잎 갈대꽃 물가의 가을
一江風雨灑扁舟 온 강의 비바람 조각배를 적시누나
驚廻楚客三更夢 초객은 한밤 꿈을 놀라서 깨어
分與湘妃萬古愁 소상 二妃와 만고 수심 나누네

(나) 孤舟千里思悠悠 외로운 배 천리에 사념은 오락가락
挑盡寒燈攬弊裘 한등에 심지 돋우며 해진 갖옷 당기네
奈此黃陵祠下泊 어이해 황릉사 아래 배를 대었나
蒹葭風雨滿江秋 갈대 스치는 비바람 강에 가득 가을이라

위의 (가)는 이제현, (나)는 강석덕의 작품이다. (가)의 '湘妃'와 (나)의 '黃陵祠'가 순 임금의 이비와 관련된 소재이다. 그러나 여기에서 '湘妃'와 '黃陵祠'가 곧 작품의 중심 소재로 작용하고 있는 것은 아니다. 단순히 밤비 내리는 소슬한 분위기를 환기시키는 보조적 역할을 담당하고 있을 뿐이다.

이후 순 임금과 이비의 고사가 소상야우의 중심 소재로 부각된 것은 아마도 조선시대 초를 지나 중기로 접어드는 시기부터인 것으로 보인다. 중종 무렵에 활동하였던 이행(李荇;1478~1534)의 소상야우는 그러한 전형을 보여주는 작품이다.

蒼梧望斷幾千載　창오에서 망단한지 몇 천 년인가
竹上斑斑餘淚痕　대 위에 점점이 눈물 자욱 남았어라
暝雨如聞鼓瑟響　밤비 내리는 소리 흡사 비파 뜯는 듯
靑山何處招帝魂　청산 어디에서 성제의 넋 부르는가[21]

소상에 밤비 내리는 정경을 통해 순 임금의 창오산 병사와 그 뒤를 이어 순사한 이비의 열절을 떠올리며 애도하고 있다. 여기에서 작자의 시선은 소상에 내리는 밤비보다는, 밤비 소리가 환기시키는 옛 고사에 집중된다. 이행은 임억령보다 한 세대 앞의 인물인데, <번이후백소상야우지곡>의 제작이 아마 이행의 이런 작품과 무슨 연관이 있지 않을까 의심되기도 한다. 이행의 소상야우에 사용된 운(痕과 魂)이 <번이후백소상야우지곡>에서도 사용되었기 때문이다.

이처럼 소상야우에서 열절을 앞세운 고사의 전면 배치는 윤리적 관념성의 강화를 의미한다. 그리고 소상팔경가에서 그러한 고사가 전면에 배치되기 시작한 것은 공교롭게도 조선 중기 사림파의 진출과 그 시기를 같이 한다. 본 논고에서 살핀 것은 하나의 작은 예에 불과하지만, 그것은 곧 문학에서의 윤리적 관념성의 강화가 의리정신을 중시하였던 사림파 문인들의 기질적 측면과 무관하지 않음을 의미한다. 보수적 성향

21) 李荇, 『容齋集』, 卷一(정운채, 「소상팔경을 노래한 시조와 한시에서의 景의 성격」, 264쪽 원문 재인용).

의 훈구파에 맞서 새로이 등장한 사림파 문인들이 의리정신이라 지칭되는 유학의 실천적 도덕성을 강조하였으며, 그에 따른 윤리적 기준을 제시하고 이를 모범적인 행동으로 보이고자 하였던 것은 주지의 사실이다. 따라서 그들의 시문에도 윤리적 관념성이 보다 짙게 드리우게 된 것은 자연스런 결과였다.

임억령 역시 당시의 사림파에 속한 문인이었다. 그는 중종 때 호남 지방의 대표적 사림이었던 박상(朴祥;1474~1530)의 문하에서 수학하였으며, 최산두(崔山斗)・윤구(尹衢)・신잠(申潛) 등 많은 기묘명현들과 교유하였다. 그가 <번이후백소상야우지곡>을 제작하면서 이후백의 <소상팔경>에 담긴 호기 서린 흥취라는 개인적 서정을 버리고 대신 윤리적 관념성을 강화시킨 것은 당시의 이러한 흐름을 배경으로 하고 있다. 어쩌면 그는 이 작품을 통해, 이후백이 <소상팔경>에서 당시 사림층이 지향하던 절제의 정신과 상충되는 호기를 노골적으로 발산시키고 있는 데 대한 불만을 은연중에 드러내면서, 좋은 노래를 예시해 주었다고 할 수 있다.

4. 맺음말

고려 때부터 제작되기 시작한 소상팔경가는 자체 내의 성격 변화를 겪으면서 조선 후기로 이어졌는데, 그 변모는 사실적 서경성을 중시하는 태도에서 관념적 서정화를 지향하는 방향으로 진행되었다. 그 과정에서 특히 강화된 관념적 성향은 열절을 앞세운 윤리성으로 요약된다. 임억령이 <번이후백소상야우지곡>을 제작하면서 번안의 대상으로 삼은 이후백의 <소상팔경>은 이미 그러한 변화를 어느 정도 수용하고 있는데, 임억령은 이를 다시 윤리적 관념성을 극대화시키는 방향으로 개작하였다. 개작의 배경으로는 조선 중기 사림파의 진출과 그에 따른 재도적 문학관의 강화라는 시대적 사조가 작용하였다. 이렇듯 이후백의 <소상팔경>과 임억령의 <번이후백소상야우지곡>은 소상팔경가의 변모 과정에서 파생된 두 가지 유형을 함축적으로 보여주고 있으며, 이 두 유형은 다시 보다 후대의 가사체 작품에도 그대로 반영되어 있다.

그런데 이후백의 시조 <소상팔경>은 악부에 올라 오랫동안 가창되었다. 19세기 안민영의 『금옥총부』에 보이는, 당시 이천의 가아(歌娥) 금향선(錦香仙)이 시조창으로 '창오산붕상수절지구(蒼梧山崩湘水絶之句)'를 잡가 등과 함께 불렀다는 기록에서도 그러한 사실을 짐작할 수 있다.[22] 이렇듯 <소상팔경>은 가곡창이나 시조창으로 유전되다가, 마침 성행하기 시작한 판소리나 십이가사 및 잡가 등의 대중적 음악에 자극을 주어 가사체 (가) 유형의 소상팔경가가 형성되는 데에 관여하였을 것이다. 또 (가)에서 전이되어 파생된 것으로 보이는 (나) 유형의 소상팔경가는 <번이후백소상야우지곡>과 같은 선행 작품의 제작 관습도 수용하면서 이루어졌을 개연성이 높다.

이러한 사실은 곧 가사체 소상팔경가가 비록 대중적인 여항음악으로 연행되었으나, 사대부층에 의해 형성된 문학적 관습을 어느 정도 수용

22) 安玟英은 『金玉叢部』 제157번 "가마귀 쇽 흰 쥴 모르고~"라는 시조의 후기에서 "余在鄉廬時 利川李五衛將基豊 使洞簫神方曲 名唱金君植 領選一歌娥矣 問其名 則曰 錦香仙也 (中略) 第使厥娥請時調 厥娥斂容端坐 唱蒼梧山崩湘水絶之句 其聲哀怨悽切 不覺遏雲飛塵 滿座無不落淚矣 唱時調三章後 續唱羽界面一編 又唱雜歌 牟宋等名唱調格 莫不透妙 眞可謂絶世名人也"라 한 바 있다. 여기서 利川의 歌娥 錦香仙이 시조창으로 불렀다는 '蒼梧山崩湘水絶之句'가 순 임금의 창오산 붕어와 이비의 소상강 순절을 내용으로 한, 이후백 <소상팔경> 중의 '소상야우'와 관련이 있는 것으로 보인다.

하며 이루어졌음을 의미한다. 그것이 형성된 시기가 언제인지는 단정할 수 없으나 늦어도 19세기 중반이거나 그 이전이었을 것이다. 그 무렵이 십이가사나 잡가가 성행하기 시작한 때에 근접하기 때문이다.

제3부

호남가사의 작품 형상

1장 남언기의 고반원과 〈고반원가〉

1. 머리말

이 글의 중심 연구 대상은 남언기(南彦紀;1534~?)의 가사 <고반원가(考槃園歌)>이다. 은거하여 산수 사이를 돌아다니며 즐긴다는 '고반'이란 말 그대로 <고반원가>는 은일가사이다. 작자 남언기는 16세기 후반에 주로 활동하였던 인물로, 전라도 동복현 사평촌[1]에 고반원이라는 원림을 조영하고 살면서 <고반원가>를 지었다.

그러니 다시 말하면, <고반원가>는 고반원을 배경으로 창작된 누정은일가사이기도 하다. 특히 누정문화가 발달한 호남의 무등산권에서 나온 일련의 누정은일가사 가운데 하나로서, 송순의 <면앙정가>나 정철의 <성산별곡>과의 관계가 주목되는 작품이다. 세 작품이 모두 창작된 시기와 지역적인 배경 및 작품의 유형적 성격 등을 공유하기 때문이다.

그런데 <고반원가>의 배경인 고반원은 남언기의 조영 이후 임진왜란

1) 지금의 전라남도 화순군 남면 사평리 상사마을이다.

을 겪으며 전소되었고, 오랫동안 폐허로 남아 있었다. 당연히 남언기라는 인물과 그의 행적도 사람들의 관심에서 멀어져 갔다. 그 사이 일부 정자가 중건되기도 하였으나, 고반원이 새롭게 태어난 것은 19세기 후반에 가서의 일이었다. 철종 13년(1862) 민주현(閔冑顯;1808~1882)이 그 유지에 임대정(臨對亭)을 건립하면서 원림의 이름까지 바뀌어 오늘에 이른다. 그래서 지금까지 남언기는 임대정원림에 있었던 옛 고반원의 주인이었다는 정도만 사람들에게 기억되었고, 더욱이 <고반원가>는 그 존재 사실조차 까마득히 잊혀지고 말았다. 그런데 근래 임대정원림이 국가문화재인 명승으로 지정되는 과정에서[2] 개인이 소장하고 있던 『고반선생유편(考槃先生遺編)』이 일부 관련 인사들에게 열람되었고, 거기에 <고반원가>라는 가사 작품이 수록되어 있다는 사실도 비로소 드러나게 되었다.[3]

이에 고무되어 필자는 지난 2015년 고반원과 <고반원가>에 대한 두 편의 논문을 잇달아 발표한 바 있으며,[4] 이를 통해 비로소 국문학계에도 <고반원가>의 존재가 알려지게 되었다. 이 두 편의 논문에서 필자가 주로 다루었던 내용은 작자인 남언기의 삶, 그가 조영하였던 고반원의 경관과 내력, <고반원가>의 형태와 내용 및 구성, 누정은일가사로서 <고반원가>의 성격 및 문학사적 의미이다. 그리고 이 두 논문에 실린 내용을 수정 보완하여 한 자리에 다시 정리한 것이 이 글이다. 말미에는

2) 임대정원림은 2012년 4월 10일 명승 제89호로 지정되었다.

3) 김희태, 「화순 임대정 원림의 연혁과 관련인물」, 『향토문화』 제33집, 사단법인 향토문화개발협의회, 2014.

4) 김신중, 「남언기의 고반원과 <고반원가>」, 『한국언어문학』 제92집, 한국언어문학회, 2015.
김신중, 「남언기 <고반원가>의 문학사적 검토」, 『한국시가문화연구』 제36집, 한국시가문화학회, 2015.

『고반선생유편』 잡저에 수록된 <고반원가>의 원문을 원본 형태로 영인하여 자료로 제시한다.

2. 남언기의 고반원 조영

남언기의 본관은 의령이고, 자는 장보(張甫) 또는 계헌(季憲)이며, 호는 고반이다. 영흥부사 남치욱(南致勗)의 아들로, 중종 29년(1534) 한양에서 태어났다. 5남 2녀 중의 넷째아들이었는데,[5] 조선시대 양명학의 선구자로 알려진 남언경(南彦經)이 그의 중형이다. 또 전라도병마절도사와 한성부판윤 등을 지낸 남치근(南致勤)이 숙부이다. 죽은 때가 언제인지는 알 수가 없고, 장지는 동복현 고절동이다. 1남1녀를 두었는데, 아들 남박(南樸)이 광해군 때 유사(瘐死)하여 후사가 없게 되었다고 한다.

이런 인적 사항을 포함하여 남언기의 삶을 말해주는 가장 기본적인 자료는 『고반선생유편』이다.[6] 특히 이 책에 실린 「고반선생유사(考槃先

5) 李敏敍가 쓴 <考槃南先生遺編序>에서는 남언기를 4형제 중의 막내라고 하였으나, 남언기가 직접 쓴 <先府君行狀>에서는 자신을 5남(彦純, 彦經, 彦縝, 彦紀, 彦絳) 2녀 중의 넷째아들로 기록하였다.

6) 『考槃先生遺編』은 단권 단책의 목판본이다. 표지를 제외하고 전체 46장 92쪽 분량이다. 숙종 때 남언기의 從孫 南鶴鳴이 남언기의 유문과 유사 등을 모아 편찬하였고, 남언기의 外孫 湖南左水使 李濟冕이 판각하였다. 숙종 11년(1685) 외손 李敏敍가 <考槃南先生遺編序>를 썼고, 숙종 43년(1717) 역시 외손인 李頤命이 <考槃先生遺編跋>과 <考槃先生遺筆刻後識>를 썼다. 책의 편차는 序와 跋 외에 詩, 雜著, 遺事, 附錄으로 이루어져 있다. 시에는 <畫牛> 등 남언기의 시 17수, 잡저에는 <先樞密院直副使府君墓加土後記事> 등 남언기의 글 8편, 유사에는 <家傳舊錄> 등 여러 곳에서 수집한 남언기에 대한 각종 기록 20여 조, 부록에는 <答南時甫張甫書(退溪)> 등 李滉·李恒·金麟厚·崔慶昌이 남언기에게 준 시문 14편이 수록되어 있다.

生遺事)」와 <고반선생유편서(考槃先生遺編序)>가 많은 도움이 된다. 「고반선생유사」는 이 책 편찬 당시 여러 곳에서 수집한 각종 기록을 있는 그대로 망라한 것으로, 남언기의 삶에 대한 가장 1차적인 자료이다. 이에 비해 이민서(李敏敍; 1633~1688)의 <고반선생유편서>는 이 책의 편찬 사실과 더불어 유사에 산재한 남언기의 가계, 가족, 사승, 교유, 행적, 자손 등의 내용을 한 자리에 간추린 것이다. 서문이지만, 얼핏 보면 행장과도 같은 모습이다. 『고반선생유편』보다 후대의 자료로는 이익(李瀷; 1681~1763)의 <고반남선생소전(考槃南先生小傳)>과 성해응(成海應; 1760~1839)의 <일민전(逸民傳)>이 그의 생애를 전의 형태로 바꾸어 보여준다.[7]

여기서 이미 알려진 내용을 토대로 남언기의 삶을 한마디로 표현한다면, 아마 '일민(逸民)'이라는 말이 적합할 것이다. 학문과 덕행이 있으면서도 세상에 나서지 않고 산림에 묻혀 사는 길을 택했기 때문이다. 그런데 남언기를 일민으로 보는 인식은 꽤 오래 전부터 있어온 것 같다. 조선 초부터 숙종 때까지의 일민 104명의 전기를 엮은, 성해응의 <일민전>에도 남언기가 한 자리를 차지하고 있다. 성해응의 <일민전>은 다른 자료들에 비해 늦게 이루어진 것이기는 하나, 남언기의 생애가 간략하게 잘 정리되어 있으므로, 먼저 그 전문을 보기로 한다.

> 남언기의 자는 계헌이고, 의령인이다. 용의가 아름답고 지기가 호일하였다. 젊어서 일재 이항과 하서 김인후 선생을 종유하며 '주경궁리'의 설을 논했고, 또 퇴계 이황 선생을 따르면서 '인심도심'의 설을 들었으며, 또 송강 정철·호암 변성온·금강 기효간 등과 우의가 좋았다. 일찍이 생원시에 급제하였다. 선조가 초야의 인재들을 불러들였는데, 자격에 얽매이지

7) 이익, 『성호선생전집』, 『한국문집총간』 200, 민족문화추진회, 1997, 174쪽.
성해응, 『연경재전집』, 『한국문집총간』 275, 민족문화추진회, 2001, 102쪽.

> 않았다. 이조판서 이탁이 그에게 벼슬을 주고자 하였으나, 받아들이지 않으면서 '내가 좋아하는 바를 좇기 원한다'고 하였다. 동몽교관과 빙고별좌를 내렸으나, 끝내 나아가지 않았다. 그의 장인은 설홍윤으로, 역시 고상한 선비였다. 집이 서석산 아래에 있었는데, 남언기가 찾아가 그를 따랐다. 동복현의 사평촌에 축실하였는데, 수석이 심히 아름다웠다. 그 정자를 명명하여 '고반'이라 하고, 날마다 손님들과 어울려 도를 강하는 것으로 즐거움을 삼았으며, 그밖에는 구하지 않았다. 당시 사람들이 그 뜻을 즐김이 중장통과 같고, 호방한 기상은 진원룡과 같다고 일컬었다 한다.[8)]

기록된 말은 짧지만, 담긴 내용에는 그의 타고난 자품, 학문적 사승 및 교유 관계, 급제 및 관직과의 인연, 혼인과 원림 생활, 당시인의 평가가 망라되어 있다. 여기서 먼저 눈길을 끄는 것이 사승 및 교유 관계이다. 학문적으로 그는 이항과 김인후 및 이황을 스승으로 모시며 따랐고, 정철·변성온·기효간과는 교우 관계에 있었다. 특히 지역적으로 호남 인물들과의 관계가 두드러지는데, 창평의 정철(1536~1593)과 고창의 변성온(1515~1614)과 장성의 기효간(1530~1593)과는 함께 김인후의 문인이었다는 공통점이 있다. 여기서 남언기의 아버지 남치욱이 인종 1년(1545) 보성군수로 나갔다가 이듬해인 명종 1년(1546) 가을 장흥부사로 옮겨 명종 4년(1549)까지 재임하였다는 사실을 감안하면,[9)] 한양 태생인 남언기

---

8) 南彦紀 字季憲 宜寧人 美容儀 志氣豪逸 少從一齋李恒 河西先生金麟厚遊 論主敬窮理之說 又從退溪先生李滉 聞人心道心之說 又與松江鄭澈 壺巖卞成浥[溫] 錦江奇孝諫等友善 嘗中生員試 宣祖招延草萊 不拘資格 吏曹判書李鐸欲官之 不肯曰願從吾所好 拜童蒙教官 氷庫別坐 竟不就 其婦父薛弘胤 亦高尙士也 家在瑱[瑞]石山下 彦紀往從之 築室於同福縣 沙坪村 水石甚美 名其亭曰考槃 日與賓從 講道爲樂 而無求於外 時人謂其樂志如仲長統 豪氣如陳元龍云(成海應, ＜逸民傳＞, 『硏經齋全集』, 卷之五十三. 이하 [ ]안의 교정은 필자가 함)

9) 乙巳出守寶城郡 丙午秋陞長興府使 己酉擢拜訓鍊院正(南彦紀, ＜先府君行狀＞, 『考槃先生遺編』, 雜著, 20~21쪽. 이하 이 책의 쪽수는 필자가 편의상 서문부터 차례로 부여

가 호남과 인연을 맺고 김인후의 문하에 나아간 것은 이 무렵 이후의 일이었음을 알 수 있다.[10)]

생원시에 급제한 것은 35세 때인 선조 1년(1568)의 일이다. 생원시에 급제한 이후 그는 대과 응시나 환로 진출의 생각을 접었다. 그리고 조정의 부름을 거절하며 했던 '내가 좋아하는 바를 좇기 원한다'는 말 그대로 원림 생활을 추구하였다. 수석이 아름다운 동복현 사평촌에 고반원을 조성하고, 남은 생을 산림에 묻힌 일민으로 살았다. 사평촌에 복축한 것은 그의 장인인 설홍윤이 동복현의 서석산 즉 무등산 아래에 살았기 때문이었다.[11)]

그가 죽은 때가 언제인지는 기록되어 있지 않다. 다만 『고반선생유편』을 통해 확인할 수 있는 그의 행적이 40대 중반에서 그치고 있고,[12)] 이만석(李萬石)이 남학명(南鶴鳴)에게 보낸 답서에서 '남언기가 일찍이 지은 율시에 "농상으로 떠돌아다닌 삼천리, 시주에 미쳐 지낸 사십년"이라는 구절이 있다'고 특별히 언급한 것으로 보아,[13)] 40대 후반 또는 그 이후에 세상을 떠난 것이 아닌가 생각된다.

이렇게 추정한다면, 남언기가 고반원을 조성한 시기는 그의 나이 30

한 것임)

10) 한양 태생인 정철 역시 명종 6년(1551)부터 명종 17년(1562)까지 창평에 와 머물며 김인후의 문하에 출입하였다.

11) 사평촌의 아랫마을인 하사에 장인이 살고, 남언기는 윗마을인 상사에 복거하였다(旣南歸 外舅淸翠亭在沙汀下村 公則卜居上村. <李萬石所傳>, 『考槃先生遺編』, 遺事, 76쪽).

12) 남언기는 45세 때인 선조 11년(1578) 어머니 柳氏夫人이 세상을 떠난 후, 『考槃先生遺編』 雜著에 수록된 <先妣家傳>과 <先考妣合葬碑>를 지었다.

13) 嘗作一律 其第三聯曰 農桑流落三千里 詩酒顚狂四十春(<李正郎答南鶴鳴書>, 『考槃先生遺編』, 遺事, 74~75쪽). 인용된 율시는 남언기의 <放吟>이다. 이만석은 남언기의 외증손으로, 대가 끊긴 남언기의 제사를 받들고, 가전하던 <考槃園命名記>를 남학명에게 보내 『考槃先生遺編』에 수록시킨 인물이다.

대 후반에서 40대 중반에 이르는 1570년대일 것이다.[14] 이때는 동복현이 속한 무등산권에 독수정, 소쇄원, 면앙정, 환벽당, 식영정, 물염정 등이 이미 건립된 다음이며, 송강정(1585)보다는 약간 앞선 시기이다. 남언기의 고반원 조영이 무등산권에 일찍부터 발달한 누정원림문화의 영향권 안에서 이루어졌음을 알 수 있다.[15]

한편 남언기는 고반원을 조영하며 고반원과 그 주변의 각종 경관마다 나름대로 고유한 이름을 붙였다.[16] 그리고는 그렇게 이름 붙인 까닭을 <고반원명명기(考槃園命名記)>를 통해 기록으로 남겼다. 고반원뿐만 아니라, 옛 누정이나 원림 조영과 관련하여서도 매우 흥미로운 자료이다. <고반원명명기>는 『고반선생유편』 잡저에 실려 있는데, 제목 밑에는 '원재동복 즉공소복축지지 문다결락(園在同福 卽公所卜築之地 文多缺落)'이라고 두 줄로 부기되어 있다. '문다결락'이라는 말을 통해 글의 일부가 결락되었음을 알 수 있는데, 서두에 쓰인 '수결(首缺)'이란 작은 글자가 글의 앞부분이 결락되었음을 알려 준다.

14) 필자는 앞선 글(「임대정」, 『오늘의 가사문학』 제3호, 고요아침, 2014, 59쪽)에서 이탁이 영의정이 된 이후에 남언기를 천거한 것으로 오인하여, 고반원의 조영 시기를 선조 5년(1572) 이후라 하였으나, 여기서 이를 1570년대로 수정한다.

15) 고반원 조영 외에도, 남언기는 음악을 좋아하여, 동복에서 한양을 왕래할 때에는 반드시 거문고와 피리를 가지고 다녔다고 한다(自同福別業 往來京中時 必載琴笛 每遇山水佳處 必下坐觴詠 或至竟日忘歸. <雪崖之孫奉事焜所傳>, 『考槃先生遺編』, 遺事, 73쪽). 또 글씨에도 조예가 깊어 초서와 예서를 잘 썼으며, 최경창 백광훈과 더불어 칭송되었다고 한다(又善草隸 嘗悅永字八法 各習一畫 皆至盈匧 我國自高麗忠宣王入元得與趙子昂交懽 多攜其書至 邦俗遂變 晉法幾熄 至先生與崔慶昌白光勳三人 銳意復之蔚然並稱也. 李瀷, <考槃南先生小傳>, 『星湖先生全集』, 卷之六十八).

16) 남언기는 고반원뿐만 아니라, 다른 아름다운 산수에도 이름을 남겼다. 동복현 적벽 인근의 물을 '滄浪'이라 創名하였고(高敬命, <遊瑞石錄>」, 『考槃先生遺編』, 遺事, 71쪽 참고), 보성의 百泉寺 앞 시내에는 '遇溪'라는 이름을 자신의 필적으로 암각하였다(『考槃先生遺編』, 遺事, 70~71쪽 참고).

<고반원명명기>에 명명된 이름과 함께 설명된 경관은 모두 49개소이다. 글의 앞부분 일부가 결락된 것으로 보아, 실제로 명명된 경관은 이보다 많았음을 짐작할 수 있다. 다음에 그것들의 이름만 수록된 순서대로 나열한다.

> ○○대(○○臺),[17] 청라작(靑蘿杓), 상풍륵(霜楓泐), 동청암(冬靑巖), 혼혼추(渾渾湫), 벽연추(碧烟湫), 원동추(圓動湫), 방심추(方深湫), 표연대(飄然臺), 탐유동(探幽洞), 허영담(虛盈潭), 허영태(虛盈埭), 재청담(在淸潭), 재청태(在淸埭), 소류서(泝流嶼), 몽각정(夢覺亭), 청뢰정(晴雷亭), 운단등(雲端磴), 유상대(流觴臺), 분설암(噴雪巖), 용문추(龍門湫), 상봉산(翔鳳山), 상봉대(翔鳳臺), 천자추(川字湫), 미원정(迷源亭), 소학정(巢鶴亭), 석의단(石椅壇), 정규지(頳虯池), 수빙천(漱氷泉), 고창정(古蒼亭), 백화정(栢花亭), 주한정(晝寒亭), 임예정(臨汭亭), 야행작(野杏杓), 망향대(望鄕臺), 고죽정(苦竹亭), 양풍원(凉風原), 만류문(萬柳門), 계주정(繫舟汀), 중추석(中秋石), 청금대(靑錦臺), 중양대(中陽臺), 용약정(龍躍亭), 수륜대(垂綸臺), 야로기(野老磯), 양신정(養神亭), 유옥정(流玉亭), 홍운지(紅雲池), 취벽루(翠碧樓)[18]

한결같이 세 글자로 명명된 이 49개소의 경관에는 매우 다양한 원림 구성 요소가 망라되어 있다. 기(磯), 누(樓), 늑(泐), 단(壇), 담(潭), 대(臺), 동(洞), 등(磴), 문(門), 산(山), 서(嶼), 석(石), 암(巖), 원(原), 작(杓), 정(汀), 정(亭), 지(池), 천(泉), 추(湫), 태(埭)가 그것이다. 무려 21종에 달한다. 그런데 그 중에는 기, 늑, 등, 작, 태처럼 지금의 우리에게 그 의미가 상당히 생소한 것들도 있다. '기(磯)'는 물결이 부딪치는 물가의 바위이고, '늑(泐)'은 수류의 풍화작용으로 갈라진 돌 틈이다. 또 '등(磴)'은 돌이 많은 비탈길

17) '○○대'의 '○○'까지가 '수결'된 부분이다. 이어 '○○대'에 대해 '대는 분죽림의 남쪽에 있다(臺在粉竹林之南也)'고 설명되어 있다.

18) 이 49개소 외에도 '○○대'와 '표연대'의 설명에 粉竹林과 隱淪巖의 이름이 보인다.

이나 돌다리이고, '작(杓)'은 구기 자루 모양의 나무다리(橫木橋 또는 獨木橋)이며, '태(埭)'는 물을 막으려고 쌓은 보나 둑이다.

이 21종은 대부분 자연적으로 이루어진 구성 요소들이며, 그 중에는 일부 인공이 가미되었거나, 인공이 주가 되어 이루어진 것도 있다. 특히 누와 정이 대표적인 인공 구조물이다. 자연물과 관련하여서는 언덕, 못, 시내, 산, 들의 물과 돌과 나무 등에 연유한 것이 많다. 명명 대상은 주변 산수의 수석까지 두루 망라하였다. 고반원의 경역을 한정된 원림 구역에 가두지 않고, 발길이 미치는 주변 산수로까지 확대하여 인식하였음을 알 수 있다. 그리고 그것이 다시 <고반원가>의 배경이 되었다.

여기서 <고반원명명기>의 49개소 경관을 21종의 원림 구성 요소별로 다시 분류해 보기로 하자.

번호	구성 요소	경관 이름
1	기(磯)	야로기(野老磯)
2	누(樓)	취벽루(翠碧樓)
3	늑(泐)	상풍륵(霜楓泐)
4	단(壇)	석의단(石椅壇)
5	담(潭)	허영담(虛盈潭), 재청담(在淸潭)
6	대(臺)	○○대(○○臺), 표연대(飄然臺), 유상대(流觴臺), 상봉대(翔鳳臺), 망향대(望鄕臺), 청금대(靑錦臺), 중양대(中陽臺), 수륜대(垂綸臺)
7	동(洞)	탐유동(探幽洞)
8	등(磴)	운단등(雲端磴)
9	문(門)	만류문(萬柳門)
10	산(山)	상봉산(翔鳳山)
11	서(嶼)	소류서(泝流嶼)
12	석(石)	중추석(中秋石)
13	암(巖)	동청암(冬靑巖), 분설암(噴雪巖)

14	원(原)	양풍원(凉風原)
15	작(杓)	청라작(靑蘿杓), 야행작(野杏杓)
16	정(汀)	계주정(繫舟汀)
17	정(亭)	몽각정(夢覺亭), 청뢰정(晴雷亭), 미원정(迷源亭), 소학정(巢鶴亭), 고창정(古蒼亭), 백화정(栢花亭), 주한정(晝寒亭), 임예정(臨汭亭), 고죽정(苦竹亭), 용약정(龍躍亭), 양신정(養神亭), 유옥정(流玉亭)
18	지(池)	정규지(頳虯池), 홍운지(紅雲池)
19	천(泉)	수빙천(漱氷泉)
20	추(湫)	혼혼추(渾渾湫), 벽연추(碧烟湫), 원동추(圓動湫), 방심추(方深湫), 용문추(龍門湫), 천자추(川字湫)
21	태(埭)	허영태(虛盈埭), 재청태(在淸埭)

이렇게 분류하고 보면, 먼저 눈길을 끄는 것이 대('단' 포함)와 정('누' 포함)과 추('담'과 '지' 포함)의 경관 분포가 두드러진다는 점이다. 일단 수치상으로 언덕과 못, 그리고 누정이 고반원을 이루는 중심 구성 요소임을 알 수 있다.

그런데 대는 남언기가 고반원을 조성하며 인공적으로 쌓은 것이라기보다는 대부분 자연적으로 형성된 지형으로, 실제로 여기에 규모를 갖춘 누대까지 다수 구축한 것으로는 보이지 않는다. 나중에 임대정이 세워진 수륜대 정도에 건물이 있었던 것 같다. 또 추도 거의가 흐르는 물에 자연적으로 형성되었거나, 여기에 약간의 인공이 더해져 이루어졌을 것이다. 허영태와 재청태 위에 있는 허영담과 재청담, 그리고 붉은 연꽃이 구름처럼 무성하였다는 홍운지 정도에 일부 인공이 가해졌을 것으로 보인다.

이에 비해 정은 그 이름이 지시하듯이 분명한 건축 구조물이다. 그런데 <고반원명명기>에 등재된 누와 정은 그 수가 모두 13개소나 된다.

한 사람이 한 원림에 세운 것으로 보기에는 그 수가 매우 많다. 그래서 드는 의문이 남언기가 과연 이 13개소를 그리 길지 않은 기간에 모두 건립할 수 있었을까 하는 점이다. 고반원 조성 당시 남언기가 처한 환경을 고려하면 더욱 그렇다. 당시 남언기는 '아버지 남치욱이 여덟 번이나 큰 고을을 관장하였으나 청빈하고 담박하여, 여러 아들들이 분가하기에 이르러서는 남은 재산이 없어서, 마침내 동복에 있는 장인 설홍윤에게가 의지하였다'고 한다.[19] 이를테면 설홍윤의 데릴사위가 되었다는 것이다.[20] 이런 여건 속에서 그가 짧은 기간에 이렇게 많은 누정을 모두 세우기는 사실상 어려웠을 것이다. 단정하긴 어려우나, 이 13개소에는 정자나무나 아직 건립되지 않은 가상 누정도 포함되었을 가능성이 높다.

<고반원명명기>에 보이는 13개소의 누정 중 <고반원가>에서 주요한 배경으로 등장하면서 그 존재가 확인되는 것은 취벽루와 유옥정이다. 그 외 경관으로는 수륜대, 홍운지, 만류문, 상풍륵이 소재나 배경으로 등장한다. 이에 대해서는 다음 장의 해당 부분에서 다시 언급할 것이다.

어쨌든 이런 경관과 구성 요소를 고려하면, 고반원은 그 규모가 크고 잘 갖추어진, 매우 아름다운 원림이었다. 당시 남도에 이름난 원림과 누정이 많았지만, 모두 고반원에는 미치지 못할 정도였다.[21] 하지만 조성 이후 얼마 지나지 않아 고반원은 불의의 환란을 만나 갑자기 퇴락하고 만다.

---

19) 父致勗八典大邑 淸貧泊如 及諸子析居 無餘產 遂往依外舅薛弘胤於同福(李瀷, <考槃南先生小傳>, 『星湖先生全集』, 卷之六十八)

20) 成化[嘉靖]乙巳丙午間 先僉樞公 連除寶城郡守長興府使 公時年十二三歲 從之官所 稔知湖南山川形勢 及長而贅于薛生員弘胤 薛公居同福瑞石山下 號淸翠亭(『考槃先生遺編』, 遺事, 69쪽)

21) 南中之以園亭名者甚衆 而皆莫及焉(李敏敍, <考槃先生遺編序>, 『考槃先生遺編』, 4쪽)

> 공이 인하여 (장인에게) 가 의지하며, 같은 고을의 사평촌에 복축하였다. 대사를 세우고, 송죽을 심으며, '고반원주인'이라 자호하였다. '원기'와, '원가'와, 유거의 성도와, 자락의 멋이 있었다. 왜란 후에는 모조리 불타버리고 잡초에 덮여있었다. 외증손 정랑 이만석이 옛 주춧돌 위에 유옥정 하나를 중건하였다. 오늘에 이르도록 유상자들이 경치가 광주 풍영정보다 낫다고들 하였다.[22]

남언기는 스스로를 '고반원주인'이라 일컬으며, 의욕적으로 고반원을 조영하였다. 그러면서 '원기'와 '원가', 즉 <고반원명명기>와 <고반원가>도 지었다. 하지만 고반원의 이런 영화는 그리 오래가지 못했다. 안타깝게도 임진왜란을 만나 전소되고 말았기 때문이다. 그리고 한동안 잡초에 묻혀 있다가, 주인의 외증손 이만석에 의해 겨우 유옥정 하나가 중건되었다. 원래에 비해 형편없이 초라한 모습이지만, 그래도 유람객들은 이곳 경치가 광주 풍영정보다 낫다고들 하였다.

앞에서 상정하였듯이, 고반원은 1570년대에 조성되었다. 그리고 임진왜란(1592~1598)의 와중에서 불에 타 폐허로 변했다. 이때 주인이 남긴 많은 시문도 함께 소실되었을 것이다. 조성에서 퇴락까지 길어야 30년을 넘지 않는 시간이었다. 그 사이에 주인은 이미 세상을 떠났다. 게다가 전란이 지나고 광해군 때는 제2대 주인인 남언기의 아들 남박마저 후사 없이 뜻밖의 죽음을 당하고 말았다.[23] 주인을 잃은 고반원은 더욱 버려지게 되었다. 그러다가 17세기 후반 이만석에 의해 유옥정만 중건

---

22) 公因往依 卜築於同縣沙坪村 營臺榭 植松竹 自號考槃園主人 有園記園歌 盛道幽居 自樂之趣 倭亂後 焚蕩蕪沒 外曾孫李正郎萬石 依舊礎 重搆流玉一亭 至今遊賞者 以爲景致優於光州風詠亭云(『考槃先生遺編』, 遺事, 69쪽)

23) 公有一男一女 男曰樸 公沒後 當光海時 金克誠者爲御史到縣 素有嫌縣人 承其旨 搆誣以罪 囚繫而死(『考槃先生遺編』, 遺事, 72쪽)

되었고, 다시 철종 13년(1862) 민주현에 의해 임대정원림으로 탈바꿈되어 오늘에 이른다. 이것이 임대정원림의 전사로서, 고반원의 조영 내력이다.

3. 〈고반원가〉의 작품 성격

<고반원가>도 『고반선생유편』 잡저에 <고반원명명기>와 함께 실려 있다. 수록된 위치는 잡저의 맨 뒤편으로, <고반원명명기> 바로 다음이다. 역시 제목 밑에 '말단결(末端缺)'이라 부기되어 있어, 작품의 뒷부분이 결락되었음을 알 수 있다. 그러면 이제 <고반원가>의 형태와 내용을 통해 그 문학적 성격을 검토하기로 한다.

먼저 외적 형태이다. 현전하는 부분만 헤아리면 <고반원가>의 길이는 모두 57행이다. 그런데 4음보 1행의 음보율이 정연한 것이 아니어서, 4음보 1행이 근간이 되기는 하나 2음보 1행도 적지 않게 섞여 있다. 전체 57개 행 중 4음보 1행이 44개, 2음보 1행이 13개이다. 따라서 2음보 1구로 따지면, 모두 101구의 길이가 된다. 또 자수율도 일정하지 않아 3·4조와 4·4조 및 3·3조가 주로 많이 사용되었고, 이밖에 2·3조와 4·3조 등도 쉽게 눈에 띈다.[24] <고반원가>가 율격 면에서 아직 잘 정제되지는 않았음을 알 수 있다.

다음은 내용이다. 전체의 내용은 고반원 주인의 한가로운 은일생활과

24) <고반원가> 101구에 사용된 자수율을 빈도순에 따라 정리하면 3·4조 31회, 4·4조 25회, 3·3조 20회, 2·3조 10회, 4·3조 8회, 3·2조 3회, 2·2조 1회, 2·4조 1회, 4·2조 1회, 4·5조 1회이다.

고반원 산수자연의 아름다움으로 요약된다. 먼저 작품을 전반적으로 조망하기 위해 각 단락의 중심 내용을 제시하면 다음과 같다.

제1단(01행~08행); 고반원으로의 귀원
제2단(09행~17행); 고반원의 하루 일과
제3단(18행~27행); 고반원의 사시 경물
제4단(28행~37행); 고반원의 주변 산세
제5단(38행~52행); 고반원의 수변 풍경
제6단(53행~00행); 고반원의 산곡 풍치
제7단(00행~00행); [마무리; 결락]

<고반원가>는 모두 일곱 개의 단락으로 세분되는데, 말단의 결락된 부분이 제6단의 일부와 제7단의 전부이다. 가사 이해에 흔히 사용되는 서사 · 본사 · 결사의 구성 방식을 적용하면, 제1단이 서사이고 제7단이 결사이다.

그러면 이제 제1단부터 행을 따라 차례로 검토하기로 한다. <고반원가>가 그리 길지 않은 작품이므로 전문을 모두 인용하며 읽는다. 작품은 시종 단일 화자에 의해 진술되며, 화자는 작자와 일치한다.

01 어리고 미친 性이 世俗과 어긔거ᄃᆞᆫ
02 병들고 늘근 거시 구틔여 ᄃᆞᆺ건니랴
03 漢江 ᄀᆞ의 도라셔셔 終南山을 ᄇᆞ라보고
04 浩然히 ᄂᆞ려오니
05 故園 松竹은 므슴 ᄠᅳ들 머거셔
06 ᄌᆞᆺ쓰러곰 반기ᄂᆞ니
07 蕭條 末事ᄂᆞᆫ 青鸞尾로 ᄡᅳ럿고
08 邂逅 初心은 楚江슈로 시서 잇ᄯᅡ[25)]

<고반원가>의 서두는 화자가 한양을 떠나 송죽이 반기는 고반원 고원으로 돌아온 것으로 시작된다. 귀원 동기는 겉으로는 늙고 병들었기 때문이지만, 마음이 세속과 맞지 않기 때문이라는 내적 요인이 보다 강조되었다. 분위기는 자질구레한 말사를 쓸어버리고 반갑게 초심을 대하는 귀원의 기쁨과 즐거움이 지배한다. 시간적 배경은 과거에서 현재로, 공간적 배경은 한양에서 고반원으로 이동한다.

작자는 1570년대, 30대 후반에서 40대 중반에 이르는 시기에 고반원을 조성하였다. 그런데 여기서 '한강을 건너 고원으로 내려왔다'고 하였으니, 발화 시점은 고반원을 조성하고 나서 한동안 외지에 나가 있다가 다시 돌아온 다음이다. 또 늙고 병들었다는 표현은 상투적일 수도 있지만, 화자가 어느 정도 노숙한 나이에 접어들었음을 의미한다. 그런 점으로 미루어 이 작품의 창작 시기는 작자의 만년이라 하겠으며, 일단 40대 중반 또는 그 이후로 추정된다. 앞 장에서 거론한 바와 같이 40대 중반까지만 작자의 행적이 발견되는 것도 이렇게 추정하는 한 이유이다.[26]

09 床 우ᄒᆡ 싸흔 冊은 집 몰ᄅᆡ 다핫고
10 樽中에 다믄 술은 세믈썰이 나ᄂᆞᆫ고나
11 구버 읍다가 우러려 ᄉᆡᆼ각ᄒᆞ고
12 브어 마시다가 취ᄒᆞ여 좀드노라
13 董仲舒 下帷ᄅᆞᆯ ᄆᆡ양 엇지 안자시며
14 曾點의 노롬인들 즐겁디 아니ᄒᆞ랴

25) 원문은 『고반선생유편』 잡저에 국한문이 병기된, 상하 줄글체로 수록되어 있다. 여기에 필자가 띄어쓰기와 행 구분을 더하고, 중간에 비어있는 글자는 ○○으로 표시하였다. 또 한자에 병기된 국문을 삭제하고, 각 행 앞에 숫자로 순번을 표시하였다.

26) 남언기는 45세 때인 선조 11년(1578) 모친상을 당했는데(南彦紀, <先妣家傳>, 『考槃先生遺編』, 雜著, 32쪽 참고), 한양에서 상례를 모두 치르고 고반원으로 돌아와 이 작품을 지었을 가능성이 크다.

15 대막ᄯᅢᄅᆞᆯ 딥고 삼신을 ᄡᅳ으니
16 ᄒᆞᆫ 소릐 노래ᄂᆞᆫ 므서싀셔 나ᄂᆞᆫ고
17 林木조차 움즈긴다

주인의 고반원 은일생활은 본사가 시작되는 제2단부터 본격적으로 이야기된다. 먼저 제2단에서 말한 주인의 하루 일과는 독서와 음주와 산책이다. 오랜만에 고원의 집에 돌아와 상 위에 쌓아 놓은 책은 뒤적이다 보면 어느새 마루까지 닿아 있고, 단지의 술도 어느새 익어 뽀얗게 터지는 거품이 잔물결을 일으킨다. 그렇다고 매양 동중서처럼 발을 치고 앉아 읽고, 또 마시기만 할 것인가. 증점의 봄맞이 같은 소요음영 또한 빼놓을 수 없는 일과이다. 대막대를 짚고 삼신을 끌고 노랫소리 나는 곳을 찾아 나서면, 숲속의 나무들조차 춤추는 듯하다.

그런데 이렇게 여유롭고 한가한 주인의 일과는 어느 날 하루에만 그치는 것이 아니라, 날마다 반복되는 일상이다. 그런 점에서 화자는 제2단에서 하루를 기준으로 한 시간적 질서의 지배를 받는다. 하지만 제3단으로 넘어가면 그 질서가 일년 기준의 시간의식으로 확장되면서, 화자의 시선도 자연스럽게 철 따라 바뀌는 고반원의 사시 경물로 옮겨진다.

18 ᄃᆞᆯ빗치 뫼흘 너머 梅花의 비최니
19 고ᄋᆞᆫ 님을 보ᄋᆞᆫ 듯
20 ᄆᆞᆯ그나 ᄆᆞᆯ근 모세 蓮고지 ᄌᆞᆷ겨시니
21 ᄀᆞᆺ 닷근 거울 우희 블근 구롬 ᄢᅵ연ᄂᆞᆫ 듯
22 언 서리 기픈 후의 黃菊이 滿發ᄒᆞ니
23 뉘라셔 일 업서 金돈을 담아내여
24 그대도록 헛턴ᄂᆞᆫ니
25 積雪이 몯 개어셔 낙시ᄣᅢ을 자바시니

26 소음 ᄀᆞ툰 柳絮을 東風이 부러다가
27 취ᄒᆞᆫ ᄂᆞ치 ᄲᅳ리ᄂᆞᆫ다

봄에는 매화에 비치는 달빛이, 여름에는 맑은 못에 핀 연꽃이, 가을에는 깊은 서리 속에 만발한 노란 국화가, 겨울에는 눈 쌓인 낚시터에 날리는 눈송이가 각 계절을 대표하는 경물로 포착되었다. 아울러 작자는 각 계절의 경물마다에 비유적인 표현을 대응시키는 수법을 사용하였다. 달빛을 고운 님에, 연꽃을 붉은 구름에, 노란 국화를 금돈에, 날리는 눈송이를 동풍에 불려온 솜 같은 버들개지에 비유하였다. 특히 겨울의 눈송이를 봄바람에 날리는 버들개지에 비유한 것이 인상적이다.

한편 이 제3단에는 <고반원명명기>에 나오는 홍운지와 수륜대와 만류문이 배경으로 등장한다. 여름 경치(20~21)의 배경이 "연꽃이 매우 무성하여, '붉은 구름을 평평하게 펼쳐 맑은 거울을 덮었다'는 시구를 취했다"고 설명된 홍운지이다.[27] 그리고 겨울 경치(25~27)의 배경이 "병혈[28]이 아래에 있어, 고기 낚기에 가장 좋다"는 수륜대와,[29] "문밖의 무수한 버드나무가 푸른 가지를 드리운 까닭에 이름 붙였다"는 만류문이다.[30]

다음 제4단에서는 시작과 더불어 내용의 진술 방식이 크게 바뀐다. 시간적 질서 속에서 이루어지던 제2・3단의 진술과 달리, 제4단부터는 공간적 질서를 따르는 진술로 전환된다. 고반원과 그 주변의 경치를 두

27) 紅雲池 荷花甚盛 取平鋪紅雲盖明鏡之句也(南彦紀, <考槃園命名記>, 『考槃先生遺編』, 雜著, 52쪽)
28) '丙穴'은 嘉魚가 난다는 중국 大丙山의 洞穴이다.
29) 垂綸臺 丙穴在下 最好釣魚也(南彦紀, <考槃園命名記>, 『考槃先生遺編』, 雜著, 51~52쪽)
30) 萬柳門 門外萬柳 垂綠故也(南彦紀, <考槃園命名記>, 『考槃先生遺編』, 雜著, 51쪽)

루 찾아나서는 것이다.

28 高樓에 올라 竹欄을 지혀시니
29 앏내ᄒᆞᆫ 泱泱ᄒᆞ고 뒨뫼ᄒᆞᆫ 撲撲ᄒᆞ니
30 翠碧이 連ᄒᆡ엿ᄶᅡ
31 大月峯 小月峯 ᄀᆞ티곰 端正ᄒᆞ고
32 九峯山 百年巖 고로로도 버러실샤
33 天雲 聳巖 瓮城 馬首 母后 無等 蓮花 翠屛은
34 엇지ᄒᆞᆫ 일로 구롬 우희 소사나셔
35 ᄃᆞ토아곰 엿보고
36 눈섭 ᄀᆞᄐᆞᆫ 道理뫼ᄂᆞᆫ 어드러로 가다가
37 들 가온대 셔 인ᄂᆞ니

제4단에서 화자의 공간적 위치는 대나무 난간을 두른 고루이다. 이 고루가 곧 '두목(杜牧)의 시구처럼 앞내와 뒷산이 푸르름을 연하여서 그렇게 명명하였다'는 취벽루이다.[31] 이 취벽루의 난간에 기대어 화자는 먼저 고반원 주변의 산세를 관망하고 있다. 멀리는 나란히 단정하게 솟은 대월봉과 소월봉부터, 골고루 벌여진 구봉산의 백년암, 그리고 다투어 구름 위에 솟은 천운산 용암산 옹성산 마수산 모후산 무등산 연화산 취병산까지 많은 산들이 고반원을 둘러싸고 있다. 또 가까이는 들 가운데에 눈썹같이 서 있는 도리뫼가 한눈에 들어온다. 원경과 근경을 모두 망라하였다. 특히 무등산뿐만 아니라, 천운산, 용암산, 옹성산, 모후산 등은 450년 가까이 지난 지금도 매우 친숙하게 사용되는 지명들이다.

31) 翠碧樓 杜牧詩曰 我愛朱處士 三吳當中央 後嶺翠撲撲 前溪碧泱泱 此樓似之故名之(南彦紀, <考槃園命名記>, 『考槃先生遺編』, 雜著, 52쪽). 여기서 말하는 두목의 시는 장편 고시 <郡齋獨酌>이다.

또 대월봉과 소월봉 그리고 도리뫼는 지금 '큰달메', '작은달메', '똥메'라 부르는 산의 다른 이름이다.[32)]

38 일홈 업슨 웝뽄 峯이 長松 띄고
39 하놀흘 울어러 반둑이고 족ᄒᆞ니
40 中正ᄒᆞᆫ 션비 아므 일도 혜디 아녀
41 비긴 ᄃᆡ 업슨 ᄃᆞᆺ 대수플 감도라
42 林亭의 올ᄋᆞ니
43 소릐 인는 ᄑᆞ론 옥이 돗 아래로 흐ᄅᆞ는다
44 青楓을 더위잡고 ○○ 우희 고텨 올나
45 澄潭을 디○○ 天孫 雲錦을
46 펼터셔 ○○ ᄃᆞᆺ[33)]
47 白蘋 紅蓼는 두 편의 짓밀녓고
48 楊柳 蒹葭는 遠村의 어두엇빠
49 헌ᄉᆞᄒᆞᆫ 鱸魚는 綠萍을 헤블고
50 無心ᄒᆞᆫ 蓴菜는 銀실이 길어 잇다
51 林間 麋鹿은 누롤 보려 나오고
52 洲渚 鳧鷺는 몃 무리나 ᄂᆞ리ᄂᆞ니

제5단이다. 취벽루에서 원근의 산세를 관망한 화자는, 외딴 봉에 서있는 장송을 보고 스스로 중정한 선비를 자처하며, 이번에는 대숲을 감돌아 임정에 오른다. 그런데 임정에서 보면, '소리가 있는 파란 옥이 돗자리 아래로 흐른다(43)'고 하였으니,[34)] 이것이 바로 유옥정이다. 임진왜란

32) 『마을유래지』, 화순군, 1995, 1463쪽 참고.

33) 여기서 원문에 비어있어 ○○으로 표시한 부분을 채운다면, "青楓을 더위잡고 **구롬** 우희 고텨 올나/澄潭을 디**밀어** 天孫 雲錦을/펼텨셔 **ᄂᆞ린** ᄃᆞᆺ" 정도가 될 것이다. "青楓을 더위잡고"라는 표현으로 보아 유옥정 옆에 '상풍륵(霜楓泐 水流石上 歲久成泐有楓 老於其上焉)'이 있었던 것 같다.

후에 주인의 외증손 이만석이 유일하게 중건하였다는 정자이다. 유옥정은 수풀 속 물가에 있어 흐르는 물줄기와 수변 풍경을 감상하기에 좋은 곳이다. 이곳에서 보는 물줄기는 마치 직녀의 아름다운 비단을 하늘에서 펼쳐 내린 듯하다. 물가에서는 백빈 홍료와, 양류 겸가와, 헌사한 농어와, 무심한 순채와, 임간의 미록과, 주저의 부로가 관찰된다.

53 밤나모 자존 속의 조븐 골로 드러가니
54 雲根 地骨이 노ᄑᆞ락 ᄂᆞ즈락
55 편ᄒᆞ락 머흘락 기ᄑᆞ락 야ᄐᆞ락
56 층층이 ᄭᆞᆯ련ᄂᆞᆫᄃᆡ
57 ᄀᆞᄂᆞᆫ 시내 히ᄃᆞᄅᆞ락 더(이하 결락)

주변 산세와 수변 풍경에 이어, 제6단에서는 고반원 뒤편 산곡의 풍치가 그려진다. 밤나무가 많은 좁다란 골짜기로 들어가면, 기이한 바위들이 그 모습을 드러낸다. 높았다 낮았다, 편했다 험했다, 깊었다 얕았다를 반복하며 층층이 깔려있고, 거기에 가느다란 시내가 흐른다. 그런데 유감스럽게도 <고반원가>의 제57행 이후는 결락되어 지금 더 이상의 내용을 알 수가 없다. 아마 제6단에서 계류가 흐르는 산곡의 아름다움을 마저 노래한 데 이어, 제7단 결사에서 고반원 은일생활의 즐거움을 다시 강조하며 작품을 마무리하였을 것이다.

다음 표는 <고반원가>의 내용에 대해 지금까지 논의한 것을 다시 정리한 것이다.

---

34) 流玉亭 政當月峯 斗絶淸流 故取破額山頭碧玉流之句也(南彦紀, <考槃園命名記>, 『考槃先生遺編』, 雜著, 52쪽)

단락	주요 내용	지배적 질서	구성과 내용
제1단	고원 귀원	시·공간적 질서	서사 ; 고반원으로의 귀원
제2단	하루 일과	시간적 질서	본사Ⅰ; 고반원의 일상과 사시
제3단	사시 경물	시간적 질서	
제4단	주변 산세	공간적 질서	본사Ⅱ; 고반원의 산수 가경
제5단	수변 풍경	공간적 질서	
제6단	산곡 풍치	공간적 질서	
제7단	[마무리]	[결락]	[결사 ; 마무리]

이렇게 정리하고 보면, <고반원가>가 두 개의 지배적인 질서 아래 창작되었음이 분명하게 드러난다. 시간적 질서와 공간적 질서가 그것으로, 특히 본사에서 이 두 질서가 서로 대응하고 있다. 따라서 이 두 질서를 기준으로 한다면, 본사를 다시 Ⅰ과 Ⅱ로 나눌 수 있다. 본사Ⅰ에는 하루와 사시의 시간적 흐름이, 본사Ⅱ에는 원근에 솟은 산과 흐르는 물과 좁은 계곡의 공간적 형상이 지배적 질서로 실현되어 있다. 여기서 <고반원가>가 고반원을 관류하는 시간과 공간을 중심축으로 삼아, 주인의 한가로운 일상과 자연의 아름다운 경관을 그린 누정은일가사임을 알 수 있다.

그런데 누정은일가사의 이런 면모가 <고반원가>에만 특유한 것은 아니다. 유사한 구성을 같은 시대의 다른 작품에서도 찾아볼 수 있다. 예컨대 송순 <면앙정가>와 정철 <성산별곡>의 구성이 그렇다. 그런 점에서 <고반원가>는 16세기 후반 누정은일가사의 전통이 새로 형성되는 과정에서, 이들과 교감을 주고받으며 이루어진 작품이라 할 수 있다. 세 작품 모두 비슷한 시기에 무등산권의 누정원림을 무대로 창작되었고, 남언기가 정철과 함께 김인후의 문인이었다는 사실을 상기하면 더욱 그렇다.

여기서 <고반원가>가 누정은일가사로서 갖는 특성과 의미에 대한 의문이 제기된다. 그런데 이를 해명하기 위해서는, 16세기와 17세기에 걸쳐 주로 창작된 누정은일가사에 대한 전반적인 검토가 필요하다. 그러므로 이제 장을 바꾸어, 주로 문학사적인 측면에서 <고반원가>의 면모를 살펴보기로 하자.

4. 누정은일가사와 〈고반원가〉

4.1. 16세기 가사문학의 지형

고려 말에 비롯된 가사의 창작은 조선 초에 들어 한동안 소강상태에 놓인다. 성종 때에 나온 정극인의 <상춘곡>은 이런 소강상태를 벗어나 조선의 사대부문학으로 가사의 성공적인 안착을 알리는 신호탄이 되었다. 그리고 실제로 15세기 후반의 이 <상춘곡>과 이인형의 <매창월가>에 이어, 16세기의 시작과 더불어 가사는 전 시대와는 비교할 수 없는 본격적인 발전을 이루었다. 물론 그 중심에는 사대부층이 있었다. 그래서 보통 <상춘곡>과 <매창월가>를 지나서 임진왜란에 이르는 이 16세기를 가사문학의 발전기라 일컫는다. 문학사에서 흔히 전기가사라는 이름으로 분류되는 작품들이 거의가 16세기의 소산이다.

현재까지 조사 보고된 가사 작품은 『역대가사문학전집』에 수록된 것만 해도 동종이본 포함 2,500편에 가깝다.[35] 물론 이 숫자는 유명씨와

---

35) 임기중 편 『역대가사문학전집』(전50권)에 동종이본 포함 2,469편이 수록되어 있다.

무명씨 작품을 모두 합한 것이다. 그런데 이 가운데 유명씨 작품이 어느 정도인지는 짐작하기가 쉽지 않다. 아마 절반에도 크게 미치지 못할 것이다. 또 이 2,500편을 가사문학사의 각 시기별로 나누어 본다면 16세기의 소산이 어느 정도인지도 분명하지 않다. 특히 무명씨 작품의 경우 그 성립 시기를 판단하기 어려운 것들이 많기 때문이다. 다만 작자가 있는 유명씨 작품만을 고려한다면, 16세기 초부터 임진왜란 전까지의 작품으로 분류되는 것은 <고반원가>를 포함하여 고작 25편에 불과하다.[36] 다음이 그 작자와 제목이다.

- 조　위(1454~1503); 만분가(유배)
- 이　서(1484~?); 낙지가(은일)
- 송　순(1493~1582); 면앙정가(은일)
- 진복창(?~1563); 역대가(역사)
- 이　황(1501~1570); 퇴계가(은일), 금보가(교훈), 도덕가(교훈), 상저가(교훈), 효우가(교훈)
- 조　식(1501~1572); 권선지로가(교훈)
- 양사준(1555년 창작); 남정가(전쟁)
- 양사언(1517~1584); 미인별곡(연정)
- 허　강(1520~1592); 서호별곡(유락)
- 백광홍(1522~1556); 관서별곡(기행)
- 남언기(1534~?); 고반원가(은일)
- 정　철(1536~1593); 성산별곡(은일), 관동별곡(기행), 사미인곡(연군), 속미인곡(연군)

36) 류연석은 『한국가사문학사』(국학자료원, 1994, 77쪽 및 각 시기별 가사작품 총람표 참고)에서 유명씨 작품 852편을 발생기(고려 말~성종조) 7편, 발전기(연산조~임진왜란 전) 24편, 홍성기(임진왜란 이후~경종조) 63편, 전환기(영조조~갑오경장 전) 186편, 쇠퇴기(갑오경장 이후~현재) 572편으로 분류하였다. 여기서 발전기의 작품이 모두 16세기 초부터 임진왜란 전까지의 소산이다.

- 이　이(1536~1584); 자경별곡(교훈), 낙빈가(은일), 낙지가(은일), 처사가(은일)
- 허초희(1563~1589); 규원가(연정), 봉선화가(풍속)

16세기 가사로 지목된 이 작품들의 면면을 보면, 그 수는 25편에 불과하지만 내용이 그리 단순하지는 않다. 유배(1), 은일(8), 연군(2), 역사(1), 전쟁(1), 기행(2), 교훈(6), 유락(1), 연정(2), 풍속(1)으로 다양하다. 발생 이후 15세기까지의 작품이 포교(3), 역사(1), 은일(2)에 그쳤던 데에 비해 크게 발전된 모습이다. 괄호 속에 표시한 작품 수로 보면, 은일가사와 교훈가사가 가장 많다. 하지만 실제로 그런 작품 수가 크게 중요하지는 않다. 은일과 교훈의 내용을 가진 이황과 조식과 이이의 작품에서, <자경별곡>을 제외한 나머지는 작자의 진위 여부에 이견이 있기 때문이다. 주로 도학 관련 내용을 가진 후인의 작품들이 도학자로서 권위를 가진 이들의 이름을 빌어 전승되었다고 보는 견해가 그것이다.

16세기의 시작과 더불어 나온 첫 작품은 조위의 <만분가>이다. 조위는 무오사화에 연루되어 의주를 거쳐 순천에 유배되었다가, 배소에서 이 작품을 지었다. 그런데 16세기의 첫 작품이 유배가사라는 사실은 문학사에서 매우 상징적인 의미를 갖는다. 조선전기 사대부사회는 성종 때의 사림파 진출 이후 연산군 때부터 비롯된 잦은 사화로 인해 다시 많은 변화를 겪었다. 특히 억울하게 화를 입은 선비들이 증가하고, 현실을 피해 은일을 표방하는 경향이 호응을 얻으면서, 16세기의 가사문학에도 이런 시대적 변화가 유입되었다. 그 결과 새로이 유배와 연군가사가 등장하였고, <상춘곡>의 흐름을 잇는 은일가사가 이 시기를 대표하는 작품 유형으로 자리를 잡게 되었다. <만분가>는 바로 이런 변화의 시작을 알리는 작품이었다. 16세기 말로 가면서는 연정과 풍속을 노래한 여성가사의 등장도 이루어졌다.

지금까지 조사된 이 시기의 은일가사 작품은 이서의 <낙지가>, 송순의 <면앙정가>, 이황의 <퇴계가>, 남언기의 <고반원가>, 정철의 <성산별곡>, 이이의 <낙빈가>·<낙지가>·<처사가>이다. 이 가운데 특히 이서의 <낙지가>, 송순의 <면앙정가>, 정철의 <성산별곡>이 주목을 받았다. 이황과 이이의 작품은 앞에서 언급하였듯이 작자 문제에 의문이 있기 때문이었다. 그런데 이런 의문은 이황과 이이가 지었다고 알려진 작품들이 작자와의 연결점을 찾기 어려운, 막연히 일반화된 공간과 시간을 배경으로, 전형적인 은일생활을 기술하는 데 그치고 있다는 점과도 관련이 있다. 이에 비해 <낙지가>·<면앙정가>·<성산별곡>은 실제적인 공간과 시간을 배경으로, 작자 개인의 특수한 체험을 형상화하였다는 점에서 그 의미가 크다. 특히 <면앙정가>와 <성산별곡>이 그렇다. 두 작품 모두 제목에 드러나듯이 구체적인 지명을 앞세운 누정가사라는 데에 공통점이 있다.

때문에 구체적인 지역 연고를 가진 <면앙정가>와 <성산별곡>에 대한 연구는 당연히 그 배경이 된 호남의 지역문학에 대한 관심을 촉발시켰다. 그 선편을 잡은 것이 호남가단에 대한 연구로,[37] 이때부터 '호남가단'이란 개념이 일반화되었다. 초기 호남가단 연구는 이른바 '면앙정가단'과 '성산가단'을 중심으로 이루어졌는데, 이런 가단의 이름조차도 <면앙정가>와 <성산별곡>을 의식하여 붙여진 것이었다. 이후 호남가단 연구는 다시 유수의 누정을 중심으로 한 호남시단 연구로 확대되었는데,[38] 이 역시 <면앙정가>와 <성산별곡>이 누정가사라는 사실과 무

37) 정익섭, 『개고 호남가단연구』, 민문고, 1989(초판; 진명문화사, 1975).

관하지 않다.

이렇듯 16세기의 가사문학 특히 은일가사의 발전은 호남의 누정문화와 분리하여 논의하기 어렵다. 하지만 이런 문학사적 중요성에 비해, 거론할 수 있는 누정가사 작품이 고작 세 편에 불과하다는 영성함이 있다. 그러기에 뒤늦게 발견된 <고반원가>의 존재는 평범한 작품 1편 이상의 의미를 갖는다. 그러면 이어 16세기의 <면앙정가> 및 <성산별곡>과의 관계 속에서 <고반원가>의 성격을 살펴보기로 하자.

4.2. 16세기 누정은일가사와 〈고반원가〉

여러 작품을 한 자리에서 대비하기 위해서는 먼저 해당 작품들의 선후 관계를 파악해 볼 필요가 있다. 그런데 <면앙정가>와 <성산별곡> 역시 <고반원가>처럼 정확한 창작 시기를 알 수 없는 작품이다. 따라서 현재로서는 추정에 의해 이 세 작품의 선후 관계를 판단할 수밖에 없다.

<면앙정가>의 창작 시기에 대한 여러 견해는 면앙정의 창건이 있었던 작자의 40대설, 중수가 이루어졌던 60대설, 그리고 만년 치사한 77세 이후설로 요약된다. 여기서는 그 중 최근에 관련 자료의 면밀한 검토를 거쳐 새로 발표된 60대설의 한 입장[39]을 취하여, 송순이 63세(1555)부터 66세(1558) 사이에 지었다고 보기로 한다. 이때 송순은 선산부사를 마치고 면앙정에 돌아와 있었다. 60세(1552) 때의 면앙정 중수에 앞서,

---

38) 박준규, 『호남시단의 연구』, 전남대학교 출판부, 1998.

39) 이상원, 「송순의 면앙정 구축과 <면앙정가> 창작 시기」, 『한국고시가문화연구』 제35집, 한국고시가문화학회, 2015, 273쪽.

58세(1550)부터 이듬해까지는 유배생활을 하였는데, 이러한 사실도 면앙정 중수와 은일의 한 동기가 되었을 것으로 생각된다.

<성산별곡>의 창작 시기에 대한 견해 역시 식영정이 창건(1560)된 작자의 25세설부터 30세 전후설, 40대설, 50대설에 이르기까지 다양하다. 그런데 부정적 현실인식을 기저로 한 작품의 내용으로 보아, 빨라야 작자의 40세(1575) 이후에 지어졌을 것으로 판단된다. 정철이 당쟁의 와중에서 일시 창평에 물러나 있으면서 지은 것으로 보이기 때문이다. 정철은 관직에 나아간 이후 40세부터 42세까지, 44세, 46세, 50세부터 54세까지의 네 차례에 걸쳐 창평에 내려와 생활한 바 있다.[40] 이 중 네 번째 낙향 기간에 지었다는 주장에 가장 무게가 실린다.[41]

여기서 <고반원가>가 남언기의 40대(1573~1582) 중반 또는 그 이후에 이루어졌다고 한다면, 이 셋 중 <면앙정가>의 창작이 가장 빠르다. 하지만 <성산별곡>과 <고반원가>의 선후 관계는 쉽게 판단할 수 없다. 따라서 두 작품의 선후 관계는 접어두고, 두 작품 모두 <면앙정가>의 맥을 이어 창작되었다는 전제 아래 논의를 계속하기로 한다. 이어서 <면앙정가>와 <성산별곡>의 내용을 간략히 살핀다.

<면앙정가>의 작중 화자는 작자이다. 작품은 시종 단일화자의 진술로 진행된다. 서사는 무등산 자락 제월봉 아래 면앙정을 창건한 기사로 시작된다. 본사의 내용은 크게 두 부분으로 나누어진다. 그 하나는 면앙

40) 박영주, 「간추린 송강 연보」, 『고집불통 송강평전』, 고요아침, 2003, 348~350쪽 참고.

41) 정철은 네 번째 낙향 시 가장 오랫동안 창평에 머물렀다. 송강정을 세우고 <사미인곡>과 <속미인곡>을 지은 것도 이때의 일이었다. 그가 네 번째 낙향을 마치고 송강정을 떠나며 쓴 한시에 <숙송강정사(宿松江亭舍)>가 있는데, 여기에서 그는 자신의 지나간 30년을 돌아보며 "주인도 아니었고 손도 아니었네(非主亦非賓)"라고 술회하였다. <성산별곡> 말미의 "손인동 主人인동 다니저 ᄇᆞ려세라"와 흡사하다. 이런 의취도 그가 비슷한 시기에 두 작품을 지었을 것이라고 추정하는 한 근거가 된다.

정 앞을 흐르는 물과 멀리 주위에 솟은 산의 모습이고, 또 하나는 철을 따라 바뀌는 사시의 경물이다. 결사에서는 아무런 근심 없이 즐기는 자신의 물외한정과 취흥자락의 풍류를 과시하였다. 요약하면 서사(창건), 본사Ⅰ(수세와 산세)·본사Ⅱ(사시의 경물), 결사(풍류)의 구성이다.

이에 비해 <성산별곡>은 제3의 서술자가 개입된, 주객 문답체로 구성되어 있다. 제1화자는 지나는 '손'이고, 제2화자는 서하당 식영정의 '주인'이다. 작자는 손의 입장에서, 주인의 산중 은일을 찬미하였다. 서사에서 손이 주인을 호명하며 산중 은거를 환기시켰고, 본사에서 계속하여 사시의 자연과 함께하는 주인의 생활 모습을 그렸다. 그리고 결사에서 주인의 입을 빌어 세상과의 불화라는 은거의 동기를 말하였다. 서사(호명), 본사(사시의 경물과 생활), 결사(답변)로 이어지는 구성이다.

이렇게 보면 <면앙정가>와 <성산별곡>은 둘 다 누정을 배경으로 한 은일가사이면서도, 다음 두 가지 점에서 서로 차이가 있다.

첫째는 작자와 작중 은일자의 관계이다. <면앙정가>는 작자가 곧 은일자로서, 작자가 자신의 입을 통해 스스로의 은일생활을 과시하였다. <성산별곡>에서는 작자와 은일자가 별도의 인물로 설정되어 있으며, 작자에 의해 은일자에 대한 찬미와 동경이 이루어졌다.

둘째는 작품 특히 본사의 내용 구성이다. <면앙정가>는 본사에서 공간과 시간을 병치시키는 구성을 하였고, <성산별곡>은 그 중 시간적 측면만을 취해 본사 전체를 사시의 틀로 구성하였다. 그런데 이는 앞에서 말한, 작자와 은일자의 동일인물 여부와도 관련이 있다. <면앙정가>는 작자가 곧 은일자이자 면앙정의 주인이었기에, 자신이 구축하였거나 의미를 부여한 이상적 세계를 보여주기 위해, 사시와 함께 면앙정 공간의 서경이 필요했을 것이다. 하지만 <성산별곡>은 작자가 주인이 아닌

손의 입장이었기에, 자연히 그 관심도 식영정의 공간적 서경보다는 은일자인 주인의 사시생활 묘사에 치중하게 되었다고 할 수 있다. 이렇듯 누정은일가사가 처음부터 사시에 관한 기술을 기본으로 하여 성립한 것은 사시순환으로 상징되는 자연 질서와의 조화를 추구하였던 사대부들의 이념과 관련이 있다.

그런데 <고반원가>는 작자가 곧 은일자이다. 그리고 본사의 구성이 시간과 공간을 병치시킨, 본사Ⅰ(일상과 사시)과 본사Ⅱ(산수의 가경)로 이루어져 있다. <면앙정가>와는 시간과 공간의 배치 순서가 다를 뿐이다. 그런 점에서 <고반원가>는 <성산별곡>보다 <면앙정가>에 훨씬 더 가깝다. <면앙정가>의 맥을 직접 이었다고 말할 수 있다.[42] 작품의 표현에 있어서도 <고반원가>에는 <면앙정가>와 유사한 점이 많다.

① 노픈 ᄃᆞᆺ ᄌᆞᆫ ᄃᆞᆺ 근ᄂᆞᆫ ᄃᆞᆺ 닛ᄂᆞᆫ ᄃᆞᆺ
숨거니 뵈거니 가거니 머믈거니
어즈러온 가온ᄃᆡ 일흠ᄂᆞᆫ 양ᄒᆞ야
하늘도 젓치 아여 웃독이 셧ᄂᆞᆫ 거시
秋月山 머리 짓고 龍歸山 鳳旋山
佛臺山 魚灯山 湧珍山 錦城山이
虛空의 버러거든
遠近 蒼崖의 머믄 것도 화도할샤 (<면앙정가>)

② 大月峯 小月峯 ᄀᆞ티곰 端正ᄒᆞ고
九峯山 百年巖 고로로도 버러실샤
天雲 聳巖 瓮城 馬首 毋后 無等 蓮花 翠屛은

42) 남언기와 정철 사이의 교감을 보여주는 기록은 많으나, 남언기와 송순 사이의 교감을 보여주는 기록은 아직 찾지 못하였다. 하지만 남언기의 김인후와 정철과의 관계로 보아, 그와 송순 사이에도 어느 정도의 접촉이 있었을 것이다.

> 엇지ᄒᆞᆫ 일로 구롬 우희 소사나셔
> ᄃᆞ토아곰 엿보고
> 눈섭 ᄀᆞᄐᆞᆫ 道理되ᄂᆞᆫ 어드러로 가다가
> 들 가온대 셔 인ᄂᆞ니 (<고반원가>)

두 작품에서 주변의 산세를 묘사한 부분이다. 원근에 산재한 산들의 이름을 일일이 나열하였다. 심지어 면앙정이나 고반원에서 육안으로는 조망하기 어려운 지점의 산까지도 망라하였다는 사실마저 닮아 있다.

<고반원가>는 이렇듯 구성과 표현에 있어서 <면앙정가>와 상통하는 점이 많다. 그렇지만 작품의 창작 환경은 상당히 다르다. 특히 창작 당시 작자의 신분이나 처지가 그렇다. 송순은 관료 출신으로, 오랫동안 출사하였다가 한때 관직에서 물러나 면앙정에 있으면서 <면앙정가>를 지었다. 반면 남언기는 출사 이력이 없는 인물로, 스스로 한양을 떠나 다른 곳에 살 곳을 정해 고반원을 조성하고 <고반원가>를 지었다. <면앙정가>는 일시 퇴휴한 관료에 의해, <고반원가>는 출사하지 않은 선비에 의해 창작된 것이다. 이 점에 있어 남은 <성산별곡>은 <면앙정가>와 입장을 함께 한다. 마찬가지로 관직에서 잠시 물러나 있던 관료에 의해 창작되었기 때문이다. 다시 말하면 <면앙정가>는 일시 퇴휴한 관료가 자신의 은일을, <성산별곡> 역시 일시 퇴휴한 관료가 타인의 은일을, <고반원가>는 출사하지 않은 선비가 자신의 은일을 각각 노래하였다.

작자의 성격 외에, 작품 속의 현실인식 태도에 있어서도 <고반원가>는 <면앙정가>와 다른 면모를 보인다. 오히려 <성산별곡>과 가깝다. 은일이란 말 그대로 세상을 피해 숨어사는 것이다. 때문에 은일공간이 곧 은일자의 삶의 무대이다. 도피의 대상은 대개 세상의 부조리한 현실

이거나 번잡한 도회의 삶이다. 특히 16세기에는 사화와 당쟁이 끊이지 않았던 불안한 정치현실이 많은 선비들을 은일로 내몰았다. 그래서 은일가사에는 이런 현실을 바라보는 작자의 인식 태도와 아울러, 세상과의 거리감이 표출되기 마련이다.

① 人間을 ᄯᅥ나와도 내 몸이 겨를 업다
니것도 보려ᄒᆞ고 져것도 드르려코
ᄇᆞ람도 혀려ᄒᆞ고 ᄃᆞᆯ도 마츠려코
ᄇᆞᆷ으란 언제 줍고 고기란 언제 낙고
柴扉란 뉘 다드며 딘 곳츠란 뉘 쓸려료
(중략)
술리 닉어거니 벗지라 업슬소냐
블니며 ᄐᆞ이며 혀이며 이야며
오가짓 소릐로 醉興을 ᄇᆡ야거니
근심이라 이시며 시ᄅᆞᆷ이라 브터시랴 (<면앙정가>)

② 하ᄂᆞᆯ 삼기실 제 곳無心 ᄒᆞᆯ가마ᄂᆞᆫ
엇디 ᄒᆞᆫ 時運이 일락배락 ᄒᆞ얏ᄂᆞᆫ고
모ᄅᆞᆯ 일도 하거니와 애ᄃᆞᆯ옴도 그지 업다
(중략)
人心이 ᄂᆞᆾ ᄀᆞᆮᄐᆞ야 보도록 새롭거ᄂᆞᆯ
世事ᄂᆞᆫ 구롬이라 머흐도 머흘시고
엇그제 비ᄌᆞᆫ 술이 어도록 니건ᄂᆞ니
잡거니 밀거니 슬ᄏᆞ장 거후로니
ᄆᆞᄋᆞᆷ의 ᄆᆡ친 시ᄅᆞᆷ 져그나 ᄒᆞ리ᄂᆞ다 (<성산별곡>)

③ 어리고 미친 性이 世俗과 어긔거ᄃᆞᆫ
병들고 늘근 거시 구ᄐᆡ여 ᄃᆞᆺ건니랴

漢江 ᄀᆞ의 도라셔셔 終南山을 ᄇᆞ라보고
浩然히 ᄂᆞ려오니
故園 松竹은 ᄆᆞ슴 ᄠᅳ들 머거셔
ᄌᆞᆺ쓰러곰 반기ᄂᆞ니
(중략)
床 우희 싸흔 冊은 집 ᄆᆞᆯᄅᆡ 다핫고
樽中에 다믄 술은 세믈셜이 나ᄂᆞᆫ고나
구버 읍다가 우러려 ᄉᆡᆼ각ᄒᆞ고
브어 마시다가 ᄎᆔᄒᆞ여 ᄌᆞᆷ드노라 (<고반원가>)

위의 예시는 각 작품에서 작자의 현실인식 태도가 비교적 강하게 드러난 부분을 발췌한 것이다. 우연하게도 모두 술과 관련된 내용을 담고 있다. 먼저 <면앙정가>에는 아무런 근심이나 시름이 없이 벗을 맞아 분방하게 취흥을 즐기는 모습이 두드러진다. '인간(人間)'으로 표현된 세상과의 심리적 갈등이나 거리는 거의 느껴지지 않는다. 얼마간의 물리적 거리만 전제되어 있을 뿐이다. '인간(人間)'을 떠나와도 역시 '겨를'이 없다고 하여, 은일생활이 이전과 다름없이 심리적으로 안정된 상태에서 분주하게 이루어지고 있음을 암시하였다. 이에 비해 <성산별곡>에서 음주는 마음에 맺힌 시름을 풀기 위한 수단으로 그려진다. '시운(時運)'과 '세사(世事)', 즉 현실에 대한 부정적 태도 및 심리적 거리감도 감지된다. 또 <고반원가>에서 술은 책과 함께 한적한 은일생활을 돕는 동반자이다. 어긋난 '세속(世俗)'과의 물리적 심리적 거리감도 크다. 특히 '병들고 늙은 것'이 '어리고 미친 성(性)' 때문에 세속과 어긋났다고 하는 표현에서는, 다음 시대에 흔히 보이는 은일 동기의 전형화가 비롯된 단초를 볼 수 있다.

다시 말하면, 송순의 면앙정 은일이 이전의 유배생활 등과 관련이 있다 할지라도, 은일가사로서 <면앙정가>에는 아직 현실에 대한 부정적 시각이 개입되지 않았다. 이전의 <상춘곡>처럼 긍정적 현실인식과 세상과의 물리적 거리감을 바탕으로 성립되었다. 하지만 <면앙정가>의 맥을 이으면서 <성산별곡>과 <고반원가>는 긍정적 현실인식을 부정적인 것으로 치환하고, 물리적 거리감을 심리적인 데까지 확장시키는 변화를 가져왔다. 그렇다고 하여 <성산별곡>과 <고반원가>의 세계가 일치하는 것은 아니다. 무엇보다 현실과의 불화나 갈등에 대한 진단이 다르다. <성산별곡>은 그 원인을 현실에서 찾아 '시운(時運)'과 '세사(世事)'에 대한 경계심을 드러낸 반면, <고반원가>는 그것을 현실보다는 '어리고 미친' 자신의 탓으로 귀결시켰다. 정쟁의 중심에 있었던 인물과, 출사를 하지 않고 정치현실에서 비켜서 있었던 인물의 차이이다. 또 작품 속 작자의 위치에 있어서, <성산별곡>의 작자는 은일의 주체가 아니라 '주인'의 은일을 들여다보는 '손'의 입장에 머물러 있었다. 작자가 은일자가 되어 자신의 생활을 직접 보여준 <고반원가>와는 다르다. 때문에 작품의 구성상 <성산별곡>은 <면앙정가>의 사시만을 취해 주인의 생활을 그리는 데 치중하였고, <고반원가>는 <면앙정가>처럼 사시를 아우르면서도 작자 자신의 고반원 공간에 대한 서경을 보다 비중 있게 안배하였다.

4.3. 17세기 이후 누정은일가사의 추이

조선의 16세기가 사화와 당쟁으로 대변되는 불안한 정치현실을 배경으로 하였다면, 17세기에는 임병양란과 인조반정 등 잦은 전란과 정변으로 인한 피폐한 민생현실이 더 큰 문제로 떠올랐다. 이런 시대 상황을 반영하여 전쟁이나 교훈, 역사, 사행, 유배 등을 내용으로 한 작품들이 나오기는 하였으나, 17세기 가사의 주류를 이루는 것은 역시 은일가사였다.[43)]

다음이 17세기의 누정은일가사 작자와 작품이다. 괄호 안에 작품의 창작 시기와 연고지를 제시하였다.

- 김득연(1555~1637); 지수정가(1615경, 경북 안동)
- 박인로(1561~1642); 소유정가(1617, 대구)
- 채득기(1605~1646); 천대별곡(1638, 경북 상주 무우정)
- 신계영(1577~1669); 월선헌십육경가(1655, 충남 예산)
- 신 교(1641~1703); 백석정별곡(1677경, 충북 청원), 광주임경정팔경(1698경, 경기 광주)

작자에 있어서 김득연과 채득기는 출사하지 않은 향촌의 선비이고, 나머지 박인로·신계영·신교는 관료 출신이다. 그런데 채득기는 처사적 신분을 유지하면서도 공무를 수행하였던 특이한 이력이 있으며,[44)] 신교의 두 작품 중 <백석정별곡>은 출사 전에, <광주임경정팔경>은 치사 후에 창작되었다. 또 작자와 은일자의 관계에 있어서, 나머지 작품들과 달리 <소유정가>는 <성산별곡>처럼 작자와 은일자가 서로 다르

43) 이상보는 17세기(1600~1699)의 가사 45편을 주제별로 분류하며, 29편을 은일가사에 포함시켰다(이상보, 『증보 17세기 가사 전집』, 민속원, 2001, 58쪽).

44) 채득기는 병자호란(1636)이 일어나자 경북 상주에 무우정을 짓고 은일하였으며, 1638년 왕명에 따라 백의로 소현세자와 봉림대군·인평대군의 호종을 위해 심양으로 떠나면서 자신의 은일생활을 돌아보며 <천대별곡>을 지었다. 때문에 <천대별곡>은 은일 동기부터 다른 작품들과 달리 '魯連의 憤을 계워 塵世을 아조 승코'라 하여 청에 대한 분노를 내세운 특이한 작품이다.

다. 은일자인 작품 속 화자는 작자인 박인로가 아니라, 당시 소유정의 주인이었던 채선길(1569~1646)로 파악된다. 그러므로 <지수정가>·<천대별곡>·<백석정별곡>에서는 향촌 선비가 자신의 삶을, <소유정가>에서는 퇴휴한 관료가 다른 향촌 선비의 삶을, <월선헌십육경가>와 <광주임경정팔경>에서는 만년 치사한 관료가 자신의 삶을 노래하였다고 할 수 있다. 세 유형이 차례로 앞에서 말한 <고반원가>, <성산별곡>, <면앙정가>의 경우에 해당된다.[45]

내용 구성에 있어서는 <지수정가>·<소유정가>·<천대별곡>·<백석정별곡>·<광주임경정팔경>이 모두 <고반원가>처럼 본사에 공간과 시간을 병치시켜 서경과 사시를 아우르는 방식을 취했다. 다만 <소유정가>는 사시 중에서도 봄과 가을의 흥취를, <천대별곡>은 가을과 겨울의 경물을, <백석정별곡>은 봄의 흥취만을 취해 강조하였다는 점이 다르다. 17세기에 와서 사시 중에서도 가장 특징적인 계절을 선택하여 집중적으로 기술하는 양식적 변형이 이루어졌음을 알 수 있다. 이에 비해 <월선헌십육경가>는 본사를 사시의 틀로만 구성하여 <성산별곡>의 방식을 그대로 유지하였다.

여기서 누정은일가사의 내용 구성상 두 유형을 '서경사시기술형'과 '사시기술형'이라 지칭한다면, 두 유형의 작품 흐름은 다음과 같이 정리된다.

---

45) 이 세 유형의 작품 양상을 남동걸은 '처사의 隱居求志的 삶과 賞自然', '처사의 物外閒人的 삶과 자연 몰입', '치사객의 消日과 자연 애호'로 파악하여 살핀 바 있다(남동걸, 「조선시대 누정가사 연구」, 인하대학교 대학원 박사학위논문, 2011, 43~105쪽).

	16세기중반	16세기종반	17세기초반	17세기중반	17세기종반
서경사시 기술형	면앙정가 →	고반원가 →	지수정가 → 소유정가[46]	천대별곡 →	백석정별곡 광주임경정팔경
사시 기술형		↳ 성산별곡	→	월선헌십육경가	

그런데 17세기를 지나고 나면, 누정은일가사는 그 창작이 거의 이루어지지 않게 된다. 18세기 후반(1788)에 향촌 선비였던 채헌(1715~1795)이 경북 문경에 석문정을 세우고 지은, 서경사시기술형인 <석문정가> 정도가 보일 뿐이다.[47] 이는 곧 누정은일가사의 세계가 이미 18세기의 달라진 시대정신과는 걸맞지 않게 되었음을 의미한다. 16세기적 사고를 바탕으로 한 사대부들의 현실에 대한 인식과 자연에 대한 관심이 18세기에는 더 이상 적절한 공감을 자아내지 못하게 되었다는 뜻이다. 16세기의 불안했던 정치현실에서 배태된 은일이라는 시대감성과, 출사의 좌절과 위상의 변화를 겪은 17세기 이후 향촌 선비들의 삶 사이에 점차 간극이 벌어졌기 때문이다.

사실 이런 퇴조의 조짐은 17세기 초부터 이미 감지되고 있었다. 그

46) 작자와 은일자가 다른 <소유정가>가 같은 형태의 <성산별곡>과 달리 서경사시기술형을 취한 것은 유형 성립 이후 선행 기술 양식을 선택적으로 수용한 결과라 할 수 있다.

47) 이외의 누정가사로 임진왜란기인 1595년에 지은 이현의 <백상루별곡>, 17세기 중·후반의 것으로 보이는 작자 미상의 <선루별곡>, 역시 작자 미상으로 1792년에 지어진 <합강정가>, 조성신이 1801년에 지은 <개암정가>, 작자와 시기 미상의 <영낙헌사시가>가 있다. 그런데 <백상루별곡>은 관리였던 작자가 임지인 평북 안주에서 쓴 서경가사, <선루별곡>은 평남 성천의 강선루를 배경으로 한 유락가사, <합강정가>는 전북 순창의 합강정을 배경으로 한 현실비판가사, <개암정가>는 경북 영양의 개암정을 찾은 작자가 그 일대의 승경과 소회를 기술한 서경가사, <영낙헌사시가>는 한양성 영낙헌의 주인이 그곳의 사시가경을 과시하며 은일보다는 출세와 공명을 지향하는 호기가사이다.

중의 하나가 크게 약화된 은일 표방의 동기였다. 16세기에 나온 세 작품은 모두 나름대로 은일을 지향하는 동기가 뚜렷하였다. <면앙정가>와 <성산별곡>은 일시 퇴휴라는 불운했던 작자의 처지 변화가, <고반원가>는 한양에서 호남으로의 낙향이라는 처소의 변화가 은일의 동기를 분명히 해주었다. 이에 비해 17세기 작자들의 경우에는 막상 은일을 표방하였지만, 실제로는 그 동기가 분명하지 않았다. 이들이 출사 이력이 없는 향촌의 선비였거나,[48] 자의적으로 만년에 치사한 관료였기 때문이다. 그래서 작품 속에 언급된 은일 동기도 '늙어서야 한가하여(<지수정가>)', '어리고 졸(拙)하여서(<소유정가>)', '종로(終老)를 기약하여(<월선헌십육경가>)', '늙어가니 일이 없어(<백석정별곡>)', '산수를 사랑하여(<광주임경정팔경>)' 등으로 막연히 한가한 삶을 지향하는 관습화된 표현으로 기울게 되었다. '어리고 미친 성(性)이 세속(世俗)과 어긋나 병들고 늙어서 고원(故園)에 내려왔다'는 <고반원가>의 그것과 동류의 것이면서도, 해명된 의미는 훨씬 약화되어 있다. 세상과의 거리감도 별로 느껴지지 않는다. 그런 점에서 누정은일가사는 시간이 지나면서 점차 은일보다는 향촌을 배경으로 한 한거의 노래로 성격이 변해갔다고 할 수 있다.

이렇듯 누정은일가사는 16세기에 비롯되어 17세기를 거쳐 18세기까지 지속되었다. 여기서 다시 강조되는 것이 누정은일가사가 16세기에 무등산권에서 비롯되어 여러 유형이 모두 성립되었다는 사실이다. 그 배후에는 당시 무등산권에 발전하였던 누정문화가 있었다. 특히 남언기의 고반원을 배경으로 한 <고반원가>는 몇 안되는 16세기 작품 가운데

48) 여기서 벼슬길이 막힌 사대부가 농촌에서 살아가면서 지체를 유지하기 위해, 산림처사로 자처하며 은일가사를 지어 이미 공인된 규범을 되풀이하였다는 지적(조동일, 『한국문학통사』 제3권, 지식산업사, 1984, 316쪽)을 떠올릴 필요가 있다.

하나로서, <면앙정가>의 맥을 바로 잇는 한편, 향후 누정은일가사가 향촌의 한거노래로 전이되어가는 변화의 단초를 미리 보여주었다는 데에 각별한 의미가 있다.

5. 맺음말

남언기는 16세기 후반 전라도 동복현 사평촌에 고반원이라는 원림을 조영하고, 그곳을 배경으로 <고반원가>를 창작한 인물이다. 한양에서 태어났으며, 일찍부터 호남과 인연을 맺고 정철과 함께 김인후의 문하에서 수학하였다. 선조 초에 생원시에 급제하였고, 이후 처가가 있는 사평촌으로 내려와 고반원에서 은일하며 <고반원가>를 창작하였다. 그가 고반원을 조성한 시기는 30대 후반에서 40대 중반에 이르는, 1570년대로 추정된다. 조영 당시 고반원은 그 규모가 매우 크고 아름다운 원림이었다. 남언기가 남긴 <고반원명명기>에 의하면, 기록된 누정만 해도 모두 13개소에 이른다. 그 가운데 취벽루와 유옥정이 <고반원가>의 주요한 공간적 배경이다. 하지만 고반원은 임진왜란을 만나 전소되고 말았으며, 그 후 유옥정만이 중건되었으나 옛 영화를 그대로 회복하지는 못했다.

<고반원가>는 현재 작품의 뒷부분 일부가 결락된 채 불완전하게 남아 있다. 외적 형태는 4음보 1행의 율격이 아직 잘 정제되지 않은 전기가사의 모습을 보인다. 내용은 고반원 주인의 한가로운 은일생활과 고반원 산수자연의 아름다움을 말한 누정은일가사이다. 구성은 작품에 구현된 시·공간적 질서에 따라 서사, 본사Ⅰ(일상과 사시), 본사Ⅱ(산수의 가

경), 결사의 짜임새를 갖추었다.

그런데 이와 유사한 구성이 같은 시대 송순의 <면앙정가>와 정철의 <성산별곡>에서도 쉽게 확인된다. 16세기 후반 누정은일가사의 전통이 새로 형성되는 과정에서, <고반원가>가 이들과 서로 교감을 주고받으며 이루어진 결과로 해석된다. 뿐만 아니라 이 세 작품은 작자와 작중 은일자의 관계, 작자의 성격 및 현실인식 태도 등에 있어서도 서로 대비되는 점이 많다. 이를테면 <고반원가>는 작자와 은일자가 일치하면서 내용 구성상 서경사시기술형에 속하는 작품으로, 표현에 있어서도 <면앙정가>와 유사한 점이 많다. 하지만 현실인식 태도에 있어서는 <면앙정가>와 입장을 달리하여, <성산별곡>과 함께 긍정적 현실인식을 부정적인 것으로 치환하는 변화를 가져왔다. 또 퇴휴 관료가 아닌 벼슬하지 않은 향촌 선비의 입장에서, 현실과의 불화나 갈등의 원인을 현실이 아닌 '어리고 미친' 자신의 탓으로 귀결시켰다. 이를 통해 다음 시대의 은일가사에서 전형화되어 나타나는 관습적 표현을 미리 보여주기도 하였다.

한편 누정은일가사는 17세기를 지나면서 본질적인 성격의 변화를 겪게 된다. 은일의 동기가 약한 향촌 선비와 만년 치사객의 참여가 늘면서, 은일보다는 향촌의 한거노래로 점차 그 성격이 바뀌어져 갔다. 따라서 16세기적 상황에서 큰 호응을 받았던 은일의 의미도 점차 그 성격이 퇴색되어 갔다. 이와 같은 흐름 속에서 <고반원가>는 또한 17세기적 변화의 단초를 미리 보여준 작품이었다.

다음은『고반선생유편』잡저에 수록된 <고반원가>의 원본 영인이다.

魚也野老磯取爭席爭磯之意也養神亭滄波老樹
掩映上下故取水邊林下養精神之語也流玉亭政
當月峯斗絶清流故取破額山頭碧玉流之句也紅
雲池荷花甚盛故取平鋪紅雲蓋明鏡之句也翠碧樓
杜牧詩曰我愛朱處士三吳當中央後嶺翠撲撲前
溪碧決決此樓似之故名之

考槃園歌 末端歌

어리고미친性셩이世계俗쇽과어긔거든병들고
늘근거시구틔여뭇건니라漢한江강ᄀᆞ의호라셔
셔終죵南남山산을ᄇᆞ라보고浩호然연히ᄂᆞ려오

[자료] 〈고반원가〉 원본(1)

니故고園원松숑竹듁은므슴ᄠᅳᆮ들머거셔ᄌᆞᄌᆞ러
음반기ᄂᆞ니蕭쇼條됴五오末말事ᄉᆞᄂᆞᆫ青청鸞난尾미
로ᄡᅳ럿고避피ᄒᆡ追후初초心심은楚초江강슈로시
셔잇ᄯᅡ床상우희ᄡᅡ흔冊ᄎᆡᆨ은집문뒤다핫고樽준
中듕에다믄술은세물셜이나ᄂᆞᆫ고나구버읍다가
우러러싱각ᄒᆞ고보며마시다가취ᄒᆞ여좀드노라
董동仲즁舒셔下하帷유꿀미양엇지산자시며曾
증點뎜의노름인ᄃᆞᆯ즐겁디아니ᄒᆞ랴대박머굼덥
고삼신을ᄉᆞ으니흔소리ᄯᅩ래ᄂᆞᆫ고셔ᄉᆡ쳐나ᄂᆞᆫ고
林림木목조차ᄉᆞᆷ긴다ᄒᆞᆫ빗ᄭᅵ뫼ᄒᆞᆯ너며梅미花

[자료] 〈고반원가〉 원본(2)

과의비최너고온넘울보으온듯몹그나몹쥬모세
蓬봉고지즘계시니곳잣근거울우희불근구름셔
연ᄂᆞᆫ듯번서리가픈후의黃황菊국이滿만發발ᄒᆞ
니뒤파셔일업서金금돈울담아내여그재토록햇
련ᄂᆞᆫ니積적雪셜이몰개여세낙시세울자바시니
소음ᄆᆞᄐᆞ柳뉴絮셔울東동風풍이부러다가쉬ᄒᆞᆫ
ᄂᆞ쳐쌔리ᄂᆞ다高고樓누에올라싸두欄난을지혀
시니알ᄂᆡ혼決결상決결양ᄒᆞ고퓐뫼ᄒᆞᆫ撲박撲박ᄒᆞ나
翠취碧벽이連련ᄒᆞ여시大대月월峯봉小소月월
峯봉ᄆᆞ티곰瑞셔만正정ᄒᆞ고九구子자峯봉山산石셕벽ᄒᆞ

[자료] 〈고반원가〉 원본(3)

련巖암고로로도버려 실사天천雲운聳용巖암庵
용城셩馬마首슈母모后후無무等등蓮련花화翠
취屛병은엇지ᄒᆞᆫ인로구름우희소사나셔ᄃᆞ토아
곰엿보고눈섭ᄀᆞᄐᆞᆫ道도理리뫼ᄂᆞᆫ어드려로가며
가들가온대셔신ᄂᆞ니일흠업순웝반峯봉이長댱
松숑ᄃᆡ고하ᄂᆞᆯ흘울어러반둑이고죡ᄒᆞ니中듕正
정ᄒᆞᆫ션비아ᄆᆞ일도혜디아녀비긴디업순ᄃᆞᆺ태수
플갑도라林님亭졍의올ᄋᆞ니소리인ᄂᆞᆫ프른숲이
폿아래로흐ᄅᆞᄂᆞᆫ다青쳥楓풍을더위잡고 우
희고뎌올나澄딩潭담을뷔 天텬孫손雲운錦

[자료] 〈고반원가〉 원본(4)

금을펼텨셔 곳白빅蘋빈紅홍蓼뇨ᄂᆞᆫ두편의
깃밀븟고楊양柳뉴蒹겸葭가ᄂᆞᆫ遠원村촌의어두
웟빠현ᄉᆞᄒᆞᆫ鱸노魚어ᄂᆞᆫ綠녹萍평을헤불고舞무
心심ᄒᆞᆫ蓴슌菜치ᄂᆞᆫ銀은실이길어잇다林님間간
麋미鹿녹은누ᄅᆞᆯ보려나오고洲쥬渚제鳬부鷺노
ᄂᆞᆫ몃무리나ᄂᆞ리ᄂᆞ니밤나모자ᄌᆞᆫ숩의조븐골로
드러가니雲운根근地디骨골이노ᄑᆞ락ᄂᆞ즈락편
ᄒᆞ락며홀락기ᄭᅩ락야ᄃᆞ락층층이셜련ᄂᆞᆫ듸ᄀᆞᄂᆞᆫ
시버히ᄃᆞᄅᆞ락더

[자료] 〈고반원가〉 원본(5)

2장 문답체 문학의 성격과 〈성산별곡〉

1. 머리말

송강(松江) 정철(鄭澈;1536~1593)의 가사 작품 <성산별곡(星山別曲)>은 무등산 자락에 위치한 별뫼[星山]의 아름다운 자연과 그곳에 묻혀 사는 한 인물의 산중 생활을 노래한 것으로, 일찍부터 많은 연구자들의 관심을 끌어왔다. 여기서 잠시 지금까지 이루어진 <성산별곡> 연구의 주요 관심사를 언급한다면, 작자·제작 시기·찬미 대상·제작 배경·작품 구성 등에 관한 문제로 요약할 수 있다. 따라서 당연히 많은 연구가 작품의 내적 특성보다는 외적 환경을 해명하는 데 치중하였다. 그러다 보니 작품의 내용을 이해하는 데 있어서도 선뜻 자연스럽게 받아들여지지 않는 일부 표현이나, 동일 화자의 발화로 보기에는 어색한 어조 등에 대한 만족할 만한 설명이 아직 미진한 채로 남아 있다.

이에 필자는 그간 일부 논고에서 단편적이나마 <성산별곡>의 내적 이해를 위한 나름대로의 논급을 시도한 바 있다. 즉 사시가형(四時歌型)의 노래로서 <성산별곡>이 갖는 성격을 고찰하였거나,[1] <성산별곡>의 공간적 배경으로 주목되는 세속과 탈속의 대비를 통해 그 산림문학적 면모를 살펴보았던 것이 그것이다.[2] 그렇지만 이러한 논급들은 <성산별곡> 한 작품만을 대상으로 한 것이 아니어서 논의 자체가 성글고, 작품의 전반적 면모를 충분히 고려하지 못했다는 한계를 지니고 있었다.

이에 여기서는 <성산별곡>만을 대상으로 하여 작품의 외적 문제를 떠나 내적 이해를 위한 접근을 시도하고자 한다. 특히 작품의 구성 방식에 주목하여 <성산별곡>이 주인과 객(길손)의 대화로 이루어진 주객 문답체의 형식을 가지고 있다고 보고, 그 문답구성의 분석을 통해 <성산별곡> 이해의 또 다른 시각을 제시해 보고자 한다. 이를 위해 먼저 문답체 문학의 일반적인 성격을 살피는 것으로 논의를 시작한다.[3]

2. 문답체 문학의 성격

문답체로 이루어진 작품의 예는 국문문학보다 한문문학에서 보다 풍부히 찾아볼 수 있다. 멀리는 중국 굴원(屈原)의 <어부사(漁父辭)>가 있고, 한대(漢代)의 부(賦)에 이르러 그 활발한 활용 양상을 볼 수가 있다. 또 이런 사·부나 시(詩)뿐만 아니라, 설(說)·기(記) 등의 문체에서도 문답체의 예는 쉽게 찾아진다. 우리나라 작품으로는 이규보(李奎報;1168~

1) 김신중, 「한국 사시가의 연구」, 전남대학교 대학원 박사학위논문, 1992.
2) 김신중, 「송강가사의 시공상 대비적 양상」, 『고시가연구』 제2·3합집, 한국고시가문학회, 1995.
3) 이 글은 『고시가연구』 제8집(한국고시가문학회, 2001)에 같은 이름으로 수록된 글을 일부 수정 보완한 것이다.

1241)의 <경설(鏡說)>이 비교적 잘 알려져 있는데,[4] 특히 <경설>은 문답체 중에서도 주인과 객의 대화로 이루어진 형식을 가졌다는 점에서 눈길을 끄는 작품이다.

그러면 여기서 문답체 문학의 성격을 파악하기 위해, 먼저 <경설>의 대화 양상을 보기로 하자.

> ① 거사에게 거울이 하나 있었는데, 먼지가 끼어 흐릿한 양이 달이 구름에 가리운 것 같았다. 그러나 아침 저녁으로 들여다봄이 흡사 용모를 다듬는 것 같았다.
>
> ② 객이 보고 물었다. "거울은 모습을 비추어 보거나, 아니면 군자가 그것을 대하여 그 맑음을 취하는 것입니다. 지금 그대의 거울은 흐릿하여 이미 그 모습을 비추어 볼 수 없고, 또한 그 맑음을 취할 바도 없습니다. 그런데도 그대는 비추어 보기를 그치지 않으니 어찌 까닭이 있습니까?"
>
> ③ 거사가 말하였다. "거울이 맑으면 고운 사람은 그것을 기뻐하고, 미운 사람은 그것을 꺼립니다. 그러나 고운 사람은 적고 미운 사람은 많아서, 만약 한 번 보면 반드시 깨뜨려버리고야 말 것이니 먼지가 끼어 흐려진 것만 같지 못합니다. 먼지로 흐려짐은 차라리 그 겉을 좀먹음이요 아직 그 맑음을 잃지는 않았으니, 만일 고운 사람을 만나면 그 후에 갈고 닦을지라도 또한 늦지는 않을 것입니다. 아아! 옛 사람이 거울을 대함은 그 맑음을 취한 것이요 내가 거울을 대함은 그 흐림을 취한 것인데, 그대는 무엇을 이상히 여기십니까?"
>
> ④ 그러자 객이 대답하지 못하였다.[5]

4) 이규보는 <경설> 외에도 <舟賂說>, <忌名說>, <虱犬說>, <壞土室說> 등의 문답체를 남겼다.

5) ①居士有鏡一枚 塵埃侵蝕 掩掩如月之翳雲 然朝夕覽觀 似若飾容貌者 ②客見而問曰 鏡所以鑒形 不則君子對之 以取其淸 今吾子之鏡 濛如霧如 既不可鑑其形 又無所取其淸 然吾子尙炤不已 豈有理乎 ③居士曰 鏡之明也 姸者喜之 醜者忌之 然姸者少醜者多 若一見必破碎後已 不若爲塵所昏 塵之昏 寧蝕其外 未喪其淸 萬一遇姸者 而後磨拭之 亦未晩也 噫古之對鏡 所以取其淸 吾之對鏡 所以取其昏 子何怪哉 ④客無以對(『東文選』, 卷之九十六)

거울을 두고 이루어진 대화 분석을 통해 <경설>의 구성은 위와 같이 네 토막으로 나누어지는데, 문면에서 들을 수 있는 작중 화자의 목소리는 셋이다. '서술자'와 '객' 및 '거사(주인)'의 목소리가 바로 그것이다.

그 내용을 순서에 따라 살펴보면, 먼저 ①에서는 거사가 가진 흐린 거울과 그것을 대하는 거사의 이상한 행동이 서술자에 의해 제시되고 있다. 그리고 ②에서는 객의 목소리를 통해 이미 흐려져 용모를 비추어 볼 수도 없는데도 거울을 들여다보기를 그치지 않는 거사의 행동에 대한 의문이 제기되고 있으며, ③에서는 이에 대한 거사의 해명이 이어진다. 거울이 맑으면 고운 사람은 그것을 기뻐하고 미운 사람은 그것을 꺼리는데, 세상에는 고운 사람보다 미운 사람이 많아서 마침내는 화를 입기 십상이므로, 자신은 거울의 맑음보다는 흐림을 취했다는 것이다. 즉 거사는 거울을 통해 은근히 자신의 처세관을 피력하고 있다. 맑음을 숨기고 그것을 알아줄 고운 사람을 기다리는 흐린 거울처럼, 자신도 세상의 많은 소인들이 시기하고 꺼려하는 재능을 숨기고 그것을 알아줄 사람이 나타나기를 기다린다는 것이다. 이러한 해명을 거쳐 ④에서는 다시 서술자가 개입하면서 마침내 객의 의문이 해소되고 문제가 종결되었음을 밝히고 있다. 이를 정리하면 ①의 서술자에 의한 문제의 암시를 거쳐, ②에서는 객에 의해 의문이 제기되었으며, ③에서는 거사 즉 주인의 답변에 의한 해명과 설득이 시도되었고, ④에서는 다시 서술자의 목소리를 통한 종결이 이어지고 있다.

문답체 문학의 가장 기본적인 구성은 이렇듯

① 문제를 암시하는 도입
② 문제에 대한 의문의 제기

③ 답변을 통한 해명과 설득
④ 의문의 해소와 종결

로 이루어진다고 하겠으며, 경우에 따라서는 여기에 제2나 제3의 의문이 추가되면서 보다 복잡한 대화 양상을 보이기도 할 것이다. 이 때 대화를 주고 받는 인물은 서로 상대적인 입장을 견지하게 되는데, 흔히 의문을 제기하며 대화를 유도해 가는 인물은 객으로, 자신의 생각을 본격적으로 개진하며 대화의 중심에 선 인물은 주인으로 표현된다. 이러한 경우를 주객 문답체라 부를 수 있는데, 이 주객 문답체가 문답체 문학의 가장 보편적인 형태에 해당된다. 주객 문답체에서 흔히 주인과 객으로 설정되는 인물은 때로 그것이 비록 실제의 인물을 모델로 하였다 할지라도, 일단 작자에 의한 재창조의 과정을 거친다는 점에서 허구적인 가공의 인물과 별반 다를 바가 없다.

작자의 일방적인 서술 형식에 비해 문답체는 이처럼 상대적인 입장에 선 두 인물의 대화를 통해 의문의 제기와 해소 과정을 거침으로써, 극적 긴장감이나 주의를 환기시키며 주제를 보다 선명하게 전달할 수 있다는 이점이 있다. 특히 우리 고시가 중에서도 장가로서 교술성을 근간으로 하는 가사 문학의 경우 문답체의 효용은 크다고 할 수 있다.

정철의 <성산별곡>은 <속미인곡(續美人曲)>과 함께 이러한 문답체 문학의 전통 위에 서 있는 가사 작품이다. 그런데 <성산별곡>의 산실이자 배경인 식영정(息影亭)의 기문 또한 문답체로 되어 있어 예사롭지 않다. 1560년(명종 15)에 창건된 식영정의 기문이 임억령(林億齡;1496~1568)에 의해 지어진 것은 그 창건 3년 뒤인 1563년(명종 18)인데, <식영정기> 역시 서술자이기도 한 작자의 도입 설명에 이어 '선생(林億齡)'과

'강숙(金成遠)'이라는 두 인물의 대화로 작품이 진행되고 있다. 대화의 진행에 따라 그 내용을 요약하면 다음과 같다.

① 강숙이 조그마한 정자를 지어 선생에게 그 이름을 지어줄 것을 요청함.

② 선생이 『장자』의 잡편 '어부'에 나오는 '畏影惡迹者'의 우화에 빗대어 그림자가 형체를 따르듯 사람도 조물주의 처분에 따라 빈부나 귀천 또는 출처의 변화를 겪게 되며, 자신의 처지도 예외는 아니라는 처세관을 피력함.

③ 강숙이 그림자는 그렇다 하더라도 선생의 屈伸은 좋은 때를 만나고서도 자취를 숨긴 자기 자신에게서 비롯된 결과가 아니겠느냐는 의문을 제기함.

④ 선생이 자신이 임천에 든 것은 하늘의 뜻으로 임천에서 노닐면 자연히 그림자도 없어지고 남들이 손가락질을 하지도 못할 것인즉, 정자의 이름을 '息影'이라 부르자고 제안함.

⑤ 강숙이 수긍하고 그것을 글로 써 달라고 부탁함.[6]

---

6) 위의 대화 진행에 따라 <식영정기> 원문을 구분해 보이면 다음과 같다.
①金君剛叔吾友也 乃於蒼溪之上 寒松之下 得一麓 構小亭 柱其隅 空其中 苫以白茅 翼以凉簟 望之如羽盖畵舫 以爲吾休息之所 請名於先生 ②先生曰 汝聞莊氏之言乎 周之言曰 昔有畏影者 走日下 其走愈急 而影終不息 及就樹陰下 影忽不見 夫影之爲物 一隨人形 人俯則俯 人仰則仰 其他往來行止 唯形之爲 然陰與夜則無 火與晝則生 人之處世 亦此類也 古語有之曰 夢幻泡影 人之生也 受形於造物 造物之弄戱人 豈止形之使影 影之千變 在形之處分 人之千變 亦在造物之處分 爲人者 當隨造物之使 於吾何與哉 朝富而暮貧 昔貴而今賤 皆造化兒爐錘中事也 以吾一身觀之 昔之峩冠大帶 出入金馬玉堂 今之竹杖芒鞋 逍遙蒼松白石 五鼎之棄而一瓢之甘 皐夔之絶而麋鹿之伴 此皆有物弄戱其間 而吾自不之知也 有何喜慍於其間哉 ③剛叔曰 影則固不能自爲 若先生屈伸 由我非世之棄 遭聖明之時 潛光晦迹 無乃果乎 ④先生應之曰 乘流則行 得坎則止 行止非人所能 吾之入林天也 非徒息影 吾冷然御風 與造物爲徒 遊於大荒之野 滅沒倒影 人不得望而指之 名以息影 不亦可乎 ⑤剛叔曰 今始知先生之志 請書其言以爲誌 癸亥七月日 荷衣道人(林億齡, 『石川集』, 第五冊)

이렇듯 강숙이 새로 건립한 정자의 이름을 선생의 도움을 얻어 '식영'이라 명명하기까지의 내력을 적은 <식영정기>의 내용은 모두 다섯 단계로 구분된다. ① 서술자의 도입 설명, ② 선생의 의견 피력, ③ 강숙의 의문 제기, ④ 선생의 해명과 제안, ⑤ 강숙의 의문 해소와 종결이 그것인데, 대화 진행 과정에서 강숙이 객이라면 선생은 주인의 입장에서 있다. <경설>과 같은 기본적인 4단계 구성에 '② 선생의 의견 피력'이라는 단계가 하나 더 추가되어 있을 뿐, 주객간의 대화를 통해 의문을 제기하고 해소하는 성격은 마찬가지이다.

지금까지 <성산별곡>의 제작 배경에 대해서는 가사 <면앙정가(俛仰亭歌)>와 한시 <식영정이십영(息影亭二十詠)>과의 관계에 많은 관심이 주어져 왔다. 주로 작품의 내용적인 면을 고려한 때문이었다. 그런데 여기서 문답체 구성이라는 형식적 요소에 주목한다면, 이 <식영정기>와의 관계 또한 무시할 수 없다. 두 작품 모두 식영정이라는 공간적 배경과 함께 주객 문답체라는 형식적 요소를 공유하고 있기 때문이다.

또한 이와 관련하여 <성산별곡>의 작자 정철이 평소 문답체 작품의 제작에도 얼마간의 관심이 있었음을 지적할 수 있다. 그러한 예증으로는 잘 알려진 가사 <속미인곡> 외에도 몇몇 한시를 들어 보일 수 있다. 칠언고시인 <소풍파처변위가(少風波處便爲家)>가 그 하나이다.[7] 이 작품은 총 48구로 이루어진 장편인데, 은자의 삶을 다루면서도 <성산별곡>이 산중을 배경으로 한 것과는 달리 수국(水國)을 배경으로 하였다는 점에서 좋은 대비를 이룬다.

7) 『松江別集』 卷一 소재. 이 밖에도 문답체 형식을 취한 한시 작품으로 칠언고시인 <未斷酒>와 <已斷酒>(『松江原集』 卷一 소재), 오언고시인 <李生廷冕 工詩嗜酒 薄於世味 病酒而髓 因自號爲髓 戱題古詩三十韻 投贈求和>(『松江續集』 卷一 소재) 등이 있다.

<소풍파처변위가>에 등장하는 상대적 두 인물은 수국에서 어부적인 탈속한 삶을 구가하는 선객(仙客)과, 벼슬길에서 부귀영화를 누리는 속객(俗客)이다. 여기에서 선객이 주인이라면, 속객은 객의 입장을 취한다. 대화의 진행에 따른 구성 및 내용은 다음과 같다.

> ① 물가에서 노닐던 선객이 속객을 보고 그 왔던 바를 물음(제1구~제10구).
> ② 속객이 벼슬아치로서 자신의 신분을 은근히 과시하며, 선객에게 행할 때를 만나고서도 굳이 숨어사는 연유가 무엇인지 되물음(제11구~제20구).
> ③ 선객이 벼슬살이의 위태로움과 영화의 부질없음을 지적하며, 물외에서 자적한 삶을 즐기는 진미를 일러줌(제21구~제44구).
> ④ 속객이 승복하고 선객을 학을 탄 신선에 비견하며 찬미함(제45구~제48구).

순서에 따라 ① 선객의 물음, ② 속객의 답변과 되물음, ③ 선객의 답변, ④ 속객의 의문 해소와 종결로 이어지는 이 작품의 문답 구성 역시 대화를 통한 의문의 제기와 해소라는 문답체의 기본 성격에 충실함을 볼 수 있다. 다만 <경설>이나 <식영정기>에서 보이는 바와 같은 서술자의 개입이 나타나지 않는다는 점이 다른데, 그것은 설이나 기와는 달리 교술성보다는 서정성을 근간으로 하는 시의 장르적 특성에서 기인한 결과라 할 수 있다. 즉 사실적 진술보다는 함축적 묘사를 추구하는 시의 표현 정신이 서술자의 개입을 배제시킨 요인인 것으로 파악된다. 이처럼 문답체 형식은 대화 양상뿐만 아니라 그 실현 장르에 따라서도 외형상 다소간의 변화를 수반하기도 한다. 그렇지만 대화를 통한 의문의 제기와 해소라는 기본 성격만은 언제나 그대로 유지하여야 하는 문학 유형이다.

한편 산중과 수국이라는 공간적 배경의 상이함과는 달리, <소풍파처변위가>는 등장 인물의 설정 및 그 성격 묘사에 있어서 <성산별곡>과 매우 유사한 양상을 보여주는 작품이다. 여기에서의 선객과 속객이 <성산별곡>에서는 '棲霞堂 息影亭 主人(이하 주인이라 약칭함)'과 '엇던 디날손(이하 길손으로 약칭함)'으로 그 이름이 바뀌어 형상화되어 있으나, 작중에 묘사된 인물의 성격은 서로 동일한 면모를 보여주기 때문이다. 그 결과 이 두 작품의 주제 역시 동일한 범주에 속하는데, 그러한 사실은 두 작품의 종결부에서 쉽게 확인할 수 있다.

須臾酒盡忽回棹　　어느새 술 다하자 바로 노를 돌려가니
水鳥依依山日斜　　물새는 아득하고 산 해는 기울었네
天長水闊不知處　　하늘 멀고 물 넓어 간 곳을 모를러니
鶴上之仙非子耶　　학을 탄 신선이 그대가 아니련가

(<소풍파처변위가> 종결부)

82 長空의 ᄯᅥᆺᄂᆞᆫ 鶴이 이 골의 眞仙이라
83 瑤臺月下의 힝혀 아니 만나산가
84 손이셔 主人ᄃᆞ려 닐오ᄃᆡ 그ᄃᆡ 귄가 ᄒᆞ노라

(<성산별곡> 종결부)[8]

<소풍파처변위가>에서는 속객의 입을 빌어 선객을 학을 탄 신선에 비견하여 예찬하고 있으며, <성산별곡>에서는 길손의 입을 빌어 주인을 역시 장공에 떠 있는 학 즉 진선이라 일컬으며 찬미하는 것으로 작품을 마무리 짓고 있다. 이러한 점에서 이 두 작품은 각각 탈속한 대상

---

8) 성주본 『송강가사』. 이하 <성산별곡> 인용은 모두 이 판본에 의한다. 작품의 행 앞에 붙인 숫자는 행의 순번이다.

인물에 대한 선망과 예찬이라는 동일한 성격의 주제를, 공간적 배경과 등장 인물의 모습을 바꾸어 한시와 가사라는 서로 다른 장르로 실현시킨 경우라 할 수 있다. 그 기저에는 주객 문답체의 형식적 요소가 함께 자리하고 있음을 보게 된다.

3. 〈성산별곡〉의 문답 구성

정철의 <속미인곡>에 두 여인의 대화체라는 극적인 수법이 사용되어 있음이 일찍부터 거론되어 온 것과는 달리, <성산별곡>에 적용된 대화체는 지금까지 거의 주목을 받지 못하였다. 그런 까닭에 <성산별곡>의 구성은 흔히 가사에 일반적으로 나타나는 서사·본사·결사의 3단 체재를 갖춘 것으로 이해되었으며, 경우에 따라서는 본사의 사시순 구성을 다시 춘사·하사·추사·동사로 구분하고 이것들이 각기 서사 및 결사와 대등한 위상을 갖는다고 보아 전체 6단 구성을 이룬 것으로 파악되기도 하였다.

이렇듯 <성산별곡>의 대화체가 주목을 받지 못한 것은 작품에 나오는 일부 대화의 표지가 미미하거나 아예 생략되어 있어 대화 단락의 구분에 애로가 따르기 때문이다. 그렇지만 대화를 무시하고 <성산별곡>을 위와 같이 3단 혹은 6단 구성을 이룬 작품으로 파악할 경우, 뒤에서 다시 거론하겠지만 동일 단락 내에 존재하는 이질적인 화자의 목소리를 간과하고 이를 동일 화자의 발화로 잘못 취급하거나, 단락과 함께 화자가 바뀌면서 나타나는 어조의 변화 등을 설득력 있게 해명하기 어렵다.

<성산별곡>은 문답체 중에서도 주객 문답체의 형식을 가진 작품이

다. 필자는 수년 전의 한 논고에서 <성산별곡>이 그러한 문답 구성을 취하고 있음에 유의하여 작중 화자 및 서술자에 대해 다음과 같이 개략적으로 언급한 바 있다.

> 이 작품에서 작자는 문면에 직접 자신의 모습을 드러내지 않고 '손(엇던 디날 손)'과 '주인(棲霞堂 息影亭 主人)'이라는 두 인물이 주고 받는 대화를 통해 자신의 소망을 피력하는 간접화법을 구사하고 있다. 손과 주인은 당시의 성산과 관련된 실제 인물을 모델로 재창조된 가공적 인물이며, 각기 세속과 탈속이라는 대립적 입장을 반영한다. 그리고 작자는 제3의 관찰자 내지 전달자의 입장에서 작품에 개입하고 있다. 여기서 손은 작자 자신의 문학적 형상화일 수도 있고, 별도의 인물을 모델로 하였을 수도 있다.[9)]

그렇지만 당시 다루었던 논제의 성격상 <성산별곡>의 구체적인 대화 양상에 대해서는 더 이상의 논급을 하지 못하고 후고를 기약하였는 바, 이제 여기서 그 문답 구성에 대해 자세히 살펴보기로 한다.

<성산별곡>에는 그 서두와 말미에 분명한 대화의 표지가 들어 있다. 서두의 "엇던 디날 손이 星山의 머믈며서/棲霞堂 息影亭 主人아 <u>내 말 듯소</u>/人生 世間의 됴흔 일 하건마는/엇디 흔 江山을 가디록 나이 녀겨/寂寞 山中의 들고 아니 나시는고"와, 말미의 "손이셔 主人드려 <u>닐오디</u> 그디 귄가 흐노라"가 그것이다. 따라서 문답 구성의 실상을 밝히기 위해서는 이 서두와 말미 사이에 들어 있는 내용의 대화를 먼저 정확히 구분하여야 한다. 하지만 이 부분에 대화의 표지가 명확하게 드러나 있지 않다는 데에 어려움이 있다.

그렇기는 하지만 <성산별곡>의 문답 구성 혹은 대화 양상에 대해 지

---

9) 김신중, 『송강가사의 시공상 대비적 양상』, 73쪽.

금까지 얼마간의 연구자들이 관심을 보여온 것은 사실이다. 그런데 그것들은 대개 작품 전편에 흐르는 대화 양상의 분석이라기보다는, 그 인상적인 성격의 규정이나 길손과 주인으로 표현된 화자가 과연 누구냐에 관한 것이었다. 즉 <성산별곡>을 "作者自身의 自問自答型 述懷歌"로 규정한다거나,[10] 길손과 주인을 "송강의 두 마음을 객관화한 허구적 인물"이라고 보는 견해[11] 등이 그것이다.

이러한 정황과 관련하여 <성산별곡> 전편에 흐르는 대화 양상의 분석을 시도한 일례로 주목되는 것이 서영숙의 연구이다. 그는 <성산별곡>과 <속미인곡>의 대화 양상을 분석 비교한 바 있는데, 그 자리에서 <성산별곡>을 발화의 주체에 따라 다음의 세 단락으로 나누었다.

> 1) 화자+손님; 손님이 주인에게 산중 생활을 하는 이유를 물음.
> '엇던 디날 손이 성산의 머물며서-들고 아니 나시난고'
> 2) 화자+주인; 주인이 성산의 경치와 삶을 사계절로 나누어 대답하고 손님에게 이 골의 진선인 학을 만났는지 물음.
> '송근을 다시 쓸고-행혀 아니 만나산가'
> 3) 화자+손님; 손님이 주인에게 그대가 진선이라고 대답함.
> '손이셔 주인다려 닐오대-그대 귄가 하노라'[12]

즉 대화의 순서를 화자가 개입된 '손님→주인→손님'으로 파악하여, 앞에서 제시한 서두와 말미 사이에 자리한 내용을 모두 주인의 발화로 취급하였다. 그런데 이러한 시도는 <성산별곡>의 대화 양상을 본격적

---

10) 강전섭, 「『성산별곡』의 작자 고증」, 『모산학보』 제45집, 모산학술연구소, 1993, 55쪽.
11) 최상은, 「송강가사에 있어서의 자연과 현실」, 『모산학보』 제45집, 381쪽.
12) 서영숙, 「<속미인곡>과 <성산별곡>의 대화양상 분석」, 『고시가연구』, 제2·3합집, 97쪽.

으로 추적하였다는 점에서 그 의의가 크다고 하겠으나, 막상 이 견해를 좇아 서두와 말미 사이의 내용을 모두 주인의 발화로 분류하고 나면, 다음과 같이 발생하는 내용상의 부자연스러움을 만족스럽게 해명할 수 없어 여전히 논란의 여지를 남기게 된다.

첫째로는, 분류자 자신도 의식하고 있듯이 "주인 스스로가 그렇게 말했다고 보기에는 지나치리만큼 자신의 은일 행위에 대한 칭송이 드러나 있다"는[13] 점이다.

06 松根을 다시 쓸고 竹床의 자리 보와
07 져근덧 올라 안자 엇던고 다시 보니
08 天邊의 ᄯᅥᆫᄂᆞᆫ 구름 瑞石을 집을 사마
09 나는 ᄃᆞᆺ 드ᄂᆞᆫ 양이 主人과 엇더ᄒᆞᆫ고

18 울밋 陽地편의 외씨ᄅᆞᆯ ᄲᅵ허두고
19 ᄆᆡ거니 도도거니 빗김의 달화내니
20 青門 故事ᄅᆞᆯ 이제도 잇다 ᄒᆞᆯ다

39 淸江의 ᄯᅥᆺᄂᆞᆫ 올히 白沙의 올마 안자
40 白鷗ᄅᆞᆯ 벗을 삼고 ᄌᆞᆷ길 줄 모ᄅᆞᄂᆞ니
41 無心코 閑暇ᄒᆞ미 主人과 엇더ᄒᆞᆫ고

자기 자신을 서석의 한가로운 구름이나 백사장에서 무심히 오수에 잠긴 오리에 비유하며 그 모습이 어떤가 묻는 과시성 질문이나, 스스로를 옛 청문고사의 주인공에 견주는 행위 등을 주인 자신의 자화자찬 격인 발화로만 보기에는 아무래도 어색하다. 또 주인 발화의 첫머리에, "松根

13) 서영숙, 「<속미인곡>과 <성산별곡>의 대화양상 분석」, 95쪽.

을 다시 쓸고 竹床의 자리 보와/져근덧 올라 안자 엇던고 다시 보니"와 같이 '다시 본다'는 표현이 등장함도 쉽게 납득되지 않는다. '다시 본다'는 표현은 차라리 주인의 발화이기보다는 그보다 앞서 행해진 길손 발화의 연장선상에 있는 것으로 보는 것이 보다 자연스럽다.

둘째로는 위와 같이 주인의 은일 행위를 칭송한 부분에 비해, 흔히 결사로 분류되는 시름에 겨워 취흥에 잠기는 부분의 어조가 앞부분과 동일 화자의 계속된 발화로 보기에는 아무래도 상당한 거리를 유지하고 있다는 점이다.

75 人心이 ᄂᆞᆺ ᄀᆞᆺᄐᆞ야 보도록 새롭거ᄂᆞᆯ
76 世事ᄂᆞᆫ 구롬이라 머흐도 머흘시고
77 엇그제 비ᄌᆞᆫ 술이 어도록 니건ᄂᆞ니
78 잡거니 밀거니 슬ᄏᆞ징 거후로니
79 ᄆᆞᄋᆞᆷ의 ᄆᆡ친 시ᄅᆞᆷ 져그나 ᄒᆞ리ᄂᆞ다
80 거믄고 시욹 언저 風入松이야고야
81 손인동 主人인동 다 니저 ᄇᆞ려세라

산중의 사시 생활을 즐기는 자신의 은일 행위에 대한 자랑스러운 칭송과 과시를 늘어놓다가, 돌연 세상사를 혐오하며 시름을 덜기 위해 취흥에 잠기는 화자의 태도를 과연 어떻게 설명할 것인가? 이러한 어조의 변화는 곧 이 부분의 화자가 은일 행위를 칭송한 부분의 화자와 동일인이 아님을 알려주는 강력한 표지가 된다고 하겠으며, 실제로 그렇게 보았을 때 위와 같은 부자연스러움에 대한 해명도 보다 설득력을 갖는다고 할 수 있다.

따라서 필자는 여기서 문제가 되고 있는 주인의 발화 중 은일 행위를 칭송한 부분을 길손의 발화로 분류하고, 또 작품 서두와 말미의 대화 표지가 드러나는 부분을 서술자의 개입처로 보아, 대화 방식에 의한 <성산별곡>의 문답 구성을 다음의 네 단계로 파악하고자 한다.

제1단; 서술자의 개입에 의한 도입(제1행~제2행)
제2단; 길손의 의문 제기와 찬미(제3행~제66행)
제3단; 주인의 답변과 되물음(제67행~제83행)
제4단; 서술자의 개입에 의한 종결(제84행)

이와 같이 구분하고 보면 <성산별곡>은 앞 장에서 거론한 문답체 문학의 가장 기본적인 형식을 갖추고 있으며, 또 주인과 객의 대화로 이루어진 주객 문답체의 전형을 보이는 작품임이 드러난다.

그러면 이제 각 단락을 좇아 <성산별곡> 내용 전반을 좀더 구체적으로 검토해 보기로 하자.

먼저 제1단은 서술자에 의해 길손과 주인이라는 대화 당사자인 두 인물의 관계가 설정되고 성산이라는 배경이 언급됨으로써, 작품의 전반적인 분위기가 예고되는 도입 부분이다. 길손이 주인을 부르며 주의를 환기시킴으로써, 앞으로 자신의 말이 본격적으로 이어질 것임을 예고하고 있다. 길이는 2행에 불과한데, 그 중에서도 서술자가 직접 개입하는 곳은 제1행(엇던 디날 손이 星山의 머믈며서)뿐이며, 제2행(棲霞堂 息影亭 主人아 내 말 듯소)은 서술자를 통해 간접적으로 전달되는 길손의 목소리이다. 때문에 보는 관점에 따라서는 제1행과 제2행을 구분하여 형식적인 단락을 지을 수도 있겠으나, 작중 화자가 전달하고자 하는 의미 단위를 고려할 때 이 두 행을 한 묶음으로 보는 것이 보다 타당할 것으로 생각된다. 이러한 경우는 제4단 "손이셔 主人ᄃᆞ려 닐오ᄃᆡ 그ᄃᆡ 긘가 ᄒᆞ노라"에서도 마찬가지로 나타나는데, 제4단 역시 같은 이유에서 하나의 의미 단락으로 처리하였다.

제2단에서는 주인에 대한 길손의 의문 제기와 함께, 주인의 산중 생활에 대한 길손의 본격적인 찬미가 이루어진다. 길손은 먼저 세상의 많은 좋은 일들을 마다하고 어찌 적막한 산중에 들어 나오지 않느냐며, 주인이 산중에 은거한 연유를 묻는다. 그리고 이어서 주인의 산중 은거 생활에 대한 찬미를 펼치는데, 이 부분이 곧 춘하추동 사계절의 정경과 그 속에서 즐기는 주인의 한흥이 어우러지는 <성산별곡>의 정수에 해당된다. 그런데 여기서 문제가 되는 것이 곧 이 찬미 부분의 발화 주체가 과연 누구인가 하는 점이다. 이 문제에 대해 앞의 인용 설명에서 보았듯이 지금까지 대부분의 논자들은 그것을 주인의 발화로 취급하였다. 그렇지만 필자는 이를 길손의 발화로 분류하였으며, 그렇게 보았을 때 과시성 짙은 이 부분의 많은 표현들이 비로소 정당성을 얻을 수 있다고 생각한다.

제3단은 길손에서 주인으로 화자가 바뀌면서, 제2단에서 제기된 길손의 의문에 대한 주인의 답변과 함께 길손에 대한 주인의 되물음이 시도되는 부분이다. 여기서 주인은 자신의 산중 은거 연유를 직설적으로 말하기보다는 우회적으로 암시해 준다. 그런데 이 부분에 들어서면 갑자기 분위기가 바뀌어 산중 생활의 진미를 나열하며 한껏 고조되었던 고아한 정취가 사라지고, 어두운 그림자가 짙게 드리워진다. 화자는 만고의 인물을 헤아리다 흥망을 거듭하는 시운을 타박하기도 하고, 세상사를 탓하며 시름에 겨워 취흥에 잠기기도 한다. 그것은 곧 화자의 은일 행위가 순수한 요산요수의 동기에서가 아닌 피세은둔의 방편으로 이루어졌기 때문이다. 그저 산중이 좋아서라기보다는 시운이 맞지 않고 험한 세상사가 싫었던 것이다. 이러한 경우의 산중 생활은 그 자체만으로는 즐거운 것으로 합리화될 수 있을지라도, 현실과의 대비 속에서는 늘 패배 의식을 수반하기 마련이다. 길손에 의해 산중 생활의 진미가 호기롭게 설파되던 앞 단락과는 달리, 주인에 의해 갑자기 작품의 분위기가 어둡게 반전된 것은 바로 이런 이유에서이다. 결국 현실에 대한 패배 의식 속에서 주인은 길손의 과분한 찬미에도 불구하고 선뜻 자신이 이 골의 진선임을 자처하지 못하고 있으며, 장공에 떠 있는 학을 가리키며 자신이 진정 이 골의 진선인지 되물음을 통해 길손의 동의를 구하고 있다.

마지막으로 제4단은 다시 서술자가 개입하는 종결 부분인데, 여기에서 서술자는 길손의 목소리를 빌어 그대가 곧 장공의 학과 같은 이 골의 진선이라고 주인을 위로하며 작품을 마무리 짓고 있다.

위와 같은 전개 과정을 통해 대화를 주고받는 주인과 길손은 시종 외형상으로 서로 상대적인 위치에 서 있다. 길손이 세간에서 산중을 지향하지만 실제적으로는 상당한 심리적 거리감을 유지한 인물이라면, 주인은 산중에서 세간을 멀리하면서도 그것에 대한 미련을 떨쳐버리지 못한 인물이기 때문이다. 그렇지만 두 인물 모두 현재 서 있거나 지향하는 세계 그 어느 곳에서도 만족스러운 자아의 실현을 가져오지는 못하며, 그런 점에서 처해 있는 상황은 마찬가지라고 할 수 있다. 이것이 곧 현실과 자연 사이에서 갈등하며 방황하던, 조선 중기 사대부로서 작자가 가졌던 고뇌의 일단이었을 것이다. 이러한 상황 속에서 작자는 이내 주인을 산중의 진선으로 인정함으로써 현실보다는 자연 쪽에 그 무게 중심을 실어주고 있다. 그렇지만 결국 <성산별곡>에서의 현실과 자연은 쉽게 동화되거나 타협할 수 없는 불화의 공간으로 여전히 남아 있음을 보게 된다.

지금까지 논의한 내용을 토대로 <성산별곡>의 문답 구성을 다시 정리해 보이면 다음과 같다.

제1단; 서술자의 개입에 의한 도입
　　주인에 대한 길손의 주의 환기(제1행~제2행)
　　　⇒ 엇던 디날 손이~主人아 내 말 듯소
제2단; 길손의 의문 제기와 찬미
　　① 주인에게 산중 은거의 연유를 물음(제3행~제5행)
　　　⇒ 人生 世間의~들고 아니 나시는고
　　② 주인의 산중 사시 생활을 찬미함(제6행~66행)
　　　⇒ 松根을 다시 쓸고~ᄎᆞᆯ 이 이실셰라
제3단; 주인의 답변과 되물음
　　① 길손에게 산중 은거의 연유를 밝힘(제67행~제81행)
　　　⇒ 山中의 벗이 업서~다 니저 ᄇᆞ려셰라
　　② 길손에게 산중 진선의 실체를 물음(제82행~제83행)
　　　⇒ 長空의 ᄯᅥᆺ는 鶴이~힝혀 아니 만나산가
제4단; 서술자의 개입에 의한 종결
　　길손이 주인을 산중 진선으로 인정함(제84행)
　　　⇒ 손이셔 主人ᄃᆞ려 닐오ᄃᆡ 그ᄃᆡ 귄가 ᄒᆞ노라

그런데 이렇듯 <성산별곡>을 주객 문답체의 4단 구성으로 파악하고 나면, 그 형식이 매우 정연한 짜임새를 유지하고 있음을 발견하게 된다. 우선 외형상으로는 서술자가 개입하며 길손의 목소리를 간접적으로 전달하는 제1단과 제4단이 서로 긴밀히 호응하고 있으며, 마찬가지로 길손과 주인이 동일한 문제를 두고 직접 묻고 말하고(길손) 말하고 묻는(주인) 방식으로 대화를 진행하는 제2단과 제3단이 서로 호응하고 있다. 또 작품의 분위기에 있어서도 길손의 발화가 행해지는 제2단과 주인의 발화가 이어지는 제3단이 서로 상대적인 위치에 놓여 있음을 보게 되는데,

이는 작중 두 화자가 견지하는 인물 성격의 차이를 반영한 것으로, 그것이 곧 주객 문답체 문학의 한 특징이기도 하다.

4. 맺음말

이 글에서 필자가 말하고자 하였던 것은 <성산별곡>의 내적 구성 방식에 관한 것이었다. 이러한 주제를 선택한 것은 지금까지 이 작품 자체의 연구보다는 주변적 성격이 강한 작품 외적 문제 해명에 매달려온 연구 관행에 대한 불만의 표출이기도 하였고, 이 작품에 대한 기존 연구의 틀을 벗어나 보고자 하는 필자 나름의 의도적인 시도이기도 하였다. 그래서 주목한 것이 <성산별곡>이 대화로 이루어진 문답체 문학의 오랜 전통 위에서 성립된 작품이라는 사실이었다.

문답체 형식은 기본적으로 상대적인 입장에 선 두 인물의 대화를 통해 의문의 제기와 해소 과정을 거쳐가며 작품을 진행시키는 방식이다. <성산별곡>은 그 중에서도 가장 보편적인 형태인 주객 문답체에 속한다. 그런 점에서 동일한 형식을 가진 <식영정기>나 <소풍파처변위가> 같은 작품이 <성산별곡>의 성립에 시사해 주는 바가 크다. 비록 그것들이 가사가 아닌 기나 시라는 문체의 차이가 있으나, 얼마든지 작품의 형태나 구성에 서로 영향을 주고받을 수 있다고 보기 때문이다.

그런 관점에서, 주객 문답체 작품으로서 <성산별곡>의 문답 구성을 여기서는 전체 4단으로 파악하였다. 그 결과 <성산별곡>이 각 단락이 서로 호응하는 매우 정연한 짜임새를 갖추고 있음을 알 수 있었다. 또 이 작품을 기존의 방식처럼 서사・본사・결사의 3단 구성이나, 서사・

춘사·하사·추사·동사·결사의 6단 구성으로 보았을 때 제기되는 일부 문제를 보다 효과적으로 해명할 수 있었다. 즉 결사가 다른 단락에 비해 상대적으로 많은 비중을 차지하여 단락 간의 불균형이 초래된다는 의문을 해소시키고, 작품 내 화자의 교체에 따른 어조의 변화를 보다 근본적으로 설명할 수 있었다.

하지만 작품에 드러난 대화의 표지가 미약하여 이견의 가능성이 존재한다는 점이 이 분석의 한계이다. 그런 점에서 <성산별곡>의 문답 구성에 대한 논의의 장은 아직 열려있다고 생각한다.

3장 민주현 〈완산가〉의 전승과 변이

1. 머리말

<완산가(完山歌)>는 완산 즉 전주를 노래한 민주현(閔冑顯;1808~1882)의 가사 작품이다. 작자 민주현은 전라도의 옛 동복현 사평리[1] 출생으로, 본관은 여흥(驪興), 자는 치교(穉敎), 호는 사애(沙厓)이다. 29세에 향시를 통과하였고, 44세가 되던 1851년(철종 2) 문과에 급제하였다. 그리고 이 듬해에 승문원 부정자로 관직에 나아간 이후 춘추관 기사관, 조경묘 별검, 사간원 정언, 형조 좌랑, 사헌부 집의, 사간원 사간, 병조 정랑, 승정원 좌승지, 병조 참판 등을 두루 역임하였다. 그러던 중 55세 때(1862년, 철종 13)는 사헌부 집의로 있다가 일시 관직을 떠나 향리의 옛 고반원 유지에 임대정(臨對亭) 원림을 조영한 바 있다.

또한 관직 생활 초기에 종실의 시조를 모신 전주의 조경묘(肇慶廟) 별검(別檢)으로 있으면서는 자신의 생활 체험을 바탕으로 한 가사 작품을

1) 지금의 전라남도 화순군 남면 사평리 상사마을이다.

지었는데, 그것이 바로 <완산가>이다. 창작한 해는 그가 49세 때인 1856년(철종 7)이다. 이에 앞서 민주현은 47세에 조경묘 별검이 되었으며, 이듬해 봄에는 지인들과 더불어 한벽당(寒碧堂)·만경대(萬景臺)·옥류동(玉流洞) 등 전주의 명승을 두루 유람한 바 있으니, <완산가>는 곧 이러한 체험을 통해 이루어진 작품이다.

한편 이 <완산가>에 대한 연구로는 하성래에 의한 2편의 글이 있다. 「완산가」(1968)와 「사애 민주현의 완산가고」(1984)가 그것이다.[2] 그 중 「완산가」는 간단한 해제와 더불어 미발표 가사였던 <완산가> 전문을 학계에 처음 소개한 것이고, 「사애 민주현의 완산가고」는 <완산가>의 이본 및 작자와 작품에 대해 종합적으로 살핀 연구 논문이다. 하성래의 이러한 논의를 바탕으로 하여, <완산가> 두 이본의 세밀한 검토를 통해 작품의 전승 현황을 점검하고, 그 변이 양상을 분석 고찰한 것이 바로 이 글이다.[3]

2. 〈완산가〉의 전승 현황

2.1. 이본의 성격

민주현의 유고는 현재 『사애집(沙厓集)』이라는 이름으로 묶여 전한다.

2) 하성래, 「완산가」, 『한국언어문학』 제5집, 한국언어문학회, 1968.
하성래, 「사애 민주현의 완산가고」, 『명지어문학』 제16권, 명지대학교 국어국문학과, 1984.

3) 이 글은 『고시가연구』 제24집(한국고시가문학회, 2009)에 실린 「<완산가>의 전승과 변이 고찰」을 일부 수정 보완하고, <완산가>의 두 이본 원문을 판독 정리하여 자료로 덧붙인 것이다.

하지만 국문 가사인 <완산가>는 이 『사애집』에는 수록되어 있지 않다. 『사애집』과는 별도로 2종의 필사본으로 전해진다. 이른바 '종가본(宗家本)'과 '송곡본(松谷本)'이 그것이다.[4)]

다음은 <완산가> 연구의 선편을 잡은 하성래의 이에 대한 논급이다.

> 完山歌는 筆寫本 別卷으로 傳하는데, 현재 2種의 異本이 있다. 하나는 全南 和順郡 南面 沙坪里에 世居하는 閔冑顯의 曾孫이며 宗孫인 慕園 閔泳世(1892~) 翁宅에 전하는 것이며, 또 하나는 光州에 거주하는 書藝家 松谷 安圭東님(1907~)이 소장하고 있다. 필자는 편의상 이 兩本中 전자를 宗家本, 後者를 松谷本이라 부르고자 한다. (중략)
>
> 宗家本은 본디 世傳하던 순한글 古本이 있었는데, 6·25 때 피난을 갔다 와서 보니 빗물에 젖어서 썩어 가므로, 沙厓의 曾孫 閔泳世翁이 새로이 筆寫하고 순한글 古本은 파기하였다 한다. 그 때에 순한글로 된 古本을 閔翁이 國漢混用으로 바꾸어 쓰고 또 綴字法도 현대식으로 고치어 筆寫하였다 한다. (중략)
>
> 松谷本은 松谷의 祖母이며 沙厓의 孫女인 閔氏夫人(1863~1906)이 시집가서 암송 필사한 것이라 한다. 그 表紙에 보면 「辛巳 閏七月 二十日 加衣」라고 씌어 있다. 이로 보아, 松谷本은 閔氏夫人이 19세 때, 곧 1881年(辛巳:高宗18)에 筆寫한 것임을 알 수 있다. 글씨는 達筆의 宮體이며, 行間에는 군데군데 細筆로 註釋을 붙여 놓았다. 松谷本은 表記가 古形을 유지하고 있으며, 宗家本이 國漢混用인데 비해 순한글本이다. (중략)
>
> 이 兩本을 비교해 볼 때, 松谷本은 表記法에 있어서 古形을 유지하고 있으며 순한글本이라는 점에서 문헌적 가치가 매우 높다. 그러나, 암송 필사한 것이기에 내용이 정연하지 못한 것을 발견할 수 있다. 그에 비하여 宗家本은 비록 表記法이 현대식 철자법으로 고쳐졌고 國漢混用體이기는 하나,

---

4) 이 글에서 <완산가>의 종가본은 하성래의 「완산가」(53~56쪽)에 활자 수록된 것을, 송곡본은 윤석창의 『가사문학개론』(깊은샘, 1991, 276~283쪽)에 영인 수록된 것을 각각 대본으로 삼는다.

> 내용이 매우 정제되어 있다. 따라서, 필자는 내용의 정연함을 높이 사서 宗家本을 完山歌의 定本으로 하고 松谷本을 그 異本으로 다루고자 한다.[5)]

위의 인용문에는 <완산가>의 이본 세 가지가 언급되어 있다. 고본과 종가본 및 송곡본이 그것이다. 그 중 이미 파기되었다는 고본이 작자의 원본 그 자체인지는 확인할 수 없지만, 종손 집안에 세전하던 순한글본이라는 점에서 원전에 가장 가까운 것임은 분명하다.

그리고 현전하는 종가본과 송곡본은 이 고본에 연유하여 각기 다른 경로로 전승된 이본이다. 종가본은 6・25 직후 당시까지도 존재하였던 고본의 훼손이 심해 이를 보고 작자의 증손이 원래의 국문 전용의 고어 표기를 국한문 혼용의 현대 표기로 바꾸어 다시 필사한 것이고, 송곡본은 출가한 작자의 손녀가 1881년(고종 18)에 암송 필사한 것으로 국문 전용의 고어 표기에 세주(細註)가 추가되어 있다.

이러한 표기 형태 외에 현전 두 이본의 내용은 크게 다르지는 않다. 하지만 일부 자구에 차이가 있거나, 일부 행의 기술 순서가 바뀐 부분이 있으며, 전체의 길이에도 약간 차이가 있다. 두 이본 모두 4음보 1행의 율격을 잘 지키고 있는데, 종가본은 모두 96행이고 송곡본은 98행이다.

여기서 현전하는 두 이본의 성격을 비교해 보이면 다음과 같다.

	종가본	송곡본
필사자	작자의 증손 민영세	작자의 손녀 민씨부인
필사 시기	1950년대 초(6・25 직후)	1881년(고종 8)
표기 형태	국한문 혼용의 현대 표기	국문 전용의 고어 표기

5) 하성래, 「사애 민주현의 완산가고」, '2. 이본고'에서.

작품 길이	4음보 1행 기준 96행	4음보 1행 기준 98행
성립 방식	고본 전사	암송 의존
추가 사항	한자 표기 활용	세주 활용
전승 태도	작자의 원의에 충실	수용자의 인식 반영

두 이본 중 그 필사 시기만을 두고 볼 때 앞선 것은 물론 송곡본이다. 종가본과는 70년가량의 시차가 있다. 또 송곡본은 순국문 고어 표기를 가졌다는 점에서도 외형상 고본이나 원본에 보다 가깝다고 할 수 있다. 하지만 그 성립 방식에 있어서 송곡본은 출가한 여성의 암송에 의해 필사되었다. 따라서 기억과 구술로 이루어지는 암송의 특성상 여기에는 작품 수용자로서 필사자의 인식이 알게 모르게 반영되어 있으리라는 사실을 부인할 수 없다.

이에 비해 종가본은 세전하는 고본을 모본으로 삼아 전사되었다. 이는 곧 종가본이 그 필사 시기나 표기 형태와는 상관없이 내용상 원전에 보다 더 가까운 것임을 말해준다. 즉 뚜렷한 전사 모본을 가지고 있으며, 작자의 원의에 충실하려는 전승 태도 아래 성립되었기 때문이다. 그런 점에서 내용상으로는 종가본을 송곡본의 선행본이라 할 수 있다.

하성래가 종가본을 <완산가>의 정본으로 보았던 것은 이러한 맥락에서 나름대로 충분히 그 타당성이 있다. 하지만 이 글에서 필자가 주목하는 것은 이러한 정본의 탐색 문제가 아니다. 그것은 바로 <완산가>의 현장 향유와 이본 특히 송곡본의 성립 과정에서 드러난 작품의 변이에 관한 문제이다.

2.2. 내용의 구성

큰 틀에서 <완산가>의 전반적인 내용은 이본에 따라 별다른 차이를 보이지는 않는다. 따라서 여기서 일단 두 이본에 공통적인 작품의 내용과 그 구성을 살피기로 한다.

작품의 내용은 크게 전반부와 후반부로 구분된다. 전반부는 작자가 완산부를 유람한 기행 내용이 주를 이루고, 후반부는 작자 자신의 불우한 처지에 대한 자탄조의 하소연이 주를 이룬다. 즉 전반부에는 기행가사, 후반부에는 자전가사적 성격이 두드러진다.

<완산가>의 서두는 "구경 가새 구경 가새 完山府 구경 가새"로 시작된다. 사대부 기행가사가 보통 기행의 동기를 언급하는 것으로 시작되는 것과는 달리, 미지의 청자를 향한 청유형의 화법으로 기행의 출발을 환기시키고 있다. "求景 가셰 求景 가셰 合江亭에 求景 가셰"로 시작하는 <합강정가(合江亭歌)>의 서두와 흡사하다. 당시의 관용화된 표현을 수용한 결과이다.

이러한 서두에 이어 <완산가>에는 구체적인 노정이 바로 펼쳐지는 것이 아니라, 기행 대상인 완산 지역의 지세와 역사에 대한 기술이 뒤따른다. 즉 완산의 지세로 기린봉(麒麟峯)·발봉(鉢峯)·이목대(梨木臺)·오목대(梧木臺)·완산칠봉(完山七峯)·건지산(乾止山)·곤지산(坤止山)·장군봉(將軍峯)이 펼쳐진, 북두 이남 제일강산으로서의 풍기(風氣)와 가기(佳氣)를 형용하였다. 또 옛날 견훤이 웅거하였다가 패망하고 조선을 세운 전주 이씨의 근본 땅이 된 완산의 천년 역사와 더불어, 호남 절도부로서의 위용을 말하였다. 그리고는 '옥류동(玉流洞) → 한벽당(寒碧堂) → [南固寺] → 만경대(萬景臺) → [東固寺, 西固寺] → [拱北樓] → 만화루(萬化樓) →

덕진지(德眞池)'의 노정으로 행한 유람 기행의 감흥을 노래하였다.[6)]

37 德眞池上 넙은 亭子 金陵에서 나단 말가
38 十里荷花 滿發한이 平鋪紅雲 蓋明鏡을
39 賀知章의 鏡湖런가 茂叔先生 濂溪인가
40 蓮之愛 그 누 알이 出於泥而 不染이라
41 後苑前川 花柳景은 四時春光 길이 잇다
42 洛陽名園 만컷마는 이 곳 華麗 當할소냐
43 勝地에 佳節 맛나 안이 놀들 못할네라[7)]

덕진지 유람의 감흥을 말하고, 이어 전반부의 내용을 마무리한 부분이다. 이곳의 경치가 중국의 금릉보다 낫다는 뜻에서 이름 붙여진 덕진지상 승금정(勝金亭)의 유래와 아울러 덕진지의 명물인 연꽃을 노래하였다. 마무리 부분에는 낙양의 명원들보다 아름다운 완산 승지에서 가절을 만나 화류경에 노니는 흥취가 고조되어 있다.

그런데 <완산가> 전반부에 고조된 이런 풍류성 짙은 승지 유람의 흥취는 곧 바로 후반부의 시작과 더불어 작자 자신의 불우한 처지를 환기시키면서 반전되어 어둡고 우울한 색채로 바뀌어진다.

44 勝地도 조컨이와 이내 懷抱 들어 보소
45 나 本來 仙吏로서 玉帝의 香案 모셔
46 絲綸을 專혀 맛고 黼黻을 빗내던이

6) 위에서 南固寺, 東固寺, 西固寺, 拱北樓를 [ ]로 묶은 것은 내용상 이곳이 실제 유람의 발길이 미친 곳이 아닌, 먼 곳에서 조망한 경치로 파악되기 때문이다.
7) 이 절에서의 작품 인용은 작자의 원의에 보다 충실하면서 국한문을 혼용하여 내용 파악이 보다 용이한 종가본에 의한다. 각 행 앞의 숫자는 필자가 붙인 것으로, 해당 행의 순번을 의미한다.

47 偶然이 薄譴 입어 人間에 謫降한이
48 赤壁洞天 十里地의 鳳頂山房 淸寒하다

자신은 원래 하늘에서 옥제를 모신 '선리'였는데 우연히 인간에 적강하여, 적벽동천 십리지에 있는 봉정산방에 살게 되었다는 것이다. 유배가사에 흔히 보이는 적강모티프를 통해 자신의 출신을 비유하였다. 그리고는 어려서부터 문장과 성학에 힘써 마침내 황금방(黃金榜)에 높은 이름을 걸었으나, 지금은 차디찬 재실을 지키는 재관(肇慶廟 別檢)이 되어 기녀들조차도 돌아보지 않는 외롭고 쓸쓸한 신세가 되었다고 하였다. 그러한 인식은 다음의 자조 섞인 푸념에 이르러 절정에 달한다.

79 可笑롭다 나의 行藏 可笑롭다 浮世功名
80 男兒의 經濟大業 致君澤民 하렷든이
81 뜻과 갓지 못할진대 浮雲富貴 經營하랴

결국 자신의 처지에 대한 작자의 불만은 고원(故園)의 백운심처(白雲深處)에 대한 귀거래의 염원으로 이어지며, 언젠가는 급류에서 물러나 벽산에 깃들겠다는 다짐으로 작품이 마무리된다.

이렇듯 <완산가>의 전반부는 명승지로서 완산의 지세와 역사 및 유람의 풍류를 노래하였고, 후반부는 작자 자신의 삶에 대한 회포를 과거의 이력과 현재의 처지 및 미래의 소망 순으로 피력하였다. 따라서 <완산가>의 내용은 다시 다음의 여섯 단락으로 나누어진다.

[전반부] 완산의 지세와 역사 및 유람의 풍류
제1단 지세; 북두 이남 제일강산의 풍기와 가기(01~08)
제2단 역사; 천년 역사의 내력과 절도부의 위용(09~23)

제3단 유람; 한벽당 등 승지의 유람과 감흥(24~43)

[후반부] 자신의 과거와 현재 및 미래의 회포

제4단 과거; 남다른 출신과 학문 및 과거 급제(44~60)

제5단 현재; 품은 포부와 다른 고단한 한직 생활(61~83)

제6단 미래; 고원 생활의 동경과 귀거래의 다짐(84~96)

그런데 <완산가>의 내용을 이렇게 정리하고 보면, 그 이원적 성격이 보다 선명히 드러난다. 전·후반 각각 세 단락씩 균형 잡힌 구성을 한, 기행가사와 자전가사로서의 모습이 그것이다. 또 이러한 성격의 차이에 따라 작품의 전반부와 후반부의 명암 역시 매우 대조적임을 알 수 있다. 전반부에는 완산의 지세와 역사 및 유람의 풍류가 비교적 밝고 활기찬 모습으로 그려져 있는 반면, 후반부에는 자신의 어제와 오늘 그리고 내일을 생각하는 작자의 심회가 외롭고 쓸쓸하다.

따라서 논자에 따라서는 후반부의 자전가사적 면모에 주목하여 이를 유배가사나 은일가사로 보기도 하나, 그 내용이 실제의 유배나 은일은 아니라는 점에서 순수한 유배가사나 은일가사와는 거리가 있다. 또한 전반부의 내용 역시 실제 기행 사실이 그 일부에만 나타나 있다는 점에서 본격적인 기행가사로 취급하기에도 문제가 있다.

반면 전반부의 유람 기행에서 촉발 고조된 감흥은 거기에서 그치지 않고, 이어 후반부의 자조적인 정서를 환기시키는 역할을 한다. 그런 점에서 이 작품의 궁극적인 무게 중심은 후반부의 자전적 내용에 있다고 할 수 있다. 따라서 결국 <완산가>는 조선시대 말 완산 지역의 풍물과 세태 및 이를 체험한 작자 자신의 회포를 구체적이고도 솔직하게 드러낸 자전가사라고 하겠다.

3. 〈완산가〉의 변이 양상

3.1. 이본 내용의 대비

앞에서 언급하였듯이 <완산가>의 두 이본인 종가본과 송곡본은 그 필사 시기나 표기 형태와는 상관없이 내용상 선후의 관계로 파악된다. 즉 종가본이 선행본이고, 송곡본이 후행본이다. 종가본이 작자의 원의에 충실한 원전 중심의 면모를 유지하고 있다면, 송곡본은 수용자의 인식이 반영된 현장 중심의 변이된 모습을 보여준다. 이러한 전제 아래 이제 여기서 내용상 서로 선후 관계에 있는 두 이본의 대비를 통해 <완산가>의 변이 양상을 살펴보기로 하자.

<완산가>의 종가본과 송곡본을 대비해 보면, 외형상 종가본의 내용이 송곡본에 바뀌어 나타난 모습이 몇 가지 형태로 나타난다. 즉 같은 행 안에서 발견되는 일부 자구의 교체, 행 단위로 이루어진 기술 순서의 착종이나 관련 내용의 첨삭, 그리고 귀글 사이에 세필로 넣은 주석의 활용이 그것이다.

물론 이러한 변화는 거의 필사자가 의식적으로 행한 것이라기보다는, 암송에 의한 기억과 구술 과정에서 자연스럽게 이루어진 것이다. 즉 작품의 향유 현장에서 수용자로서 필자자의 태도가 무의식적으로 반영된 결과이다. 변화된 내용 중에는 필사자의 단순한 착오나 유사 어구의 대체에 불과하여 별다른 의미를 찾기 어려운 경우도 있으나, 또 한편으론 작품을 대하는 수용자적 태도가 은연중에 드러난 경우도 있어 주목된다.

(1) 자구의 교체

같은 행 안에서 일부 자구가 바뀌어 있는 경우이다. 그러한 경우는 거의 작품 전편에 걸쳐 나타나고 있는데, 그 한 예를 보면 다음과 같다.

58 中年의 나라 손이 鹿鳴을 노래한이
59 黃金榜 놉흔 일홈 始望에 밋칫스라
60 白晝의 錦衣로 鄕邦動色 하엿도다
61 平生의 큰 抱負 白首潛郎 除授 바다
62 於焉間 無情光陰 二年을 나단 말가
→ 59 듕연의 나라 숀님 녹명 노릐ᄒᆞ니
60 황금방의 놉픈 이롬 시방의 미차시랴
61 빅쥬의 비단옷 여리동싀 ᄒᆞ단 말가
62 평싱의 큰 포부 빅슈낭잠 ᄒᆞ여시니
63 츈초의 이 불 가셔 츄동을 나단 말가[8)]

작자가 중년에 들어 과거에 급제하고 금의환향까지 하였으나, 이내 보잘 것 없는 관직을 제수 받아 완산부에서 이 년의 세월을 보냈음을 말한 대목이다. 매 행마다 일부 자구의 교체가 보이기는 하나, 작품 내용에 큰 영향을 미치고 있지는 않다. 다만 종가본에서는 완산부 체류 기간을 '無情光陰 二年'이라 명시적으로 언급하였으나, 송곡본에는 그것이 '春初에 이 府에 가서 秋冬을 났다'는 감정이 배제된 다소 모호한 서술적 표현으로 바뀌어져 있다.

---

8) 위의 인용은 '→'를 사이에 두고 <완산가>의 종가본이 송곡본에서 어떻게 바뀌었는지를 보인 것이다. 논의의 전반적 이해를 돕기 위해 두 이본 원문의 전문을 판독 정리하여 이 글 말미에 자료로 제시한다.

다음도 역시 그러한 예이다.

20 物衆地大 節度府의 五十三州 管轄한이
21 連袵成帷 揮汗成雨 臨淄城中 예 안인가
→ 18 물즁지ᄃᆡ 졀도부의 오십 쥬을 관할ᄒᆞ니
19 연님셩유 휘한셩우 임치셩즁 에 아니가

조선 이씨 왕가의 발상지인 완산이 호남의 절도부로서 번성한 사실의 기술이다. 종가본은 당시 완산부가 관장한 전라도의 고을을 '五十三州'라 하여 상세히 기록하고 있으나, 송곡본은 '오십 쥬'라 하여 대략의 수효로 대체하였다.

물론 이러한 표현의 차이가 작품의 내용에 큰 변화를 주지는 않는다. 하지만 여기서 읽을 수 있는 것이 작품을 대하는 작자와 수용자의 태도에 차이가 있다는 점이다. 즉 작자는 자신이 알고 있는 실제적 사실의 구체적 진술에 유의한 반면, 수용자는 그러한 사실을 개괄적으로 인식하고 있다.

한편 다음 예에서는 이런 단순한 표현상의 차이 이상의 의미를 읽을 수 있다.

45 나 本來 仙吏로서 玉帝의 香案 모셔
46 絲綸을 專혀 맛고 黼黻을 빗내던이
47 偶然이 薄譴 입어 人間에 謫降한이
48 赤壁洞天 十里地의 鳳頂山房 淸寒하다
→ 46 ᄂᆡ 본ᄃᆡ 쳔인으로 옥졔의 향안 뫼셔
47 사륜을 젼혀 맛고 보불의 빗ᄂᆡ다니
48 우연히 박견 입어 인간의 젹강ᄒᆞ니

49 물염적벽 십이지의 슈간모옥 쳥한ᄒᆞ다

<완산가> 전편을 통해 작자가 태어나고 자란 향리가 구체적으로 언급된 유일한 대목이다. 머리말에서 밝힌 바와 같이 작자의 향리는 옛 동복현 사평리이다. 동복현의 명승으로 예부터 유명한 적벽과 십여 리의 거리로 인접한 곳이다. 이 사평리 상사마을의 뒷산이 봉정산이니, 봉정산방은 바로 작자의 고향집이다.

그런데 이 '鳳頂山房'이 송곡본에서는 '슈간모옥'으로 바뀌었다. 고유명사가 보통명사로 교체된 것이다. 그 결과 작품과 작자를 이어주던 가장 강력한 연결 고리가 사라졌다. 이는 곧 <완산가>의 세계가 봉정산방의 주인이었던 민주현이라는 특정 인물의 개인적 체험에서 그 시대에 유사한 삶을 살았던 누군가의 이야기로 일반화되어가는 것을 의미한다. 실제로 있었던 작자의 특수한 개인적 체험이 수용자에게 일반의 보편적 체험으로 바뀌어 인식되어가는 것을 보여주는 징표이다.

(2) 순서의 착종

주로 행과 행 사이에서 앞뒤의 기술 순서가 바뀌어져 있는 경우이다. 물론 이러한 착종이 일어난 가장 큰 이유는 암송에 의존한 필사자의 기억과 구술의 한계 때문이다. 유사한 내용이 나열될 때 이런 현상이 흔히 나타나는데, 특히 눈길을 끄는 것이 기행 노정의 나열에 보이는 착오이다.[9]

---

9) 이 밖에도 후반부 제5단 조경묘에서의 고단한 심사를 기술한 부분 중, 종가본의 제69행~제78행이 송곡본의 제70행~제80행 사이에서 순서가 크게 바뀌어져 있는데, 종가본의 전후 문맥 연결이 보다 정연하다.

24 玉流洞 차저간이 月塘處士 어대 가고
25 石間의 맑은 샘 잇기가 피엿는가
26 寒碧堂 놉흔 집의 層層이 올나간이
27 네 壁에 싸인 懸板 안이 논 이 업다서라
28 저 江가의 뜨난 白鷗 무삼 物累 잇슬소냐
29 南固寺 져믄 쇠북 醉한 손이 다 깨더라
30 萬景臺에 놉히 빅여 風物을 四望한이
31 圃隱先生 가신 後에 石壁上의 글만 잇다
32 天涯日沒 浮雲合한이 玉京 못 본 恨이로다
33 東固寺 西固寺의 多少樓臺 煙雨中을
34 大路가의 大野中의 拱北樓도 廣豁하다
35 萬化樓를 나아간이 半空樓閣 壯하도다
36 濟濟한 學宮 선비 春誦夏絃 여긔로다
37 德眞池上 넙은 亭子 金陵에서 나단 말가

전반부의 제3단 승지의 유람과 감흥을 노래한 종가본 내용이다. 유람의 순서는 맨 먼저 옥류동을 찾은 다음 한벽당에 오른다. 그리고 멀리서 남고사의 쇠북 소리를 듣고, 만경대에 올라 동고사 서고사와 공북루를 조망한 후, 만화루를 거쳐 덕진지에 이른다. 즉 '옥류동 → 한벽당 → [남고사] → 만경대 → [동고사, 서고사] → [공북루] → 만화루 → 덕진지'의 노정이다. 그런데 송곡본에는 이 순서가 '한벽당 → 옥류동 → 만화루 → [남고사] → 만경대 → [서고사, 북고사] → [공북루] → 덕진강만'으로 바뀌어져 있다.[10] 뿐만 아니라 동고사가 빠지고, 대신 그와 이름이 비슷하여 혼동하기 쉬운 북고사가 들어 있다.

10) 이러한 현상은 같은 행 안에서도 나타난다. 예컨대 종가본 제5행 "왼便에난 梨木臺오 올은便에 梧木臺라"가 송곡본에는 "외인편의 오목듸요 올흔편의 이목듸라"로 이목대와 오목대의 위치가 바뀌어져 있다.

그런데 이런 기술 순서의 착종에도 단순한 착오 이상의 의미가 있다. 작자와는 다른 수용자의 태도가 보이기 때문이다. 작자는 자신이 겪은 유람의 직접 체험을 바탕으로 가능하면 실상에 부합되도록 작품을 기술하기 마련이다. 따라서 기행 노정의 정확한 기술이 작자에게는 중요한 문제가 된다. 하지만 유람의 직접 체험을 공유하지 못하고 현장 정보에도 익숙하지 못한 수용자라면 당연히 기행 노정보다는 유람의 감흥 중심으로 작품을 이해하게 된다. 따라서 유람의 감흥을 중시하는 수용자에게는 이러한 순서의 착종이 작품 향유에 별다른 장애가 되지 않았을 것이다.

(3) 내용의 첨삭

<완산가> 종가본의 길이는 96행이고 송곡본은 98행이다. 이런 차이가 난 까닭은 종가본에 있던 3행이 송곡본에 빠지고, 대신 종가본에 없는 5행이 송곡본에 들어있기 때문이다. 여기서는 이렇듯 내용의 첨삭이 나타난 경우를 보기로 한다.

행 단위로 이루어진 내용의 첨삭 현상은 모두 세 곳에서 보이는데, 다음은 그 중 첫 번째 종가본의 내용이 송곡본에 누락된 예이다.

06 뾰죽뾰죽 完山七峯 鬱鬱蔥蔥 佳氣로다
07 乾止山은 北에 잇고 坤止山은 南에 잇다
08 將軍은 어대 가고 투구 벗어 峯에 둔고
09 一千年前 굽어본즉 治亂相尋 하단 말가
10 甄萱將軍 무삼 일노 一方에 竊據하여
11 豺耽虎躍 數十載에 生民塗炭 하엿스며

12 神劍龍劍 亂臣賊子 金山佛堂 가이 업다
→ 06 뵤족뵤족 완산칠봉 울울총총 가괴로다
07 일쳘 연 젼 구버보니 치눈상심 ᄒᆞᆫ단 말가
08 견훤쟝군 어딕 가고 일방의 졀거ᄒᆞ야
09 용포호약 사십 연의 싱민도탄 ᄒᆞ여시이
10 신검용검 눈신젹자 금산불당 가이 업다

완산의 지세 중 완산칠봉을 중심으로 한 건지산과 곤지산의 위치를 말하고, 이어 견훤 웅거의 역사를 말한 부분이다. 종가본의 제7행과 제8행이 송곡본에 누락되었다. 누락된 내용은 완산칠봉을 중심으로 북과 남에 위치한 건지산과 곤지산 및 완산칠봉의 주봉인 장군봉의 모습을 형용한 것이다. 그리고 누락된 부분 중의 "장군은 어대 가고"에 이끌려 종가본 제10행의 "甄萱將軍 무삼 일노"가 "견훤쟝군 어딕 가고"로 부적절하게 바뀌었다. 완산의 지세에 어두운 수용자의 암송에서 비롯된 결과로 보인다.

다음은 내용의 첨삭이 동시에 이루어진 예이다.

41 後苑前川 花柳景은 四時春光 길이 잇다
42 洛陽名園 만컷마는 이 곳 華麗 當할소냐
43 勝地에 佳節 맛나 안이 놀들 못할네라
→ 39 강남가려 졔왕쥬의 곳곳 경치 말ᄒᆞᆯ쇼야
40 남쳔 가의 셔쳔 가의 비단 싯는 져 여자야
41 교샹힝인 지쥬 마쇼 한슈 넙고 강이 길다
42 화류 가싀 화류 가싀 동남촌의 화류 가싀
43 낙양 명원 만컨만는 이 ᄭᅩᆺ 화류 당할쇼냐
44 호남의 졔일 승지 아니 놀던 못ᄒᆞᆯ네라

종가본의 제41행이 송곡본에 빠지고, 대신 송곡본의 제39행부터 제42행까지 4행이 추가되었다. 그 중 제40행과 제41행은 이른바 전주십경 중의 하나로 꼽히는 '南川漂母'를 소재로 한, 지역적 연고가 매우 강한 내용이다.[11] 때문에 완산의 현장 정보에 정통하지 못한 수용자의 입장에서 쉽게 추가할 수 있는 성격의 내용이 아니다. 따라서 현재 송곡본에만 있는 이 부분을 작자의 창작으로 보고, 오히려 종가본에 누락되었다고 하는 것이 옳다.[12] 그리고 실제로 이 부분이 종가본에 누락된 것은 종가본이 고본을 전사할 당시 '이 부분이 떨어져 나갔고 암송하는 것이 불분명하여' 생긴 일이라고 한다.[13]

마지막으로 송곡본에 내용이 추가된 예이다.

73 저 門前의 青樓妓生 琴瑟歌舞 다 용타데
74 枇杷花下 薛校書 油壁車中 蘇小小
75 凝粧盛服 燦爛하고 曲眉豊頰 아름답다
→ 70 이 문젼의 청누긔싱 금실가무 다 용타네
71 피파화ᄒᆞ 셜교셔 유벽겨즁 소쇼쇼
72 <u>남원의 츈향이요 강능의 믹화로다</u>
73 응장셩복 찰난ᄒᆞ고 곡미풍협 아람답다

---

11) 寒碧晴煙, 麒麟吐月, 南固暮鐘, 多佳射帿, 飛飛落雁, 德津採蓮, 威鳳瀑布, 東浦歸帆의 전주팔경에 坤止望月과 南川漂母를 더하여 전주십경이다. 이 전주십경 중 寒碧晴煙, 麒麟吐月, 南固暮鐘, 德津採蓮, 坤止望月, 南川漂母의 지명이나 정경이 <완산가>에 활용되어 있다.

12) 여기서 누락 부분을 보충하여 종가본을 재구해 보면 다음과 같다.
"南川 가의 西川 가의 비단 싯는 저 여자야/橋上行人 止住 마소 漢水 넙고 江이 길다/江南佳麗 諸王州의 곳곳 경치 말할소냐/後苑前川 花柳景은 四時春光 길이 잇다/花柳 가새 화류 가새 東南村의 화류 가새/洛陽名園 만컷마는 이 곳 華麗 當할소냐/勝地에 佳節 맛나 안이 놀들 못할네라"

13) 하성래, 「사애 민주현의 완산가고」, '6. 작품론' 참고.

후반부의 제5단 작자가 감영 본부에서 들려오는 풍악소리에 자신의 고단한 처지를 돌아보며, 재예와 아름다움을 겸비한 기생을 묘사한 부분이다. 중국 당나라 때 성도(成都)의 명기 설도(薛濤)와 남제 때 전당(錢塘)의 명기 소소소(蘇小小)를 들어 풍악을 울리는 기생을 비유하였다. 그런데 송곡본에서는 여기에 우리나라 남원의 춘향과 강릉의 매화를 더하여 전·후행이 대가 되도록 하였다. <춘향가>와 <강릉매화타령>으로 널리 알려져 일반화된 인물을 활용한 내용의 추가이다. 사실 설도나 소소소의 이름에 익숙하였을 작자와는 달리, 그러한 인물명이 생소한 수용자라면 춘향과 매화를 통해 비로소 이 부분의 기술 내용에 걸맞는 정서적 감흥을 느낄 수 있었을 것이다. 위에서 보았던 '남천표모'의 소재와는 상반된 경우로, 작품의 수용자에게 익숙한 관용적 표현이 자연스럽게 덧붙은 결과이다.

(4) 세주의 활용

귀글체로 된 <완산가> 송곡본에는 귀글 사이에 세필로 넣은 주석이 매우 빈번히 활용되어 있다. 작품 전반에 걸쳐 무려 130회 가량이나 된다. 송곡본이 전체 98행이니, 매 행마다 1회 이상의 주석을 가한 셈이다. 물론 이러한 주석은 종가본에는 없는 것으로, 자신을 비롯한 수용자의 작품 이해를 돕고자 하는 필사자의 의도에서 붙여진 것이다.

그런데 이러한 세주에도 작품의 수용자로서 필사자의 태도가 반영되어 있음을 볼 수 있다. 특히 두드러지는 것이 풀이 대상 어구에 대해 세밀하고 정확한 설명이 아닌, 간략하고 개괄적인 설명을 가하고 있다는 점이다.

㉮ 완산칠봉(完山七峯)은 젼쥬 일곱 봉이라
반쳡여(班婕妤)ᄂᆞᆫ 계집이라
유벽거(油壁車)ᄂᆞᆫ 슈리요 소소소(蘇小小)ᄂᆞᆫ 긔ᄉᆡᆼ이라
㉯ 풍긔(風氣)ᄂᆞᆫ ᄇᆞᄅᆞᆷ 긔운 조탄 말이라
지쥬(止住)ᄂᆞᆫ 셧지 말ᄂᆞᆫ 말리라
화류(花柳)ᄂᆞᆫ ᄭᅩᆺ귀경 간단 말이라
㉰ 만셰장츈(萬歲長春)은 우리나라 일홈이라
만경ᄃᆡ(萬景臺)ᄂᆞᆫ 졀 일호미라
공유(恭惟)ᄂᆞᆫ ᄉᆞᄅᆞᆷ이라[14)]

송곡본에 추가된 세주는 거의가 위와 같이 간략한 형태로 되어 있다. ㉮의 경우 '완산칠봉'의 일곱 봉 이름은 무엇인지, '반쳡여'의 신분은 무엇인지, '유벽거'는 어떤 수레이고 '소소소'는 어디 기생인지에 대해 추가 정보를 붙일 만도 하나 더 이상의 정보는 제공되어 있지 않다. 또 ㉯의 경우 '풍긔'·'지쥬'·'화류'에 대한 풀이는 '풍긔도 죠흘시고'·'지쥬 마쇼'·'화류 가싀'라는 구절로 포괄하여 보았을 때 비로소 그 뜻이 분명해진다. ㉰의 '만셰장츈'과 '만경ᄃᆡ' 및 '공유'에 대한 설명은 아예 적절하지 않다.

이렇듯 송곡본의 세주는 매우 간략하고 개괄적이며, 때로는 적절치 못한 경우도 있다. 이는 송곡본의 필사자가 <완산가>의 정밀한 독해보다는 개괄적인 줄거리 위주로 이해하고 수용하였음을 말해 준다.

---

14) 위의 괄호 속 한자는 필자가 병기해 넣은 것이다.

3.2. 변이 양상과 의미

앞 절에서 종가본과 송곡본의 내용상 대비를 통해 <완산가>의 변화된 모습을 살펴보았다. 그 과정에서 일부 자구의 교체, 기술 순서의 착종, 관련 내용의 첨삭, 세필 주석의 활용이라는 네 측면에서 주목할 만한 변화가 있었음을 볼 수 있었다. 이제 여기서 그러한 외적 변모에 수반된 작품 내적 변이 양상 및 그 의미를 정리해 보기로 하자.

내용에 있어서 변이 양상은 크게 다음 세 가지로 요약된다.

첫째, 객관적 사실에 대한 구체적 진술이 개괄적 표현으로 바뀌어졌다는 것이다. 그러한 예를 자구가 교체된 경우에서 볼 수 있다. 작자가 완산에 머물던 '二年'이라는 명시적인 기간이 보다 모호한 서술적인 표현으로 바뀌거나, 전라도의 '五十三州'가 '오십 쥬'로 교체된 것이 그것이다. 한편 이러한 태도는 송곡본의 행간에 붙은 주석에서도 확인할 수 있다. 매우 간략하고 개괄적인 주석 내용이 필사자가 작품을 개괄적으로 이해하고 수용하였음을 말해 준다. 명시적이고 구체적인 작자의 태도에 비해 이를 개괄적으로 인식하는 수용자의 태도가 드러난다.

둘째, 실제 경험의 사실적 표현보다는 정서적 감흥에 의존하는 경향을 보인다는 점이다. 작자는 실제 자신의 체험을 바탕으로 작품을 쓴다. 하지만 수용자는 그러한 작자의 직접 체험을 공유하지 않았으며, 작품 내용상의 현장 정보에도 익숙하지 않다. 따라서 수용자는 작품의 사실적 표현보다는 정서적 감흥에 의존하기 마련이다. 완산 기행 노정의 앞뒤 순서가 바뀐 부분에서 이러한 태도가 두드러진다. 완산 지세의 장군봉 관련 내용의 누락이나, '츈향'과 '믹화' 관련 관용적 표현의 추가에서도 이를 읽을 수 있다.

셋째, 작자에게 특별한 의미를 갖는 고유명사가 보통명사로 대체되었다는 것이다. 작자의 고향집인 '鳳頂山房'이 '슈간모옥'이라는 일반의 관용적 표현으로 바뀌었다. 이는 곧 <완산가>의 세계가 봉정산방 주인이었던 작자 민주현의 체험에 그치지 않고 일반화되어갔음을 의미한다. 즉 개인의 특수한 체험이 일반의 보편적 체험으로 바뀌어가는 것을 보여주는 유력한 표지이다. 만일 이러한 변이와 전승이 지속적으로 이루어진다면, 이 작품의 세계는 점차 작자와는 상관없는 익명의 터널로 빠져들게 될 것이다.

앞에서 필자는 <완산가> 종가본에는 작자의 원의가, 그리고 송곡본에는 수용자의 인식이 반영되었다고 지적한 바 있다. 따라서 송곡본에 나타난 위와 같은 변이는 다름 아닌 작품의 향유와 수용 과정에서 수용자의 태도가 반영된 결과이다.

그런데 이러한 변이가 일어난 까닭은 말할 것도 없이 송곡본의 성립이 필사자의 암송에 의존했기 때문이다. 암송의 근간을 이루는 기억과 구술 과정에서 자연스럽게 나타난 현상이다. 따라서 위에 정리한 변이 양상은 당연히 작품에 있어서 구비적 성격의 강화라는 의미를 갖게 된다.

가사문학에 있어서 구비적 성격의 발현과 그 운동 방향은 조선 전기보다 후기 사회로 옮아 갈수록 더 두드러진다고 한다.[15] 이러한 추세에 비추어 <완산가>는 그것이 실제 작품의 향유 및 수용 과정에서 어떻게 나타났는지를 구체적으로 보여주고 있다. 여기에 <완산가> 변이의 보다 큰 의미가 있다. 조선 후기의 많은 여성가사나 서민가사가 <완산가>와 유사한 향유 및 전승 양상을 가지고 있다는 점에서 시사해 주는 바 크다.

---

15) 고순희, 「가사문학의 구비적 성격」, 『고전문학연구』 제15집, 한국고전문학회, 1999, 103쪽.

4. 맺음말

민주현의 가사 <완산가>에는 두 가지 이본이 있다. 이른바 종가본과 송곡본이 그것이다. 이 두 이본의 성격을 살펴보면, 내용상 종가본이 원전에 보다 가까운 선행본인 것으로 파악된다. 따라서 종가본이 작자의 원의에 보다 충실하다면, 송곡본에는 수용자의 태도가 다소 반영되어 있다고 할 수 있다. 이 점에 유의하여 두 이본에 공통적인 <완산가>의 구성 내용을 살피고, 이어 두 이본의 대비를 통해 작품의 변이 양상을 고찰한 것이 이 글이다.

그 결과 먼저 <완산가>의 구성 내용이 크게 전반부와 후반부로 나누어짐을 볼 수 있었다. 명승지로서 완산의 지세와 역사 및 유람 기행을 다룬 전반부와, 작자 자신의 삶에 대한 회포를 과거와 현재 및 미래 순으로 노래한 후반부가 그것이다. 여기에서 <완산가>가 이원적 구성을 하고 있음이 드러난다. 기행가사 및 자전가사로서의 성격이 그것인데, <완산가>는 궁극적으로 후반부의 자전적 내용에 그 무게 중심을 두고 있다.

또 일부 자구의 교체, 기술 순서의 착종, 관련 내용의 첨삭, 세필 주석의 활용이라는 네 측면에서 두 이본의 내용을 세밀히 대비 검토하였다. 그리고 이를 바탕으로 작품의 향유와 수용 과정에서 일어난 내적 변이 양상을 세 가지로 요약 정리하였다. 구체적 사실의 개괄적 인식, 실제적 사실보다는 정서적 감흥 중시, 개별적 체험의 보편적 일반화가 그것으로, <완산가>의 이러한 변이에는 구비적 성격의 강화라는 의미가 있음을 아울러 확인하였다.

[자료] 〈완산가〉의 이본

(1) 종가본 원문

01 구경 가새 구경 가새 完山府 구경 가새 - [제1단 지세]
02 北斗以南 第一江山 風氣도 조흘시고
03 麒麟峯 솟앗난대 鉢峯이 둘너 잇다
04 節彼南山 維石巖巖 어인 胡僧 쟝재 선고
05 왼便에난 梨木臺오 올은便에 梧木臺라
06 뾰죽뾰죽 完山七峯 鬱鬱蔥蔥 佳氣로다
07 乾止山은 北에 잇고 坤止山은 南에 잇다
08 將軍은 어대 가고 투구 벗어 峯에 둔고
09 一千年前 굽어본즉 治亂相尋 하단 말가 - [제2단 역사]
10 甄萱將軍 무삼 일노 一方에 竊據하여
11 豺耽虎躍 數十載에 生民塗炭 하엿스며
12 神劍龍劍 亂臣賊子 金山佛堂 가이 업다
13 龍飛鳳舞 조흔 山水 눌 爲하여 생겻난고
14 扶輿磅礴 이런 氣勢 異人을 篤生한이
15 將軍樹 이 山中의 虎隕石 저 江邊의
16 無知한 山城別將 焉敢이나 犯할소냐
17 萬歲長春 仙李꼿 根本 따이 여기로다
18 漢乾坤의 豊沛오 唐天子의 隴西로다
19 聖朝昇平 五百年에 山高水淸 漠然하다
20 物衆地大 節度府의 五十三州 管轄한이
21 連袵成帷 揮汗成雨 臨淄城中 예 안인가
22 四時嬉遊 歌鼓相聞 杭州百姓 이럿튼가
23 山河도 아름답고 景致도 가득하다
24 玉流洞 차저간이 月塘處士 어대 가고 - [제3단 유람]
25 石間의 맑은 샘 잇기가 피엿는가.

26 寒碧堂 놉흔 집의 層層이 올나간이
27 네 壁에 싸인 懸板 안이 논 이 업다서라
28 저 江가의 뜨난 白鷗 무삼 物累 잇슬소냐
29 南固寺 져믄 쇠북 醉한 손이 다 깨더라
30 萬景臺에 놉히 빅여 風物을 四望한이
31 圃隱先生 가신 後에 石壁上의 글만 잇다
32 天涯日沒 浮雲合한이 玉京 못 본 恨이로다
33 東固寺 西固寺의 多少樓臺 煙雨中을
34 大路가의 大野中의 拱北樓도 廣豁하다
35 萬化樓를 나아간이 半空樓閣 壯하도다
36 濟濟한 學宮 선비 春誦夏絃 여긔로다
37 德眞池上 넙은 亭子 金陵에서 나단 말가
38 十里荷花 滿發한이 平鋪紅雲 蓋明鏡을
39 賀知章의 鏡湖런가 茂叔先生 濂溪인가
40 蓮之愛 그 누 알이 出於泥而 不染이라
41 後苑前川 花柳景은 四時春光 길이 잇다
42 洛陽名園 만컷마는 이 곳 華麗 當할소냐
43 勝地에 佳節 맛나 안이 놀들 못할네라
44 勝地도 조컨이와 이내 懷抱 들어 보소 - [제4단 과거]
45 나 本來 仙吏로서 玉帝의 香案 모셔
46 絲綸을 專혀 맛고 黼黻을 빗내던이
47 偶然이 薄譴 입어 人間에 謫降한이
48 赤壁洞天 十里地의 鳳頂山房 淸寒하다
49 自小로 배은 工夫 글 읽기를 힘쓰온이
50 三墳五典 八索九丘 灝灝噩噩 佶屈聱牙
51 英華를 咀嚼하야 萬卷書를 거이 본이
52 文章은 餘事로다 聖學을 내 하리라
53 堯舜禹之 精一心法 商湯周武 建中建極
54 洙泗의 敦仁博義 亞聖의 遏慾存理

55 濂翁의 太極 그림 橫渠의 理窟 말삼
56 程夫子의 布帛菽粟 朱先生의 蠶絲牛毛
57 恭惟 千載心이 秋水에 달 빗친다
58 中年의 나라 손이 鹿鳴을 노래한이
59 黃金榜 놉흔 일홈 始望에 밋첫스라
60 白晝의 錦衣로 鄕邦動色 하엿도다.
61 平生의 큰 抱負 白首潛郎 除授 바다 - [제5단 현재]
62 於焉間 無情光陰 二年을 나단 말가
63 淸肅한 齋室의 晝夜에 홀노 잇서
64 一柄燭이 벗이 되고 數卷冊子 겻헤 잇다
65 嗒然喪耦 南郭인가 焚香默坐 竹樓런가
66 瑞巖절 和尙 로장 仰壁觀心 하엿든가
67 長信宮의 班婕妤 秋夜羅帷 직히든가
68 심심하기 그지 업고 孤寥함도 測量 업다
69 東南村의 아는 벗임 考槃在澗 하엿슨이
70 城市囂塵 질기 밟어 이내 幽獨 慰勞하랴
71 하릴 업서 갈 수 업서 찬 齋를 직히온이
72 䒘 本府의 風樂 소리 南宮歌管 北宮愁라
73 저 門前의 靑樓妓生 琴瑟歌舞 다 용타데
74 枇杷花下 薛校書 油壁車中 蘇小小
75 凝粧盛服 燦爛하고 曲眉豊頰 아름답다
76 人之大慾 飮食 男女 그 누 無心 하랴만은
77 黃金白璧 업는 齋官 그 어이 도라보며
78 齋官 보고 온다 하나 齋官體禮 可할소냐
79 可笑롭다 나의 行藏 可笑롭다 浮世功名
80 男兒의 經濟大業 致君澤民 하렷든이
81 뜻과 갓지 못할진대 浮雲富貴 經營하랴
82 兒時但道 爲官好런이 老去方知 行路難을
83 表司直의 옛 글구 先獲我言 하엿든가

84 故園을 南望한이 白雲深處 내 집이라 - [제6단 미래]
85 門前의 薄田 잇고 시렁 우의 琴書 잇고
86 縞衣綦巾 질거우며 壎箎相和 情話로다
87 三逕의 잇는 松菊 아츰저녁 서서 보고
88 村秀才子 조차 놀아 尋行數墨 할 일이며
89 田翁다려 桑麻 뭇고 漁父 맛나 垂釣하고
90 山水에 徜徉하야 風月을 吟詠하면
91 人間의 질거운 일 그 밧계 또 잇슬가
92 나 일즉 山人으로 그 뜻이 懇切하나
93 明時를 마침 맛나 참아 永訣 못 하온이
94 箕山潁水 숨은 사람 이내 蹤跡 웃지 마소
95 나도 언제야 所願을 若干 갑고
96 急流에 물너나 碧山에 깃들일가 하노라

(2) 송곡본 원문

01 귀경 가싀 귀경 가싀 완산부을 귀경 가싀 - [제1단 지세]
02 북두 이남 졔일 강산 풍긔도 죠흘시고
03 긔린봉 쇼샤 난 ᄃᆡ 바리봉이 둘어 잇다
04 졀피남산 유셕암암 언인 호승 장지 션고
05 외인편의 오목ᄃᆡ요 올흔편의 이목ᄃᆡ라
06 뵤죡뵤죡 완산칠봉 울울총총 가긔로다
07 일쳘 연 젼 구버보니 치ᄂᆞᆫ상심 ᄒᆞ단 말가 - [제2단 역사]
08 견훤쟝군 어ᄃᆡ 가고 일방의 졀거ᄒᆞ야
09 용포호약 사십 연의 싱민도탄 ᄒᆞ여시이
10 신검용검 논신젹자 금산불당 가이 업다
11 용비봉무 죠흔 산슈 뉠 위ᄒᆞ야 삼견ᄂᆞᆫ고
12 부예방박 이런 긔셰 이인을 독싱ᄒᆞ니

13 장군슈 이 산즁의 호운셕 져 강가의
14 무지ᄒᆞᆫ 산셩별쟝 ᄉᆡᆼ심이나 범홀쇼냐
15 만셰장츈 셜니쏫 근본 짜히 여그로다
16 ᄒᆞᆫ 건곤의 풍픠요 당 쳔자의 농셔로다
17 셩죠승평 오ᄇᆡᆨ 연의 산고슈쳥 막연ᄒᆞ다
18 물즁지ᄃᆡ 졀도부의 오십 쥬을 관할ᄒᆞ니
19 연님셩유 휘한셩우 임치셩즁 에 아니가
20 사시호유 가고상문 향쥬ᄇᆡᆨ셩 이러턴가
21 산ᄒᆞ도 아룸답고 경치도 가득ᄒᆞ다
22 ᄒᆞᆫ벽당 노픈 집의 층층이 올낫가니 - [제3단 유람]
23 네 벽의 싸인 현판 아이 놀 이 업다셔라
24 져 강가의 뜻난 ᄇᆡᆨ구 무삼 물누 잇살쇼야
25 옥유동 차자가니 월당쳐사 어ᄃᆡ 가고
26 셕간의 솟은 시얌 잇긔가 찌엿는고
27 만화류을 나아가니 공즁 누각 쟝ᄒᆞ도다
28 졔졔혹 혹궁 션비 츈숑하현 여긔로라
29 남고사 져문 쇠북 취ᄒᆞᆫ 손이 다 씨더라
30 만경ᄃᆡ의 노픠 누어 풍물을 사망ᄒᆞ니
31 포은션ᄉᆡᆼ 가신 후의 셱벽상의 글만 잇다
32 쳔히일몰 부운합ᄒᆞ니 옥경 못 본 ᄒᆞᆫ이로다
33 셔고사 북고사의 다쇼누ᄃᆡ 연우듕을
34 ᄃᆡ로 가의 ᄃᆡ야 듕의 공북누도 광활ᄒᆞ다
35 덕진강만 노픈 정자 금능의셔 낫단 말가
36 십이하화 만발ᄒᆞ니 평포홍운 긔명경을
37 하지쟝의 감호런가 무슉션ᄉᆡᆼ 염계런가
38 연지ᄋᆡ 그 뉘 알리 일 부 경치 졔일이라
39 강남가려 졔왕쥬의 곳곳 경치 말홀쇼야
40 남쳔 가의 셔쳔 가의 비단 싯는 져 여자야
41 교샹힝인 지쥬 마쇼 한슈 넙고 강이 길다

42 화류 가시 화류 가싀, 동남촌의 화류 가싀
43 낙양 명원 만컨만는 이 ᄭᅩᆽ 화류 당할쇼냐
44 호남의 졔일 승지 아니 놀던 못ᄒᆞᆯ네라
45 승지도 됴커니와 이ᄂᆡ 회포 드러 보쇼 – [제4단 과거]
46 ᄂᆡ 본ᄃᆡ 쳔인으로 옥졔의 향안 뫼셔
47 사륜을 젼혀 맛고 보불의 빗ᄂᆡ다니
48 우연히 박견 입어 인간의 젹강ᄒᆞ니
49 물염젹벽 십이지의 슈간모옥 쳥한ᄒᆞ다
50 평ᄉᆡᆼ의 ᄇᆡ혼 공부 글 익기를 힘쓰오니
51 삼분오젼 팔삭구구 호호악악 길굴오아
52 영화 졔작ᄒᆞ야 만권셔를 거ᄌᆞ 보니
53 문장은 여사로다 셩학을 ᄂᆡ ᄒᆞ리라
54 요슌 젹 일심법 샹탕쥬무 건듕건극
55 슈사의 돈인박의 아숑의 알욕쥴이
56 염옹의 ᄐᆡ극 그임 횡거의 이굴 말슴
57 졍부의 포ᄇᆡᆨ슉속 쥬션ᄉᆡᆼ 잠사우미
58 공유 쳔지심이 츄슈에 달 빗쵠다
59 듕연의 나라 숀님 녹명 노릐ᄒᆞ니
60 황금방의 놉픈 이름 시방의 미차시랴
61 ᄇᆡᆨ쥬의 비단옷 여리동ᄉᆡᆨ ᄒᆞ단 말가
62 평ᄉᆡᆼ의 큰 포부 ᄇᆡᆨ슈낭잠 ᄒᆞ여시니 – [제5단 현재]
63 츈초의 이 불 가셔 츄동을 나단 말가
64 젹막ᄒᆞᆫ 한ᄌᆡ의 쥬야의 혼ᄌᆞ 잇셔
65 일 병 촉이 버시 되고 일 권 ᄎᆡᆨᄌᆞ 겻틔 잇다
66 탑연상우 남곽인가 분향묵좌 황쥬련가
67 쟝신궁의 반쳡여 츄야나유 지키던가
68 셔암 절의 화상 노장 앙벽관심 ᄒᆞ엿던가
69 심심ᄒᆞ긔 그지 업고 젹요ᄒᆞᆷ도 층양 업다
70 이 문젼의 쳥누긔ᄉᆡᆼ 금실가무 다 용타네

71 피파화ᄒᆞ 셜교셔 유벽겨즁 소쇼쇼
72 남원의 츈향이요 강능의 ᄆᆡ화로다
73 응쟝셩복 찰난ᄒᆞ고 ᄀᆡ미풍협 아람답다
74 인지ᄃᆡ욕 음식 남여 그 무심 ᄒᆞ랴마ᄂᆞᆫ
75 황금ᄇᆡᆨ벽 업ᄉᆞᆫ ᄌᆡ관 그 어니 도라보며
76 ᄌᆡ관 보고 온다 ᄒᆞᆫ덜 ᄌᆡ실체리 가ᄒᆞᆯ쇼야
77 동남촌의 아ᄂᆞᆫ 벗님 고반ᄌᆡ간 ᄒᆞ여시니
78 셩시효진 즐거 발바 이ᄂᆡ 유독 위로ᄒᆞ랴
79 할 업셔 갈 ᄃᆡ 업셔 뷘 ᄌᆡ를 지키오니
80 영 본부의 풍악 소ᄅᆡ 남궁가관 북궁슈라
81 가쇼롭다 가쇼롭다 부셰굉명 가소롭다
82 남아의 경졔ᄌᆡ엽 치군ᄐᆡᆨ민 ᄒᆞ려더니
83 뜻과 갓지 못ᄒᆞᆯ진ᄃᆡ 부운부귀 경영ᄒᆞ야
84 아시의 지도위관호러니 노시의 방지힝노란을
85 구사ᄌᆡᆨ의 옛 글구 션획아언 ᄒᆞ엿던가
86 고원을 남망ᄒᆞ니 ᄇᆡᆨ운심쳐 ᄂᆡ 집이라 – [제6단 미래]
87 문젼의 박젼 잇고 시ᄅᆡ 우히 옛 글 잇고
88 고의긔건 질거우며 훈지상화 낙쇼로다
89 촌슈ᄌᆡ작 됴ᄎᆞ 노라 심항슈묵 ᄒᆞᆫ 일이며
90 삼경의 인난 숑국 아참져녁 셔셔 보고
91 촌옹다려 상마 뭇고 어부 만나 슈조ᄒᆞ고
92 산슈의 샹양ᄒᆞ야 풍월을 히롱ᄒᆞ면
93 인간의 즐거운 일 이 밧긔 ᄯᅩ 잇던가
94 ᄂᆡ 본ᄃᆡ 산인으로 이 뜻지 간절ᄒᆞ나
95 명실을 맛참 만나 참아 영결 못 ᄒᆞ온니
96 긔산영슌 슌문 ᄉᆞ롬 이ᄂᆡ 죵젹 웃지 마쇼
97 나도 언제아 지원을 약간 갑고
98 급유의 물너나 벽산의 깃들일가 ᄒᆞ노라

4장 정해정의 석촌가사

1. 머리말

'석촌가사'는 조선시대 말 호남의 무등산 자락에 살았던 석촌(石村) 정해정(鄭海鼎:1850~1923)이 지은 두 편의 가사, <석촌별곡(石村別曲)>과 <민농가(憫農歌)>의 통칭이다. 창작된 때는 두 작품 모두 1884년(고종21)이다.

정해정과 석촌가사의 존재는 1980년 이상보가 쓴 「정해정의 석촌가사 연구」[1]를 통해 처음으로 세상에 알려졌다. 이상보는 이 글에서 정해정과 그의 작품 및 서지에 대해 개괄적으로 정리하고, 마지막에 <석촌별곡>과 <민농가>의 원문을 주석과 함께 소개하였다. 이후 석촌가사는 임기중이 역대의 가사를 집대성한 『역대가사문학전집』과 『한국가사문학주해연구』에도 수록되었으며,[2] 담양이나 호남의 가사를 말하는 자

1) 이상보, 「정해정의 석촌가사 연구」, 『명지대학교 논문집』 제12집, 1980(1993년 이회문화사에서 나온 같은 필자의 저서 『조선시대 시・가의 연구』에 재수록).

2) 임기중 편, 『역대가사문학전집』 제38・40권, 아세아문화사, 1998.
임기중 편저, 『한국가사문학주해연구』 제7・10권, 아세아문화사, 2005.

리에서도 항상 함께 거론되었다.[3] 또 근자에는 1870년대부터 1910년 사이의 가사를 모은 『개화기 가사 자료집』에 실린 바 있다.[4]

하지만 이런 소개에도 불구하고 정해정과 석촌가사에 대한 연구 자료는 매우 소략하다. 이상보에 의하면, 정해정의 유고로는 『석촌만흥(石村謾興)』 2책, 『회명대만초(懷明臺漫草)』 1책, 『석촌미정초(石村未定草)』 2책, 『석촌별곡』 1책이 있었다. 모두 작자 친필의 초고본으로, 이 중 『석촌별곡』에 가사 <석촌별곡>과 <민농가>가 실려 있고, 나머지에는 모두 한시문이 수록되어 있었다.[5] 그런데 이상보의 논문 이후 이 유고들은 모두 행방이 묘연해지고 말았다. 따라서 지금은 기존 연구에 이미 소개된 정보 이외에 작자가 남긴 1차 자료를 접할 수가 없으며, 이것이 곧 한동안 후속 연구가 이어지지 못한 이유이기도 하다.

이에 주변의 향토 자료 및 시대 상황을 고려하며, 필자는 그동안 두 편의 논문을 발표한 바 있다. 「정해정 <석촌별곡>의 배경과 서정」 및 「정해정 <민농가>의 배경과 성격」이 그것이다.[6] 전자에서는 <석촌별곡>이 근대의 기행가사로서 작자의 향토 기행과 더불어 시대적 감성을 담았다는 점에 주목하여, 작자와 작품 이해의 기본적인 배경과 더불어 작품의 내용 및 서정 양상을 살폈다. 또 후자에서는 역시 <민농가> 이

---

3) 박준규 · 최한선, 『담양의 가사문학』, 담양군, 2001.
김신중 · 박영주 외, 『담양의 가사기행』, 담양문화원, 2009.

4) 신지연 · 최혜진 · 강연임 엮음, 『개화기 가사 자료집』 6, 보고사, 2011.

5) 정해정의 유고는 1970년대 후반에 당시 부안여고 교감이었던 김형주(2013년 당시 84세)가 고물상의 폐지 더미에서 발견하여 구입하였고, 이를 이상보 교수에게 제공하여 학계에 소개되었다.

6) 김신중, 「정해정 <석촌별곡>의 배경과 서정」, 『국학연구론총』 제12집, 택민국학연구원, 2013.
김신중, 「정해정 <민농가>의 배경과 성격」, 『한국고시가문화연구』 제35집, 한국고시가문화학회, 2015.

해의 기본적인 배경과 함께, 이 작품의 내용 및 주제의식을 통해 농부가류 가사로서 갖는 문학적 성격을 해명하였다. 즉 <민농가>가 조선 후기의 농부가류에서 흔히 보이는 단순한 권농가사가 아니라, 이에 더하여 근대 격변기의 어려웠던 사회상을 적극 반영한 현실비판가사임을 밝혔다.

그런데 이 두 논문은 동일 작자의 다른 작품을 별도로 다루었기 때문에 부득이 일부 내용의 중복을 피하기 어려웠다. 이에 두 논문의 논의를 한데 아울러 석촌가사의 전모를 다시 정리한 것이 바로 이 글이다.

2. 석촌 정해정과 그의 시대

여기서 살피고자 하는 것은 석촌가사와 관련된 작자 정해정의 생애와 시대적 배경이다. 먼저 정해정의 생애에 대해 알려진 바를 정리해 보기로 한다.

정해정은 전라남도 담양 사람으로, 자가 장일(章一)이고, 석촌(石村) 외에도 석당(石堂)·방촌(放村)·방실(放室)이라는 호를 사용하였다. 석촌과 방촌이라는 호는 그의 향촌 이름에서 연유된 듯하나, 그곳이 지금의 어디인지는 분명하지 않다.[7] 1850년(철종1)에 태어나 1923년 74세로 세상을 떠났다.

7) 정해정이 <석촌별곡>을 지은 갑신년(1884) 늦봄에 초한 『석촌만흥』의 기록에 의하면, 석촌과 석당이란 호는 그가 묘령부터 사용하던 것으로 오랜 친구들이 붙여 주었고, 방촌은 그때 이미 고인이 된 친구 朴海陽이 정해 주었다고 한다. 하지만 그것들이 어디에서 유래하였는지는 밝혀놓지 않았다(이상보, 「정해정의 석촌가사 연구」, 『조선시대 시·가의 연구』, 이회문화사, 1993, 521쪽의 인용문 참고).

그의 집안은 영일정씨 운봉공파에 속한다. 그런데 운봉공은 정철의 3남 정진명(鄭振溟)이고, 정해정은 정진명의 10세손이다. 여기서 정해정이 곧 정철의 후예임을 알 수 있다.

『영일정씨세보』에 실린 정해정에 관한 기록을 그대로 옮기면 다음과 같다.

> 정해정의 초명은 해걸이고, 자는 장일이며, 호는 방실이다. 철종 경술년(1850)에 태어나, 계해년(1923) 11월 2일 세상을 떠났다. 수명은 74세이다. 묘는 동복의 이서면 상촌 전록 유좌에 있다. 아내는 제주양씨로, 임자년(1852)에 태어났다. 아버지는 양상술인데, 고암 양자징의 후손이다. 외할아버지는 함양 박계현이다. 계묘년(1903) 9월 6일에 세상을 떠났다. 묘는 건위 우록 폭포 위 축좌에 있다. 1남1녀를 두었다.[8]

세보의 내용으로 보아 정해정은 평생 동안 향촌을 지키며 살았으며, 그밖에 특별히 거론할 만한 두드러진 활동을 펼친 것으로는 보이지 않는다. 시종 향리에서 시문을 벗 삼아 산수 간을 오가며 생활하였다. 담양과 화순과 광주에 걸친 서석산, 즉 무등산 자락 일대가 그가 주로 노닌 곳이었다. 그의 학문과 사승에 대해서도 특별히 밝혀진 바 없다.

여기서 먼저 검토해야 할 문제가 '석촌'이 과연 지금의 어디인가이다. 정해정의 호이면서 향촌이기도 한 석촌의 위치가 분명하지 않다는 사실은 이미 앞에서 말하였다. 그런데도 다시 이 문제를 꺼내는 것은 석촌이 작품의 제목으로 쓰였을 뿐만 아니라, 서두와 말미의 공간적 배경이 되고 있기 때문이다. 특히 <석촌별곡>이 어떤 전형화된 공간을 배경으로

---

8) 海鼎 初諱海杰 字章一 號放室 哲宗庚戌生 癸亥十一月二日終 壽七十四 墓同福二西面 上村前麓酉坐 配濟州梁氏 壬子生 父相述 鼓巖子澂后 外祖咸陽朴啓鉉 忌癸卯九月六日 墓乾位右麓 瀑布上丑坐 育一男一女(『迎日鄭氏世譜』, 卷十八, 利編二上, 十二)

갖는 은일가사가 아니라, 실제적인 공간을 배경으로 하는 기행가사라는 점에서 더욱 그렇다. 석촌이 기행의 출발지와 귀착지가 되므로, 분명한 위치의 파악이 작품 이해의 선결 과제이다.

그런데 이 문제에 대해 필자는 이미 수년 전 다른 글에서 당시의 생각을 밝힌 바 있다.[9] 따라서 먼저 그때 말한 내용을 다시 정리해 본 다음, 이번에 새롭게 확인한 사실을 더하여 그 위치를 따져보기로 한다. 지난번 논의는 다음 두 가지로 요약된다.

하나는 석촌을 무등산 자락 광주호 상류의 광주시 충효동 '석저촌(石底村)'으로 보는 것이다. 무엇보다도 석촌과 석저촌이란 지명이 흡사하기 때문이다. 또 작자가 '서석산중 종산하(瑞石山中 鍾山下)'에 살면서 이 작품을 지었다고 하는 것[10]도 이런 추정과 관련이 있다. 석촌의 뜻을 '서석산 자락의 마을'이라고 본다면, 석저촌 역시 서석산 자락에 있기 때문이다. 하지만 그럴 경우 작품 서두의 '동산으로의 등정 출발'과 말미의 '망월의 깊은 골짝으로의 귀가'를 석저촌과 연관시키기에 지리적인 위치가 적절치 않다는 문제가 있다.

또 하나는 석촌을 서석산 자락 중에서도 지금의 담양군 남면 정곡리와 무동리의 어느 마을로 보는 것이다. 이 역시 '서석산중 종산하'라는 말과 관련이 있는데, 특히 '종산(鍾山)'의 위치를 고려한 것이다. 종산이란 이름을 지금은 잘 사용하지 않아 생소하나, 그것이 다름 아닌 정곡리의 사봉실과 무동리의 무동촌 뒤편에 있는 '북산'의 다른 이름이기 때문이다. 북산을 달리 소무등산(小無等山)이라고도 하는데,[11] 무등산 쪽에서

9) 김신중, 「정해정의 석촌별곡」, 『담양의 가사기행』, 담양문화원, 2009, 221~222쪽.
10) 이상보, 「정해정의 석촌가사 연구」, 『조선시대 시·가의 연구』, 528쪽.
11) 『담양군지』 하, 담양군, 2002, 1343쪽 참고.

보자면 꼬막재에서 규봉암 사이의 북동쪽으로 펼쳐진 억새평전 너머에 위치한다. 그 모양이 마치 북처럼 생겼다고 하여 '고산(鼓山)'이라고도 하나,[12] 사실 그 모양은 북이 아니라 종을 엎어놓은 형상이다. 그러므로 북산은 곧 고산이 아니라, '쇠북산[鍾山]'임을 알 수 있다. 이 산의 이마에 기암괴석이 아름다워 옛날 신선들이 모여 바둑을 두었다는 신선대가 있는데, 그곳이 바로 <석촌별곡>의 주요한 배경이다. 따라서 서석산 자락 중에서도, 종산 아래에 있는 정곡리와 무동리 또는 그 인근 어딘가에서 정해정이 살았을 것으로 추정된다. 특히 작품의 제1단과 제4단에 보이는 '동산(東山)'과 '망월(望月)'이 무동리와 인접한 지명이라는 점에서 무동리 쪽에 무게가 실린다.

여기서 필자가 최근 확인한 정해정 묘소의 위치는 두 번째 생각을 보다 구체적으로 확신시켜 준다. 앞에서 본 『영일정씨세보』에는 정해정의 묘가 '동복의 이서면 상촌'에 있다고 적혀 있다. 그런데 이 상촌이 바로 무동리와 접한 담양군 남면 만월리(望月村)의 지명으로 확인되기 때문이다. 즉 『한국지명총람』에 상촌은 만월리의 구룡촌 서쪽에 있던 마을로, 구룡촌과 함께 1950년에 일어난 한국전쟁을 겪으며 폐동되었다고 기록되어 있다.[13] 뿐만 아니라, 현장 답사를 통해서도 옛 상촌마을에 당시 수채의 민가와 서당이 있었다는 주민들의 증언을 들을 수 있었다. 현재의 자동차 도로를 동선으로 하면, 그 위치는 무동리와 화순군 이서면 인계리 송계마을 사이로 송계마을에 보다 가깝다.

이런 사실들을 종합해 볼 때, 정해정의 석촌은 지금은 없어진 만월리 상촌마을이었음이 거의 분명하다. 상촌은 뒤로 서석산과 종산, 좌우로

12) 『한국지명총람』 제14권, 한글학회, 1982, 89 · 91쪽 참고.
13) 『한국지명총람』 제14권, 88쪽.

무동촌과 송계마을, 그리고 앞으로는 망월촌과 접한 지역이다. 그곳이 바로 <석촌별곡> 제4단 머리에 나오는 '望月의 집픈 골착'이었다. 옛날 정해정이 올랐듯 지금도 여기에 국립공원 무등산에 오르는 등산로가 개설되어 있으며, 북산까지의 거리는 3km가 조금 넘는다. 그런데 정해정의 사후 그가 살았던 마을도 전쟁을 겪으며 없어졌고, 그를 기억하는 사람들까지 모두 흩어져버린 채 오늘에 이른다.

한편 정해정은 그의 나이 35세이던 1884년(고종21)에 <석촌별곡>과 <민농가>를 지었다. 이때가 그의 인생 중반의 가장 활기찬 시기였다. 반면에 이 시기는 또한 우리나라가 외세의 침탈로 인해 많은 수난과 변화를 겪던 때이기도 하였다. 1866년의 병인양요와 1871년의 신미양요에 이어, 1876년에는 일본이 침략하는 발판이 된 강화도조약이 체결되었다. 또 1882년에는 임오군란이 있었고, 이를 빌미로 청나라와 일본의 군대가 우리나라에 들어와 주둔하며 서로 대치하는 상황이 발생하였다.

석촌가사가 창작된 1884년의 10월에는 우리 근대사의 큰 사건으로 김옥균과 박영효 등 개화당에 의해 갑신정변이 일어났고, 그보다 앞서 같은 해 6월에는 복제개혁이 반포되었다. 복제개혁의 요지는 기존 복식을 간소화하여, 소매가 넓은 광수의(廣袖衣) 대신 소매가 좁은 착수의(窄袖衣)를 입도록 한 것이었다. 그런데 이러한 정책은 당시 조야의 큰 반발을 불러왔다.

황현의 『매천야록』에는 복제개혁의 내용과 파장이 다음과 같이 기록되어 있다.

> 6월에 의복 제도를 개혁하여 공사귀천(公私貴賤)에게 다같이 새로운 법식을 반포하였다. 박영효 등은 서양 제도를 사모하며 미친 사람처럼 좋아

> 하였다. 임금께 의복 제도를 바꾸라고 권하면서, 한가지로 간편하게 하는 것이 나라를 부강하게 만드는 첫 번째 일이라고 하였다. 민영익이 청나라에서 돌아와 의논하고는 합당하다고 하여, 윤5월에 비로소 절목(節目)을 정하였다.
>
> 공복(公服)은 소매가 넓은 홍단령(紅團領)을 없애고 위아래의 관리들이 모두 소매가 좁은 흑단령을 입기로 하였다. 사복도 도포·직령(直領)·창의(氅衣)처럼 소매가 넓은 옷들은 다 없애고 양반 천민이 모두 소매가 좁은 두루마기를 입도록 하였다. 벼슬하는 사람은 전복(戰服)을 더하고, 그 밖의 자세한 조목들은 대략 넓은 소매를 금하는 원칙을 따르며, 지나친 장식도 없앴다. 그러자 나라 안이 발칵 뒤집히고 사람들이 이 절목을 받아들이지 않았다.[14]

윤5월에 복제개혁의 절목이 정해지자, 그에 대한 반발이 매우 심했다는 것이다. 그래서 조정의 관리들과 성균관 유생 및 재야의 선비들이 다투어 상소하였다. 정해정이 석촌가사 발문에서 언급한 송병선도 그 중의 한 사람이었다. 이 일로 인해 조정이 한참 시끄럽다가 차츰 조용해지자, 6월에 복제개혁이 정식으로 반포되었다.

이런 일들을 겪으며 일어난 것이 정학과 정도를 지키고 사학과 이단을 물리치자는 위정척사운동이었다. 이 운동은 1860년대부터 외세와의 통상수교 및 개항을 반대하고, 정부의 개화정책을 비판하며 진행되었다. 이항로·기정진·최익현 등 보수적인 유학자들이 그 중심에 있었다.

정해정도 위정척사운동의 영향권 아래 있었다. 다음 장에서 논의하겠지만, 그는 자신의 시대에 있었던 많은 일들 중에서도 특히 복제개혁에 민감하게 반응하였다. 석촌가사는 바로 이런 개항과 개화로 대변되는 시대적 배경 속에서 창작되었다.

---

14) 황현 지음·허경진 옮김, 『매천야록』, 한양출판, 1995, 100~101쪽.

3. 석촌가사의 창작 동기

정해정이 <석촌별곡>과 <민농가>를 지은 동기는 무엇인가? 여기서 그것을 시대적 측면과 문학적 측면으로 나누어 살펴보기로 한다.

먼저 시대적 측면이다. 정해정은 마치 왜 이런 가사 작품을 지었냐는 물음을 예견이라도 한 듯, 작품 발문을 통해 창작 동기를 직접 밝혀 놓았다. 다음이 발문의 전문이다.

> <석촌별곡>은 불우에서 나왔으며, 또한 나의 뜻을 의탁한 것이다. 가사의 뜻은 지극히 간절하나 조법이 고르지 않아, 필시 고명한 사람의 웃음거리가 됨이 있다. 하지만 어찌 마음을 달래는 바탕이 되지 않겠는가? 무릇 노래라는 것은 본디 불평에서 말미암으니, 이런 끝이 곧 지금 나의 <석촌별곡>이다. 이것을 어찌 우연히 지었겠는가? 결계를 돌아보면, 곧 혜탄의 무리를 이루 말할 수가 없다. 감개를 금치 못하는 자가 유독 나뿐이 아닐 따름이라!
>
> 생각건대 우리나라의 훌륭한 옛 제도로 다만 의정이 있는데, 이 갑신년을 다시 당하여 일체를 변혁시키니 이것이 통곡처요, 연재가 이른바 '산에 들고 바다를 건너도 어디에 몸을 두어야 할지 모르겠다'고 함이 어찌 통읍처가 아니겠는가! 이제부터 이후로 문을 닫아 자취를 숨기고, 운림에 숨어 인사를 폐하고, 실낱같은 목숨을 스스로 보전할 것이다. 나를 아는 사람은 내가 지나치게 상했다고 이르고, 나를 모르는 사람은 내가 스스로를 버렸다고 비웃을 것이니, 더욱 이것이 걱정이다.
>
> 이즈음 간신이 권력을 제멋대로 휘둘러, 소인을 올리고 군자를 물리치며, 하늘의 해를 어둡게 가리고 성스러운 조정을 어지럽히니, 심간이 찢어지려 하고 눈물 콧물이 턱으로 흘러내려, 슬픈 마음이 몹시 심하였다. 지금 세정이 날로 사치함을 일삼고, 재물을 써서 탕진하고, 도적이 더욱 성행하고, 곳집은 비고, 세금에다 세금을 더하여, 생사람의 도탄일 따름이다.

하물며 또한 왜구와 청병이 해마다 늘어나 서울에 두루 머물고, 금년에 이르러서는 곧 지방에도 횡행하니, 이천의 탄식이 이미 목전에 닥쳤다.

<민농사>를 지음에 이르러서도, 역시 시사를 끌어들여 우매한 마음을 드러내었다. 비록 참망한 죄가 혹 있을지라도, 또한 미처 펴지 못한 뜻을 다했으니, 사사로운 것이 어찌 망령되지 않겠는가! 마음속이 끓어올라 도리를 알지 못하겠도다!

갑신년 칠월 이십구일 석촌이 취하여 쓴다.[15]

이 발문의 전반부는 <석촌별곡>에 대한 언급이고, 후반부는 <민농가>에 대한 언급이다. 정해정은 전반부에서 먼저 <석촌별곡>을 가리켜, 현실에 대한 '불우'와 '불평'에서 비롯된 노래라고 하였다. 또 이를 통해 스스로 마음을 달래고자 하였으니, <석촌별곡>이 우연히 이루어진 노래가 아니라고도 하였다.

그렇다면 작자를 이처럼 상심케 한 것은 무엇이었을까? 그가 상심한 가장 큰 이유는 갑신년(1884) 6월에 반포된 복제개혁에 있었다. 정해정은 당시의 여느 선비들처럼 전통 복제 즉 의정(衣政)을 매우 훌륭하다고 생각하였기에 복제개혁 조치에 크게 상심하였다. 때문에 복제개혁에 반대하여 상소하였던 송병선의 말에 공감하면서, 자신도 이제는 세상을 피

15) 右石村別曲 出於不遇 而亦寓己意 詞旨至切 調法不均 必有高明之貽哂 然豈不爲遣懷之姿耶 夫歌也者 素由於不平 這端則今余此曲 是豈偶爾而作歟 回視缺界 則蕙嘆之徒 不可覼縷說去矣 不禁感慨者 非獨余而已哉 惟我東壤 皇明古制 只有衣政 而值此涒灘重回之歲 一切變革 寔是痛哭處也 淵齋所謂 入山渡海 不知置身於何地 豈不痛泣處哉 自今伊後杜門裹蹤 蟄於雲林 以廢人事 自保縷命 知我者 謂我過傷 不知我者 哂我自棄 尤是忡悒也 際此 奸臣擅權 陟小人 黜君子 昏蔽天日 亂濁聖朝 心肝欲裂 涕泗交頤 哀愴之心 不無切至矣 目今世情 日事奢靡 財用蕩析 盜賊滋熾 倉廩乏空 稅外加稅 生民之塗炭已矣 況又倭寇與清兵 年年增益 彌留長安 至於今年則 橫行郡國 伊川之嘆 已迫目前矣 暨作憫農詞 亦控時事 以露愚昧之情 雖或有譖妄之罪 亦盡未伸之情 私者何不狂妄也哉 衷赤沸熱 不知所哉 甲申七月二十九日 石村醉毫(정해정, <跋文>. 원문은 이상보, 「정해정의 석촌가사 연구」, 『조선시대 시・가의 연구』, 530~531쪽에서 재인용)

해 산수 간에 숨어 지내겠다고 하였다.

여기서 <석촌별곡>의 창작 동기가 현실에 대한 불평, 특히 복제개혁에 대한 반발과 상심에 있었음을 알 수 있다. 그것이 곧 작자를 산수 간에 침잠하게 하였으며, 그 결과로 남은 것이 바로 <석촌별곡>이었다. 정해정이 작품의 한 세주에서 "개복조령을 보고 중심이 취한 듯 감회를 금치 못하였다. 때문에 손에는 낚싯대 하나 들고, 머리에는 삿갓 하나 쓰고, 산수 간에서 마음을 풀었다"[16]고 한 것 역시 같은 맥락의 발언이다. 창작 동기가 현실에 대한 반발과 상심에 있었기에 기행가사로서 <석촌별곡>에 나타난 서정은 명승 탐방의 순수한 동기에서 이루어진 일반 작품들과는 그 성격이 다르다. 이 점에 대해서는 다음 장에서 다시 논의할 것이다.

정해정은 또 발문의 후반부에서 계속 당시의 어지러운 정치와 민생, 그리고 외세의 침탈을 비판하며 개탄하였다. 그것을 적시하면 다음과 같다. 조정에서는 간신이 권력을 제멋대로 휘둘러, 소인이 득세하고 군자가 배척되었다. 지배층은 사치와 낭비를 일삼아 국고를 탕진하였고, 세정이 어지러워 세금에 세금을 더하였다. 그래서 민간에서는 도적이 성행하고, 민생은 도탄에 빠졌다. 게다가 일본과 청나라의 군대가 국내로 들어와, 서울은 물론 지방에서까지 활개를 치는 지경에 이르렀다.

이런 어두운 시사를 끌어들여, <석촌별곡>에 미처 다 펴지 못한 뜻을 나타내 지은 것이 바로 <민농가>[17]였다. 따라서 <민농가>가 겉으로 비록 농부가류의 노래 양식을 표방하였지만, 안으로는 당시의 복잡한 사회 현실을 반영하였으리라는 점을 쉽게 간파할 수 있다.

---

16) 見改服詔令 中心如醉 不禁感懷 故手持一竿竹 頭戴一笠子 放懷山水之間

17) 위 발문의 <민농사>가 곧 <민농가>이다.

이렇듯 <민농가>는 조선 말의 복제개혁과 외세의 각축 및 작자의 눈에 비친 어지러운 사회와 어려운 민생에 대한 반발로 창작되었다. 창작 시기는 당연히 1884년(갑신년) 6월에 있었던 복제개혁 이후이다. 그리고 작자가 창작을 마치고 발문을 쓴 같은 해 7월 29일 이전이다. 즉 <민농가>의 창작은 1884년 6월에서 7월 29일 사이에 <석촌별곡>과 함께 이루어졌다.[18] 계절상으로는 갑신년 늦여름에서 초가을 사이이다.

다음은 문학적 측면에서의 창작 동기이다. 정해정은 당시의 어두운 시사에서 비롯된 자신의 불편한 심사를 풀기 위해 왜 굳이, 다른 장르가 아닌 가사 양식을 선택하였을까? 그것은 곧 송강가사의 계승이라는 말로 설명할 수 있다.

정철의 후예였던 작자가 평소 송강의 가사를 좋아하여 심취하였음은 여러 경로를 통해 확인된다. 그의 한시에 <취독관동별곡여사미인곡(醉讀關東別曲與思美人曲)>·<청관동곡(聽關東曲)>·<가관동곡(歌關東曲)>이 있는데,[19] 작품 제목만 보아도 그가 송강가사를 좋아하여 읽고 듣는 것은 물론 직접 부르기까지 하였음을 알 수 있다. 특히 가사 <석촌별곡>을 보면 <성산별곡>이나 <관동별곡>과 유사한 표현들을 쉽게 볼 수 있는데, 이것 역시 송강가사를 애호한 결과였다. 뿐만 아니라 작품의 문면에 직접 '성산별곡'이라는 이름과 함께 식영정 주변의 유적들을 일일이 거명하며 노래하기도 하였다.

---

18) 그런데 석촌가사가 학계에 소개되며 <석촌별곡>만 1884년 7월 29일에 창작되고, <민농가>는 같은 해 동짓달에 지어진 것으로 잘못 알려져 왔다(이상보, 「정해정의 석촌가사 연구」, 『조선시대 시·가의 연구』, 528·530쪽 참고). 이는 <민농가>의 필사본 제목 아래에 적힌 '甲申至月日'이라는 기록에서 비롯된 착오로 보이는데, 이 기록은 <민농가>의 창작이 아니라 필사 시기로 보아야 할 것이다.

19) 이상보, 「정해정의 석촌가사 연구」, 『조선시대 시·가의 연구』, 527~528쪽 참고.

041 뎌긔 가ᄂᆞᆫ 六七詩隊 星山別曲 불의면셔
042 息影亭 올의야고 瀟灑園 ᄌᆞᆷ간 취코
043 環碧堂 竹林 밧긔 釣臺의 올나 서셔
044 鸕鶿嵓 紫薇灘을 有意킈 귀경ᄒᆞᆫ가
045 어와 뎌 君子야 뉘긔뉘긔 왓단 ᄆᆞᆯ고
046 긔 노림 죠쿼이와 언의 졔나 춤예ᄒᆞᆯ가[20]

신선대를 거쳐 종산의 정상에 올라 지금의 광주호 일대를 바라보며 느낀 감흥을 기술한 부분이다. 멀리 보이는 육칠 명 시객들의 노랫소리가 귀에 들릴 리 만무하지만, 작자는 그것을 당연히 '성산별곡'으로 듣는다. 시객들의 발과 눈이 머무는 '식영정', '소쇄원', '환벽당', '조대', '노자암', '자미탄'을 대하는 태도에는 자부심이 넘친다.

이렇듯 정해정은 자신의 선조가 남긴 가사를 좋아하였다. 따라서 당연히 그 맥을 잇고자 하였을 것이며, 그런 생각이 석촌가사를 창작하게 된 동기가 되었을 것이다. 송강가사 중에서도 <석촌별곡>과 공간적 배경이 겹치는 <성산별곡>의 영향이 컸던 것으로 보인다.

예로부터 무등산을 유람하고 그 사실을 기록한 문학 작품은 많다. 한시는 말할 것도 없고, 한문으로 된 유산기만 하더라도 고경명의 <유서석록>을 비롯하여 20편 가량이나 된다. 하지만 가사 작품으로는 <석촌별곡>이 유일한데, 그 문면에 송강가사 특히 <성산별곡>의 유풍이 실려 있다.

20) 이하 작품 인용은 임기중이 편한『역대가사문학전집』제40권에 영인된 필사본에 의한다. 각 행 앞의 순번을 의미하는 숫자는 필자가 표시한 것이다.

4. 석촌가사의 작품 내용

4.1. 향토 기행의 우울한 서정, 〈석촌별곡〉

<석촌별곡>은 석촌 정해정의 노래이자 서석산 자락의 노래이다. 율격은 4음보 1행 구성이 매우 정연하다. 전체 길이는 141행으로, 비교적 긴 편이다. 그렇다면 정해정은 과연 <석촌별곡>에서 무엇을 어떻게 노래하였을까? 여기서 살피고자 하는 것은 기행가사로서 이 작품에 표출된 서정의 모습이다. 이를 위해 먼저 작품의 내용부터 검토하기로 한다.

<석촌별곡>은 내용상 크게 전반부와 후반부로 구분된다. 전반부에서는 무등산의 일부인 종산 등정의 감흥 및 사모암을 찾아 선옹과 나눈 대화를 기술하였다. 또 후반부에서는 무등산 동편에 있는 적벽 일대 유람의 감흥 및 귀가 후의 소회를 기술하였다. 따라서 전반부와 후반부는 다시 각각 두 단락으로 나누어지고, 전체적으로는 4단 구성을 이룬다. 그런데 전반부와 후반부를 이루는 종산과 적벽 기행은 한 차례에 연속적으로 행해진 것이 아니고, 서로 다른 기회에 별도로 이루어졌다는 데 특징이 있다. 이 두 차례의 기행 체험을 한 작품으로 엮은 것이 <석촌별곡>이다.

여기서 <석촌별곡>의 구성 및 내용을 먼저 정리하면 다음과 같다.

[전반부]

제1단(제1행~제48행); 종산 등정과 그 감흥

↳노정: 석촌→동산→용추지→폭포대→신선대→종산 정상

제2단(제49행~제89행); 사모암에서 선옹과의 대화

[후반부]

제3단(제90행~제125행); 적벽 일대 유람과 그 감흥

↳노정: 고소대→진외정[적벽정]→청정재[창랑정]유지→태수대→창옹정[물염정]

제4단(제126행~제141행); 석촌 귀가와 남은 소회

<석촌별곡> 제1단의 종산 등정은 무등산의 대표적 절경인 서석과 입석에 대한 호기심에서 비롯된다. 노정은 석촌의 뒷산인 동산(東山)에서 시작하여 종산의 정상에 이른다. 먼저 동산을 지나면서는 그곳의 경치를 중국의 구양수가 쓴 <취옹정기>의 배경이 된 저산(滁山)에 견주고, 다시 용추지(龍湫池)와 폭포대(瀑布臺)를 지나면서는 그곳의 경치를 여산(廬山)에 비견하며, 여산에서 살았던 백낙천과 동봉과 이백을 떠올린다. 이윽고 가파른 석벽을 지나 신선대(神仙臺)에 오르니, 전해오는 말처럼 마치 신선들이 모여 바둑 두는 소리가 들리는 듯하다. 그래서 여기서는 소동파가 노닐며 바둑을 두었다는 백학관(白鶴觀)을 생각한다.

031 鷗峰은란 저만 두고 嵓上의 ᄌᆞ리 보아
032 저근덧 안ᄌᆞ씨니 松間의 우ᄂᆞᆫ 물셜
033 完然ᄒᆞᆫ 바돌 솔릐 丁丁ᄒᆞᆫ 落子로다
034 白鶴觀이 어ᄃᆡ관ᄃᆡ 바돌 솔릐 무ᄉᆞᆫ 일고
035 고쳐 올나 안존 말리 今世間의 靈境이라
036 登東皐而 舒嘯ᄒᆞ고 臨清流而 賦詩ᄒᆞ여
037 多事이 好古ᄒᆞᆯ 졔 이ᄂᆡ 心懷 어이ᄒᆞᆯ가

그리고 마침내 종산의 정상에 오르니, 발 아래 호수와 산이 광원하게 펼쳐져 있다. 저 멀리 <성산별곡>을 부르며 가는 듯한 시객들을 비롯

하여 식영정, 소쇄원, 환벽당, 조대, 노자암, 자미탄은 물론이고, 이미 없어져버린 서봉사의 옛터까지 한눈에 들어온다. 그런데 쓸쓸한 서봉사의 옛터를 대하자, 지금까지의 고양된 감흥이 가라앉으면서 어두운 쪽으로 분위기의 반전이 예고된다.

이어 제2단은 사모암(思慕庵)의 선옹을 방문하여 선옹과 나누는 대화로 이루어져 있다. 사모암은 서봉사의 남쪽 기슭에 있었다. 작자의 족숙 진사공이 세웠다고 하였으니, 그가 곧 작품 속의 선옹이다. 취면(醉眠)을 즐기고 백발창안(白髮蒼顔)을 가진 선옹은 기리옹(綺里翁)에 비견된다. 대화는 어찌하여 세상을 피해 종산에 숨어 사느냐는 선옹의 물음과 뒤를 이은 작자의 답변으로 이루어진다.

077 어와 뎌 神仙翁아 이ᄂᆡ 말 ᄌᆞ세 듯쇼
078 朋友親戚 다 발리고 故園兄弟 멀리ᄒᆞ니
079 이ᄂᆡ 마ᄋᆞᆷ ᄆᆡ친 실음 긔 뉘ᄅᆞ셔 알올숀가
080 退翁의 闕里 귀경 이졔 와 거더 두고
081 陶山景 써어ᄂᆡ여 외로 안ᄌᆞ 본노라니
082 어ᄃᆡ셔 오ᄂᆞᆫ 벗님 辨誣疏 외온 말리
083 크거나 뎌 큰 經綸 月翁의 度略이라
084 北征ᄒᆞ존 大老 의논 긔 아니 壯홀숀가
085 於焉 星霜 二百年의 寒潭秋月 흔젹 업ᄂᆡ

<권리가>와 <도산십이곡>으로 유명한 이황을 거론하다, 1598년(선조31) <무술변무주(戊戌辨誣奏)>를 지어 명나라 정응태의 무고사건 해결에 기여한 이정구의 도략과, 병자호란의 치욕을 씻고자 북벌 계획을 세운 송시열의 기상을 칭송하였다. 당시의 어려운 나라 현실을 적극적으로 돌파하고자 하였던 노력과 의지를 높이 샀기 때문이다. 그러면서 이

백 년이 지난 지금 또 다시 어려운 현실에 직면하였건만, 이를 돌파할 도략과 기상을 지닌 인물이 없음을 한탄하였다. 이어 근일에 들리는 불운한 소식을 호소할 데 없어 산수 간에 들었다고 하였다. 앞에서 본 시대적 측면의 창작 동기가 반영된 내용이다. 전반적인 서정의 분위기는 무겁고 침울하다.

제3단에서는 다시 새로운 기행이 시작된다. 일단 시간과 공간이 전반부와 전혀 다르게 설정되어 있다. "엇그졔 風雨 中의 일 업시 行裝 떨쳐/靑篛笠 綠簑衣로 漁父 쏠아 가노나니/姑蘇臺 어듸메요 臨皐亭이 여긔로다"라는 서두를 보면, 장면이 바뀌면서 '엇그제'라는 새로운 시점이 제시된다. 공간 역시 산중에서 물가로 바뀌어져 있다. 구체적으로 적벽강과 창랑강이 흐르는 화순군 이서면의 적벽 일대이다. 예전에 명승으로 이름이 높았지만, 1983년의 동복댐 건설로 인해 지금은 대부분 수몰되어버린 지역이다. 첫 번째 유람지는 낚시터였던 고소대(姑蘇臺)이고, 그 다음이 적벽정이라고도 하였던 진외정(塵外亭)이다. 둘 다 지금은 없는 유적이다.[21] 이곳이 소동파의 적벽과 이름이 같기 때문에 전후 <적벽부> 내용이 많이 언급된다. 이어 창랑강을 찾아 청정재(淸淨齋)의 유지를 보고, 태수대(太守臺)에 오른다.[22] 그리고 찾은 것이 창옹정(滄翁亭) 즉 물염정(勿染亭)이다. 여기에서 창옹정의 휜칠한 모습과 주변의 아름다운 경

21) 고소대는 동복댐 건설로 수몰되었다. 진외정은 언제 어떻게 세워져 없어졌는지 알 수 없으나, 이때까지는 있었음이 확인된다.

22) 청정재는 원래 丁岩壽가 선조 때의 기축옥사 후에 세운 滄浪亭인데, 나중에 宋時烈이 청정재로 이름을 바꾸어 바위에 새겨놓았다고 한다. 또 태수대는 鄭逑가 동복현감으로 있으면서 정암수의 창랑정에 대응하여 1590년(선조23)에 세웠다(김동수 편, 「누정관계 자료」, 『호남문화연구』 제15집, 전남대학교 호남문화연구소, 1985, 432~433 · 448쪽 참고). 그런데 이때 이미 청정재도 사라지고 없었으니, 작자는 바위에 새겨진 '淸淨齋'라는 세 글자를 본 것이다.

관에 감탄하는 모습이 크게 부각된다. 창옹정이 왕마힐의 별장보다 낫다고 하였다.

114 滄翁亭 가난 길로 石程의 倦步ᄒᆞ여
115 松林을 헤텨 가니 죠흘시고 ᄃᆡ 精榭
116 거동도 그지 업고 景物도 ᄒᆞ도홀샤
117 輞川의 別業인달 여와 엇지 건돌숀가
118 죠흠도 됴흘씨고 前後의 두른 翠屛
119 天孫의 雲錦紋을 뉘나셔 가자다가
120 구뷔구뷔 베혀ᄂᆡ여 八疊雲屛 믠가난고

마지막 제4단은 망월의 깊은 골짜기에 자리한 석촌으로의 귀가와 남은 소회이다. 유람을 마치고 석양에 집에 돌아오니, 꽃과 새들이 반겨 맞아 준다. 그러나 기쁜 마음도 잠시, 산창에 기대니 다시금 서글픈 마음이 밀려든다.

130 遭變ᄒᆞᆫ ᄃᆡ 曆數은 涒灘이 重回로다
131 嗚乎라 小大輿情 風泉悲感 아닐숀가
132 我東偏壤 저근 封疆 僅存遺物 무셔신고
133 廣袖麗帶 죠흰 거동 皇明舊制 긔 아닌가
134 이졔 와 불려두니 羅麗陋俗 어이홀가
135 燦然ᄒᆞᆫ 先王法服 어듸 가 ᄯᅩ 볼숀가
136 雙明律 갈마두고 憫農詩 외오고져

전변하는 운세 속에서 다시 맞은 이 갑신년에 생각해 보니, 강토가 좁은 조선에서 내세울 만한 옛 제도로는 '광수여대'를 착용한 복식이 남아 있을 뿐이다. 그런데 찬연한 선왕의 법복을 버리고, 천한 신라나 고려의 풍속을 따르게 된 것이 못내 통탄스럽다. 때문에 이제는 쓸모없게 된『대명률』과 같은 법전은 접어두고, 농사를 걱정하는 <민농시>나 외우겠다는 것이다. 이어 바람에 구름이 걷히자 태고 적 모습을 드러낸 서석을 자신과 동일시하며 작품을 마무리하였다. 제2단에서 선옹과 대화하는 방식을 취한 것과는 달리, 여기서는 서석을 향해 혼잣말을 하는 방식을 취하였다.

지금까지 <석촌별곡>의 내용을 네 개의 단락으로 나누어 살펴보았다. 그 결과를 정리하면 다음과 같다. 먼저 ①(제1단과 제3단)과 ②(제2단과 제4단)의 내용이 크게 대비된다는 점이다. ①에서는 각각 산과 물을 배경으로 일정한 노정에 따른 기행을 펼쳐보였고, ②에서는 각각 사모암과 자택이라는 정지된 공간에서 선옹과 서석을 향해 심정을 토로하는 방식을 취하였다. 또 ①이 전반적으로 유람 기행의 감흥에서 오는 밝은 분위기를 유지하였다면, ②는 시절에 대한 상심에서 오는 어두운 분위기를 유지하였다. 작품 전체로 보아서는 제1단에서 제4단에 이르기까지 명과 암이 차례로 반복되는 짜임을 보인다. 다음 표는 이런 내용을 요약한 것이다.

단락	공간적 배경	내용	정서
제1단	서석산 중의 종산	유람 기행의 감흥	밝음
제2단	족숙의 사모암	시절에 대한 상심	어두움
제3단	적벽 일대	유람 기행의 감흥	밝음
제4단	석촌의 자택	시절에 대한 상심	어두움

그런데 <석촌별곡>은 단락에 따라 부분적으로 밝고 어두운 정서가

반복되어 있기는 하나, 전체적으로는 시종 무겁고 어두운 분위기가 지배한다. 그것을 단적으로 짐작케 하는 것이 작품 서두와 말미에 나오는 서석의 모습이다.

001 뎌 ᄉᆞᆫ의 셧ᄂᆞᆫ 돌이 瑞石인가 立石인가
002 悠然이 보ᄂᆞᆫ 눈이 ᄌᆞ셰도 몰올씨고
003 夕日이 曚曨ᄒᆞᆫ듸 구름은 무ᄉᆞᆫ 일고
004 긔 뉘ᄅᆞ셔 ᄌᆞ셰 알아 놀ᄃᆞ려 일알ᄉᆞᆫ가 (서두)

137 어듸셔 부난 狂飄 瑞石의 ᄯᅳ난 구름
138 一時의 거더 가니 太古顔面 긔 아닌가
139 分明ᄒᆞ다 뎌 瑞石아 긔 아니 불벌ᄉᆞᆫ야
140 말 업고 是非 업시 啞昔聾今 ᄒᆞ여 닛다
141 나도 엇지 너와 갓치 脫屣今世 ᄒᆞ여셔라 (말미)

보다시피 <석촌별곡>은 무등산의 서석으로 시작하여 서석으로 마무리된다. 그런데 서두에 그려진 서석은 몽롱한 석일에 구름까지 끼어 잔뜩 흐려진 모습으로 서 있다. 이것이 곧 이 작품이 이루어질 당시의 시대상이었다. 이에 비해 말미의 서석은 사나운 바람으로 구름을 걷어내고 비로소 태고의 깨끗한 모습을 드러내었다. 이것 역시 서석에 보이는 자연 현상이면서, 좋은 시절이 오기를 바라는 작자의 소망이자, 현실을 피해 산수 간에 든 자신의 행적에 대한 합리화이기도 하였다. 따라서 작품의 서두에서 말미에 이르기까지 서석은 구름이 끼어 잔뜩 흐려진 모습으로 남아있게 된다. 이것이 어둡고 무거운 분위기가 <석촌별곡>을 지배하는 이유이다.

여기서 정해정의 현실인식과 대응방식을 생각해 보자. 정해정은 복제개혁을 비롯한 당시의 어두운 현실에 크게 실망하고, 그에 대한 대응으로 산수 간을 지향하였다. 같은 시대에 위정척사운동의 전면에 섰던 사람들이 상소 등을 통해 격렬히 저항했던 것과는 달리, 소극적인 도피의 방식을 택하였다. 때문에 그의 유람에는 현실에 대한 비감 또는 자신의 무력감에서 비롯된 우울하고 서글픈 정서가 수반될 수밖에 없었다. 또 이런 시대적 감성의 영향으로 유람의 감흥 또한 끝내는 어둡게 채색될 수밖에 없었다. 이것이 곧 일상적인 삶의 공간과는 다른 명승을 탐방하고 느낀 감흥을 경이로운 눈으로 기록한 보통의 기행가사들과는 다른, <석촌별곡>의 서정이다.

때문에 <석촌별곡>은 기행가사로서 유람의 감흥을 선명하게 잘 드러내 보이지 않는다는 특징이 있다. 그것은 다름 아닌 작자가 살았던 특수한 시대, 즉 국운이 쇠락해가는 근대의 시대감성이 작용한 결과였다. 하지만 <석촌별곡>은 어떤 전형화된 시간과 공간이 아닌 실제의 시간과 공간을 배경으로 하였고, 시간의 경과에 따른 노정을 구체적으로 기술하였다는 점에서 분명한 기행가사이다. 기행이 이루어진 때는 복제개혁이 반포된 갑신년(1884) 6월부터 발문을 쓴 7월 29일 사이로, 특히 7월의 어느 날들이었을 것이다.

그런데 <석촌별곡>은 처음 학계에 소개될 당시 기행가사가 아닌 은일가사로 인식되었다. 아마도 앞에서 말한 바와 같이 유람의 감흥이 선명하게 잘 드러나지 않았기 때문이었을 것이다. 또 작자의 주변 향토 기행을 다루고 있어 객창감이 크게 두드러지지 않는다는 점도 작용하였을 것이다. 그래서 지금까지 이 작품을 소개하거나 거론하는 자리에서 늘 은일가사로 취급되어 왔다. 하지만 작품 진행이 구체적인 시간과 노정을 따라 이루어진다는 점에서 기행가사로 분류되어야 할 것이다.

4.2. 권농을 통한 난정의 비판, 〈민농가〉

‘민농(憫農)’이란 말 그대로 농사를 걱정한다는 뜻이니, <민농가>는 농사가 잘못되지 않을까 걱정하여 살피는 노래이다. 외형상으로 4음보 1행의 율격이 매우 정연하며, 전체의 길이는 모두 55행이다. 어구에는 한문투가 많이 구사되어 있는데, 특히 『시경』의 어구가 빈번히 사용되었다. 이제 <민농가>의 내용 분석을 통해 작품의 성격을 천착해 보기로 하자.

<민농가>의 내용은 화자인 작자가 지나가는 ‘노농(老農)’ 또는 ‘농부’를 상대로 자신의 생각을 토로하는 청유형의 독백조로 시종 기술된다. 전체의 내용은 네 단락으로 구분되는데, 작품의 이해를 위해 먼저 그 요지를 제시하면 다음과 같다.

제1단(01행~04행); 천하의 대본으로서 농무의 중요성 강조
제2단(05행~25행); 전가에서 춘하의 적시에 행할 농사일의 권장
제3단(26행~50행); 나라의 문란한 세정과 소인의 발호 비판
제4단(51행~55행); 권농의 환기와 왕가의 소인 척결 주장

이 네 단락 중 제1단이 서사라면, 제2단과 제3단이 본사이고, 제4단이 결사이다. 비교적 짧은 작품이므로, 서사인 제1단부터 작품의 원문을 모두 제시하고, 그 내용을 차례로 살펴보기로 한다.

01 뎌긔 가난 뎌 老農아 이ᄂᆡ 農謳 ᄉᆞᆯ펴 듯쇼
02 國家의 밋난 근본 우리 黎民 긔 아니며
03 우리 黎民 밋난 근본 이ᄂᆡ 農務 아릴숀야
04 크거나 뎌 큰 事業 天下大本 이ᄲᅮᆫ이라[23)]

<민농가>의 서두는 지나가는 '노농'을 호명하는 것으로 시작된다. 이어 나라의 근본은 백성이고, 백성의 근본은 농무이니, 그것이 곧 유일한 천하의 대본이라고 하였다. 작품을 시작하며 의례적으로 농무의 중요성과 중농사상을 천명하였다. 여기서 <민농가>가 보통 농부를 청자로 삼아 농사일을 말하며 권농하는 기존의 농부가 양식을 표방하였음을 알 수 있다.

다음 제2단이다.

05 稷降播谷 됴흰 져 씨 徂隰徂畛 地理 ᄉᆞᆯ펴
06 破塊燒菑 이 暮春의 不違其歲 先務로다
07 粒我烝民 우리 聖主 南郊의 親耕ᄒᆞᆯ 제
08 六曹役官 農夫 도여 載芟載柞 ᄒᆞ올 져긔
09 井田法 고쳐 두고 豳風詩 외오난다
10 六府三事 允治ᄒᆞ니 万世永賴 이 공이라
11 子貢의 문난 정샤 宣尼말솜 足食이라
12 于嗟옵다 뎌 保介야 不可緩也 民事로다
13 農家의 克敏ᄒᆞᆫ 릴 既備酒事 ᄒᆞ자서라
14 火耕水耨 모든 百姓 疏通溝塍 힘써 ᄒᆞ니
15 南畝의 迎陽ᄒᆞ여 荒穢를 理去ᄒᆞ고
16 既庭既碩 ᄒᆞ온 후의 不稂不莠 ᄒᆞ여서라
17 厭厭ᄒᆞᆫ 뎌 碩苗를 긔 엇지 헐후ᄒᆞᆯ가
18 提鋤ᄒᆞ잔 모든 의논 辛苦타 말치 마쇼
19 이ᄂᆡ 公田 오월 ᄆᆡ고 이네 私田 ᄂᆡ릴 ᄒᆞ식
20 언듯 野日 當午ᄒᆞ니 汗翻漿 괼로 말쇼
21 이귀 뎌귀 빈 듸 업시 第一大關 討草로다

23) 이하 <민농가>의 작품 인용은 임기중이 편한 『역대가사문학전집』 제38권(422~424쪽)에 영인된 필사본에 의한다.

22 今日곳 奪時ᄒᆞ면 周箱魏箘 어ᄃᆡ 볼고
23 竭力勸耕 슬어 말쇼 一家之風 淳厚터라
24 麥飯藜羹 이ᄂᆡ 午饁 鼓腹歌로 擊壤ᄒᆞᆫ다
25 슐이야 ᄒᆞ건마난 無巡이 亂酌ᄒᆞᆯ가

본사에 해당하는 부분으로 먼저 봄을 맞아 때를 놓치지 말고 땅을 일구어 기장의 씨앗을 파종하라고 하였다(05~06). 이어 나라에서 농업을 장려하기 위해 임금이 몸소 관리들을 거느리고 적전을 갈던 친경을 언급하였다. 아울러 정전법과 같은 올바른 토지제도와 영농법을 베풀어 세상을 다스리니, 정치의 요체가 곧 백성을 배불리 먹이는 데 있음을 환기하였다(07~12). 그리고 전가에서 서둘러 할 일로 논밭의 도랑과 두둑 치기, 거친 땅 고르기, 싹이 자란 밭의 가라지 뽑기, 호미로 공전과 사전 매기를 들고, 그 중에서 무엇보다도 큰 일이 '토초(討草)'라고 하였다(13~21). 또 때를 놓치지 말고 경작에 힘쓸 것을 거듭 당부하며, 보리밥과 명아주국에 술을 곁들여 들에서 먹는 점심의 정취를 그렸다(22~25). 전반적으로 봄에 씨앗을 뿌리고 여름에 김을 매기까지 전가에서 행할 일을 개괄적으로 기술하였다.

다음 제3단이다.

26 田家의 困苦ᄒᆞᆫ 릴 稼穡艱難 몰올손야
27 撙儉節用 씨친聖訓 우리邦家 先政이라
28 뭇노나 東方貢稅 三代와 엇더ᄒᆞᆫ고
29 五十而貢 七十助은 夏殷의 遺法이요
30 百畝之徹 周人政은 什一之稅 긔 아닌가
31 일어탓 씨친 定制 列聖朝의 ᄲᅩᆫ을 바다
32 薄斂輕賦 ᄒᆞ오실 제 富而其隣 됴흴시고

33 엇디타 小人用事 肥瘠高下 못 正ᄒᆞ니
34 稅外加稅 무ᄉᆞᆫ 릴고 用又讐斂 어니ᄒᆞᆯ가
35 小東大西 어ᄃᆡ미요 抒抽其空 今日이라
36 二月新絲 몬져 팔고 五月新谷 다시 ᄂᆡ니
37 重嚴ᄒᆞ다 더 貢賦를 엇디 아이 둘려ᄒᆞᆯ가
38 어와 農夫덜아 失農곳 ᄒᆞ여 두면
39 이ᄂᆡ 重稅 어이ᄒᆞᆯ고 勤勞타 ᄉᆞ양 말쇼
40 이 ᄉᆡ니 져 ᄉᆡ이예 섯거 섯난 더 惡草를
41 엇디ᄒᆞ야 容舒ᄒᆞᆯ가 一切이 去根ᄒᆞᄉᆡ
42 못 제ᄒᆞ면 어이ᄒᆞᆯ리 宋人揠苗 이 탓시라
43 傷苗도 ᄒᆞᆯ여이와 種下生種 苛政이라
44 今年의 못 다ᄒᆞ면 明年鋤草 뉘나 ᄒᆞᆯ가
45 苗而不秀 秀不實은 이 ᄲᅮᆯ ᄯᅳᆺ시 긔 아닌가
46 若苗之 有莨莠른 奸臣과 엇더ᄒᆞ며
47 如粟之 有糠粃은 玁狁과 엇더ᄒᆞᆫ고
48 風雨 뒤의 더 蝗虫은 群賊갓치 나ᄂᆞᆫ고야
49 孑孑ᄒᆞᆫ 더 嘉禾른 君子갓치 困苦ᄒᆞᆫ고
50 이ᄂᆡ 野人 아일랴면 우리 君子 길울숀야

역시 본사에 해당하는 부분인데, 제2단의 안정된 분위기와는 달리 단락을 바꾸면서 전가의 어려움을 부각시켰다. 그리고 전가의 어려움을 초래한 주범으로 나라의 어지러운 세정을 지목하였다. 원래 동방의 조세제도는 하·은·주 삼대의 좋은 점을 본받아 가볍게 부과하였는데, 어쩌다 소인들이 득세하여 운용하며 경중을 따지지도 못하고 이중과세에 가렴주구를 일삼게 되었다고 하였다(26~34). 그래서 이 고을 저 고을 할 것 없이 전가의 생활은 어려워지고, 2월에 새로 짠 베와 5월에 수확한 햇곡식을 그대로 내다 팔아야만 하였으니, 중엄한 조세가 두려운 것은 당연한 일이었다(35~37). 때문에 그 무거운 세금을 내기 위해서라도 열심히 일할 수밖에 없다는 것이다. 특히 농부들에게 작물 사이사이에 섞여있는 '악초(惡草)'를 용서치 말고 뿌리째 뽑아내자고 하였으니, 악초를 곧 농사를 망치는 가장 큰 적으로 보고 증오하였다(38~45). 그리고는 시야를 나라로 확대하여 새싹 속의 가라지(莨莠)는 간신과 같고, 곡식 속의 쭉정이(糠粃)는 오랑캐와 같고, 풍우 뒤의 누리(蝗虫)는 도적떼와 같고, 외로운 벼(嘉禾)는 군자와 같다고 하였으며, 벼를 가꾸는 농부 즉 야인이 아니면 군자도 길러낼 수 없다고 단언하였다(46~50). 소인들에 의해 잘못 운용되고 있는 문란한 세정을 꼬집고, 농사를 정치에 비유하여 악초 같은 소인을 뿌리 뽑고 벼 같은 군자를 기를 것을 소망하였다. 당시의 많은 현실 문제 중에서도 특히 문란한 세정과 소인의 발호에 대한 비판이 주를 이룬다.

마지막으로 <민농가>의 결사에 해당하는 제4단이다.

51 ᄒᆞ자서랴 이ᄂᆡ 農本 더옥 비비 ᄒᆞ자서라
52 輸貢도 ᄒᆞ연이와 輔賢인달 아일숀가
53 黜少人 陟君子른 王家의 大政이요
54 除惡草 培嘉禾은 田家의 急務로다
55 어와 뎌 農夫아 고처 힘써 ᄒᆞ자서라

작품을 마무리하며 농본에 충실하자는 권농의식을 다시 환기시켰다. 농사가 곧 나라에 공물을 바치고 현인을 보좌하는 일과 직결되기 때문이다. 아울러 소인을 내치고 군자를 올리는 것이 '왕가의 대정' 즉 국가의 바른 인사이듯, 악초를 제거하고 벼를 잘 기르는 게 '전가의 급무'임을 역설하였다. 그러면서 다시 한번 '농부'를 호명하며, 함께 농무에 힘

쓸 것을 강조하였다. 겉으로는 전가에서 서두를 일을 보다 강조한 듯하지만, 기실 나라의 바른 인재 등용을 바라는 마무리이다.

지금까지 <민농가>의 내용을 네 개의 단락으로 나누어 살펴보았다. 여기서 각 단락의 내용을 주요한 진술 대상에 따라 다시 정리해 보이면 다음과 같다.

제1단; 나라의 근본과 백성(전가)의 근본
제2단; 나라의 권농 정책과 전가의 경작 활동
제3단; 나라의 문란한 세정과 전가의 악초 제거
제4단; 왕가(나라)의 대정과 전가의 급무

그런데 이렇게 정리하고 보면, <민농가>의 전체 내용은 큰 틀에서 서로 대비되는 두 가지 진술로 이루어져 있음을 알 수 있다. 나라의 일에 관한 진술과 전가의 일에 관한 진술이 그것이다. 작품의 표현을 그대로 사용하면, 두 진술 내용은 '왕가(나라)의 대정'과 '전가의 급무'라는 말로 요약된다.

그렇다면 이제 남은 과제는 이 두 진술을 통해 <민농가>가 지향하는 궁극적인 주제의식을 해명하는 일이다. 그 과정에서 <민농가>가 갖는 문학적 성격도 아울러 밝혀질 것이다.

<민농가>는 기본적으로 두 가지 진술 내용 중 전가의 일을 표면에 내세운 농부가류 가사이다. 하지만 그 내용을 기존 농부가류 가사와 대비해 보면, 무엇보다도 농사일을 기술하는 태도에 있어서 차이가 감지된다. <민농가> 역시 '노농'과 '농부'를 호명하며 이야기를 전개하였지만, 실질적인 농사 정보를 구체적으로 전달하고 있지는 않기 때문이다. 보편적인 농부가류 작품들이 달이나 절기, 또는 경작 과정에 따라 전가

에서 해야 할 일들을 소상히 순차적으로 알려주는 것과는 다르다. 그렇다고 하여 <민농가>가 작자 자신의 농경 체험이나 농촌 생활을 기술하는 데 목적이 있는 것도 아니다.

<민농가>에서 농사 정보를 제공하며 권농하는 내용이 크게 두드러진 부분은 제2단이다. 그런데 <민농가>의 창작 의도가 순수한 농사 정보의 전달에 있었다면, 제2단의 내용은 봄철의 파종에서부터 가을철의 추수에 이르기까지 일 년 농사의 전 과정을 다루었어야 할 것이다. 하지만 제2단은 정작 봄과 여름의 농사일만을 기술하는 데 그치고 있으며, 농사의 가장 요체라 할 가을걷이에 대해서는 언급조차 하지 않았다.

여기서 <민농가>의 창작이 갑신년 6월에서 7월, 즉 늦여름에서 초가을 사이에 이루어졌음을 상기할 필요가 있다. 작품의 문면에 기술된 시간이 바로 그 창작 시기를 반영한 것이라고 생각되기 때문이다. 즉 <민농가>가 봄과 여름의 농사일만을 기술한 것은, 작자가 작품을 창작할 시점인 늦여름 또는 초가을까지의 시간만을 의식하며 자연스레 창작에 임했던 결과였을 것이다. 이런 시간 표현은 곧 작자가 애초부터 한해를 아우르는 농사 정보를 정연하게 갖추어 전달하려는 의도를 갖고 있지 않았음을 말해 준다.

그러기에 제2단에 기술된 농사일 역시 전문적이기보다는 그저 개괄적인 언급에 그치고 있다. 봄에 땅을 잘 일구어 때 맞춰 씨를 뿌리고, 싹이 나서 자라는 동안 김매기를 철저히 하여, 잘 가꾸어야 한다는 것이 그 요지이다. 굳이 작자의 입을 빌지 않더라도 누구나 숙지하고 있을 만한 일들로, 전혀 특별하지 않은 내용이다. 때문에 이런 일상적인 농사일의 제시는 실제적인 유용한 정보의 전달보다는, 농사에 대한 주의를 환기시켜 농부들의 마음을 다잡게 하거나, 또 다른 제3의 메시지를 전달하는 데 더 큰 목적을 두었을 것이다.

이와 관련하여 특히 눈길을 끄는 것이 '토초', 즉 가라지와 같은 악초를 뿌리 뽑아야 한다는 것을 크게 강조하였다(21)는 점이다. 이는 곧 <민농가>가 겉으로 드러난 것처럼 단순한 권농이나 농사 정보의 전달에 그치지 않고, 이면에 또 하나의 숨은 의도를 가졌음을 말해 준다. 그것이 바로 제3단에 보이는 당시의 사회 및 정치 현실에 대한 비판이다.

농사일이 직접적인 기술 대상이었던 제2단과 달리, 제3단에서는 그것이 직접적인 기술 대상에서 벗어나 있다. 소인들에 의해 잘못 운용되는 나라의 어지러운 세정, 무거운 세금에 시달리는 전가의 어려운 생활상이 여기서 말하고자 하는 주요 내용이다. 때문에 뒤 이어 나오는 악초 제거 즉 토초를 재촉하는 내용(40~45)은 사실 전가에서 실제로 행할 일이라기보다는, 나라를 좀먹는 소인을 척결하자는 비유적 표현으로 읽힌다. 나아가 '가라지와 간신', '쭉정이와 오랑캐', '누리와 도적떼', '가화와 군자' 사이에도 매우 적절한 비유적 관계가 성립된다. 이런 비판적 기술을 끌어내기 위해 제2단에서 전가의 여러 일 중 특히 토초를 강조하였다.

그리고 결사에서 보듯, 전가의 급무는 결국 왕가의 대정과 연결된다. 따라서 전가의 급무가 악초 제거이듯 왕가의 대정은 곧 소인 축출에 있다는 것이, 작자가 <민농가>에서 말하고자 하는 궁극적인 주제로 떠오른다. <민농가>의 이런 주제의식은 앞의 창작 배경에서 검토한, 작자가 직접 작품의 창작 동기를 밝힌 발문의 내용과도 일치한다.

이렇듯 <민농가>는 이중적 주제의식을 가진 작품이다. 일차적으로는 전가 농무의 중요성을 강조하고 그것을 권장하는 주제를 가졌다. 그런 한편 나라의 문란한 세정과 소인의 발호를 비판하며, 소인의 척결을 주장한 또 하나의 주제를 내재하였다. 때문에 <민농가>는 작품의 성격상 농부가류의 권농가사이자, 현실비판가사로 분류된다. 그리고 권농가사보다는 현실비판가사 쪽에 보다 무거운 방점이 놓인다.

조선 후기 농부와 농업에 대해 변화된 인식을 바탕으로 새로이 등장한 농부가류 가사는 17세기 후반에 그 모습이 보이기 시작하여, 18세기를 거쳐 19세기에 대부분의 작품이 산출되었다. 지금까지 작자가 확인된 작품을 제작 시기 순으로 들면, 김기홍(1635~1701)의 <농부사>를 비롯하여, 작암(作菴)의 <부농가>와 김익(1746~1809)의 <권농가>, 정학유(1786~1855)의 <농가월령가>, 최내현의 <농부가>, 이기원(1809~1890)의 <농가월령>, 윤우병(1853~1930)의 <농부가>, 정해정(1850~1923)의 <민농가>, 이태로(1848~1928)의 <농부가>, 김주희(1860~1944)의 <권농가>, 김영찬(1866~1933)의 <권농가>가 있다. 이 중 김기홍의<농부사>가 17세기의 것이고, 작암의 <부농가>와 김익의 <권농가>가 18세기에 나왔으며, 나머지는 모두 19세기 이후에 이루어졌다. 이밖에 작자와 연대 미상의 작품으로 <권농가>, <기음노래>, <명당가>, <치산가>, 그리고 수 편의 <농부가> 등이 있다.

이런 농부가류 가사의 일반적인 내용은 작품들의 제목에서 보듯, 중농사상을 바탕으로 농사 정보나 지식을 전달하며 권농하거나, 일상적인 농경 체험 및 농촌 생활을 말한 것이었다. 이를 통해 농업 생산의 증대 및 인륜 도덕의 강화를 꾀하기 위해서였다. <농가월령가>, <농가월령>, <기음노래> 등에서 간혹 어려운 농가의 실상 및 농촌 현실에 대한 비판의 목소리가 보이기는 하나, 궁극적으로는 농촌 사회의 안정을 바라는 보다 큰 교화적 담론에 포섭되어 있었다.[24]

---

24) 길진숙, 「조선후기 농부가류 가사 연구」, 이화여자대학교 대학원 석사학위논문,

님군의 ᄇᆡᆨ셩 되아 은덕으로 살아가니
검의 갓ᄒᆞᆫ 우리 ᄇᆡᆨ셩 무어스로 갑하 볼가
일년의 환ᄌᆞ 신력 그 무엇 만타 ᄒᆞᆯ고
한젼의 필납ᄒᆞᆷ이 분의에 맛당ᄒᆞ다
ᄒᆞ물며 젼답 구실 토지로 등분ᄒᆞ니
쇼츌을 ᄉᆡᆼ각ᄒᆞ면 십일셰도 못 되ᄂᆞ니
그남아 못 먹으면 ᄌᆡ 쥬어 탕감ᄒᆞ니
이런 일 ᄌᆞ셰 알면 왕셰를 거랍ᄒᆞᆯ가[25)]

<농가월령가> '시월령'의 일부이다. 나라의 세정에 대해 <민농가>와는 매우 상반된 인식을 보여주는 부분이다. 환자(還子)와 신역(身役)과 조세(租稅)에 대한 언급이 그것이다. 나라에서 해마다 환곡에 붙이는 이자, 백성들을 부리는 신역, 논밭에 부과하는 조세가 결코 많지 않다고 하였다. 또 논밭의 조세는 토지에 따라 균등하게 나누는데 소출에 비하면 십분의 일도 되지 않고, 그나마 농사를 잘못 지으면 재해로 간주하여 탕감까지 해준다고 하였다. 그러니 이런 일을 자세히 안다면 납세를 거부하지 말고, 기한이 되기 전에 필납하는 것이 백성된 마땅한 도리라는 것이다. 어려운 농민들의 처지에 공감한 듯하면서도, 그들이 현실을 감내하며 순순히 따르기를 바라는 태도가 역력하다. 이것이 곧 현실 문제에 대한 농부가류 가사의 지배적인 담론이었다.

하지만 <민농가>의 내용은 이미 이런 담론의 경계를 크게 벗어나 있다. <민농가>에서 세금은 이미 십일세의 취지를 상실한 이중과세와 가렴주구에 다름 아니며(28~34), 무거운 세금을 내야하는 것은 백성된 도

1990, 75~81쪽, 92~98쪽 참고.

25) 박성의 교주, 『농가월령가 · 한양가』, 민중서관, 1974, 62쪽.

리 때문이 아니라 거납(拒納)하는 것이 두렵기 때문이다(37~39). 그래서 부지런히 악초를 제거하여 전가의 소출을 높이고, 궁극적으로는 악초와 같이 나라를 좀먹는 소인들을 몰아내자는 것이 작품의 요지이다.

이렇듯 정해정의 <민농가>는 현실을 향한 비판의 목소리를 농부가류의 어느 작품보다도 강화시켰다는 데에 특징이 있다. 이는 곧 <민농가>의 주제의식이 농촌 사회의 안정보다는 부당한 현실의 타파 쪽에 무게중심을 두고 있었기 때문이다. <민농가> 이후로는 일제강점기인 1912년에 창작된 이태로의 <농부가>에서 '국권 회복의 의지와 함께 주권의식을 고취'시키는[26] 강한 현실 지향을 보게 된다.

정리하자면 <민농가>는 당시의 시대정신을 적극적으로 반영하면서, 기존 농부가 양식에 내용상의 큰 변화를 가져왔다. 즉 겉으로는 농부를 호명하며 전가의 농사일을 말하는 권농가사를 표방하면서, 궁극적으로는 농사일을 통해 당시의 어지러운 사회와 정치적 현실을 선명하게 비판하였다. 이것이 바로 <민농가>의 독특한 성격이자 의의이다.

5. 맺음말

지금까지 정해정과 석촌가사에 대해 살펴보았다. 특히 작자 정해정이 살았던 시대 배경과 관련하여 <석촌별곡>과 <민농가>의 내용과 성격을 상세히 고찰하였다. 이제 그런 논의를 바탕으로 이 두 작품이 갖는 의의를 정리해 보기로 하자.

26) 구사회, 「우고 이태로의 <농부가>와 애국적 형상화」, 『국어국문학』 147, 국어국문학회, 2007, 309쪽.

먼저 <석촌별곡>은 정해정이 무등산과 적벽 일대를 유람하고 남긴, 이 지역을 노래한 유일한 옛 기행가사이다. 특히 무등산이 2013년에 국립공원으로 지정되면서 문화유산과 자연생태에 대한 관심이 높아지고, 반면 적벽 일대가 1983년의 동복댐 건설로 인해 수몰되어 거의 옛 모습을 상실하였다는 점에서도 더욱 관심을 끄는 작품이다. 그 속에 지금의 우리에겐 생소한 소중한 옛 지역 정보가 많이 들어있기 때문이다.

<석촌별곡>의 내용은 크게 전반부와 후반부로 구분된다. 전반부에서는 무등산 종산 등정 및 사모암 방문 사실을 기술하였고, 후반부에서는 적벽 일대 유람 및 남은 소회를 피력하였다. 보다 세부적으로는 다시 4단 구성을 보이는데, 작품의 진행에 따라 명과 암의 정서가 차례로 반복되는 양상을 보인다. 하지만 전체적으로는 무겁고 어두운 분위기가 작품을 지배한다.

여기서 작자의 산수에 대한 관심이 현실에 대한 '불우'와 '불평'에서 비롯되었음을 상기할 필요가 있다. 여느 기행가사들과 달리 <석촌별곡>에 유람의 감흥이 선명하게 드러나지 않고, 시종 우울하고 서글픈 정서가 주조를 이루는 것은 이 때문이다. 국운이 기울어간 시대의 독특한 감성이 작용한 결과였다. 또한 <석촌별곡>은 기행 대상이 생활 주변의 향토이기 때문에 객창감이 크게 두드러지지 않는다는 특징도 있다. 그래서 종래 이를 은일가사로 인식하였으나, 작품이 특정한 시간과 노정을 가졌다는 점에서 분명한 기행가사로 분류된다.

이에 비해 <민농가>는 은일이나 기행과는 좀 거리가 있는 권농가사로 알려졌던 작품이다. 하지만 여기서는 이 작품이 보통의 권농가사와 달리 현실비판가사의 성격을 강하게 지니고 있음을 밝혔다. 이를 위해 먼저 <민농가>의 내용을 세밀히 분석하고, 그 주제의식과 함께 농부가류 가사로서 갖는 문학적 성격을 해명하였다.

작품의 내용 분석은 작품 전체를 네 개의 단락으로 나누어 시도하였다. 그 과정에서 <민농가>의 내용이 다시 '전가의 급무'와 '왕가(나라)의 대정'이란 말로 요약되는, 서로 대비되는 두 가지 진술로 이루어져 있음을 확인하였다. 다시 말하면 <민농가>에 두 개의 주제의식이 내재되어 있음을 파악하였다. 그 하나는 전가 농무의 중요성을 강조하고 권장하였다는 것이요, 또 하나는 나라의 문란한 세정과 소인의 발호를 비판하며 소인 척결을 주장하였다는 것이다. 때문에 <민농가>는 작품의 성격상 권농가사이자 현실비판가사로 분류되며, 후자에 보다 큰 무게가 실려 있다고 보았다.

이렇듯 <민농가>에는 농촌 사회의 안정을 바라는 교화적 담론이 주류를 이루던 일반 농부가류 가사에 비해 현실비판의 목소리가 크게 강화되어 있다. 이는 곧 <민농가>에 와서 농부가류의 주제의식이 농촌 사회의 안정에서 부당한 현실의 타파 쪽으로 무게 중심을 옮겼음을 의미한다. 점점 고조되던 당시의 시대적 위기감이 반영된 결과였다.

따지고 보면 정해정은 위대한 문인도 아니고, 그렇다고 저명한 애국지사도 아니다. 다만 개화와 내정의 문란 및 외세의 침탈로 요동치던 어두운 시대를 살아가면서, 자신의 나라와 향토를 사랑하였던 이름 없는 한 선비였다. 석촌가사는 이런 정해정의 생각과 행적을 통해, 특수한 시대를 살았던 한 인물의 현실인식과 대응방식을 구체적으로 보여준다는 점에서 무엇보다 그 의의가 있다.

게다가 순탄하지 않았던 작품의 전승 과정도 흥미롭다. 석촌가사가 제작된 것은 지금부터 약 130여 년 전의 일이며, 작자 정해정이 세상을 뜬 것은 불과 90여 년 전의 일이다. 그런데 그의 사후 많은 변화가 있었다. 작자가 살았던 마을은 한국전쟁을 겪으며 이미 기억 속에서 사라져 버렸고, 이제는 향촌 인근 어디에서도 그를 기억하는 사람조차 찾을 수가 없다. 다만 그의 작품만이 우여곡절 끝에 살아남아 지금 우리 앞에 있다.

5장 장흥의 가사문학

1. 머리말

장흥가사는 장흥 사람에 의해 제작되었거나, 장흥을 배경으로 성립된 가사 작품이다. 따라서 장흥가사는 당연히 장흥 사람의 삶을 담거나, 장흥 지역의 풍물을 노래할 것이다. 이 글의 목적은 바로 그러한 지역문학으로서 장흥의 가사문학이 지닌 특성과 의의를 밝히는 데 있다. 나아가 이를 통해 장흥 지역 전통적 감성의 일단을 드러내 보이고자 한다. 물론 이러한 연구 목적은 종래 장흥에서 가사문학이 융성하였다는 사실을 전제로 한 것이며, 이 지역의 전통가사 작품만을 연구 대상으로 한다.

그런데 장흥의 가사문학 전반을 논의하자면, 맨 먼저 부딪치는 것이 장흥가사의 범주에 드는 작품의 선정과 그 접근 방식에 관한 문제이다. 워낙 논자에 따라 장흥가사를 헤아리는 입장이 다르고, 또 한두 편이 아닌 작품들을 대상으로 그 특성과 의의를 조감하는 일이 쉽지 않기 때문이다. 이러한 점을 고려하여 이 글은 앞에 제시한 개념을 기준 삼아 장홍가사의 범주에 드는 작품을 먼저 검토할 것이다. 그리고 검토된 작품들을 대상으로 이루어진 지금까지의 연구 동향을 분석하여 그 특성과 의의에 접근할 것이다. 다루는 내용이 장홍가사 전반에 미치는 것이기에, 논의 과정에서 개별 작품들에 대한 미시적 접근은 가급적 피하기로 한다.[1)]

2. 작품 현황

먼저 장홍가사의 작품 현황이다. 지금까지 발굴 소개된 장홍가사 작품은 모두 얼마나 될까? 비교적 간단해 보이는 질문이지만, 이 물음에 대한 답은 논자에 따라 상당한 편차를 보인다. 이러한 편차는 물론 그것들을 전해주는 문헌 기록의 모호함에서 발생한 측면도 있지만, 종래 가사 양식의 유통상 특성에 말미암은 것이기도 하다. 그러면 여기서 장홍가사임이 분명한 작품부터 차례로 보기로 한다.

장홍가사의 첫 작품은 <관서별곡(關西別曲)>이다. <관서별곡>은 백광홍(白光弘)이 명종 10년(1555) 평안도 평사가 되어 관서 지방을 두루 돌아보고 그 감흥을 노래한 것이다. 우리나라 기행체 가사의 첫 번째 작품으로도 유명하다. 백광홍의 사후에도 한동안 악부에 올라 가창되었음을 몇몇 기록들을 통해 알 수 있다. 즉 이수광은 『지봉유설』에서 최경창의 <증백광홍구기(贈白光弘舊妓)>를 예로 들며 <관서별곡>이 당시까지도 전창되어 이원의 기녀들이 그것을 들으면 문득 눈물을 흘렸다고 하였으

1) 이 글은 『고시가연구』 제27집(한국고시가문학회, 2011)에 실린 「장홍가사의 특성과 의의」 일부를 수정 보완한 것이다.

며,[2] 홍만종은 『순오지』에서 관서의 아름다움을 이 한 편에 그려 내었다고 하였다.[3]

<관서별곡>의 전통을 이어 조선 후기에는 노명선(盧明善)의 <천풍가(天風歌)>와 위세직(魏世稷)의 <금당별곡(金塘別曲)>이 나왔다. <천풍가>는 장흥의 천관산 기행을, <금당별곡>은 완도의 금당도(와 만화도) 기행을 내용으로 하였다. 그런데 금당도 역시 1896년 완도군이 설치되기 이전에는 장흥도호부에 속한 섬이었다. 그런 점에서 이 두 작품은 관리로서 임지의 기행 체험을 바탕으로 한 <관서별곡>과는 달리, 작자 자신의 향토 기행 사실을 노래하였음을 알 수 있다.

이러한 기행가사 외에도 재지사족들의 향촌 생활을 다룬 일련의 작품들이 조선 후기에 제작되었다. 그것들은 특히 주로 교훈적 내용을 담아 이루어졌는데, 그 작가로 위백규(魏伯珪)와 이상계(李商啓) 및 이중전(李中銓)이 있다.

이 중 장흥이 낳은 실학자로 이미 널리 알려진 위백규는 거의 평생을 향촌에 머무르며 교화와 저술 활동에 힘쓴 인물인데, 그의 소작으로 <자회가(自悔歌)>와 <권학가(勸學歌)>가 전한다. <자회가>는 작자가 자신의 회갑을 맞아 부모의 생전에 불효하였음을 스스로 참회하며 효의 도리를 설파하는 내용이고, <권학가>는 인간 본연의 심성을 잃어 방황하지 말고 열심히 학문에 임하여 성공할 것을 아이들에게 권면하는 노래이다.[4] 두 작품 모두 향리의 동족들을 향한 교화적 목소리가 두드러

2) 崔斯文慶昌 (中略) 贈白光弘舊妓曰 錦繡煙霞依舊色 綾羅芳草至今春 仙郎去後無消息 一曲關西淚滿巾 白光弘 曾任平安評事而卒 其所製關西別曲 至今傳唱 梨園諸妓 聞輒下淚故云 錦繡煙霞 綾羅芳草 乃其曲中語也(李睟光, 『芝峯類說』, 卷13, 文章部6, '東詩'條)

3) 關西別曲 岐峯白光弘所製 公爲平安評事 歷遍江山之美 騁望夷夏之交 關西佳麗 寫出於一詞(洪萬宗, 『旬五志』, 卷下)

진다.

또 이상계도 평생을 향촌에서 지낸 선비로, 노년에 이르러 자신의 삶을 돌아보고 이웃들을 경계하는 가사를 지었다. <초당곡(草堂曲)>과 <인일가(人日歌)>가 그것이다. <초당곡>은 작자가 나이 오십이 되어 향리에 초당을 세우고 그곳에서 물외의 삶을 즐긴다는 내용의 은일가사이고, <인일가>는 정월 초이레의 인일에 동족들과 모여 놀면서 인륜을 지키고 어진 일을 행하여 사람답게 살 것을 권면하며 불렀다는 교훈가사이다. 그런데 이상계의 <초당곡>은 은일가사로 분류되기는 하나, 자신의 한미한 오십 평생을 허망하게 돌아보며 잠기는 회한을 기조로 한다는 점에서 보통의 은일가사와는 그 정서가 다르다.

이중전 역시 이상계와 마찬가지 인물로, 그가 52세 때 지은 <장한가(長恨歌)>는 자전적 교훈가사이다. 작품의 전반부에서 자신의 인생 역정과 향촌 생활의 교훈을 말하였고, 후반부에서 노년의 초당 생활과 금강 유람의 소망을 피력하였다. 자신의 과거를 쓸쓸히 돌아보며 현재의 삶과 미래의 소망을 기술한 자전적 가사로, 이상계의 <초당곡>과 상통하는 바가 있으나 <초당곡>에 비해 교훈성이 더욱 부각되어 있다.

---

4) 이 <권학가>는 『魏門歌帖』과 가첩 『自悔歌』에 수록되어 있다. 그런데 『위문가첩』에는 그 작자가 표기되어 있지 않으며, 가첩 『자회가』에는 위백규로 되어 있다. 또 현재 <권학가>라는 이름으로 전해오는 작품만도 수종에 이른다. 때문에 논자에 따라서는 이 작품의 작자를 위백규로 보지 않고 미상으로 취급하기도 한다(이종출, 「위세보의 「금당별곡」 고」, 『한국고시가연구』, 태학사, 1989, 419쪽 및 김석회, 「『위문가첩』을 통해 본 조선후기 호남지방 향촌사족층 문학의 사회적 성격」, 『존재 위백규 문학 연구』, 이회문화사, 1995, 312·326쪽 참고). 하지만 이 <권학가>는 그 내용과 길이 등이 다른 작품들과 크게 다르므로, 여기서는 일단 가첩 『자회가』의 기록을 좇아 위백규의 작품으로 처리한다. 이상계의 <草堂曲>과 <人日歌>를 수록한 가첩 『초당곡』에도 작자 미상의 <권학가>가 실려 있는데, 그것은 위백규의 <권학가>에 비해 길이가 거의 두 배에 달한다.

이밖에도 2003년에는 <임계탄(壬癸歎)>이라는 작품이 새로 발굴되어 장흥 가사의 또 다른 면모가 부각되었다. <임계탄>은 영조 8년(1732, 임자)과 9년(1733, 계축)에 걸쳐 장흥 지역을 덮친 대기근의 참상을 고발한 현실비판가사로, 그 작자는 명시되어 있지 않다. 다만 작품의 내용을 통해 당시 장흥도호부의 관산 지역에 살았던 어떤 비판적 지식인이었을 것으로 추정된다.[5] 작품의 성립 시기는 그동안 현실비판가사의 서두에 놓였던 18세기 말의 <갑민가(甲民歌)>나 <합강정가(合江亭歌)>에 비해 60년가량 앞선다. 이 작품의 발굴로 기행과 교훈 위주의 장흥 가사에 현실비판이라는 주제가 추가되었다.

지금까지 든 장흥의 가사 작품은 모두 9편이다. 이 9편에 대해서도 이견이 전혀 없지는 않으나, 이것이 대체로 장흥가사로 확인되는 작품들이다. 다음 표는 이 작품들을 제작 시기를 좇아 정리한 것이다.

작품	작자	제작 시기	내용	수록 문헌
관서별곡	백광홍(1522~1556)	1555년(명종 10)	기행	기봉집, 필사본 잡가
천풍가	노명선(1647~1715)	17세기 말	기행	위문가첩, 필사본
금당별곡	위세직(1655~1721)	1707년 이전	기행	위문가첩, 가첩 자회가
임계탄	장흥부 관산 사람	1733년 무렵	비판	필사본
자회가	위백규(1727~1798)	1787년(정조 11)	교훈	위문가첩, 가첩 자회가
권학가	위백규(1727~1798)	18세기 후반	교훈	위문가첩, 가첩 자회가
초당곡	이상계(1758~1822)	1808년 무렵	은일	위문가첩, 죽촌가첩,필사본, 가첩 초당곡, 지지재유고
인일가	이상계(1758~1822)	19세기 초	교훈	위문가첩, 죽촌가첩,필사본, 가첩 초당곡, 지지재유고
장한가	이중전(1825~1893)	1876년(고종 13)	교훈	우곡집

5) <임계탄>을 발굴 소개한 임형택은 그 작자가 '1730년대 장흥의 관산에서 생존했던 선비' 중에서도 위백규의 부친인 위문덕(1704~1784)일 가능성이 있다고 보았다(임형택, 『옛 노래, 옛 사람들의 내면풍경』, 소명출판, 2005, 45쪽).

여기서 위 표를 보며 먼저 느낄 수 있는 것이 수록 문헌에 나타나듯 다양한 형태의 문헌 전승이 이루어졌다는 점이다. 『기봉집(岐峯集:1899년 간행)』·『지지재유고(止止齋遺稿:1958년 간행)』·『우곡집(愚谷集:1899년 성책)』이라는 개인 문집과 개별 작품의 필사본은 물론, 『위문가첩(魏門歌帖:연대 미상)』·가첩 『자회가(自悔歌:1959년 간행)』·『죽촌가첩(竹村歌帖:연대 미상)』·가첩 『초당곡(草堂曲:현대 필사)』[6]이라 일컬어지는 여러 작품을 한데 모은 가첩 형태가 이용되고 있다. 그 중에서도 특히 개별 작가의 문집이나 필사본보다는 다수 작가의 작품들을 함께 수록한 가첩 전승이 중심이 되고 있다. 이는 곧 장흥에서 가사의 향유와 유통이 개별 작가나 작품보다는 여러 작가와 작품을 함께 아우른 포괄적 형태로 이루어져 왔음을 의미한다. 다시 말하면, 종래 장흥에서 가사의 유통과 향유가 그만큼 활발하였다는 뜻이다.

각 가첩에 수록된 가사 작품은 다음과 같다.

① 『위문가첩』(8편); <금당별곡>, <자회가>, <초당곡>, <인일가>, <만고가(萬古歌)>, <천풍가>, <합강정가>, <권학가>
② 가첩 『자회가』(3편); <자회가>, <권학가>, <금당별곡>
③ 『죽촌가첩』(5편); <퇴계선생안택가(退溪先生安宅歌)>, <인일가>, <초당곡>, <상사곡(相思曲)>, <영종대왕처사가(英宗大王處士歌)>
④ 가첩 『초당곡』(7편); <초당곡>, <인일가>, <권학가(異)>,[7] <궐리가(闕里歌)>, <경독가(耕讀歌)>, <독락가(獨樂歌)>, <담락가(湛樂歌)>

---

6) 보통 『草堂曲全』이라 일컬어지는 가첩인데, '全'이라는 말이 가첩 이름이 아닌 '全部'라는 분량을 의미한다고 보아 여기서는 『초당곡』이라 하였다.

7) 앞에서 위백규의 작품으로 분류한 <권학가>와는 다른 작품이므로 <권학가(異)>로 구분하였다.

그런데 이 네 가첩에는 앞의 장흥가사 표에는 들어있지 않은 작품들이 상당수 수록되어 있다. 밑줄 표시를 한 『위문가첩』의 <만고가>와 <합강정가>, 『죽촌가첩』의 <퇴계선생안택가>·<상사곡>·<영종대왕처사가>, 가첩 『초당곡』의 <권학가(異)>·<궐리가>·<경독가>·<독락가>·<담락가>의 10편이 그것이다. 이 가운데 <만고가>는 영암 사람 박이화(朴履和)가 지은 역사가사이고, <퇴계선생안택가>와 <궐리가>는 <등루가(登樓歌)>라는 이름으로도 잘 알려진 작자 연대 미상의 교훈가사이다. 따라서 이 셋을 제외한 나머지 일곱 작품이 장흥과의 연고가 분명치 않은 미확인 작품으로 남는다.

여기서 문제가 되는 것이 바로 미확인으로 남은 일곱 작품의 처리 문제이다. 논자에 따라서는 이 작품들 중의 일부 혹은 전부를 장흥가사에 포함시키고 있기 때문이다. 그 논란의 가장 중심에 서 있는 것이 바로 <합강정가>이다.

알려지다시피 <합강정가>는 가을걷이가 한창인 가운데 옛 순창의 합강정에서 벌인 전라 감사의 호화로운 뱃놀이 행태와 그 폐해를 직설적으로 비판한 작품이다. 이 작품의 발굴 소개는 1966년 이종출에 의해 이루어졌는데,[8] <합강정가>의 여러 이본 중에서도 장흥의 『위문가첩』본을 통해서였다. 따라서 당연히 장흥의 위문에서 그 작자를 찾게 되었고, 마침 만년에 잠시 옥과 현감을 지낸 위백규의 이력에 주목하여 그를 이 작품의 작자일 것으로 추정하였다.[9] 물론 이와 같은 추정에는 합강정의 소재지가 지금의 전남 곡성군 옥과면 합강리라는 점도 고려되었다.

---

8) 이종출, 「「합강정선유가」고」, 『어문학논총』 제7집, 조선대학교 국어국문학연구회, 1966.

9) 이종출, 「'합강정선유가' 보유」, 『한국고시가연구』, 484~487쪽.

그런데 이후에 나온 다른 이본 및 자료들을 통해 보면 당시 전라 감사였던 정민시의 뱃놀이가 정조 16년(1792) 9월에 이루어졌음이 확인된다. 또 여기에 위백규가 옥과 현감을 지낸 것이 정조 20년에서 21년 사이였음을 감안하면, 그가 <합강정가>의 작자일 가능성은 매우 낮아진다. 4년 전에 있었던 뱃놀이를 직접 목격하지도 않고 그처럼 생생하게 그려낼 수는 없다고 생각되기 때문이다.[10] 다만 위백규가 옥과 현감으로 있을 때 이 <합강정가>를 접하여 간수하였고, 그러한 인연으로 <합강정가>가 『위문가첩』에 수록되어 전승되었을 가능성이 높다. 따라서 <합강정가>는 장흥의 가사라기보다는 장흥에서 유통된 가사라고 하는 것이 보다 적절할 것이다.

또 『죽촌가첩』의 <영종대왕처사가>는 조선 후기 십이가사의 하나인 <처사가>의 이본으로 확인되며, 가첩 『초당곡』의 <권학가(異)>는 이기원(李基遠)의 <권학가라>(필사본 『농가월령』 소재) 이본으로 그 앞부분만 취한 것이다. 나머지 <상사곡>・<경독가>・<독락가>・<담락가>에 대해서는 아직 그 이본들을 확인하지 못하였다.[11] 하지만 <합강정가>나 <영종대왕처사가> 및 <권학가>의 예에서 보듯 이 작품들을 장흥 사람의 소작이라고 판단하기는 어렵다. 관습성 짙은 내용으로 미루어 어느 한 작가의 순수한 창작물이기보다는 비슷한 유형의 작품들이 유통 향유되는 과정에서 파생된 이본이거나 개작일 것으로 보이기 때문이다. 그렇다면 이 작품들 역시 장흥의 유통 가사라 할 수 있다.[12]

---

10) 위백규가 옥과 현감으로 부임할 당시 전라 감사로는, 정민시에서 권엄과 이서구를 거쳐 서정수가 재임하고 있었다(『전라남도지』 제11권, 전라남도지편찬위원회, 1994, 56쪽 참고).

11) <상사곡>은 작자 미상의 달거리 노래인 <觀燈歌(일명 月令相思歌)>와 그 모습이 유사하나 동일한 작품은 아니다.

이밖에 문계태(文桂泰:1875~1955)의 <덕강구곡가(德岡九曲歌)>와 <덕천심원가(德泉尋源歌)>라는 작품을 장흥가사에 넣기도 하나, 이 두 작품 모두 외형상 4음 4보의 율격을 갖춘 글이 아니기에 여기서는 논외로 한다.

3. 연구 동향

지금까지 이루어진 장흥가사에 대한 연구 동향이다. 여기서 이를 장흥가사 작품에 대한 개별적 접근과 지역적 접근으로 나누어 정리한다. 그 중 작품의 개별적 접근에서는 새로운 작품의 발굴 소개 및 연구가 해당 작품별로 어떻게 이루어져 왔는지를 살핀다. 특히 초기 연구에서 밝힌 작품의 발굴 경위, 수록 문헌, 작자 추정 등과 아울러 연구가 진행되면서 작품의 성격이 어떻게 이해되었는가에 유의할 것이다. 또 작품의 지역적 접근에서는 장흥이라는 특수한 지역적 배경을 의식하고 행해진 몇 연구의 개요를 정리한다. 그런데 여기에 속한 연구들은 대체로 논의의 가장 큰 관심을 장흥가사의 범주 문제에 두었다.

3.1. 작품의 개별적 접근

앞에 든 장흥가사 9편 중 조선시대에 다른 지역까지 널리 알려져 가창되고 찬사를 받은 작품은 <관서별곡>이다. 즉 <관서별곡>은 장흥가

12) 넓게 보아 장흥의 유통 가사도 장흥가사에 준하여 논의할 수 있겠으나, 이를 대하는 태도에 있어서 장흥가사에서는 지역적 독자성을, 장흥의 유통 가사에서는 장르적 보편성을 보다 의식하게 된다.

사의 첫 작품이자, 그 중에서도 가장 유명했던 작품이다. 그런데 전승 과정에서 <관서별곡>의 우리말 가사는 한동안 그 모습을 감추었다가 1963년에야 비로소 학계에 알려졌다. 때문에 한때 <기성별곡(箕城別曲)>과 <향산별곡(香山別曲)>을 합한 필사본이 곧 이 작품이 아닐까 추정되기도 하였으며(이주홍:1955),[13] 일부 국문학사나 개론 등의 저술에서는 그 작자를 백광홍이 아닌 백광훈(白光勳)으로 오인하기도 하였다.

이러한 시기에 이상보(1963)는 『기봉집』에 수록된 <관서별곡> 원사를 찾아 그 존재를 처음으로 학계에 알리며 종래의 잘못된 견해들을 바로잡고 이 작품 연구의 초석을 놓았다. 특히 수록 문헌과 작자 및 작품에 대한 세밀한 고찰을 통해 <관서별곡>이 정철(鄭澈)이 지은 <관동별곡(關東別曲)>의 모체였음을 주장하였다. 이것이 곧 <관서별곡>뿐만 아니라, 장흥가사 연구의 본격적인 출발점이 되었다. 또 김동욱(1965)은 기봉집본과 잡가본(雜歌本)의 이본 대비를 통해 잡가본에 보다 고형이 유지되어 있음을 밝혔다.

이후 <관서별곡> 연구는 주로 그것이 기행가사라는 점을 주목하여 이루어졌다. 그러면서도 많은 연구가 <관서별곡> 자체보다는 다른 후속 작품들과의 영향 관계 해명을 통해 그 문학사적 의의를 찾고자 하였다(고경식:1967, 이병기:1975, 지종옥:1985, 정익섭:1987, 김성기:2004 등). 정철의 <관동별곡>을 비롯하여, 이현의 <백상루별곡(百祥樓別曲)>, 조우인의 <출관사(出關詞)>와 <관동속별곡(關東續別曲)>이 <관서별곡>과 대비된 작품들이다. 이밖에 최강현(1982, 2000)은 기행문학의 전반적인 면모를 아우르며 그 속에서 <관서별곡>의 위치를 조명하였다. 근자에는 그 공간인식에 주목하여 그것이 자연・풍류의 공간인 산수, 초월・상상의 공간

13) 이하 관련 문헌에 대한 서지 정보는 이 책 말미의 참고문헌에 함께 제시한다.

인 선경, 이념·도덕의 공간인 현실로 형상화되었다고 본 연구도 나왔다(박수진:2009).

<관서별곡>에 이어 『위문가첩』의 발굴은 장흥가사 연구의 획기적인 전기를 마련해 주었다. 이 가첩에 수록된 8편의 가사 중 <만고가>와 <합강정가>를 제외한 6편이 장흥가사이기 때문이다. 노명선의 <천풍가>, 위세직의 <금당별곡>, 위백규의 <자회가>와 <권학가>, 이상계의 <초당곡>과 <인일가>가 그것이다. 앞의 '작품 현황'에서 확인한 장흥가사 9편 중 무려 6편이 이 가첩을 통해 전승되고 있어 그 소중한 가치를 짐작케 한다. 장흥군 관산읍 방촌리 위세보(魏世寶:1669~1707)의 종손가에 전해져 온 『위문가첩』이 발굴 소개된 것은 1966년 이종출에 의해서였다.[14] 발굴 당시 표제가 없어 이종출이 위세보의 호를 따 『삼족당가첩(三足堂歌帖)』이라 이름하였으나, 이 가첩에 실린 대부분의 작품이 위세보 사후인 18세기 후반에서 19세기 초엽에 지어진 것이라 하여 김석회(1995)가 다시 『위문가첩』으로 고쳐 불렀다.

이렇듯 『위문가첩』이 이종출에 의해 발굴 소개되었기에, 여기에 수록된 작품들의 연구 역시 이종출에 의해 시작되었다. 먼저 <관서별곡>의 뒤를 이은 기행가사 <천풍가>와 <금당별곡>에 대한 연구이다. 이 두 작품은 처음 발굴 소개될 당시 관련 자료의 부족으로 인해 각각 제작 시기와 작자 추정에 착오를 거쳤다. <천풍가>는 작자인 노명선의 생몰연도가 사실보다 60년이 늦게 파악되면서 그 제작 시기도 18세기 중엽일 것으로 생각되다가(이종출:1966), 이후 최강현(1982, 2000)에 의해 바로잡히면서 17세기 말에 지어진 작품으로 자리매김 되었다. 또 <금당별곡>

14) 이와 같은 시기에 이종출은 이상계의 작품이 수록된 가첩 『초당곡』도 발굴 소개하였다(이종출, 「지지재 이상계의 가사고」, 『한국고시가연구』, 444~445쪽).

은 『위문가첩』의 기록을 좇아 처음에는 그 작자가 위세보거나 위백규일 것으로 추정되었으나(이종출:1967), 나중에 위세보의 『석병집(石屛集)』 기록을 근거로 그의 삼종형인 위세직으로 수정되었다(이종출:1973).

그런데 <천풍가>와 <금당별곡>은 같은 지역의 작가에 의해 이루어진 기행가사이기에 같은 자리에서 대비되어 논의되는 경향이 있었다. 그러한 예로 김석회(1995)는 <금당별곡>에 유교적 이념이 완전히 탈색된 순수한 유람 취향만이 드러나고 있는 데 비해, <천풍가>에는 이러한 유람 취향에 지은이 자신의 사회경제적 존재에 관한 번민과 자의식이 상호 간섭을 일으키고 있다고 하였다. 하지만 이 견해는 <천풍가>를 <금당별곡>보다 후대인 18세기 중엽의 작품으로 보고 있다는 데 문제가 있다. 김석회와 달리 이지영(1997)은 두 작품에 나타난 유람 체험과 양상의 대비를 통해 두 작품의 이러한 차이가 제작 시기상의 차이에서 오는 것이 아니고, 근본적으로 작자의 의식상 차이에서 비롯한다고 보았다. 또 박일용(1996)은 현실적 소외 의식을 탈피하기 위한 <금당별곡>의 선유 체험이 결국은 내면적인 좌절로 나타나고 있다고 하였으며, 유정선(1997)은 18세기에 들어 기행가사가 사실적 경치 묘사로 나아가는 것과는 달리 <천풍가>는 현실도피적 의식에서 비롯된 관념적인 경치 묘사를 보여준다고 하였다. 나아가 이 두 작품에 관인이 아닌 처사로서 자기 고장을 현양하고자 하는 의식이 표출되어 있으며, 이는 은거의 명분 의식과 관련이 있다고 보았다(유정선:1999). 이밖에 <관서별곡>까지 포함하여 장흥 기행가사 세 작품의 공간 인식과 그 문화적 배경을 살핀 연구(박수진:2009)도 있다.

다음 위백규의 <자회가>와 <권학가>이다. 이 두 작품은 이종출(1973)에 의해 소개된 이후 김석회가 특별한 관심을 표명한 것 외에는 아직 별다른 연구가 보이지 않는다. 김석회는 <자회가>를 18세기의 가부장제적 질서가 깨어지는 탈성리학적 생활 현실 속에서 현실을 그러한 질서 속에 묶어두기 위해 이루어진 '참회의 서정'을 옷 입힌 교술로 이해하였으며(1992), <권학가>가 다른 권학가류와 구별되는 변별적 개성을 연소층의 반학문적 풍조(遊食·遊樂)에 대한 개탄과 경계라는 주제적 관심에서 찾았다(1995).

이상계의 <초당곡>과 <인일가>의 연구 역시 마찬가지이다. 이종출(1966, 1989)에 의해 작품이 소개되면서 발굴 경위·수록 문헌·작자·작품에 대한 고찰이 있었는데, 그는 여기에서 이상계가 "전심성학하는 도덕적 관념에서 인일가를 짓게 되었고, 금서자오(琴書自娛)하는 은일적 내지는 풍류적 관념에서 서경적인 초당곡을 짓게 되었다"고 하였다. 나아가 김석회(1995)는 <초당곡>이 겉으로는 은일가사를 표방하고 있지만, 실은 자신의 직임(職任)이나 직역(職域)에 대한 확신을 상실한 19세기 초반 향촌 세거 사족의 삶과 의식을 드러내었다고 하였다. 또 <인일가>를 위백규의 <자회가>와 마찬가지로 향촌 사족층의 저락한 사회경제적 여건 속에서 동요하는 가정 윤리를 가부장제적 질서로 재정립하려는 노력의 일환으로 보았다.

이상의 『위문가첩』 수록 작품들과 달리 이중전의 <장한가>는 1980년대에야 발굴 소개된 작품이다. 당시 정익섭(1986)에 의해 수록 문헌 및 작자와 작품에 대한 자세한 검토가 있었다. 정익섭은 특히 작품의 제작 동기를 "作者의 人生觀 내지 思想을 펴보려는 의도와 제자와 자손들에게 敎訓과 警世의 표본으로 삼고자 한 것"에서 찾았는데, 후자에 보다 비중을 두었다.

또 임형택에 의해 발굴 소개된 <임계탄>은 "현실비판가사로서 가장 이른 시기에 출현한 작품이라는 사실이 주목될 뿐 아니라 최대의 성과라고 평가"되었다(임형택:2003, 2005). 보다 구체적으로는 작품에 드러난 살인적인 자연 재해와 인재로서의 폭정에 시달린 18세기 전반의 농민 현실, 그리고 조선 후기 현실비판가사의 전개와 관련하여 주목을 받았다(이형대:2003).

3.2. 작품의 지역적 접근

장흥이라는 지역적 배경을 의식하고 행해진 첫 번째 연구는 정익섭(1963)에서 볼 수 있다. 정익섭은 넓게는 호남의 가사문학을 논하는 자리에서, 장흥의 역사 및 자연 환경과 관련지어 <관서별곡>을 살폈다. 특히 작자가 일찍부터 탐진강과 제암산을 비롯하여 천관산 · 가지산 · 용두산 · 사자산 · 억불산 등의 고향 승경과 접하며 쌓은 시가에 대한 조예에서 <관서별곡>이 비롯되었다고 보았다. 그런데 이때에는 장흥가사로 확인된 작품이 아직 <관서별곡> 1편에 불과하였기에 다른 작품들은 전혀 거론되지 않았다. 이후 지역적 접근을 시도한 다른 연구들도 대개 이러한 장흥의 역사 및 자연 환경을 그 배경으로 지목했다.

이어서 다시 장흥가사에 대한 지역적 논의가 이루어진 것은 류연석(1994)에 의해서였다. 류연석은 전남의 가사문학을 살피면서 장흥의 전통가사로 <관서별곡> · <천풍가> · <금당별곡> · <자회가> · <권학가> · <초당곡> · <인일가> · <장한가>의 8편과 함께 <합강정가>를 위백규의 작품으로 보고 논의하였으며, 현대가사 작가인 고단(1922~)의 <소고당가(紹古堂歌)>와 <평화사시가(平和四時歌)> 등도 거론하였다. <임계탄>은 아직 발굴 전이라 언급하지 않았다. 김성기(1995) 역시 류연석과 같이 장흥의 전통가사 9편을 거론하며, 특히 장흥의 자연 환경과 <관서별곡> 중심의 논술을 펼쳤다.

그러는 동안 장흥가사 작품을 한데 모은 『장흥의 가사문학』(장흥군, 1997; 증보판 2004)이라는 책이 김석중 · 백수인에 의해 편찬되었는데, 여기(2004)에서 취급하고 있는 전통가사 작품은 무려 18편에 이른다. 앞의 '작품 현황'에서 표로 정리한 9편 외에도 『위문가첩』의 <합강정가>, 『죽촌가첩』의 <상사곡> · <영종대왕처사가>, 가첩 『초당곡』의 <권학가(異)> · <경독가> · <독락가> · <담락가>, 문계태의 <덕강구곡가> · <덕천심원가>가 포함되어 있다. 그런데 이 작품들에 대한 검토는 이미 앞에서 행한 바 있다. 그것을 통해 보면, 이 책이 장흥에서 유통된 작자 연대 미상의 작품 및 외형상 가사 율격을 갖추지 못한 작품까지를 모두 장흥가사에 포함시키고 있음을 알 수 있다.

지금까지 장흥가사의 연구 동향을 검토하였다. 그 결과 작품의 개별적 접근에 있어서는 새로운 자료의 발굴과 소개에 이상보, 이종출, 정익섭, 임형택의 업적이 큼을 볼 수 있었다. 특히 이종출에 의한 자료의 발굴과 연구가 두드러진다. 연구의 초기에는 일부 작품의 경우 작자나 제작 시기 추정에 착오를 보이기도 하였다. 작품별로는 조선 전기의 <관서별곡>을 중심으로, 조선 후기의 <천풍가> · <금당별곡> · <임계탄>에 대한 연구가 얼마간 이루어졌다. 나머지 작품들에 대한 접근은 미미한 편이다. 연구자들의 관심은 주로 <관서별곡>의 경우는 기행가사적 성격과 다른 후속 작품들과의 영향 관계에, 조선 후기 가사의 경우는 사회경제적 변화 속에서 이루어진 재지 사족들의 향촌 생활과 의식세계 및 당시의 농민 현실에 주어졌다. 또 지역적 접근에서는 장흥가사의 범주를 놓고 작자 연대 미상의 작품 처리에 이견이 있음을 볼 수 있었다.

4. 특성과 의의

이제 여기서 장흥가사의 특성과 의의를 정리해 보기로 하자. 이를 위해 먼저 현전하는 호남지역 전통가사의 시군별 분포부터 살핀다. 다음은 이 책의 제1부 '호남시가의 전개 양상' <표2>에 제시한 호남의 가사 작품 중, 근대의 종교가사를 제외한 나머지를 지역별로 정리한 것이다.[15]

지역명	정읍	순천	담양	고흥	영암	장흥	화순	남원	나주	보성
조선 전기	1	1	6	1	1	1	1			
조선 후기	3		12		3	8	1	5	3	2
지역명	해남	강진	부안	장수	진도	장성	고창	완도	진안	곡성
조선 전기										
조선 후기	2	3	4	1	1	4	2	1	1	1

위에 정리한 가사 작품은 조선 전기 12편, 조선 후기 57편, 모두 69편이다. 물론 이러한 수치는 새로운 자료의 발굴이나 기존 자료의 취급 방

15) 여기서 나철・학명・허욱의 근대 종교가사를 제외한 것은 그것들이 지역성보다는 종교적 체험을 위주로 하면서, 일반적인 전통가사와는 달리 짧아진 형태에 한 작가가 다작 경향을 보이기도 하기 때문이다.

식에 따라 달라질 수 있다. 하지만 이러한 분포를 통해 과거 호남에서의 가사문학 활동을 개괄적이나마 짐작할 수 있을 것이다. 위에서 조선 전기의 작품이 남아있는 지역은 <상춘곡>의 정읍을 비롯하여 순천·담양·고흥·영암·장흥·화순의 7개 시군이다. 그런데 다른 지역에 남은 작품은 모두 1편씩인데 비해, 특히 담양에는 6편이 남아 있다. 이서·송순·정철이 활동한 결과이다. 조선 후기에는 보다 많은 지역에서 작품이 조사되었고, 특히 담양과 장흥을 연고로 한 작품의 수가 많다. 12편의 담양과 8편의 장흥 다음으로는 남원에 5편이 분포하는데, 남원의 5편은 모두 정훈 1인의 소작이다. 여기서 종래 담양과 장흥에서 가사문학 활동이 활발하였음을 알 수 있다. 시기별로는 담양가사가 조선 전기부터 작품이 분포한 반면, 장흥가사는 대부분 조선 후기에 집중되어 있다. 조선 전기에 담양에서 우수한 작품들이 먼저 나왔고, 조선 후기에는 장흥에서 주목을 요하는 작품들이 많이 나온 결과이다.

한편 류연석은 전남의 가사문학을 논하는 자리에서 그 내용으로 강호한정, 연주충군, 유람기행, 도덕교훈 등이 주류를 이룬다고 하였다.[16] 이에 비추어 장흥가사는 '2. 작품 현황'의 표에서 보듯 유람기행과 도덕교훈이 중심이 되고 있으며, 조선시대의 보편적 주제인 강호한정과 연주충군이 거의 보이지 않는 대신[17] 현실비판이라는 보기 드문 내용이 포함되어 있다. 여기에서 장흥가사의 특성과 의의가 드러난다. 즉 조선 후기의 기행가사와 교훈가사 및 현실비판가사가 주류를 이룬다는 점과, 그것들이 다시 문학사에서 제각각 특별한 의미를 갖는다는 점이 그것이다.

16) 류연석, 「전남지방의 가사문학」, 『남도문화연구』 제5집, 순천대학교 남도문화연구소, 1994, 181쪽.

17) 은일가사로 분류한 이상계의 <초당곡>이 강호한정에 가까우나, 지나온 삶에 대한 회한을 담고 있다는 점에서 순수한 강호한정과는 거리가 있다.

기행가사는 크게 관유가사와 사행가사로 분류된다. 그리고 관유가사는 다시 작자가 '외직에 관리로 부임해서 이루어지는' 환유가사(宦遊歌辭)와, '개인적인 동기로 유람하는' 유람가사(遊覽歌辭)로 구분할 수 있다.[18] 그런데 범상치 않게 <관서별곡>은 환유가사의, <천풍가>(또는 <금당별곡>)는 유람가사의 첫머리에 놓인다.[19] 이는 곧 장흥의 기행가사가 한국 기행가사의 형성과 발전을 이끌어왔음을 의미한다. 장흥의 지역성을 의식한 연구들에서 이미 지적해 온 바와 같이 그것은 또한 장흥의 아름다운 자연 환경과도 밀접한 관련이 있다. 유람가사의 첫 작품인 노명선의 <천풍가>(또는 위세직의 <금당별곡>)가 국내의 다른 지역 명승이 아닌 작자 자신의 향토 기행 감흥을 노래하였다는 점이 그렇다. 이렇듯 기행가사의 출현과 새로운 유형으로의 발전을 이끌었다는 것이 바로 장흥가사가 갖는 첫 번째 의의이다.

다음으로, 교훈가사와 현실비판가사는 재지사족들의 향촌 생활과 밀접한 관련이 있다. 조선 후기의 향촌 사회는 18세기를 지나며 많은 문제를 드러낸다. 특히 재지사족들의 사회경제적 기반이 흔들리게 되었다. 사회적으로 그동안 공고하게 자리를 지켰던 가부장제적 유교 윤리가 도전을 받았고, 경제적으로는 더 이상 안정된 생활을 유지하기 어려운 현실에 직면했기 때문이다. 이에 위기의식을 느낀 향촌 사족들의 대응이 교훈가사와 현실비판가사의 등장을 견인하였다. 이 때 교훈가사가 향촌 내부 구성원들에 대한 인애와 교화의 목소리를 담았다면, 현실비판가사

18) 유정선, 「18・19세기 기행가사의 작품세계와 시대적 변모양상」, 이화여자대학교 대학원 박사학위논문, 1999, 11~13쪽 참고.

19) 같은 시기의 유람가사로 1704년에 지어진 권섭의 <寧三別曲>이 있는데, <천풍가>와 <금당별곡>의 제작 연도가 분명하지 않아 현재 그 선후 관계를 정확히 따질 수는 없다.

는 외부의 억압에서 비롯된 분노와 비판의 목소리를 담았다.

장흥 교훈가사의 경우, 위백규의 <자회가>와 이상계의 <인일가>는 점점 희박해지는 가정 윤리와 인륜에 대한 경계이며, 위백규의 <권학가>는 학문을 경시하는 부박한 사회 풍조에 대한 개탄이다. 또 한미한 자신의 처지를 돌아보며 지은, 이상계의 <초당곡>과 이중전의 <장한가>에도 유사한 교화의 목소리가 실려 있다. 그러기에 이러한 작품들의 독자는 당연히 가족이나 동족 혹은 제자와 같은 향촌 구성원이 되며, 그 유통 범위 역시 대개 향촌 사회에 머물게 될 것이다. 장흥가사가 주로 문중에 유통된 가첩에 의해 전승된 이유도 여기에 있다. 이와 같이 조선 후기 향촌 사회의 실상을 여실히 보여주고 있다는 점에 장흥가사의 두 번째 의의가 있다.

이에 비해 현실비판가사인 <임계탄>에는 경제적으로 피폐한 향촌의 현실이 생생히 그려져 있다. 물론 이러한 향촌 현실은 직접적으로는 대기근이라는 자연 재해에서 비롯된 것이다. 하지만 이에 못지않게 재난에 적절히 대처하지 못한 나라의 제도나 관리의 잘못도 크다. <임계탄>에 담긴 비판의 목소리는 이런 외부의 억압을 향한 분노의 표출이었다. 지금 우리가 <임계탄>의 작자를 알 수 없는 것은 바로 그것이 당시의 권력에 대해 위험한 내용을 담았기 때문일 것이다. 그런데 이 <임계탄>이 현실비판가사의 첫머리에 놓이면서, 그 최대 성과로 평가된다는 데 장흥가사의 또 하나 커다란 의의가 있다. 장흥 대기근에서 60년이 지나 합강정 일대에서 펼쳐진 전라감사의 뱃놀이를 비판한 <합강정가>가 장흥에서 전승되었다는 사실 역시 <임계탄>을 낳은 장흥의 비판적 감성과 무관치 않을 것이다. 동학농민혁명이 특히 장흥에서 최후까지 치열하게 전개되었던 것도 마찬가지 맥락에서 이해된다.

5. 맺음말

이 글은 장흥가사의 특성과 의의를 밝히기 위해 마련되었다. 따라서 그 목적에 도달하기 위해 먼저 현전하는 장흥가사의 작품 현황을 검토하고, 이어 지금까지의 연구 동향을 분석하였다. 그 과정에서 <관서별곡>을 포함한 9편의 작품을 장흥가사로 분류하였으며, 기타 관심의 대상이 되었던 작품들에 대해서도 그 성격을 살폈다. 또 9편의 작품에 대한 연구 동향 분석을 통해서는 연구자들의 관심이 주로 <관서별곡>의 경우에는 기행가사적 성격과 다른 후속 작품들과의 영향 관계에, 그 나머지는 조선 후기 향촌 사족들의 의식 세계 및 당시의 농민 현실에 주어졌음을 보았다. 그리고 이를 통해 장흥가사의 특성으로 조선시대의 보편적 주제인 강호한정과 연주충군이 거의 보이지 않는 대신 기행가사·교훈가사·현실비판가사가 주류를 이룬다는 점을 지적하였다. 아울러 각 유형에 속한 작품들이 모두 나름대로의 문학사적 의의를 지니고 있다는 것도 확인하였다.

그런데 기행가사·교훈가사·현실비판가사는 유람과 교화 및 비판 행위를 통해 작품이 성립한다. 또 이 세 가지 행위를 촉발시키거나, 그것들이 환기시키는 대표적 정서가 바로 유락과 인애와 분노이다. 따라서 장흥의 전통적 감성과 관련하여 이러한 정서가 어떻게 형상화되었는지 구체적으로 살피는 것이 개별 작품론의 과제로 남는다.

6장 송강가사의 당대적 가치와 현대적 수용

1. 머리말

송강가사(松江歌辭)로 통칭되는 송강 정철(鄭澈;1536~1593)의 가사 작품 <관동별곡(關東別曲)>과 <사미인곡(思美人曲)>·<속미인곡(續美人曲)> 및 <성산별곡(星山別曲)>에 대한 연구는 지금까지 여러 논자들에 의해 다방면에 걸쳐 이루어져 왔다. 작자인 정철에 대한 세밀한 작가론에서부터 각 작품들의 창작 시기와 배경, 이본, 내용과 구성, 정치관이나 자연관, 타 작품과의 비교, 유형, 진술 방식, 미의식 해명 등이 그것이다. 이렇듯 정철 및 송강가사에 대한 연구가 활발히 이루어져 온 것은 무엇보다 송강가사가 갖는 높은 문학적 가치 때문이며, 그 결과 우리는 흔히 정철을 가리켜 '조선시대 가사문학의 절정을 구가한 작가'라는 유의 평가를 내리는 데 주저하지 않고 있다.

그렇지만 전문적인 연구가 아닌 일반인의 작품 수용 쪽으로 눈길을 돌려보면, 우리는 송강가사에 대한 또 다른 인식의 한 측면을 어렵지 않게 접할 수 있다. 즉 송강가사가 그 위상에 걸맞은 기대만큼의 충분한 흥미나 감동을 주지 못한다거나, 작중 인물의 삶의 방식이 거부감을 느끼게 한다는 등의 불만이 바로 그것이다. 이러한 불만은 주로 독서나 교육 현장에서 제기되고 있는데, 그것은 무엇보다도 작품이 생성된 시기와 현대와의 시대적 차이에서 발생한 문제이기도 하다.

특정한 문학 작품에 대한 수용이나 가치 평가는 시대나 수용자에 따라 각기 다르기 마련이다. 더구나 고전문학의 경우 작품이 생성된 시기와 현대와는 대개 수백 년의 거리가 존재한다. 따라서 시대의 변화에 따라 달라진 언어적 표현은 차치하더라도, 그 작품 세계를 현대적 입장에서 어떻게 이해하고 수용할 것인가 하는 문제가 대두된다. 송강가사의 경우만 하더라도 그 제작 시기는 16세기 후반으로,[1] 현재와는 무려 400년 이상의 시차가 있다. 이에 송강가사 네 작품을 대상으로 하여, 그것을 산출시키고 향유하였던 조선시대와 현대와의 문화적 차이를 고려하면서 그 당대적 가치와 현대적 수용에 대한 문제를 살펴보는 것이 이 글의 목적이다.[2]

2. 송강가사의 당대적 가치

송강가사가 제작된 이후 조선시대 후기 사회를 지나며 인구에 회자되

1) <관동별곡>은 정철의 나이 45세가 되던 선조 13년(1580)에 창작되었으며, <사미인곡>과 <속미인곡>은 53세 때인 선조 21년(1588)에 창작되었다. 그리고 <성산별곡>은 그 창작된 시기가 분명하지 않은 작품이다.
2) 이 글은 『고시가연구』 제17집(한국고시가문학회, 2006)에 수록된 바 있다.

면서 꾸준히 수용되었던 이유는 무엇이었을까? 그것은 무엇보다도 당시의 수용자들이 남긴 각종 기록을 통해 알 수 있을 것이다. 정철의 가사와 시조 작품을 한데 모아 오늘에 전하는 『송강가사』를 비롯한 몇몇 소전 문헌의 기록[3] 및 후인들이 엮은 만록이나 가집류의 평문, 그리고 현장에서의 수용 및 가창의 흔적들을 담고 있는 각종 한역 내지 한시 등이 바로 그것이다.

다음은 그 중에서도 송강가사가 지녔던 당대적 가치를 비교적 잘 설명해주고 있는 만록류의 두 평문이다. 이미 널리 알려진 내용이긴 하지만, 다시 한번 검토해 보기로 하자.

> (가) 송강의 <관동별곡>과 <전후사미인가>는 우리나라의 <이소>이다. 그런데 그것을 한자로 쓸 수 없으므로, 오직 소리꾼들이 입으로 서로 주고받거나 혹은 한글로 전할 따름이다. 누군가가 칠언시로 <관동별곡>을 번역하였지만, 능히 아름답지는 않다. (중략) 지금 우리나라의 시문은 그 말을 버리고 타국의 말을 배웠으니, 설령 십분 상사하다 하여도 단지 앵무새나 구관조가 흉내내는 사람의 말에 지나지 않는다. 여항간의 초동급부가 흥얼거리며 서로 주고받는 것이 비록 비리하다고 할지라도 그 진위를 따

3) 목판본으로 현전하는 『송강가사』에는 星州本・關西本・李選本의 세 이본이 있다. 성주본은 정철의 5대손 鄭觀河가 성주 목사로 있으면서 영조 23년(1747)에 간행한 것이고, 관서본은 정철의 6대손인 鄭實이 영조 44년(1768) 관서 관찰영에서 간행하였다. 또 이선의 발문(1690)으로 보아 숙종조에 간행된 것으로 보이는 이선본(일명 一蓑本)은 가장 古本일 것으로 추정되는 판본이다. 이 밖에도 李季祥이 간행하였다고 하는 黃州本과 정철의 현손 鄭澔가 차례로 간행한 義城本 및 關北本이 있었다고 하나 전해지지 않는다. 이로 보아 송강가사가 제작된 후 100년에서 200년이 지나는 사이에 그 판각 작업이 지속적으로 이루어졌음을 알 수 있다. 송강가사를 수록한 문헌으로는 이 밖에도 1958년 경북대학교 대학원에서 석판으로 간행한 『松江別集追錄』이 있으며, 선문대학교 중한번역문헌연구소에서 최근에 발굴 소개한 영조 16년(1740) 경에 필사된 것으로 보이는 가집 『古今名作歌』에는 <관동별곡>이, 그리고 金成遠의 『棲霞堂遺稿』 부록에는 <성산별곡>이 수록되어 있다.

진다면, 참으로 학사 대부들의 이른바 시부라는 것과 함께 논할 수는 없다. 하물며 이 세 별곡에는 천기가 스스로 드러나 있고 이속의 비리함이 없으니, 자고로 우리나라의 참된 문장은 오직 이 세 편뿐이다. 그렇지만 다시 이 세 편을 논한다면 <후미인가>가 더욱 높으니, <관동별곡>과 <전미인가>는 그래도 한자어를 빌어 그 모양새를 꾸몄을 따름이다.[4]

(나) 우리나라 사람들이 지은 가곡은 오직 우리말을 사용하나 간혹 한자를 섞기도 하여, 대체로 언문으로 세상에 전하여 행해졌다. 우리말을 사용한 것은 나라의 습속이 부득불 그러하였기 때문이다. 그 가곡을 비록 중국 악보와 견줄 수는 없으나, 또한 볼 만하고 들을 만한 것이 있었다. (중략) 내가 그 장가 중에서 두드러지게 세상에 성행하는 것을 취해 간략히 평어를 가하면 다음과 같다.

<관동별곡>은 송강 정철이 지은 것이다. 관동 산수의 아름다움을 일일이 들어서 그윽하고 괴이한 경관을 설진하였다. 경물을 그려냄이 신묘하고 시어를 엮어감이 기발하여, 참으로 악보의 절사이다.

<사미인곡> 역시 송강이 지은 것이다. 『시경』의 '미인' 두 글자를 조술하여 우시연군의 뜻을 의탁하였으니,[5] 역시 영중의 <양춘백설곡(陽春白雪曲)>과 같다.

<속사미인곡> 역시 송강이 지은 것이다. 전사에서 미진한 생각을 다시 폈으니, 말이 더욱 교묘하고 뜻이 더욱 절실하여 가히 제갈공명의 <출사표(出師表)>와 백중하다고 할 수 있다.[6]

---

4) 松江關東別曲前後思美人歌 乃我東之離騷 而以其不可以文字寫之 故惟樂人輩口相授受 或傳以國書而已 人有以七言詩翻關東曲 而不能佳 (中略) 今我國詩文 捨其言而學他國之言 設令十分相似 只是鸚鵡之人言 而閭巷間樵童汲婦咿啞而相和者 雖曰鄙俚 若論眞贗 則固不可與學士大夫所謂詩賦者同日而論 況此三別曲者 有天機之自發 而無夷俗之鄙俚 自古左海眞文章 只此三篇 然又就三篇而論之 則後美人尤高 關東前美人 猶借文字語以飾其色耳 (金萬重, 『西浦漫筆』)

5) 『시경』에서 미인을 통해 연군의 정을 나타낸 작품은 '邶風'의 <簡兮>이다. <간혜>는 궁중에서 舞人이 임금에게 춤을 바치는 노래인데, 현자가 중용되지 못함을 풍자한 것이다.

6) 我東人所作歌曲 專用方言 間雜文字 率以諺書傳行於世 盖方言之用 在其國俗 不得不然也

위의 (가)는 김만중(金萬重;1637~1692)의 『서포만필(西浦漫筆)』에, 그리고 (나)는 홍만종(洪萬宗;1643~1725)의 『순오지(旬五志)』에 나오는 내용이다. 둘 다 숙종(1675~1720) 무렵의 기록인데, 조선 후기의 여타 평들도 위와 같은 내용을 답습하거나 유사한 언급을 반복하고 있다는 점에서 당시 송강가사 수용의 일반적인 모습을 보여주는 예라 할 수 있다.

그 내용을 들여다보면, 『서포만필』은 정철의 <관동별곡>·<사미인곡>·<속미인곡>이 이른바 시부와 같은 한문학이 아닌 우리말 노래로서, 그 안에 천기가 스스로 드러나 있고 이속의 비리함이 없다는 점에서, 우리나라의 참된 문장은 오직 이 세 편뿐이라고 하였다. 특히 한자어[文字語] 의존도가 낮다는 점에서 <후미인가> 즉 <속미인곡>을 다른 두 작품보다 더욱 높이 평가하였다. 송강가사를 작품별로 구분하기보다는 일괄하여 작자의 우리말 구사 능력에 초점을 맞추어 언급하고 있음도 볼 수 있다.

이에 비해 『순오지』는 중국의 악부와는 다른 우리나라의 가곡을 논하는 자리에서 <권선지로가(勸善指路歌)>·<면앙정가(俛仰亭歌)>·<관서별곡(關西別曲)> 등 당시의 두드러진 장가와 더불어 정철의 세 작품을 개별적으로 언급하였는데,[7] <관동별곡>은 관동산수의 아름다움을 뛰어나게 그려내었다는 점에서, <사미인곡>은 우시연군의 뜻을 잘 의탁하였다는 점에서, <속미인곡>은 <사미인곡>과 같은 주제를 더욱 교묘하고

其歌曲 雖不能與中國樂譜比並 亦有可觀而可聽也 (中略) 余取其長歌中表表盛行於世者 略加評語如左 (中略) 關東別曲 松江鄭澈所製 歷擧關東山水之美 說盡幽遐詭怪之觀 狀物之妙 造語之奇 信樂譜之絶詞 思美人曲 亦松江所製 祖述詩經美人二字 以寓憂時戀君之意 亦郢中之白雪 續思美人曲 亦松江所製 復申前詞未盡之思 語益工 意益切 可與孔明出師表伯仲者也(洪萬宗, 『旬五志』)

7) 홍만종은 『순오지』에서 정철의 <장진주사> 역시 장가로 취급하여 논급하였다.

절실하게 드러내었다는 점에서 그 가치를 높이 평가하였다. 특히 <관동별곡>을 '악보의 절사[樂譜之絶詞]'라고 일컫는 부분이 눈길을 끈다.

그런데 위에서 상찬의 대상이 되고 있는 것은 송강가사 중에서도 <관동별곡>·<사미인곡>·<속미인곡>으로, 유독 <성산별곡>에 대한 언급은 보이지 않는다. 그것은 다른 세 작품에 비해 <성산별곡> 수용의 폭이 당시 그만큼 좁았음을 의미한다고 하겠으며, 그 까닭에 대해서는 뒤에서 다시 언급하기로 한다.

여기서 위의 평문을 바탕으로 조선후기 사회가 송강가사에 부여하였던 의의를 몇 가지로 정리해 보면 다음과 같다.

첫째, 한문이 아닌 우리말을 사용하였을 뿐만 아니라, 능란한 솜씨로 그 아름다움을 십분 발휘하였다는 점이다. 특히 한자어에의 의존도가 높은 <관동별곡>이나 <사미인곡>에 비해 고유어 위주의 시어 구사가 돋보인다는 점에서 <속미인곡>의 가치를 더욱 높이 평가하였다. 당시에 제작 유포되고 있던 가사 작품이 한둘이 아닌데도 『서포만필』이 우리나라의 참된 문장은 오직 <관동별곡>·<사미인곡>·<속미인곡> 세 편뿐이라고 한 것은 그만큼 작자의 우리말 구사 능력이 탁월하였음을 말해준다.

그런데 여기서 위의 『서포만필』 기록을 다시 읽어보면 "그렇지만 다시 이 세 편을 논한다면 <후미인가>가 더욱 높으니, <관동별곡>과 <전미인가>는 그래도 한자어를 빌어 그 모양새를 꾸몄을 따름이다."라고 하여, <속미인곡>에는 한자어가 전혀 사용되지 않은 듯한 인상을 주고 있음을 느낄 수 있다. 그렇지만 이와 달리 <속미인곡> 역시 상당량의 한자어를 사용하고 있음을 볼 수 있다.

뎨 가는 뎌 각시 본 듯도 훈뎌이고
天上 白玉京을 엇디ᄒᆞ야 離別ᄒᆞ고
ᄒᆡ 다뎌 져믄 날의 눌을 보라 가시는고
어와 네여이고 내 ᄉᆞ셜 드러보오
내 얼굴 이 거동이 님 괴얌즉 ᄒᆞ냐마는
엇딘디 날 보시고 네로다 녀기실ᄉᆡ
나도 님을 미더 군ᄠᅳ디 전혀 업서
이릐야 교틱야 어ᄌᆞ러이 구돗썬디
반기시는 ᄂᆞᆺ비치 네와 엇디 다ᄅᆞ신고
누어 ᄉᆡᆼ각ᄒᆞ고 니러 안자 혜어ᄒᆞ니
내 몸의 지은 죄 뫼ᄀᆞ티 ᄡᅡ혀시니
하늘히라 원망ᄒᆞ며 사룸이라 허믈ᄒᆞ랴
셜워 플텨 혜니 造物의 타시로다

(<속미인곡> 서두, 성주본 『송강가사』)

즉 그 서두에서부터 '천상(天上)'·'백옥경(白玉京)'·'이별(離別)' 등의 한자어를 사용하고 있음을 볼 수 있다. 따라서 『서포만필』의 언급은 <속미인곡>이 한자어를 전혀 사용하지 않았다는 것이 아니라 다른 작품에 비해 한자어 의존도가 낮다는 뜻으로 이해된다. 실제로 송강가사 각 작품에 활용된 한자어 사용 빈도를 조사해 보면 이 점을 확인할 수 있다.

다음은 송강가사 네 작품에 활용된 명사 어휘만을 대상으로 하여 한자어와 고유어의 사용 횟수 및 비율을 조사한 것이다.[8)]

8) 위에서 명사 어휘만을 조사 대상(의존명사·대명사·수사 등 제외)으로 한 것은 명사 어휘에 한자어의 분포가 높기 때문이다. 조사 과정에서 '위層'과 같이 고유어와 한자어가 결합하여 이루어진 말은 편의상 두 개의 단어로 분리 취급하였으며, '罔極하다'와 같이 한자어에 접미사가 붙어 명사가 아닌 다른 품사로 굳어진 말은 대상에서 제외하였다. 일부 단어의 복합어 인정 여부에 따라 위의 수치에 차이가 발생할 수도 있다. 조사 대본은 성주본 『송강가사』이다.

작품명	명사 사용 횟수	한자어 횟수 및 비율	고유어 횟수 및 비율
관동별곡	318회	231회(72.64%)	87회(27.36%)
사미인곡	146회	61회(41.78%)	85회(58.22%)
속미인곡	93회	34회(36.56%)	59회(63.44%)
성산별곡	210회	124회(59.05%)	86회(40.95%)
계	767회	450회(58.67%)	317회(41.33%)

각 작품의 고유어 사용 비율이 <속미인곡>·<사미인곡>·<성산별곡>·<관동별곡> 순으로 높게 나타남을 볼 수 있다. 고유어 사용 비율이 가장 높은 <속미인곡>의 경우에는 한자어 의존율이 36.56%이고, 가장 낮은 <관동별곡>은 한자어 의존율이 72.64%에 달한다.[9] 여기서 1957년 한글학회가 엮은 『우리말큰사전』의 한자어 대 비한자어의 비율이 53.02%:46.98%이고, 1956년 문교부가 조사한 「우리말 말수 사용의 잦기 조사」의 한자어 대 비한자어의 사용 빈도 비율이 70.53%:29.47%였음을 감안한다면,[10] <속미인곡>의 한자어 의존율이 현저히 낮은 것임을 알 수 있다. 대비되고 있는 통계가 각각 조선시대의 문학 작품과 현대 언어를 반영한 것이라는 시차가 있기는 하지만, 송강가사의 그것이 한자어 분포가 높은 명사만을 대상으로 작성된 것이라는 점에서 특히 <속미인곡>의 우리말 사용이 돋보인다.

둘째, 내용에 있어서 군왕에 대한 지극한 사랑과 추종을 통해 우시연군의 정을 극진하게 드러내었다는 점이다. 그러한 점에서 <사미인곡>과 <속미인곡>은 특히 굴원의 <이소>를 비롯하여, '미인'을 노래한 『시

9) <관동별곡>의 한자어 의존율이 이처럼 높은 것은 그것이 기행문학이라는 특성상 수많은 한자어 지명을 쓸 수밖에 없었던 데에 상당 부분 기인한 결과이다.

10) 심재기, 『국어 어휘론 신강』, 태학사, 2000, 162쪽, 주2 참고.

경』 패풍의 <간혜>, 제갈공명의 <출사표> 등과 비견한 작품으로 평가되었다.

> ᄒᆞᄅᆞ도 열두 ᄢᅢ ᄒᆞᆫ ᄃᆞᆯ도 셜흔 날
> 져근덧 ᄉᆡᆼ각 마라 이 시ᄅᆞᆷ 닛쟈ᄒᆞ니
> ᄆᆞᄋᆞᆷ의 ᄆᆡ쳐 이셔 骨髓의 ᄢᅦ텨시니
> 扁鵲이 열히 오나 이 병을 엇디ᄒᆞ리
> 어와 내 병이야 이 님의 타시로다
> 출하리 ᄉᆡ어디여 범나븨 되오리라
> 곳나모 가지마다 간 ᄃᆡ 족족 안니다가
> 향 ᄆᆞ든 ᄂᆞᆯ애로 님의 오ᄉᆡ 올므리라
> 님이야 날인줄 모ᄅᆞ셔도 내 님 조ᄎᆞ려 ᄒᆞ노라
> (<사미인곡> 후미, 성주본 『송강가사』)

그런데 이와 같은 군왕에 대한 일방적인 충절은 조선시대 사대부라면 마땅히 취해야 하였던 모범적인 삶의 자세이다. 그런 점에서 송강가사는 당시의 사대부적 삶이 지향하였던 전형적 가치를 구현한 작품으로 인식되면서 절대적 지위를 확보할 수 있었다. 그 결과 후대에 이를 의방하여 김춘택의 <별사미인곡>이나 이진유의 <속사미인곡>같은 동일 유형의 작품들이 나오기도 하였다.

셋째, 산수 자연의 아름다움을 탁월하게 그려내었다는 점이다. 특히 우리나라의 대표적 명승으로 꼽히는 관동 산수의 아름다움을 그려낸 <관동별곡>이 이에 해당되며, 위에서 언급되지는 않았지만 <성산별곡>도 그러한 범주에 드는 작품이다. 성리학적 세계관이 지배하였던 조선시대에 자연에 대한 관심이 유교적 윤리 의식과 더불어 사대부 문학을 지탱하는 핵심적인 두 축을 이루고 있었음은 주지의 사실인 바, 정철은 <관동별곡>을 통해 관동 산수의 아름다움과 더불어, 그것을 즐기면서도 관료로서의 자세를 흐트러뜨리지 않는 사대부 공인으로서의 모습을 보여주었다.

> ᄂᆞᆯ거든 ᄠᅱ디 마나 셧거든 솟디 마나
> 芙蓉을 ᄭᅩ잣ᄂᆞᆫ ᄃᆞᆺ 白玉을 믓것ᄂᆞᆫ ᄃᆞᆺ
> 東溟을 박ᄎᆞᄂᆞᆫ ᄃᆞᆺ 北極을 괴왓ᄂᆞᆫ ᄃᆞᆺ
> 놉흘시고 望高臺 의로올샤 穴望峰
> 하ᄂᆞᆯ의 추미러 므ᄉᆞ 일을 ᄉᆞ로리라
> 千萬劫 디나도록 구필 줄 모ᄅᆞᄂᆞᆫ다
> 어와 너여이고 너 ᄀᆞᄐᆞ니 ᄯᅩ 잇ᄂᆞᆫ가
> 開心臺 고텨 올나 衆香城 ᄇᆞ라보며
> 萬二千峰을 歷歷히 혜여ᄒᆞ니
> 峰마다 ᄆᆡ쳐 잇고 긋마다 서린 긔운
> ᄆᆞᆰ거든 조치 마나 조커든 ᄆᆞᆰ지 마나
> 져 긔운 흐터내야 人傑을 ᄆᆞᆫ들고쟈
> 形容도 그지 업고 體勢도 하도 할샤
>
> (<관동별곡> 일부, 성주본 『송강가사』)

넷째, 우리말 노래인 가곡창으로 불려지면서 당시의 음악적 감수성에 잘 부합하였다는 점이다. <사미인곡>이 초나라 영중 지방의 <양춘백설곡>과 같다고 함은 바로 그것이 <양춘백설곡>과 같은 가곡으로서의 높은 품격을 지녔음을 지적한 것이다.

가사가 엄연한 시가문학으로 당시의 정음 계열 음악인 가곡창을 통해 향유되었음은 주지의 사실이다. 조선시대의 가사문학은 전기에는 주로 가창을 통해 향유되다가 후기로 들어서면서 점차 음영 위주로 변모해 갔는데, 송강가사는 바로 그러한 변화가 일어나던 시기에 제작되면서 가창과 음영을 위한 율격적 배려를 두루 갖추었다고 할 수 있다.[11] 특히 조선시대 후기 대부분의 가사가 음영화의 길을 걷던 때에도 송강가사, 특히 <관동별곡>과 <사미인곡>·<속미인곡>이 지속적으로 가창을 통해 전파되고 향유되었음을 우리는 여러 기록들을 통해 쉽게 확인할 수 있다.

다음은 그 중 홍만종이 『순오지』에서 '악보의 절사[樂譜之絶詞]'라고 평한 <관동별곡>이 조선시대 후기 가곡창을 통해 가창되었음을 알려주는 한 예이다.

關東歌曲最淸新　　관동의 가곡은 맑고도 깨끗하여
樂府流傳五十春　　악부에 유전함이 오십 년인데
文采風流今寂寞　　문채와 풍류 이제는 적막하니
世間誰見謫仙人　　적선인을 만난 이, 세상의 누구인가!

(金尙憲, <贈關東按使尹仲素>,[12] 『松江別集追錄』, 권1)

김상헌(1570~1652)이 당시 가곡으로 전창되던 <관동별곡>을 들으며 정철 생전의 호방했던 문채와 풍류를 추억하는 내용이다. 이렇듯 송강가사는 오래도록 연행 현장에서 가창되었으며, 이를 통해 '기록하고 보는 문학'인 한시와는 다른 '부르고 듣는 문학' 즉 우리말 노래로서 당시

11) 당시까지의 사대부가사가 4음보 위주이면서도 3음보·5음보·6음보가 혼재되어 있었던 것에 비하여 송강가사는 철저한 4음보로 되어 있으며(단 <성산별곡>에서만 과음보가 한차례 보임; ᄂᆡ ᄭᅴ예/나온 鶴이/제 기ᄉᆞᆯ/ᄇᆞ리고/半空의/소소ᄯᅳᆺ), 또한 시조와 같은 결사법도 유지하고 있다. 여기서 전자를 음영을 위한 율격적 배려라 한다면, 후자는 가창을 위한 배려라고 할 수 있을 것이다. 그런데 이와 같은 배려가 온전히 작자에 의한 것인지, 또는 전승 과정에 개입된 것인지에 대해서는 속단하기 어렵다.

12) 尹仲素(1589~1668); 조선 현종 때의 문인 尹履之. 호는 秋峯이고, 仲素는 그의 자이다. 강원도 관찰사를 지냈다.

인의 음악적 요구에 잘 부응하였음을 알 수 있다.[13)]

지금까지 송강가사에 대한 조선시대 후기 사회의 인식을 네 가지로 정리해 보았다. 첫째 뛰어난 언어 구사 능력으로 우리말의 아름다움을 잘 살리고 있다는 점, 둘째 군왕에 대한 지극한 충절을 담고 있다는 점, 셋째 산수 자연 특히 관동 산수의 아름다움을 탁월하게 그려내었다는 점, 넷째 가곡창으로 향유되며 당시의 음악성 감수성에 잘 부합하였다는 점이 그것이다. 이러한 이유로 송강가사는 조선시대의 가사 문학에서 매우 우월한 위치를 확보하고, 널리 유포될 수 있었다. 현재 정철의 유작들이 필사본이 아닌 판각본의 형태로 수차례나 간행되어 오늘에 이르고 있음은 이러한 가치에 힘입은 바 크다.

그런데 조선 후기 사회가 송강가사에 부여하였던 위의 네 가지 의의 중 두 번째와 세 번째는 특히 작품의 주제의식과 관련된 것으로, 조선 사회의 사대부들이 표면적으로나마 표방하여야 하였던 최고의 가치를 반영하고 있다는 데에 특징이 있다. 즉 어떠한 상황 아래서도 견지하여야 하였던 군왕에 대한 일방적인 충절과, 산수 자연에 침잠하면서도 끊임없이 확인하여야 하였던 공인으로서의 책무 또는 군은에 대한 감읍이 바로 그것이다. 이러한 주제의식은 조선시대의 사대부 작품이라면 그것의 작품성과는 상관없이 기본적으로 갖추어야 할 가치였다. 그런 점에서 <관동별곡>과 <사미인곡>·<속미인곡>은 언어 구사 능력과 더불어 음악성이 뛰어나다는 높은 작품성과 함께 당시의 최고 가치를 반영한 주제의식을 지니고 있었다는 점에서 각별한 의의를 인정받을 수 있었다.

---

13) '기록하고 보는 문학'과 '부르고 듣는 문학'에 대해서는 조규익의 『가곡창사의 국문학적 본질』(집문당, 1994) 20~21쪽의 주2와 주4 참고.

그렇지만 <성산별곡>은 사정이 달랐다. 외적으로 <관동별곡>이 우리나라의 대표적 명승으로서 상징성을 갖는 관동의 산수를 대상으로 삼은 것과 달리, 지명도에서 현저한 차이가 있는 '성산'이라는 평범한 향촌의 자연을 대상으로 하였기 때문이다. 또 내면적 주제의식에 있어서도 <사미인곡>·<속미인곡>과 같은 충군의식을 담고 있지 않았으며, 산수자연을 지향하면서도 공변된 유자로서의 본분을 자각하거나 군은을 느끼는 자세를 드러내 보이지도 않았다.[14] 오히려 도가적 색채를 덧씌운 피세은일의 세계를 추구함으로써, 당시 사대부들이 표면에 내세운 보편적 가치에서 한 걸음 비켜 서 있었다. 여기에서 <성산별곡>이 지난 조선 사회에서 여타 송강가사 작품에 비해 수용의 폭이 좁았던 이유를 찾을 수 있다.

3. 송강가사의 현대적 수용

앞에서 논의한 송강가사에 대한 가치 평가가 현재에도 여전히 유효한 것은 물론이다. 그러기에 지금까지 이루어졌고 또 앞으로도 행해질 송강가사에 대한 많은 연구는 바로 그러한 가치를 보다 구체적으로 구명하고 확인하면서 또한 새로운 의미를 찾아내는 작업이라고도 할 수 있다.

그런데 현대 사회는 봉건윤리가 지배하였던 지난 사회와는 달리 몇 가지 점에서 커다란 문화적 차이를 보이고 있다. 즉 군왕을 향한 수직적이고 일방적인 희생과 봉사를 강요하였던 유교적 가치 질서가 무너지고,

14) 여기서 <성산별곡>과 자주 비교되는 <俛仰亭歌>의 결구가 "이 몸이 이렁굼도 亦君恩이샷다"라는 일종의 공식적 표현으로 되어있음을 상기할 필요가 있다.

그 자리를 수평적이고 쌍무적인 관계를 근간으로 한 민주적 질서가 대신하게 되었다. 또한 문학의 존재 양태 및 그 향유 방식에 있어서도 많은 변화를 가져와, 가사문학은 이제 지속적으로 새로운 작품을 산출시키는 생명력을 상실한 채 고전문학이라는 이름으로 우리 앞에 놓여 있다.

따라서 현대의 수용자들이 송강가사를 대하며 과거와는 다른 태도를 보이는 것은 지극히 당연한 일이다. <성산별곡>의 경우를 보자. 앞에서 필자는 그것이 평범한 향촌의 자연을 다루면서, 또한 공변된 유자의 자세를 드러내기보다는 도가적 피세은일의 세계를 추구하였기 때문에, 지난 조선 사회에서 수용의 폭이 상대적으로 좁았다고 지적한 바 있다. 그렇지만 <성산별곡>의 바로 그러한 점이 오늘날에 와서는 오히려 독자들에게 보다 친밀하게 다가서는 요인으로 작용하고 있다. 현재 지역 및 자연과 환경에 대한 관심이 그 어느 때보다도 고조되어 있기 때문이다. 더욱이 복잡다단해진 현대 생활이 사람들에게 도가적인 삶의 여유와 휴식을 꿈꾸게 한다는 점에서, 충군의식에 바탕을 둔 유교적 가치보다는 도가적 은일의 삶을 다룬, 다음과 같은 <성산별곡>의 세계가 보다 강한 흡인력을 갖는다고 할 수 있다.

松根을 다시 쓸고 竹床의 자리 보와
져근덧 올라 안자 엇던고 다시 보니
天邊의 ᄯᅥᆫᄂᆞᆫ 구름 瑞石을 집을 사마
나ᄂᆞᆫ ᄃᆞᆺ 드ᄂᆞᆫ 양이 主人과 엇더ᄒᆞᆫ고
滄溪 흰 믈결이 亭子 알ᄑᆡ 둘러시니
天孫 雲錦을 뉘라셔 버혀내여
닛ᄂᆞᆫ ᄃᆞᆺ 펴티ᄂᆞᆫ ᄃᆞᆺ 헌ᄉᆞ토 헌ᄉᆞᄒᆞᆯ샤
山中의 冊曆 업서 四時ᄅᆞᆯ 모ᄅᆞ더니
눈 아래 헤틴 景이 쳘쳘이 절로 나니

듯거니 보거니 일마다 仙間이라

(<성산별곡> 서사, 성주본 『송강가사』)

한편, 앞 장에서 송강가사의 당대적 가치를 네 가지로 정리한 바 있다. 이 가운데 현대적 수용에 상당한 부담과 거리감을 느끼게 하는 것이 주제의식과 관련된 두 번째(군왕에 대한 일방적인 충절) 문제와, 향유 방식과 관련된 네 번째(가창을 통한 음악적 향유) 문제이다.

민주적 질서에 길들여진 현대의 독자들이 과연 '미인(군왕)에 대한 일방적인 사랑(충절)'이라는 주제 의식을 가진 <사미인곡>(또는 <속미인곡>)과 같은 작품에서 무슨 흥미를 느낄 것인가? <사미인곡>이 '사대부적 삶의 전형적 가치를 구현'하였다는 당대의 평가는 지금도 여전히 유효한 것인가? 아니면 일부의 혹평대로 '보신과 권토중래를 위한 아유의 문학'에 다름없는 것인가? 대답은 물론 '지금도 여전히 유효하다'이다. 개개의 문학 작품은 특수한 환경에 처한 인물의 대응 방식을 보여주는 것이지, 결코 그것을 독자에게 강요하지 않는다. 그것을 어떻게 받아들이느냐는 수용자인 독자들의 몫이다. <사미인곡>을 통해 우리가 받아들여야 하는 것은 위와 같은 주제의식 그 자체이기보다는, 오히려 당시의 가치 규범 속에서 주어진 상황에 대처하는 한 인물의 태도 또는 내면적인 갈등과 고뇌이다.

그런 점에서 현대 사회는 <사미인곡>이나 <속미인곡>에 구현된 인물상이나 작자에 대해 새로운 해석을 요구하고 있다. 여기서 현대 사회의 중심 화두로 떠오른 보수와 진보의 개념을 적용하여 작품을 이해하는 것도 한 방법일 것이다. 어느 시대건 그 사회의 안정과 변화를 이끌었던 두 힘이 존재했던 것은 분명한 사실이다. 그것을 우리는 지금 보수와 진보라는 이름으로 부른다. 때로는 보수가 역사의 퇴행을 저지하기도 하였고, 때로는 진보가 역사의 발전을 주도하기도 하였다. 따라서 이 둘은 적대적인 선과 악의 관계가 아닌, 특수한 상황을 인식하고 대처하는 상반된 입장을 반영하기 마련이다. 그러므로 당대의 가치 질서에 충실하였던 <사미인곡>이나 <속미인곡>의 세계를 조선시대의 전형적인 보수를 대변하는 한 모습으로 이해할 수 있다.

결국 그것이 이루어진 특수한 상황 속에서 고전 작품은 읽혀지고 이해되어야 한다. 이와 관련하여 다음 글은 시사해주는 바가 크다.

> 고전문학을 새로운 시각으로 바라보고자 하는 것은 전혀 엉뚱한 곳에서 출발하자는 말이 아니다. 그것은 우리의 고전문학을 고전으로 바라보는 것, 더구나 문학으로 바라보는 순수한 회복을 추구하자는 것 이상일 수 없다. 왜 요즘의 옷으로 입지 않았느냐고, 옛사람에게 감히 핀잔을 주는 일이 없어져야 한다. 그 핀잔이 지속되다 보면 그도 또한 자신을 향한 질책(叱責)이 당연한 것인 줄 알게 된다. 그들이야 어디 이렇게 모든 후손들이 일률적으로 서양 옷 입을 줄이야 상상이나 했겠는가. 서양식으로 단장하는 것이 그리 대단한 것인지는 모르겠지만, 그렇게 질책하니 당할 수밖에 없었던 것이 우리의 옛것이었다.[15)]

또한 향유 방식에 있어서도 가사는 이제 더 이상 시가로서의 역할을 수행하지 않는다. 즉 가창이나 음영을 통한 '부르고 듣는' 기능을 상실한 채, '시가'가 아닌 '시'의 모습으로 남아 있다. 자신을 견고하게 지탱해 주었던 두 개의 다리 중 하나를 잃어버린 채, 불안정한 모습으로 현대의 독자들 앞에 놓여있는 것이다. 그런데 이렇듯 음악적 측면이 배제

15) 정병헌, 「고전문학 교육의 시각」, 『한국고전문학의 교육적 성찰』, 숙명여대 출판국, 2003, 26~27쪽.

된 상태에서 접하는 가사의 율격이란 그다지 자연스러운 것이 아니어서 현대인의 문학적 감수성과는 잘 부합되지 않는다는 데에 문제가 있다. 여기서 낭송의 방식을 적절히 활용하는 것이 이러한 문제를 보완하는 부분적인 방법이 될 수도 있을 것이다. 그렇지만 예전처럼 가창이나 음영을 전면적으로 되살리는 것은 이미 변화된 시대가 용납하는 바가 아니다.

4. 맺음말

여타의 문학 작품들과 마찬가지로, 송강가사 역시 시대가 변하고 역사가 바뀌면 지금까지와는 다른 각도에서 계속 새로운 의미를 부여받으며 수용될 것이다. 그러한 예로 조선 사회의 보편적 주제의식에서 한 걸음 비켜 서 있었다 하여 송강가사 중 그 수용의 폭이 가장 좁았던 <성산별곡>이 오히려 지금은 같은 이유로 인해 더욱 친근하게 읽혀질 수 있음을 지적한 바 있다. 과거 어느 때보다도 고조되어 있는 현대 사회의 환경과 자연에 대한 관심이 이러한 친자연적 성향의 작품 읽기를 유도하고 있기 때문이다.

그렇지만 다른 한편으로 송강가사는 현대적 가치와는 다른 주제의식을 가지고 있을 뿐만 아니라, 예전의 향유 방식마저 이제는 잃어버렸다. 따라서 오늘날의 독자들이 그것을 기꺼이 받아들이고 즐기기에는 많은 부담과 어려움이 가로놓여 있다. 이것이 송강가사에만 국한되지 않은 우리 고전문학 일반이 당면한 문제임은 물론이다. 그러기에 지금 고전 작품 수용의 현장에서 불필요한 오해를 없애고 이해를 돕는 길잡이 역할을 하는 문학교육론적 탐색이 더욱 필요하다.

참고문헌

강전섭, 「「성산별곡」의 작자 고증」, 『모산학보』 제45집, 모산학술연구소, 1993.

고경식, 「「관서별곡」과 「출관사」」, 『국어국문학』 제36호, 국어국문학회, 1967.

고성혜, 「가사의 장소성 연구 - 호남가사를 중심으로-」, 전남대학교 대학원 박사학위논문, 2016.

고순희, 「가사문학의 구비적 성격」, 『고전문학연구』 제15집, 한국고전문학회, 1999.

구사회, 「우고 이태로의 <농부가>와 애국적 형상화」, 『국어국문학』 147, 국어국문학회, 2007.

길진숙, 「조선후기 농부가류 가사 연구」, 이화여자대학교 대학원 석사학위논문, 1990.

김덕진, 『소쇄원 사람들』, 다홀미디어, 2007.

김동욱, 「「관서별곡」 攷異」, 『국어국문학』 제30호, 국어국문학회, 1965.

김동욱, 「면앙정가」, 『문학춘추』 제3호, 문학춘추사, 1964.

김동욱, 「양사언의 「남정가」」, 『인문과학』 제9집, 연세대학교 인문과학연구소, 1963.

김동욱, 「임란전후 가사연구」, 『진단학보』 제25・26・27합호, 진단학회, 1964.

김문기・김명순, 『조선조 시가 한역의 양상과 기법』, 태학사, 2005.

김봉영, 「미발표의 『칩굉가사』에 대하여」, 『국어국문학』 제20호, 국어국문학회, 1959.

김석회, 『존재 위백규 문학 연구』, 이회문화사, 1995.

김석회, 「존재 위백규의 생활시에 관한 연구」, 서울대학교 대학원 박사학위논문, 1992.

김성기, 『남도의 시가』, 역락, 2002.

김성기, 「백광홍의 관서별곡과 기행가사」, 『고시가연구』 제14집, 한국고시가문학회, 2004.

김성기, 「송순의 시가문학 연구」, 조선대학교 대학원 박사학위논문, 1990.

김성기, 「장흥지역의 가사 연구」, 『한국언어문학』 제35집, 한국언어문학회, 1995.

김성배, 「명촌 박순우의 금강별곡」, 『무애양주동박사화탄기념논문집』, 동국대학교, 1963.

김신중, 「남도 고시가 약사」, 『은둔의 노래 실존의 미학』, 다지리, 2001.

김신중, 「남도고시가의 작품과 연구동향」, 『고시가연구』 제29집, 한국고시가문학회, 2012.

김신중, 「남언기 <고반원가>의 문학사적 검토」, 『한국고시가문화연구』 제36집, 한국고시가문화학회, 2015.

김신중, 「남언기의 고반원과 <고반원가>」, 『한국언어문학』 제92집, 한국언어문학회, 2015.

김신중, 「송강가사의 시공상 대비적 양상」, 『고시가연구』 제2・3합집, 한국고시가문학회, 1995.

김신중, 「양산보 <애일가>의 전승과 성격」, 『고시가연구』 제25집, 한국고시가문학회, 2010.

김신중, 「장흥가사의 특성과 의의」, 『고시가연구』 제27집, 한국고시가문학회, 2011.

김신중, 「정해정 <민농가>의 배경과 성격」, 『한국고시가문화연구』 제35집, 한국고시가문화학회, 2015.

김신중, 「정해정 <석촌별곡>의 배경과 서정」, 『국학연구론총』 제12집, 택민국학연구원, 2013.

김신중, 「한국 사시가의 연구」, 전남대학교 대학원 박사학위논문, 1992.

김아연, 「정철 <성산별곡>에 나타난 성산 공간의 표상」, 『무등산과 고전문학』, 국학자료원, 2018.

김영수, 「채환재적가」, 『한국학보』 제46집, 일지사, 1987.

김준옥, 「동동은 여수의 노래」, 『(사)여수지역사회연구소 창립11주년기념학술제 발표요지집』, 한국고시가문학회, 2006. 6. 8.

김팔남, 「<춘면곡> 고찰」, 『어문연구』 제26집, 어문연구회, 1995.

김학성, 「담양가사의 위상과 미학」, 『제11회 가사문학 전국학술대회 발표요지집』, 한국가사문학학술진흥회, 2010. 10. 22.

김희태, 「화순 임대정 원림의 연혁과 관련인물」, 『향토문화』 제33집, (사)향토문화개발협의회, 2014.

남동걸, 「조선시대 누정가사 연구」, 인하대학교 대학원 박사학위논문, 2011.

류연석, 「전남지방의 가사문학」, 『남도문화연구』 제5집, 순천대학교 남도문화연구소, 1994.

류연석, 『한국가사문학사』, 국학자료원, 1994.

박세인, 「『남송선생실기』 소재 가사 연구」, 『국학연구론총』 제14집, 택민국학연구원, 2014.

박수진, 「<관서별곡>에 나타난 공간인식」, 『동방학』 제16집, 한서대학교 동양고전연구소, 2009.

박수진, 「장흥지역 기행가사의 공간인식과 문화양상」, 『온지논총』 제23권, 온지학회, 2009.

박영주, 『고집불통 송강평전』, 고요아침, 2003.

박요순, 「정훈과 그의 시가고」, 『숭전어문학』 제2집, 숭전대학교, 1973.

박일용, 「「금당별곡」에 그려진 선유체험 양상과 그 의미」, 최강현 엮음, 『한국기행문학 작품연구』, 국학자료원, 1996.
박준규, 「경번당가 고」, 『모산학보』 제3집, 모산학술연구소, 1992.
박준규, 「남강 김려와 그의 시가」, 『학산조종업박사화갑기념논총』, 1990.
박준규, 「송면앙정연구」, 『전남지방의 인물사 연구』, 전남지역개발협의회, 1983.
박준규, 「송암의 수운정제영과 강호구가」, 『어문논총』 제10・11호, 전남대학교 국어국문학연구회, 1989.
박준규, 『호남시단의 연구』, 전남대학교 출판부, 2007(초판; 1998).
서영숙, 「<속미인곡>과 <성산별곡>의 대화양상 분석」, 『고시가연구』 제2・3합집, 한국고시가문학회, 1995.
신동엽, 「시가상으로 본 송면앙과 정송강과의 관계」, 『한글』 제106호, 1949.
안휘준, 「한국의 소상팔경도」, 『한국회화의 전통』, 문예출판사, 1988.
여기현, 「<소상팔경시>의 표상성 연구(Ⅰ)」, 『반교어문연구』 제2집, 반교어문연구회, 1990.
여기현, 「<소상팔경시>의 표상성 연구(Ⅱ)」, 『임하최진원박사정년기념논총』, 1991.
유정선, 「18・19세기 기행가사의 작품세계와 시대적 변모양상」, 이화여자대학교 대학원 박사학위논문, 1999.
유정선, 「<천풍가> 연구」, 『이화어문논집』 제15집, 이화여자대학교 한국어문학연구소, 1997.
이가원, 「「만분가」 연구」, 『동방학지』 제6집, 연세대학교 국학연구원, 1963.
이병기, 「관서별곡・관동별곡・관동속별곡의 형태적 고찰」, 『국어문학』 제17집, 국어문학회, 1975.
이병기, 「송강가사의 연구(1)・(2)・(3)」, 『진단학보』 제4・6・7권, 진단학회, 1936・1936・1937.
이상보, 「곤파 유도관의 시가 연구」, 『어문학논총』 제8집, 국민대학교, 1989.
이상보, 「관서별곡연구」, 『국어국문학』 제26호, 국어국문학회, 1963.
이상보, 「김상직의 시가」, 『현대문학』 통권 295호, 현대문학사, 1979.
이상보, 「김익의 권농가」, 『현대문학』 제304호, 현대문학사, 1980.
이상보, 「시내 위 버들잎은」, 『문학사상』 통권53호, 문학사상사, 1977.
이상보, 「애경 남극엽의 시가 연구」, 『어문학논총』 제7집, 국민대학교, 1987.
이상보, 「유와 김이익의 시가 연구」, 『어문학논총』 제6집, 국민대학교, 1986.
이상보, 「정해정의 석촌가사 연구」, 『논문집』 제12집, 명지대학교, 1980.
이상보, 『증보 17세기 가사 전집』, 민속원, 2001.
이상보, 「하서 김인후의 국문학 연구」, 『어문학논총』 제3집, 국민대학교, 1983.
이상보, 「한설당 안창후의 시가 연구」, 『어문학논총』 제9집, 국민대학교, 1990.
이상원, 「송순의 면앙정 구축과 <면앙정가> 창작 시기」, 『한국고시가문화연구』 제35집,

한국고시가문화학회, 2015.
이상원, 『조선시대 시가사의 구도와 시각』, 보고사, 2004.
이종건, 『면앙정 송순 연구』, 개문사, 1982.
이종출, 「위백규의 가사 「자회가」에 대하여」, 『사대논문집』 제4집, 조선대학교, 1973.
이종출, 「위세보의 「금당별곡」고」, 『국어국문학』 제34・35합병호, 국어국문학회, 1967.
이종출, 「지지재 이상계의 가사고」, 『국어국문학』 제33호, 국어국문학회, 1966.
이종출, 「「천풍가」 해제」, 『한국언어문학』 제4집, 한국언어문학회, 1966.
이종출, 『한국고시가연구』, 태학사, 1989.
이종출, 「「합강정선유가」고」, 『어문학논총』 제7집, 조선대학교 국어국문학연구회, 1966.
이주홍, 「관서별곡」, 『국어국문학』 제13호, 국어국문학회, 1955.
이지영, 「기행가사 <금당별곡>과 <천풍가>의 대비적 연구」, 『한국언어문학』 제39집, 한국언어문학회, 1997.
이태극, 「성은과 그의 가사」, 『한국문화연구원논총』 6, 이화여자대학교 한국문화연구원, 1966.
이형대, 「18세기 전반의 농민현실과 「임계탄」」, 『민족문학사연구』 제22호, 민족문학사학회, 2003.
임창순, 「비해당 소상팔경 시첩 해설」, 『태동고전연구』 제5집, 한림대학교 태동고전연구소, 1989.
임형택, 「신발굴 자료를 통해본 가사의 재인식」, 『민족문학사연구』 제22호, 민족문학사학회, 2003.
임형택, 『옛 노래, 옛 사람들의 내면풍경』, 소명출판, 2005.
전일환, 『전라 문학의 관점으로 본 한국 문학』, 박문사, 2015.
정병헌, 「어부사시사의 배경과 성격」, 『고산연구』 제3호, 고산연구회, 1989.
정병헌, 『한국고전문학의 교육적 성찰』, 숙명여대 출판국, 2003.
정운채, 「소상팔경을 노래한 시조와 한시에서의 경(景)의 성격」, 『국어교육』 제79・80호, 한국국어교육연구회, 1992.
정익섭, 『개고 호남가단연구』, 민문고, 1989(초판; 진명문화사, 1975).
정익섭, 「관서별곡과 조선조 가사문학」, 『기봉집』, 전국시가비건립동호회, 1987.
정익섭, 「구계 박이화의 가사고」, 『한국언어문학』 제2호, 한국언어문학회, 1964.
정익섭, 「우곡의 「장한가」고」, 『한국언어문학』 제24집, 한국언어문학회, 1986.
정익섭, 「이서의 「낙지가」 고찰」, 『국어국문학』 제24호, 국어국문학회, 1961.
정익섭, 「죽록 윤효관의 소거가고」, 『낙은강전섭선생화갑기념논총』, 창학사, 1972.
정익섭, 「청광자 박사형의 「남초가」고」, 『지헌영선생회갑논문집』, 1971.
정익섭, 「호남지방의 가사고 (1)・(2)・(3)」, 『전남대학교 논문집』 제9・10・12집, 1963・1964・1966.

조규익, 『가곡창사의 국문학적 본질』, 집문당, 1994.
조규익, 「금강산 기행가사의 존재양상과 의미」, 『한국시가연구』 제12집, 한국시가학회, 2002.
조동일, 『지방문학사』, 서울대학교출판부, 2003.
조동일, 「호남시가의 문학사적 의의」, 『제3회 호남문학연구 학술세미나 발표요지집』, 호남대학교 인문사회과학연구소, 1997. 7. 2.
조윤제, 『조선시가사강』, 동광당서점, 1937.
조윤제, 『한국문학사』, 탐구당, 1987(초판; 동국문화사, 1949).
조태성, 「<선운사풍경가>에 대하여」, 『한국언어문학』 제58집, 한국언어문학회, 2006.
지종옥, 「기행가사특징고」, 『인문과학』 제2집, 목포대학교 인문과학연구소, 1985.
진동혁, 「김응정의 시조 연구」, 『국어국문학』 제90호, 국어국문학회, 1983.
진동혁, 『이세보시조연구』, 집문당, 1983.
진동혁, 「정식의 축산별곡 연구」, 『국문학논집』 제14집, 단국대학교 국어국문학과, 1994.
최강현, 『한국 기행가사 연구』, 신성출판사, 2000.
최강현, 『한국 기행문학 연구』, 일지사, 1982.
최강현, 「홍리가의 지은이에 대하여」, 『한국언어문학』 제20집, 한국언어문학회, 1981.
최상은, 「송강가사에 있어서의 자연과 현실」, 『모산학보』 제45집, 모산학술연구소, 1993.
최한선, 「나주문학의 갈래적 접근」, 『1994 향토문화 심포지움 발표요지집』, 동신대학교 인문과학연구소, 1994. 12. 10.
하성래, 「민제장의 시조 2수」, 『조대학보』 제6호, 조선대학교 총학생회, 1972.
하성래, 「사애 민주현의 완산가고」, 『명지어문학』 제16권, 명지대학교 국어국문학과, 1984.
하성래, 「완산가」, 『한국언어문학』 제5집, 한국언어문학회, 1968.
하성래, 「정방의 「효자가」고」, 『한국언어문학』 제10집, 한국언어문학회, 1973.
하성래, 「정훈의 수남방옹가」, 『문학사상』 제8호, 문학사상사, 1973.

찾아보기

ㄱ

ㅅ

ㅇ

ㅈ

ㅊ

ㅌ

ㅍ

ㅎ

김신중(金信中)

전남대학교 국어국문학과를 졸업하고, 같은 대학교 대학원에서 「한국 사시가의 연구」(1992)로 문학박사 학위를 받았다. 전공은 한국시가문학이고, 현재 전남대학교 교수로 재직 중이다. 논저로 『은둔의 노래 실존의 미학』(2001), 『역주 금옥총부』(2003), 『한국문학사』(공저, 2017), 『시조와 가사의 이해』(공저, 2017), 「제영을 통해 본 연자루의 문화적 표상」(2018) 등이 있다.

호남의 시가문학

초판 1쇄 인쇄 2019년 12월 16일
초판 1쇄 발행 2019년 12월 27일

지 은 이 김신중
펴 낸 이 이대현

책임편집 임애정
편　　집 이태곤 권분옥 문선희 백초혜
디 자 인 안혜진 최선주 김주화
마 케 팅 박태훈 안현진

펴 낸 곳 도서출판 역락 / 서울시 서초구 동광로46길 6-6(반포4동 577-25) 문창빌딩 2층(우-06589)
전　　화 02-3409-2058 FAX 02-3409-2059
이 메 일 youkrack@hanmail.net
홈페이지 www.youkrackbooks.com
등　　록 1999년 4월 19일 제303-2002-000014호

ISBN 979-11-6244-461-0 93810

* 정가는 뒤표지에 있습니다.

* 이 도서의 국립중앙도서관 출판예정도서목록(CIP)은 서지정보유통지원시스템 홈페이지(http://seoji.nl.go.kr)와 국가자료공동목록시스템(http://www.nl.go.kr/kolisnet)에서 이용하실 수 있습니다.(CIP제어번호: CIP2019053353)

이 책은 2018년도 한국연구재단 대학 인문역량 강화사업(CORE) 지원에 의해 출판되었음.